Talbot Mundy

Die neun Unbekannten

Talbot Mundy
Die neun Unbekannten

Roman

Impressum

Bibliografische Information der Deutschen Nationalbibliothek:
Die Deutsche Nationalbibliothek verzeichnet diese Publikation in der
Deutschen Nationalbibliografie; detaillierte bibliografische Daten sind im
Internet über http://dnb.dnb.de abrufbar.

© 2024 Edition Seven Rites

Übersetzung: Bernd Wollsperger – Edition Seven Rites
Lektorat: Rafaela Wollsperger – Edition Seven Rites

Herstellung und Verlag: BoD – Books on Demand, Norderstedt

ISBN: 978-3-7597-2036-8

Inhalt

KAPITEL EINS

„Ich durchschneide Kehlen mit einem nach außen geführten Stoß!"

ICH habe diese Geschichte von einem Dutzend Leuten gehört, oder dreizehn, wenn man Chullunder Ghose dazu zählt, dessen Zuverlässigkeit häufig angezweifelt wird. Ein Körnchen Salz ist nie genug, um es den Falschaussagen des fetten Babu hinzuzufügen, obwohl jeder, der ihm aus diesem Grund nicht glauben würde, genauso weit daneben liegen würde wie die Leichtgläubigen, die seine Aussagen für bare Münze nehmen. Chullunder Ghose sollte man mit Vorsicht genießen. Aber die anderen sind über jeden Verdacht erhaben, wie zum Beispiel King, Grim, Ramsden, der ehrwürdige Pater Cyprian und Jeremy Ross, die allesamt die Wahrheit aus verschiedenen Gesichtspunkten heraus als ökonomisch erachten.

Chullunder Ghose hält jegliche Wahrheit bestenfalls für relativ - er möchte für einen Lügner gehalten werden, da er unter diesem Deckmantel die verwässerte Wahrheit sagen kann, ohne zu erröten. Folglich ist er der einzige, dessen wahres Motiv für die Teilnahme an diesem großartigen Abenteuer nicht erkennbar ist; er kratzt sich am Bauch und gibt jedes Mal, wenn er gefragt wird, einen anderen Grund an, von denen dieser der Wahrscheinlichste ist:

„Sehen Sie, Sahib, meist Pech zu haben, ist schlimm genug, aber immer noch besser, als gar kein Glück zu haben. Deshalb ging ich das Risiko ein, zitterte sehr und mischte die angeborene Trägheit meiner Veranlagung mit den galvanischen Batterien des Optimismus, einschließlich des Wunsches, den Wolf von der Tür einer unterernährten Familie und ihrer Angehörigen fernzuhalten."

Er ist auf jeden Fall Risiken eingegangen und er scheint sie überlebt zu haben, denn erst vor einer Woche erhielt ich einen Brief von ihm, in dem er um den Gefallen eines Leumundszeugnisses bat und im Gegenzug anbot, mir Geschäftsgeheimnisse zu verraten, falls er die gewünschte Stelle bekommen sollte.

Und dann ist da noch Leonardo da Gama, der Portugiese, der tot ist und keine Geschichten mehr erzählt; aber sein Tod bestätigt - wie wir gleich sehen werden - einen Teil dessen, was er mir und anderen offenbart hat. Sein Motiv scheint das eines Söldners gewesen zu sein, mit dem zusätzlichen Eifer eines Wissenschaftlers auf der Suche nach einem Schlüssel zu Geheimnissen, deren Existenz er beweisen kann, deren Lösung die Menschen aber seit Generationen erstaunt hat.

Hochwürden Cyprian, über achtzig Jahre alt und Verwalter einer nicht öffentlich zugänglichen Bibliothek, hatte und hat es nur auf den Hindu-Okkultismus abgesehen. Er erachtet ihn als Maschinerie des Satans, die dementsprechend vernichtet werden muss und aus diesem Grund hat er King, Grim, Ramsden und einigen anderen Zugang zu Büchern verschafft, die sonst kein menschliches Auge hätte sehen dürfen. Denn Pater Cyprian sammelt Bücher, um sie zu verbrennen, und zwar nicht Stück für Stück, sondern in einem einzigen abschließenden Holocaust.

Ein Laienbruder, der sich irgendeiner Schuld besonders bewusst war, hatte Pater Cyprian testamentarisch zum alleinigen Treuhänder eines Einkaufsfonds ernannt - wohl in der Hoffnung, die Welt auf diese Weise von dem Schlüssel zu einem Bösen zu befreien, wie es die Hexe von Endor praktiziert hat. Seit einem halben Jahrhundert erwarb Pater Cyprian Bände, die als längst verschwunden galten, und es entsprang möglicherweise der letzten Phase seines angeschlagenen Stolzes, dass er hoffte - anstatt sie stückweise zu verbrennen - einen einzigen Scheiterhaufen aus ihnen zu formen und direkt danach zu seinem Schöpfer zu gehen.

In diesem Fall kann sogar Stolz einem angemessenen Zweck dienen; denn, wenn er die Bücher so schnell wie möglich verbrannt hätte, hätte sie King niemals studieren und Schlussfolgerungen ziehen können. Er zog King, Grim, Ramsden und einige andere überhaupt nur deshalb ins Vertrauen, weil es angeblich noch immer neun „Superbücher" gab und geben soll, deren Inhalt das absolut Böse nahezu übertraf. King und seine Freunde durften verwenden, was Cyprian bereits besaß, und sie durften auf seinen Rat und seine Unterstützung zählen; sollten sie jedoch auf eines der neun Bücher stoßen, würde Cyprian diese zusammen mit allen anderen verbrennen.

Sie durften die neun Bücher nicht studieren, wenn sie ihrer habhaft werden sollten, und vor allem durften sie ihren Inhalt keinem Außenstehenden offenbaren; denn Cyprians Ziel war und ist es, die Erinnerung an die Existenz dieser Bücher und die Teufelei, die sie lehren oder lehren sollen, auszulöschen. (Auch, wenn einige behaupten, sie würden Weisheit lehren.) Aber sie konnten die Informationen, die sie nebenbei aufschnappten, nach Belieben nutzen, und es stand ihnen frei, mit einzelnen Personen so umzuspringen, wie es die Umstände und ihr eigenes Ermessen erforderlich machten. Pater Cyprian kümmerte und kümmert sich nicht wirklich um die Konsequenzen. Er glaubt an die Beseitigung der Ursache, und ist sich sicher, dass diese neun Bücher der Schlüssel sind, der, wenn er weggeworfen wird, eine Wiederentdeckung der Wurzel der Nekromantie unmöglich machen wird. So viel zu ihm.

Jeremy Ross betrat lachend die Bühne, lachte mit fröhlicher Respektlosigkeit das ganze Stück hindurch und lacht immer noch, nicht geneigter, das Leben ernst zu nehmen, als damals, als er den Türken im dreitägigen Kampf bei Gaza gegenüberstand, eine zerrissene Decke mit einem verwundeten Türken teilte und seine Chance auf Beförderung zerstörte, indem er einem britischen Oberst „Algy" ins Gesicht schrie. Andererseits ist er ebenso unbesiegbarer Opportunist wie damals, als er Arabien durchstreifte, in der Gegend herumirrte und nur durch den Ruf Wunder vollbringen zu können, überlebte.

Jeremys erklärtes Motiv war der Wunsch, mehr Tricks und die ihnen zugrundeliegenden Prinzipien zu erlernen. Er ist überzeugt davon, dass selbst der so oft erzählte und ausnahmslos unbestätigte „Seiltrick", bei dem ein Hindu an einem Seil in die Luft klettern und verschwinden soll, einfach das Ergebnis gut geschulten Einfallsreichtums ist.

„Ein Kerl, der weiß, wie es geht, kann alles machen", sagte Jeremy, und beabsichtigte, zu lernen, wie alle indischen Tricks ausgeführt werden. Die Motive, die er nicht zugab, aber ebenso offensichtlich waren wie das Lachen auf seinen Lippen und der Sonnenbrand auf seinem hübschen Gesicht, waren der Loyalität gegenüber Athelstan King, Grim und Ramsden geschuldet, eine Art Verantwortungslosigkeit, lässt ihn zum Vergnügen in jedes Spiel stürzen, das er sieht, und er weist eine grundsätzliche Bereitschaft auf, für das Recht sein eigener Herr zu sein gegen jede Kombination von Männern und Umständen zu kämpfen. Er hat keinerlei Verwendung für Befehle von „oben", für Protz, Augenwischerei, gestelztes Getue, ererbten Adel oder das, was man Staatskunst nennt.

„Ein Diplomat macht nichts Anderes als ich", sagt Jeremy, „nur nenne ich es Tricks und er staatsmännisches Geschick."

Es reichte, dass King und Grim die Festung der geheimen Tyrannei gestürmt hatten. Jeremy war sofort bereit, die Zerstörung der Festung in einen heftigen Kampf und ein Picknick zu verwandeln, und er war schneller als jeder von ihnen, wenn es darum ging, den äußeren Schirm der Täuschung zu durchdringen. Er verstand sich bemerkenswert gut mit Pater Cyprian, alles in allem sogar erstaunlich gut.

James Schuyler Grim ist der Protagonist des Friedens, wo es keinen Frieden gibt. Seine Leidenschaft ist es, im Streit zwischen Menschen zwei Pausen einzuführen, wo vorher nur Eine war und so dem neuen Jahrtausend eine Chance zu geben. Grim ist ein Erzpragmatiker. Er hält das Leben der Menschen, sein eigenes eingeschlossen, ohne Arbeit für wertlos und sein höchster Ausdruck von Freundschaft ist es, eine Aufgabe auf die andere zu stapeln, bis es fast bis die Zerreißgrenze erreicht wird. Auch er widersetzt sich der Einmischung von „oben", aber ohne Jeremys Turbulenzen und mit viel mehr Weisheit - manchmal fast schon satanisch, was einer der Gründe dafür ist, dass Jeremy ihm nicht immer mitten ins Gesicht spottet.

Jeremy macht sich über Athelstan King lustig, weil King in siebter Generation der britischen Armee angehört und dementsprechend die kleinen Präzedenzfälle und Bräuche respektiert, die für einen Australier einer Götzenanbetung gleichkommen. Jeremy war ein Soldat. King war Oberst, ist aber jetzt bei demselben Multimillionär angestellt, der für Grims und Ramsdens Auskommen sorgt; Tatsächlich hat er Jeremys Platz eingenommen, denn Jeremy kann die Macht von Geldgebern nicht ausstehen und würde eher am Straßenrand für sein tägliches Brot jonglieren, als sich irgendjemandem wegen dessen überschüssigen Geldes auszuliefern.

Jeff Ramsden ist ein weiterer Unabhängiger, der sich eher damit rühmt, langsam und schwerfällig zu sein, während er in Wirklichkeit ein solider Denker ist, der Argument auf Argument aufbaut, bis er überzeugt ist, und erst einen Fuß abstellt, bevor er mit dem anderen nachforscht. Er ist körperlich beinahe stärker als zwei normal entwickelte Athleten, aber es würde wahrscheinlich Jeff Ramsdens Herz brechen, wenn er seine behaglichen Ersparnisse verlieren würde, während Jeremy seinen letzten Cent genauso fröhlich verlöre, wie er den eines anderen Menschen gewinnen würde.

Dann sind da noch Narayan Singh und Ali ben Ali aus Sikunderam, beide Glücksritter, der eine ein Sikh mit pantheistischen Tendenzen, der andere ein Pathan mit sieben Söhnen. Ali ben Ali gibt jedenfalls gerne zu, dass es seine Söhne sind, und niemand bestreitet, dass er die empörten rechtmäßigen Besitzer der Mütter bekämpft und erschlagen hat, obwohl es in den Bergdörfern Zyniker gibt, die schwören, dass sich Ali da ein wenig selbst schmeichelt. Die Aussagen der Mütter (natürlich ebenfalls sieben an der Zahl), die größtenteils unter Zwang kurz vor ihrem Tod gemacht wurden, gelten jedenfalls in dem Land, aus dem Ali stammt, nicht als vertrauenswürdige Beweise.

Ali hat Feinde, aber er ist ein Mann, was auch sonst; und das vielleicht größte Kompliment, das Narayan Singh je gemacht wurde, ist, dass Ali ben Ali aus Sikunderam ihn respektiert und dreimal nachdenken würde, bevor er den Sikh zum Kampf herausfordert, auch wenn die gegenseitige Achtung vor Grim und King einen Streit nicht ausschließen würde. Die beiden sind furchtbar respektlos gegenüber den Göttern des jeweils anderen, kamen aber nach einem nächtelangen Streit auf der von Narayan Singh vorgeschlagenen Grundlage schnell zu einer frühen Einigung:

„Wenn euer lächerlicher Allah etwas gegen meine Meinung hat, warum erschlägt er mich dann nicht? Ich fordere ihn heraus! Was dich betrifft, Ali ben Ali aus Sikunderam, so bist du ein Dutzend Allahs wert, denn du bist weniger feige, großzügiger und hast keine Angst, aufzustehen und gesehen zu werden!"

„Es ist schade um dich, Narayan Singh", antwortete Ali ben Ali und nickte tolerant. „Ich werde in dieser Welt einen Freund aus dir machen, nur um dich in der nächsten Welt von Teufeln zerrissen zu sehen. Aber das ist Sache Allahs, denn er ist der Herr der Barmherzigkeit."

„Was ein großer Witz ist!" korrigierte Narayan Singh.

„Er wird dich in Würmer verwandeln", warnte Sikunderam.

„Dann werde ich dem großen Ding den Bauch abnagen!", sagte der Sikh.

Sie kamen überein, die Debatte auf die nächste Welt zu verschieben und sich in dieser eng zu verbünden - ein Plan, der, wenn er allgemein befolgt werden würde, eine Menge Zeitverschwendung verhindern würde.

„Denn wenn ich dich töten würde oder du mich töten würdest", sagte Ali ben Ali, „dann wäre nur noch die Hälfte unserer Männerwelt übrig!"

Und das war ein Punkt, in dem sie sich sofort einigen konnten, denn keiner von ihnen hatte eine schlechte Meinung von sich selbst, und keiner von ihnen scherte sich um den Idealismus von Grim und King. Sie entschieden sich, Männern zu folgen, denn sie waren Männer, und zollten dem – wenn nicht sogar gerne- zumindest Tribut.

Aber sie wurden auch - genau wie Chullunder Ghose - vom Zauber des Unbekannten und der Verlockung sagenumwobener Schätze angezogen; die Babu stecken alle voller Phantasien und Alarmbereitschaft, sie sind allesamt abenteuerlustig.

Sicherlich bedeuteten ihnen die alten Wissenschaften nichts; und doch war es das Streben nach den alten Wissenschaften und nichts Anderes, das die Zwölf zusammenbrachte und den Dreizehnten hätte hinzufügen können, wenn die Zahl Dreizehn ihren Ruf nicht dadurch gerechtfertigt hätte, dass sie sich für da Gama, den Portugiesen, als tödlich erwies. Und das war keine Schande, sondern hatte wissenschaftliche Gründe.

Er trank zu häufig zu billigen Fusel und wusch sich zu wenig, um eine gute Gesellschaft zu sein. Sein Appetit war in jeder Hinsicht der eines Vielfraßes, Getränke eingeschlossen, und er nahm seine Gelehrsamkeit wie Champagner, Bier oder Currysardellen in Schlucken zu sich.

Er war auch nicht schön anzusehen – safrangelb, unter glänzend schwarzem Haar, mit einem Paar kohlschwarzer Augen, deren Weiß gelb und rot von langen Ausschweifungen war und -

kurz gesagt - asthmatisch -, immer in rostschwarzem Wollstoff und gelegentlich in weiße Drillichhosen gekleidet, mit schwarzen Stiefeln, die mit kaputten Schnürsenkeln zugebunden waren. Sein Gesicht war von unhaltbaren Geschichten und unverständlichem Wissen, das nicht bekannt werden durfte, gesäumt und gezeichnet. Seine Fingerspitzen waren geschwollen und seine Nägel abgebissen. Sein Hemd, das wegen der Streifen und der Farbe auch ein Petticoat hätte sein können, wölbte sich durch die Lücke zwischen seiner Hose und Weste, die im Laufe des Tages immer unordentlicher wurde, und er zerrte in regelmäßigen Abständen an seiner Hose. Er trug einen kleinen schwarzen Kaiserbart, der sein Kinn, das nicht von Natur aus, sondern von der Waffe eines Mannes gespalten war, nur halb verdeckte. Der Spalt bewirkte, dass er beim Lächeln für einen Moment gut gelaunt aussah. Das Lächeln begann mit einem bösartigen Grinsen, ging in einem seltsam schmelzenden Moment in eine geradezu pathetische Phase über und endete zynisch, indem es gelbe Eckzähne zeigte. Er hatte nicht die geringste Vorstellung davon, wie man angenehm wirkte - er hätte sich selbst verachtet, wenn er es je versucht hätte - und doch gab er der Welt die Schuld und fügte ihr so viel Schaden zu, wie er nur konnte, weil sie sich weigerte, ihn zu lieben. Er trug immer einen runden schwarzen Hut, wie ein englischer Geistlicher, und nahm ihn nie ab, auch nicht im Haus, bis er sich setzte, und hielt ihn dann zusammengerollt in der Hand, als ob er seine Gedanken darin aufbewahrte und fürchtete, sie zu verschütten.

Es war Chullunder Ghose, der ihn in das Büro in der Seitenstraße von Chandni Chowk lockte, der berühmten Straße der Silberschmiede in Delhi, und eine gute Straße, wenn man weiß, was das Gute in einer Straße ausmacht. Männer - alle Arten von Männern – kommen vorbei.

Sie hatten ein Büro in einer Seitenstraße, eine Treppe über einer Maharatta-Drogerie, mit dem Namen „Grim, Ramsden und Ross" auf einem Messingschild an der Tür. Das Gebäude nebenan war ein Lagerhaus für Häute, Haare, Talg, Kaugummi,

Kurkuma und schädliche Chemikalien, durch das sie der Vereinbarung nach Zugang zu einer Hintertreppe hatten. Aber die vordere Treppe, über die man ihr Büro erreichte, war ein schmaler, steiler Stieg zwischen zwei Gebäuden, übersät mit Obstschalen und Zigarettenstummeln und stets von Leuten bevölkert, die sie als eine Art überdachte Tribüne nutzten, von der aus sie die Straße beobachteten oder einfach nur dasaßen und nachdachten, vorausgesetzt, dass irgendjemand bei all dem Lärm denken konnte.

Man musste die Treppe vorsichtig hinaufgehen, aber das Hinuntergehen war einfacher, denn, wenn man seinen Fuß flach auf den Hinterkopf eines Mannes legte und ihn plötzlich anstieß, kippte er nach vorne und riss eine ganze Reihe mit sich, weil sie alle im Schneidersitz dasaßen und nicht wie die Europäer mit den Füßen auf der Stufe darunter.

Ohne Narayan Singh, Ali ben Ali und Chullunder Ghose - die ersten beiden waren unerbittlich, der dritte Diplomat - wäre die Existenz dort prekär gewesen. Heutzutage ist es Mode, Westler zu verachten, indem man sie vom Bürgersteig stößt und in Babu-Englisch Bemerkungen macht, die Vergeltungsmaßnahmen fast schon herausfordern; Obwohl sich King, Grim und Ramsden verkleiden, als Eingeborene des Ostens ausgeben können und Jeremy in Zivil einen Araber glauben machen kann, er sei ein verkleideter Aras, hätte der Name der Firma auf dem Messingschild ausgereicht, um Ärger hervorzurufen - wäre es nicht so offensichtlich gewesen, dass dieser Ärger einen Sikh-Dolch, einen afghanischen Talwar und die Natternzunge des am wenigsten nachsichtigen Babu in ganz Indien beinhalten würde.

Es war die Zunge des Babus, die da Gama an der Tür vorbeiziehen ließ. Er fürchtete sich davor, wie sich manche Politiker vor Zeitungen fürchten, und es mag sein, dass er hoffte, den Babu ermorden zu können, weil das der einfachste Weg war, ihn zum Schweigen zu bringen. Alle sind sich einig, dass er überrascht und verärgert war, als Narayan Singh den schmalen Gang hinunterstürmte, ihn anrempelte, als er zögernd stehen blieb, ihn im Handumdrehen in einen Streit verwickelte und rückwärts durch die Bürotür stieß. Drinnen sah er sich mit der ganzen Gruppe konfrontiert, denn Narayan Singh war ihm gefolgt und verriegelte die Tür hinter seinem Rücken.

Er stand eine Minute lang schweigend da, zeigte seine gelben Zähne, machte Anstalten seine Hände in Richtung seiner Taschen zu bewegen und unterließ es dann doch. Also ging Ali ben Ali auf ihn zu und durchsuchte ihn, während er ihn mit seinem linken Arm packte, nach Waffen. Er zog ein langes Messer und einen Totschläger heraus, legte sie mit einem breiten Grinsen auf seine rechte Handfläche und gab sie ihrem Besitzer zurück. Es gab keine Pistole. Dann schob er den Portugiesen in Richtung des Bürohockers, der als einziger Platz unbesetzt war. Da Gama setzte sich darauf, stellte seine Fersen auf die Sprossen und drehte die Zehen nach außen, woraufhin er seinen runden, schwarzen Hut abnahm und zusammenrollte.

Die anderen saßen an der Wand auf Bugholzstühlen oder auf andere Weise herum, je nach Temperament - alle mit Ausnahme von Pater Cyprian, dem mit Rücksicht auf sein Alter der Schreibtisch und der Drehstuhl zugeteilt worden waren. Cyprian hielt den Deckel des Schreibtisches hoch, ließ ihn aber wieder zufallen.

Da Gama erschrak bei dem Geräusch, starrte eine Sekunde lang vor sich hin und fluchte dann zwischen seinen Zähnen etwas auf Portugiesisch. Niemand im Raum verstand Portugiesisch, außer vielleicht der Priester.

„Du erkennst mich, denke ich?", flötete Cyprian fast im Falsett, seine kleinen hellen Augen schimmerten durch seine Falten und seine beweglichen Lippen verzogen sich zu einem Lächeln, das Belustigung ausdrücken sollte und ganz sicher eine Maske war.

Er hat das Gesicht eines freundlichen Wasserspeiers, voll von menschlichem Verständnis und einer Art fröhlicher Verachtung, die damit einhergeht. „Bleibe bei Deinem Geschäft, die Messe zu murmeln! Was wollen die anderen?", fragte der Portugiese unhöflich. „Ich habe nichts mit Priestern am Hut!"

Seine tiefe, asthmatische Stimme war ein absoluter Kontrast zu der des anderen. Ebenso seine mürrische Art. Es gab kein verbindendes Glied zwischen ihnen, außer diesem einen, schnellen, momentanen Ausweichen aus der Härte, als das Gesicht des Portugiesen von einem finsteren Blick zum nächsten wechselte. Aber Cyprian erkannte das und reagierte schnell, bevor das menschliche Gefühl verblasste:

„Mein Freund", sagte er, „du warst es, der versucht hat, meine Bibliothek zu stehlen, und ich habe nie versucht, dich bestrafen zu lassen, denn ich weiß, wie stark die Versuchung ist."

„Du bist ein Geizhals mit deinen Büchern - ein Hund in der Krippe", erwiderte der Portugiese. „Du brichst dein eigenes Gesetz, das besagt, dass man das Licht nicht unter den Scheffel stellen soll!"

„Es ist die Dunkelheit, die sich versteckt", antwortete der Priester mit einem weiteren seiner breiten Lächeln. „Du warst es, mein Freund, der versucht hat, mich zu ermorden - eine Sünde, vor der ich dich nur dadurch bewahrt habe, dass ich mich einen Zoll östlich der Flugbahn deiner Kugel befand."

„Du lügst wie alle anderen Priester!", knurrte da Gama.

„Nein, nein. Nicht alle von uns sind so voreilig. Tatsächlich sind wir alle gelegentlich sehr vorsichtig. Ist das nicht die Pistole, mit der du versucht hast, auf mich zu schießen?"

Er hob den Deckel des Schreibtisches wieder an und holte ein überraschendes Ding hervor, das aus dem Gesetz gegen das Tragen von Schusswaffen hervorgegangen war. Es war eine Pistole aus Federn und Teakholz, fast so klobig wie die alten Museums-holster, aber so fähig aus nächster Nähe zu morden, wie eine Kobra. Da Gama schwieg.

„Mein Freund, ich habe dir noch nicht einmal einen Vorwurf ge-macht", fuhr der Priester fort, und seine dünne Stimme quietschte vom Rost der Jahre. „Ich habe dich bemitleidet, und was mich betrifft, ist dir vergeben. Aber es gibt Konsequenzen."

„Was?", fragte der Portugiese und zeigte zwischen Spott und Zorn verräterisch noch einmal diesen Moment menschlicher Ge-fühle.

„Von demjenigen, dem so viel vergeben wurde, wird etwas ver-langt", antwortete der Priester entschieden.

„Was?", wiederholte der Portugiese.

Jeremy griff nach der Pistole und fing an, mit dem Ding herum-zuspielen, ebenso zufrieden mit dem Mechanismus wie ungedul-dig wegen der Präliminarien. Ali ben Ali aus Sikunderam zog sein eigenes langes Messer heraus und tippte andeutungsweise mit dem Daumen auf dessen Schneide.

„Du hast fünfundzwanzig und ich fünfzig Jahre lang das Gleiche gesucht", sagte der Priester langsam. „Du hast den einen Weg eingeschlagen, ich den anderen. Meiner ist der beste, und nun musst du ihm folgen, mein Freund..."

„Denn ich durchschneide Kehlen mit einem nach außen geführ-tem Stoß", unterbrach Ali ben Ali. „Die Spitze geht durch die Luftröhre, und die Schneide des Messers trennt die Halsknoch-en." Das war furchtbar gut gesprochen. Ali ben Ali scheiterte in seiner Jugend an einem Bachelor-Abschluss, bestand aber in Rhetorik. Da Gama schauderte.

„Friede!", befahl Cyprian.

„Für den Moment", stimmte Sikunderam zu und verstaute das Messer, ließ den Griff aber hervorstehen. Aus religiösen Gründen war er darauf bedacht, dem fremden Priester nicht zu viel Respekt zu erweisen.

„Was willst Du?", fragte da Gama.

Pater Cyprian griff in seinen Schreibtisch und holte ein Säckchen aus Sämischleder hervor. Er öffnete es, schüttete etwa dreißig Goldmünzen in seine Hand und hielt sie dem Portugiesen hin, dessen Augen plötzlich einen anderen Ausdruck bekamen.

„Der Rest davon", sagte Cyprian, „und die neun Bücher. Du kannst so viel von dem Geld haben, wie du haben willst, mein Freund, und du kannst auch meinen Anteil haben, denn ich brauche nichts davon. Aber die Bücher gehören mir, damit ich damit machen kann, was ich will."

Da Gama wiederholte alle Phasen seines Lächelns und endete mit dem üblichen spöttischen Grinsen. „Kein Zweifel! Wenn ihr die Bücher habt, werdet ihr kein Geld mehr brauchen."

„Ich werde tun, was immer ich will", antwortete der Priester, ohne auf diesen Punkt näher einzugehen. „Weißt du, woher die kommen? Schau sie dir an."

Er schüttete da Gama die Münzen in die offene Hand, und die dunklen Augen des Portugiesen schienen von innen Feuer zu fangen. Keine der Münzen war jüngeren Datums als tausend Jahre vor Christus, und eine oder zwei waren aus so weichem Gold, dass die gesamte Prägung weggerieben und weggepresst worden war.

„Das Säckchen - erkennst du das Säckchen?", fragte der Priester und reichte ihm auch das. „Erkennst du es? Ja? Du hast es, wie du Dich vielleicht erinnerst, mit dem Geld darin zurückgelassen, als du versucht hast, mich zu erschießen, und mein Diener dir den Mantel heruntergerissen hat. Er hätte dich gefangen nehmen können, aber..."

Da Gama lächelte wieder, begann und endete gemein, mit einem Anflug von Unverschämtheit, durchlief aber unweigerlich dieses momentane menschliche Stadium.

„Aber das macht nichts", fuhr Cyprian fort. „Du kannst alles zurückhaben, bis auf die Pistole. Mein Diener wird dir deinen Mantel bringen. Dir ist vergeben worden. Aber woher hast du das Geld bekommen? Ich muss es wissen."

„Ja, wir alle müssen das wissen", stimmte Ali ben Alis tiefe Stimme zu, und der Mann aus dem Norden zog erneut sein Messer und strich mit einer Art professoraler Wertschätzung über dessen Schneide.

Grim, als Punjabi verkleidet, hatte da Gamas Gesicht beobachtet. Jetzt sah er sich veranlasst, zu offenbaren, dass in Wirklichkeit er derjenige war, der das Verfahren führte.

„Du verstehst?", fragte er. „Alles, was Pater Cyprian will, sind die Bücher."

„Und Du?", fragte da Gama wieder höhnisch. Es schien seine Politik zu sein, mit Fremden in Kontakt zu treten, indem er sie provozierte. „Dir geht es nur ums Geld?"

Grim kramte in den Falten seines losen Obergewandes und holte ein Telegramm seines Arbeitgebers in New York hervor.

UNTERSUCHEN UND BERICHTEN SIE ÜBER DAS STÄNDIGE VERSCHWINDEN VON MÜNZEN IN INDIEN. MELDRUM STRANGE.

Er reichte es an da Gama weiter, der es las und eine Augenbraue hochzog:

„Du hast ein Alibi?", schlug er vor und sprach das Wort aus, als wäre es portugiesisch, was es aus unerfindlichen Gründen noch anstößiger machte.

Grim ignorierte das.

„Wir wollen herausfinden, was mit dem Gold und Silber im Wert von mehreren Milliarden Dollar geschehen ist, das in den Tausenden von Jahren seit Beginn des Bergbaus aus der Erde geholt wurde. Das im Umlauf befindliche Bargeld macht nicht einmal ein Prozent davon aus. Wo ist der Rest?", erklärte er.

„Was passiert, wenn du es findest?", fragte da Gama.

„Wenn du hilfst, kannst du so viel davon haben, wie du brauchen kannst", warf Cyprian ein.

„Vater Cyprian will die neun Bücher", wiederholte Grim. „Er will das Wissen zerstören, das es bestimmten unbekannten Männern seit Tausenden von Jahren ermöglicht, die Welt um ihre Gold- und Silbervorräte zu bringen. Ich möchte herausfinden, wo sich das Gold und das Silber befinden. Du kannst genug davon abhaben, wenn Deine Hilfe etwas bringt."

„Ich möchte auch wissen, wo das Gold und das Silber ist", sagte Ali ben Ali, von seinem Kissen in einer Ecke aus. „Auch ich will genug davon haben", fügte er hinzu, steckte sein langes Messer mit der Spitze nach unten in den Boden und legte die Handfläche auf den Griff, um das Zittern zu stoppen. „Mein Herz zittert wie das Messer!"

Es war leicht, ihm zu glauben. In diesem Moment umrahmte sein graumelierter Bart die Gier und nicht viel mehr außer der Rücksichtslosigkeit, die ihm Energie verlieh. In seinen Augen lag das Glitzern des Morgens auf den Felsen des Himalayas. Ali ben Ali aus Sikunderam hatte viele Visionen, sobald die magischen Namen von Gold und Silber erwähnt wurden.

„Ich durchschneide Kehlen mit einem nach außen geführten Stoß", fügte er bedeutungsvoll hinzu, zog das Messer wieder heraus und blickte den Portugiesen an.

Dann übernahm Athelstan King.

„Dieselben Männer, denen diese neun Bücher gehören, hüten auch das Geheimnis der Gold- und Silbermünzen", sagte er und sprach es ganz offen aus, wie es eben seine Art ist.

„Woher weißt du das?", spottete da Gama.

„Weil ich mich wie du jahrelang der Jagd nach ihnen gewidmet habe", antwortete King, und in seinen Augen lag die stahlgraue Kraft eines Jägers, der in den Wind und das Sonnenlicht blickt.

„Jagd?" Da Gama grinste wie üblich höhnisch. „Hast du viel gefangen?"

„Du auf jeden Fall!" antwortete King, und Chullunder Chose nutzte die Gelegenheit für eine Werbung in eigener Sache.

„Euer Ehren hat diesem Babu Befehle erteilt - besagter Babu hat sie befolgt", lächelte er und wischte sich mit einem Taschentuch den Schweiß von der haarigen Brust, vielleicht um die Aufmerksamkeit auf die Sorgfalt zu lenken, mit der er gearbeitet hatte.

Dann entschied er sich, seine Geschicklichkeit zu betonen und zu veranschaulichen, indem er das Taschentuch auf den Boden warf und es zwischen seinen Zehen auffing.

„Du bist einfach ein Gefangener", sagte King und sah den Portugiesen direkt an.

„Dies", sagte Narayan Singh, der neben Ali aus Sikunderam auf dem Boden saß, „ist das Schreiben eines gewissen Dilji Leep Singh, der schwört, dass er dir geholfen hat, Bücher aus einem Tempel zu stehlen, aber nie dafür bezahlt wurde. Er wird bei Bedarf als Zeuge aussagen."

Narayan Singh legte ein Papier in Reichweite von da Gama auf den Boden, und genau das bewirkte den Unterschied. Er hatte Vorstellungskraft. Er konnte die Niederlage sehen.

„Du kannst vielleicht einen Teil des Geldes haben, wenn wir es mit Deiner Hilfe finden", erinnerte Grim.

„Und ich habe dir verziehen", fügte Cyprian hinzu.

„Aber ich durchschneide Kehlen mit einem nach außen geführten Stoß", meinte Ali ben Ali aus Sikunderam.

„Oh, was wollt ihr denn?", rief der Portugiese und warf plötzlich theatralisch seine geballten Fäuste in die Höhe. „Bin ich nach fünfundzwanzig Jahren in der Gewalt von Räubern und Geiselnehmern gelandet? Na gut! Ich gebe auf! Haltet Euer Versprechen schriftlich fest, und ich werde alles verraten!"

KAPITEL ZWEI

„Schaffe nur das Gold her, Portugiese!"

ABER haben keine Versprechen schriftlich niedergelegt. Es war da Gama, der so verzweifelt war, dass er sie um den Preis seines Lebens herausfordern wollte und nie sicher war, ob Ali ben Ali oder der Sikh diese Herausforderung annehmen würden, während er die Bedingungen auf ein halbes Blatt Papier schrieb.

„Zur Hölle! Hier! Das ist mein Minimum! Ohne eine Unterschrift gibt es keine Folter im Universum, die hart genug wäre, um mich zum Reden zu bringen!"

„Das ist eine portugiesische Meinung, möglicherweise anarchistisch! Dieser Babu, der seine persönliche Demütigung riskiert, gibt freiwillig einen Rat: Sei skeptisch!", bemerkte Chullunder Ghose und rollte aus der Mitte, um die Tür eines kleinen Schranks zu erreichen.

Er holte einen Krug gefüllt mit einer Gallone Whisky heraus und schob ihn laut über den Boden, um da Gamas Aufmerksamkeit zu erregen. Pater Cyprian ging hinaus, ohne ein Wort zu sagen, und Narayan Singh schloss die Bürotür wieder hinter ihm ab.

„Da ich nicht um Rat gefragt wurde, erteile ich ihn in aller Höflichkeit selbst, nämlich", sagte der Babu und hielt inne, „gebt ihm einen Drink und behaltet den Rest des Inhalts zurück, bis die Fragen beantwortet sind. Es gibt auf keinen Fall Wasser!", fügte er hinzu und schürzte die Lippen.

Da Gama brach in Schweiß aus. Er war kein Held, aber er besaß große Vorstellungskraft. Solange der Priester anwesend war, hatte er mit dessen unerbetenen Vergebung gerechnet und damit, dass der Priester keine illegale Gewalt in seiner Gegenwart dulden würde. Aber Cyprian war weg, und er sah sich im Raum um. Sie alle wussten, und er wusste, dass sie wussten, was die Whisky-Folter für einen Mann seiner Veranlagung bedeutete.

Er steckte das zerknitterte Blatt in seine Tasche und kapitulierte.

„Was wollt ihr wissen?", fragte er heiser.

„Gebt ihm einen Drink", befahl King und als der Portugiese ihn sich in den Hals gegossen hatte: „Wo habt ihr die Münzen gefunden?"

„In den Ruinen eines Tempels. Ich kann den Ort nicht genauer beschreiben."

„Warum nicht?"

„Er hat keinen Namen."

„Du kannst uns dorthin führen."

Da Gama nickte.

„Ja", sagte er. „Ich kann Euch führen, aber ihr werdet nichts finden. Ich habe das Gold weggeschafft – ihr werdet schon sehen. Ihr könnt tausend Jahre suchen. Ich habe alles mitgenommen. Ich bin intelligent - ich. Ihr habt nicht die intellektuellen Voraussetzungen. Doch ich sage euch, ich weiß nichts - nichts! Nur Cyprian, der Priester, ist dazu in der Lage, denn er hat Bücher. Aber der Narr denkt, sie sind böse, und will es nicht sagen! Er ist ein Spielverderber, ein Geizhals, ein..."

„Kümmere Dich nicht um ihn. Sag uns, was du weißt", unterbrach King.

„Ich weiß, dass keiner von euch überleben wird, wenn ihr nicht aufhört, euch in die Angelegenheiten der Neun Unbekannten einzumischen!"

„Stell den Whisky zurück in den Schrank!" befahl Grim.

Chullunder Ghose gehorchte. Es war stickig im Büro und der Portugiese kapitulierte zum zweiten Mal.

„Es gibt nur einen Weg, der einen Versuch wert ist", sagte er und versuchte, seine Lippen zu befeuchten, die schon bei der bloßen Erwähnung des Whiskykrugs trocken geworden war. Seine Zunge fühlte sich eine Nummer zu groß an. „Ihr müsst mir helfen - mich unterstützen. Ihr müsst diese Bücher von Cyprian zurückbekommen und sie mich lesen lassen. Sonst werdet ihr alle scheitern. Ich bin der einzige lebende Mensch, der je die Suche nach den Neun Unbekannten so weit vorangetrieben hat. Ich bin der Einzige, der etwas gefunden hat. Sie haben mehrere Anschläge auf mein Leben verübt. Welche Chance hättet ihr, ihnen zu entkommen? Whisky bitte."

Grim schüttelte den Kopf.

„Dann Wasser!"

„Verdiene dir deinen Drink", antwortete Grim.

„Tschaa! Nun ja - es spielt keine Rolle, was ich Euch erzähle! Ohne mich ist das alles nutzlos. Euch fehlt die nötige Intelligenz. Das Problem ist vertikal, nicht horizontal. Alle Spuren verlaufen im Sande – ihr tappt völlig im Dunkeln und seht es nicht. Was nützt es, Euch alles zu sagen? Die Neun Unbekannten sind an der Spitze. Das ist eine einfache Tatsache. Neun Individuen, voneinander unabhängig, bilden zusammen ein sich selbst erhaltendes Gremium – jeder von ihnen ist allen anderen acht bekannt, aber keinem anderen Individuum auf der Erde - das heißt, kein anderer Mensch auf der Welt weiß, dass er ein Mitglied der Neun ist. Versteht ihr das?

Jeder der Neun ernennt also neun andere, die nur er kennt und von denen jeder der Neun annimmt, dass sein Auftraggeber nur ein weiterer Diener der Neun ist. Sie halten die Befehle, die sie von ihm erhalten, für Befehle aus zweiter Hand, die weitergegeben wurden. Es gibt sozusagen einundachtzig Oberleutnants, die sich für Unterleutnants halten. Und jeder dieser einundachtzig beschäftigt neun andere, die wiederum nur ihm selbst bekannt sind, was siebenhundertneunundzwanzig dritte Leutnants ergibt, von denen jeder höchstens acht seiner Mitarbeiter kennt, die aber alle in den Diensten der Neun stehen, die sie aber weder vom Sehen noch vom Namen her kennen. Kannst du mir folgen?

Jeder der siebenhundertneunundzwanzig dritten Leutnants hat neun Männer unter sich, die er selbst auswählt, von denen jeder wiederum neun weitere hat. Die Kette ist also endlos. Es gibt keine Hinweise. Wenn sie, sagen wir, einen vierten Leutnant ausfindig machen, kennt er nur die Identität desjenigen, der ihm Befehle erteilt, und vielleicht zusätzlich zu seinen eigenen neun Untergebenen die Namen von acht Mitarbeitern, von denen keiner mehr weiß als er.

Wenn einer der Neun Unbekannten stirbt, wählen die anderen acht eine Person, die seinen Platz einnimmt. Niemand außer ihnen ahnt, dass die Stelle neu besetzt wurde. Niemand, außer den Neun, weiß, wer die Neun sind. Jeder erste, zweite, dritte, vierte, fünfte, sechste, siebte, achte Leutnant ist für neun verantwortlich; und sie für ihn. Nichts wird schriftlich festgehalten. Es gibt keine Musterrolle."

„Wie alt ist diese Organisation?" fragte King.

„Wie alt ist Indien?", erwiderte der Portugiese. „Wie viele Dynastien dachten wohl, sie würden regieren? Sie haben Steuern erhoben und alle haben Tribut an die Neun gezahlt! Wenn das Geld, das die Neun in all diesen Zeitaltern erhalten haben, mit Zinseszins angelegt worden wäre, wäre die ganze Welt so furchtbar verschuldet, dass die Menschen verstehen würden, was geschehen ist und möglicherweise aufwachen würden. Aber in den Büchern, die die Neun in Gebrauch haben, steckt Weisheit - ein Buch für jeden Mann, jedes Buch behandelt einen Zweig der Weisheit. Sie haben einfach Geld gehortet, indem sie den Nationen die Verwendung des Goldes überließen, wie es in den Minen gewonnen wird und haben nur den Tribut für das Kapital, nicht für die Zinsen eingenommen. Versteht Ihr?"

King, Grim, Ramsden und Jeremy nickten. Ramsden las laut aus einem Notizbuch vor:

„Letztes Jahr betrug allein die Silberproduktion mehr als einhundertsechzig Millionen Unzen. Der Osten hat mehr als ein Viertel davon absorbiert..."

„Und heult wieder nach Silber!", sagte King. „Wohin sind vierzig Millionen Unzen verschwunden? Es ist etwas davon im Umlauf - nicht viel; Ziergegenstände machen einen Teil davon aus; ein wenig wurde von den Bauern gehortet, aber das ist in diesen Tagen der hohen Preise und Steuern wenig; wo ist der Rest?"

„Ich habe weiß Gott nichts davon", rief Chullunder Ghose und hob beide Hände in frommer Resignation.

„Wohin ist es verschwunden?", fragte der Portugiese. „Hier ist etwas davon" - er schüttelte den Sack aus Sämischleder - „aber alles, was ich gefunden habe, waren Reste in einer Spalte eines Tempelkellers, wo sie vor tausend Jahren den Tribut gelagert haben."

„Dennoch", so Chullunder Ghose, „verschlingt Indien weiterhin Gold und Silber in Crores[1], ohne dass das Verschluckte in irgendeiner erkennbaren Form je wieder auftaucht, ganz im Gegensatz zu den Lehren der politischen Ökonomie, die als Religion des Westens wahrscheinlich zu dem Unsinn von Priestern mit Scheckbüchern und Zylinderhüten führt. Wo ist das Gold und Silber abgeblieben? Das ist der springende Punkt."

„Babylon hatte Gold und Silber", sagte der Portugiese. „Wo ist es?"

---

[1] Crore (von Hindi करोड़ karoṛ [kʌˈroːɽ]) ist das südasiatische Zahlwort für „zehn Millionen"

Jeremy zog zwanzig Sovereigns aus seinem Gürtel. (Er trägt sie immer bei sich, sie sind seine eiserne Reserve, die nie ausgegeben wird, sondern nur zum Bluffen verwendet wird.) Er ließ sie von einer Hand in die andere klimpern, als ob ihn ihre Musik inspirierte. Da Gama fuhr fort:

„Indien hat schon immer Gold und Silber importiert - immer! Aber wo ist es geblieben? Etwas Schmuck, aber nicht viel; die Armbänder der einen Generation werden von der nächsten eingeschmolzen. Ein sehr kleiner Prozentsatz verschwindet durch Abnutzung. Natürlich geht immer auch ein wenig verloren. Etwas mehr wird vergraben und vergessen. Aber der Rest - der Überschuss, der sich in mindestens sechstausend Jahren angesammelt hat - ich schätze ein Haufen, so groß wie die Pyramide von Gizeh! Und wo ist der?"

Chullunder Ghose blinzelte. Ali ben Ali zog sein Messer und rammte es erneut in den Boden, wo es zitterte. Narayan Singh atmete zischend durch zusammengebissene Zähne. Jeremy legte seine zwanzig Sovereigns auf einen Stapel, und sie verschwanden alle bis auf einen, was faszinierend war; er tat das wieder und wieder, und man konnte nicht sagen, wo die neunzehn geblieben waren, bis er sie mit der linken Hand aus der Luft fing.

„Was ist aus dem Gold Salomons geworden?", fragte da Gama. „Er hatte so viel davon. Die Aufzeichnungen sagen, dass die Menschen während seiner Herrschaft an nichts Anderes dachten als an Gold und Silber. Er starb, und das Gold verschwand - wohin? Manche sagen, dass Salomo selbst einer der Neun Unbekannten war..."

„Wer sagt das?" verlangte King.

„Ich zum Beispiel!", antwortete da Gama. „Aber es gibt Bücher darüber. Frag Cyprian, den Priester. Er hat sie. Wo ist das Gold, das die Spanier und Portugiesen aus Südamerika und Mexiko nach Hause verschifften? Wo sind all die Erzeugnisse des Transvaal und Australiens? Sie holten Gold und Silber im Wert von sieben Milliarden Dollar aus dem Comstock – und das war nur eine einzige Erzlagerstätte in Nevada - doch sagen Sie mir: Wie viel Gold und Silber gibt es heute auf der Welt? Der größte Hort - größer als alle anderen bekannten Horte zusammen - befindet sich im Schatzamt der Vereinigten Staaten, und das ist nicht einmal ein Hut voll, verglichen mit der Gesamtsumme, die bekanntlich im Laufe der Geschichte abgebaut wurde! Wohin ist der Rest verschwunden?"

„Das fragen wir dich", warnte Grim ihn, und Ali ben Ali zog den Griff seines Messers zurück und ließ es los, so dass es summte wie ein geworfenes Ding.

„Ich muss die Bücher sehen, die Cyprian, der Priester, besitzt", antwortete da Gama, blickte auf das Messer und erschauderte.

„Sie geben keinen Hinweis auf den Schatz", antwortete King.

Da Gama lachte tatsächlich, was er nur selten tat. Es klang, als würde etwas zerbrechen. Jeremy lachte auch, als würde sich Wasser Bahn brechen und nahm mit einem Schwung alle zwanzig Sovereigns in die Hand, zeigte aber sofort, dass die Hand leer war.

„Die Hand täuscht das Auge!" sagte Jeremy. „Und ich habe schon Schriftstücke gesehen, die einen Bankangestellten täuschen konnten!"

„Kein Buch kann mich täuschen", sagte da Gama, schlug sich vor die Stirn und zeigte doch seine Schwäche, indem er lächelte. „Ich kenne das Sanskrit, wie es sich Max Müller nie erträumt hätte! Zeig mir die Bücher des Priesters Cyprian und ich sage dir, wo der Schatz ist!"

„Du redest Unsinn!", sagte Jeremy. „Wenn Pater Cyprian die Bücher hat und sie das Geheimnis enthielten, warum könnte er dann nicht gleich selbst den Schatz finden? Hm? Dann würden wir keinen Whisky an dich verschwenden!"

„Entschuldige, aber es ist ziemlich wenig Whisky, den ihr verschwendet", antwortete da Gama. „Was Cyprian betrifft, so ist der Mann von Fanatismus geblendet. Er beherrscht ein wenig Sanskrit - vielleicht gerade genug, um unter Ignoranten als gelehrsam zu gelten -, aber er wird nicht lesen, was er sieht. Er ist betriebsblind."

„Ich habe gelesen, was ich gesehen habe und ich verstehe mehr als nur ein wenig Sanskrit", erwiderte King leise, aber da Gama war sich seiner Sache sicherer als je zuvor und grinste höhnisch zurück. „Wenn Cyprian, der Priester, kein Narr wäre", sagte er, „hätte er seine Kommunikanten dazu gebracht, mir die Bücher zu stehlen! Denn ich habe die Schlüssel zu seinen Büchern und er kann seine Bücher nicht ohne meine lesen. Und meine Schlüssel passen zu den Schlössern, die er wie ein Geizhals hütet! Besorge mir seine Bücher, und ich werde dir ihre Geheimnisse binnen einer Woche entschlüsseln. In zehn Tagen zeige ich Euch einen solchen Haufen Gold und Silber, dass ihr wahnsinnig werdet! Ich möchte euch wahnsinnig sehen! Habt keine Angst, dass ich euch enttäuschen werde!"

Dennoch gab es keinen einzigen Mann im Saal, der es gewagt hätte, die Bücher von Pater Cyprian in die Hände von da Gama zu legen.

„Mal sehen: wie viele Jahre bist du der Rache der Neun entkommen?", fragte Grim, und da Gama lachte erneut. Er hatte verstanden.

„Bring uns deine Bücher, und du kannst sie mit denen von Pater Cyprian vergleichen", sagte King. „Danach gehören die Bücher ihm, aber von dem gefundenen Gold und Silber sollst du so viel haben, wie du brauchen kannst."

Da Gama zögerte. Er hatte Verstand und arbeitete damit - und war stolz darauf.

Nur wenige menschliche Leidenschaften außer Alkohol, Habgier und Untreue, hatten irgendeinen Einfluss auf ihn, also prüfte er die Situation und blieb dabei ehrlich mit sich selbst. Wie Grim suchte er keinen Trost, sondern Ergebnisse, und hätte sich gefragt, warum Grim ihn eigentlich verachtete, wenn er sich dessen bewusst gewesen wäre.

„Ich kann meine Bücher nicht herbringen", sagte er. „Sie wiegen zu viel."

„Wir werden sie tragen", bot Jeremy an.

„Gib mir einen Drink", antwortete da Gama und nickte. Es war offensichtlich, dass er unter Vorbehalt zustimmte.

Der Babu goss den Whisky in den Bürobecher und reichte ihn weiter. Da Gama trank.

„Wir sollten zu einer Verständigung kommen", sagte er und schmatzte. „In der Anhäufung von Gold und Silber durch die Neun lag Weisheit. Das sollte man nicht außer Acht lassen. Es hat alles mit dem Kali Yuga[2] und seinem Ende zu tun, das vor sechstausend Jahren prophezeit wurde. Die Absicht ist, das Geld durch seine verschwenderische Fülle zu verbilligen..."

„Krishna!", keuchte Chullunder Ghose.

„.um den Kapitalismus abzuschaffen, verstehst du?", fuhr da Gama fort. „Das wird das Ende des Kali Yuga sein. Der Kapitalismus ist das Zeitalter der Finsternis. An die Stelle des Geldes soll das Gehirn, der Verstand treten, das ist die Idee. Geld durch Überfluss zu verbilligen, nicht durch Zahlungsversprechen, sondern durch echtes Gold und Silber. Da Geld wertlos ist, wird der Verstand zählen – verstehst du mich? Habt ihr Verstand? Nein!

---

[2] Das Zeitalter der Finsternis, auf das sich die Sanskrit-Schriften beziehen

Nur Gewohnheiten! Habe ich Verstand? Oh ja! Aber habe ich den Eifer etwas zu reformieren? Mitnichten! Ich bin faul. Lasst die Welt materiell und geldbesoffen bleiben, das passt besser zu mir! Kannst du ohne meinen Verstand etwas erreichen? Gewiss nicht. Ihr könnt das Sanskrit, das eine Sprache der Rätsel ist, nicht verstehen. Ihr würdet eine Flut von Geld freisetzen und ein Chaos anrichten. Das Geld wäre wertlos und ihr wärt nicht besser dran. In den Büchern, die die Neun Unbekannten besitzen, findet sich das einzige Geheimnis, wie man das Chaos verhindern kann. Es erfordert abstraktes Denken und das ist harte Arbeit - zu hart. Ich sage, lasst uns die Vorteile des Geldes ausnutzen und es nicht wegwerfen. Lasst das Kali Yuga fortbestehen! Lasst uns reich sein - wohlhabend - über alle Maßen wohlhabend – jenseits unserer Träume..."

„Nein, nein! Es gibt keinen Wohlstand jenseits meiner Träume", sagte Ali und zupfte an seinem Messer. „Ich könnte eine Million Crores Gold und Silber gebrauchen! Ich würde den Norden kaufen - und eine Stadt bauen - und eine Lashkar[3] wie die von Iskander[4] aufstellen - und nicht von Jahrtausenden sprechen! Die Welt wird brennen! Schaffe nur das Gold her, Portugiese!"

„Schaffe die Bücher her!", sagte Grim.

Der Portugiese stieg von dem hohen Schemel herunter und lehnte sich mit dem Rücken dagegen.

„Sind wir uns wegen des Geldes einig?", fragte er und suchte in ihren Augen nach Unstimmigkeiten.

Das war seine Veranlagung. Er würde Männern, in denen der Keim einer Meinungsverschiedenheit ruhte, alles versprechen, weil er wusste, dass die Zukunft eine Gelegenheit bieten würde. Aber sein wanderndes Auge war fasziniert von Jeff Ramsdens geballter, riesiger Faust. Sie schien etwas zu symbolisieren. Sie

---

[3] Armee
[4] Alexander der Große

war ein Totem. Sie stand nicht für Intellekt, aber sie war herzzerreißend ehrlich, weder missverständlich in ihrer Haltung angesichts eines Problems noch zynisch noch ungerecht - nicht zu leichtgläubig – einfach nur ehrlich und direkt und treu.

„Schaffe die Bücher her!", wiederholte Grim.

Aber er hatte es mit dem lateinamerikanischen Temperament zu tun, das nicht offenherzig ist und sich immer kleine geheime Auswege aus seinen Verpflichtungen vorbehält.

„Ich werde losgehen und alles arrangieren", antwortete da Gama. Woraufhin Jeremy, wie zur Veranschaulichung nacheinander drei Tricks mit einer Münze vollführte.

„Ich komme mit", meldete sich Ramsden freiwillig. „Ich kann eine ganze Menge Bücher tragen."

„Nein", sagte der Portugiese und schaffte es, so empört auszusehen, wie es die Nationen des Südens tun, wenn jemand einen Blick in ihren Hinterhof vorschlägt. „Das ist etwas Persönliches. Ich meine, ich betreibe kein Diorama. Ich gehe allein. Ich werde alles arrangieren. Du kannst mich treffen. Ihr sollt die Bücher haben."

„Ich habe sieben Söhne", verkündete Ali ben Ali aus Sikunderam mit stählernen Augen, die ins Unendliche gerichtet waren, als träumte er von seinen fernen Hügeln.

„Nun, sie würden zweifellos ausreichen, um die Bücher zu tragen", sagte der Portugiese, der ihn nicht verstanden hatte.

Daraufhin stand Ali ben Ali auf und verließ den Raum, wobei Narayan Singh die Tür wieder verschloss, als er gegangen war. Die anderen hatten sehr gut verstanden.

„Geh und treffe deine Vorkehrungen. Wo werden wir uns treffen?" fragte Grim.

„Kennt ihr mein Quartier? Dort also", sagte der Portugiese. „In einer Stunde? Nein, das ist zu früh. Ich habe Bücher an unterschiedlichen Orten versteckt. Sie müssen eingesammelt werden. Kommt heute Abend."

„Lass eine dieser Münzen bei mir", sagte Jeremy. „Du bekommst sie zurück."

Da Gama machte eine großzügige Geste und reichte ihm die Tasche aus Sämischleder.

Jeremy schüttete den Inhalt in seine Hand, wählte eine Münze aus und hielt sie zwischen seinen Fingern hoch.

„Was ist sie wert?", fragte er. „Du kannst den Gegenwert haben, wenn du willst, aber..."

„Schreib mir eine Quittung."

Da Gama holte ein zerknittertes Blatt Papier aus seiner Tasche, zog es auseinander und glättete seine Rückseite.

„Dieser Babu rät zur Skepsis, wie gesagt! Sicherheit geht vor!" riet Chullunder Ghose, sich nervös windend. „Das ist ein altes Sprichwort!"

„Ich verstehe", lachte Jeremy und wischte das angebotene Blatt Papier beiseite, das da Gama mit einer Miene unverschämter Gleichgültigkeit wieder einsteckte.

Jeremy zog einen englischen Fünf-Pfund-Schein aus seiner Brieftasche und schrieb seinen Namen darauf.[5]

„Nimm das hier. Ich tausche es zurück, wann immer du willst."

---

[5] Eine Formalität, die in der Regel verlangt wird, bevor eine verantwortliche Partei den Geldschein eines Fremden einlöst.

Der Portugiese wirkte enttäuscht, faltete die Fünf-Pfund-Note aber nach kurzer Überlegung zusammen und steckte sie in das Innenfutter seines Hutes.

„Also" sagte er scharf, „ich kann von ihr keinen Gebrauch machen, da sie als Sicherheit angeboten wird. Wenn Eure Exzellenz noch ein anderes Exemplar gleichen Wertes hätte, das ich mir leihen könnte, bis..."

King zog sofort seine Brieftasche heraus und holte indische Banknoten im Gegenwert von fünf Pfund hervor. Die Portugiesen akzeptierten diese Scheine, und sie benötigten keine Unterschrift.

„Gracias. Wird zurückgezahlt, Señor. Dann treffen wir uns heute Abend in meinem – äh - Hotel."

Er verbeugte sich prächtig, ohne zu ahnen, wie lächerlich ihn diese Geste aussehen ließ. Narayan Singh schloss die Bürotür auf, er trat rückwärts hindurch, verbeugte sich weiter, ignorierte niemanden und behandelte Chullunder Ghose mit der gleichen Ehrerbietung, wobei das spöttische Grinsen in seinem gelben Gesicht seine Höflichkeit offensiv und direkt widerlegte, ohne dass er sich dessen bewusst war. Er glaubte, einen sehr eindrucksvollen Abgang hingelegt zu haben.

„Er ist durstig - sehr durstig. Und er hat fünf Pfund", bemerkte Chullunder Ghose, so sinnlos wie die Bemerkung des Mannes aus dem Norden über seine sieben Söhne.

„Sehen wir uns die Münze an", sagte Grim, und Jeremy reichte sie weiter.

Grim ist Numismatiker, sofern eine Beschäftigung in einem Museum einen Mann im Alter von 18 Jahren zu so etwas werden lassen kann. Aufgrund dieser Kenntnisse schickte man ihn zumindest später in den Nahen Osten. Er schüttelte den Kopf.

„Das ist die Gleiche, die Cyprian uns gezeigt hat. Ich habe noch nie so eine gesehen, auch keine Reproduktion davon. Ich glaube, sie ist älter als Kyrene. Sie ist nicht indisch - zumindest ist das keine Inschrift in Sanskrit - und sie ist von besserer Qualität als die frühesten Münzen, die wir kennen. Das könnte eine Münze aus dem verlorenen Atlantis sein!"

„Präadamitisch!", schlug Jeremy vor, aber Grim meinte es ernst.

„Ich sage dir", antwortete er, als die Tür aufgerissen wurde und Ali aus Sikunderam herein schritt, „wir sind mit dem Rätsel der gesamten Geschichte in Berührung gekommen - vielleicht sogar mit dem Rätsel der Sphinx! Oh Gott, wenn wir nur die Verbindung aufrechterhalten könnten!"

„Bei Allah, es gibt schlimmere Verpflichtungen als sieben Söhne", meinte Ali ben Ali grinsend. Sein Grinsen saß quer über einem schwarzen Bart wie Meeresgischt in der Nacht. „Wenn in Verbindung zu bleiben alles ist, wonach Euer Ehren verlangt, dann betrachte es als erledigt!"

„Kocht ein beobachteter Topf über? Oder stiehlt ein überwachter Dieb? Oder wird eine bewachte Tür geöffnet? Deine Söhne werden ihn stören", bemerkte Chullunder Ghose und kratzte sich mit einer Bewegung an der Nase, als würde er eine lange Nase machen.

„Ein Bauch voll Vorahnungen! Du hast den Befehl bekommen, Dich nicht einzumischen", entgegnete der Mann aus dem Norden.

„Nur zusehen?", fragte King.

„Ihn einfach nur beobachten."

„Beobachte mich!", sagte Jeremy. „Komm näher, wenn du willst."

Er ließ die prähistorische Münze ein halbes Dutzend Mal hintereinander unmerklich von Hand zu Hand wandern, schnappte sie schließlich aus der Luft und sagte:

„Ich wette einen Fünfer, dass der Don uns übers Ohr haut."

„Er wird nichts stehlen!"

Ali ben Ali aus Sikunderam hob eine Hand, als würde er eine Rede in der Moschee halten wollen.

„Meine sieben Söhne sind die schlauesten Diebe, die es gibt! Ein Dieb kann einen Nicht-Dieb täuschen, aber keinen Profi. Sie sind sieben gegen einen!"

Aber Jeremy lachte. Woraufhin Ramsden, bärtig wie die Büste von Antonius, die Faust ballte und die Last seiner Gedanken losließ. Er war von Beruf Goldsucher und gewohnt, Abraum zu berechnen.

„Vierzig Millionen Unzen!" rief er aus. „Wisst ihr, was nur eine Million Unzen pro Jahr, sagen wir, sechstausend Jahre lang, bedeuten würde - wie viele Güterzüge nötig wären, um sie zu transportieren? Man bräuchte eine Flotte von Ozeanriesen! Das Gerede über Geheimhaltung ist ein Witz!"

„Neun Unbekannte haben dieses Geheimnis sechstausend Jahre lang gehütet!" erwiderte Chullunder Ghose.

„Und wem gehört das Geld eigentlich?", fragte Grim, denn auf diese Art von schwierigen Fragen konnte man sich bei ihm verlassen.

„Dem Kämpfer - dem Finder", rief Ali aus Sikunderam, und Narayan Singh stimmte zu, nickte, sagte nichts und ließ seine braunen Augen leuchten. Und Chullunder Ghose blickte daraufhin eulenhaft, denn er wusste, dass der Soldat gewinnt, aber nie behält; er opfert, dient, ernährt sich von Versprechen und stirbt vergeblich. Er erzählte nicht alles, was er wusste, denn er war ein ziemlich kluger Zivilist. Chullunder Ghose seufzte.

„Vielleicht ist genug für uns alle da", sagte er und verdrehte demütig die Augen.

Dann kehrte Cyprian von einem Spaziergang auf dem Chandni Chowk zurück, mit jener uninteressierten Zustimmung der Menschenmenge, die Priestern und allen alten Männern zuteilwird - zwischen den Stunden der Empörung.

„Ihr habt ihm nicht verletzt? Kinder, ihr habt ihn nicht verletzt?", fragte er. „Hat er ein bisschen zu viel getrunken? Hat er geredet?"

King und Grim wiederholten, was geschehen war, Cyprian lächelte und schüttelte langsam den Kopf - vielleicht wegen seines Alters, vielleicht aber auch nicht. Mit achtzig Jahren weiß ein Mann, wie man die eigene Gebrechlichkeit ausnutzt.

„Der lange Löffel!", sagte er. „Der lange Löffel! Er verschafft dem Teufel nur ein Druckmittel! Ihr hättet ihn hierbehalten sollen."

Daraufhin geriet Ali ben Ali in Rage, dachte an den Koran und viele andere Schriften, die den fremden Priester angriffen. „Meine Söhne...", begann er.

„Sind auch Kinder", sagte Cyprian. „Ich gestehe ihnen gute Absichten zu."

„Sie sind Männer", sagte Ali und drehte sich um.

Dann nahm Jeremy, der keine Ehrfurcht vor irgendjemandem oder irgendetwas hat, aber die natürliche Zuneigung zweier Männer besaß, Cyprian am Arm, überredete ihn zum Mittagessen in einem kommerziellen Club und versprach ihm hinterher ein Nickerchen auf einem Sofa in einer Ecke der leeren Garderobe. Der vermeintliche Köder, den er benutzte, war das Angebot, ihm einen Mann vorzustellen, der eine uralte Rolle mit

Sanskrit-Mantras besaß; aber es war Jeremys eigene Gesellschaft, die verlockend erschien; Cyprian stützte sich auf ihn und schien seine alternden Kräfte aus dem überreichen Vorrat des Australiers aufzufüllen - ein seltsamer Zustand, denn was Religion oder ihre Bräuche angeht, sind sie weiter als die Pole voneinander entfernt.

„Alles für alle, nicht wahr, Pop?", sagte Jeremy. „Komm und iss Currywachteln. Der Wein liegt auf Eis."

„Na toll", bemerkte Chullunder Ghose, als die beiden hinausgingen, und veranschaulichte das „Dasein" des „Seins", indem er eine Fliege an einem ihrer Flügel zwischen Daumen und Zeigefinger fing und sie offensichtlich unverletzt durch das offene Fenster in die Freiheit entließ. „Das Geheimnis ist immer noch nicht gelüftet, aber 'der Wein liegt auf Eis'! Wie angelsächsisch! Wunderbar! Die Vereinigten Staaten verfügen inzwischen über den größten Teil des Weltvorrats an Gold, und Indien insgesamt völlig unsichtbar über das Gleiche, Plus wie Minus - also gehen wir zum Mittagessen! Ich schlage unehrlich vor, einen Wechsel über unentdeckten empyreischen Besitz auszustellen, werde aber zweifellos überstimmt werden – verb.sap.[6] wie man so schön sagt – geschlagen und gegessen, aber nur der kluge Mann der Gesellschaft. Mein Rat ist: verkauft Eure Aktien! Gebt mündelsichere Papiere mit Aufschlag aus und steckt die darauffolgenden Konsequenzen ein! Verkauft sie ohne jeden Zweifel in den U.S.A und residiert danach in Brasilien. Na bitte! Die Kombination aus christlichem Priester, Sikh, fanatischem Moslem, Freidenker, Agnostiker, methodistischem Pfarrerssohn und Zyniker ist zu überwältigend, als dass die Schlauheit siegen könnte. Ich selbst bin Zyniker, das Gleiche gilt für einen Syndikalisten mit opportunistischen Tendenzen. Ich gehe zum Tiffin. Appetit - eine gute Verdauung - Siesta. Sahibs - ich wünsche Ihnen demütig das Gleiche - Salam!"

---

[6] verbum sapienti sat est (dem Weisen ist es genug, es ist keine weitere Erläuterung nötig).

Auch Chullunder Ghose verbeugte sich, während er nach hinten abging, fast so höflich wie der Portugiese - zweifellos spöttisch - aber ohne böse Absicht, denn im Gegensatz zu dem Portugiesen grinste er nicht höhnisch.

KAPITEL DREI

„Licht und längere Waffen"

ZU ihrer Zeit brachten die Portugiesen mehr Mischlinge pro Kopf hervor als jede andere Nation der Welt; es gibt Geschichten über eine Prämie, die einst für Mischlingsbabys gezahlt wurde. Ihre Nachkommen repräsentieren die Portugiesen von Goa, ohne die Institutionen des Landes, aus dem sie stammen, wirklich zu schätzen. Sie sind zu einer Rasse geworden, die weder schwarz noch weiß - noch nicht einmal gelb ist, sondern alles drei in einem; sie sind besessen von klangvollen Namen und Tugenden, die einige Eigenheiten ausgleichen; da sie Goa nicht lieben, leben sie überall verstreut. Einige wenige sind sehr reich geworden, und alle leben in einem Niemandsland zwischen rivalisierenden Kasten und Rassen, von denen einige nach wie vor sehr arm sind. Andere sind Köche, Verwalter, Diener, und einige wenige, wie Fernandez de Mendoza de Sousa Diomed Braganza, betreiben Hotels.

Es handelte sich um das Star of India, einen fantastischen Ort mit einer Bar und einer Lizenz zum Verkauf von Getränken, aber mit einem separaten Eingang für Menschen, die von Gewissensbissen geplagt wurden. Es handelte sich um ein altes Gebäude mit einem Fachwerk aus Teakholz, das jedoch durch weiß gestrichene Wellblechplatten ergänzt worden war. Einige der oberen Räume waren durch billige Eisenrohre mit großem Durchmesser mit dem Keller verbunden, durch die Kunden, die einen guten Ruf zu wahren hatten, ihre Getränke in Flaschen mittels einer Schnur hinaufziehen konnten. Andere Rohre wurden zum Flüstern verwendet. Tatsächlich war das „Star of India Hostelry" „polizeibekannt" und wurde nie durchsucht, da es sicherer war, den Schurken einen Ort zu überlassen, an dem sie sich vor Beobachtung sicher wähnten.

Wie in solchen Fällen üblich, besaß der Star of India einen durchaus respektablen Ruf.

Diebe verbergen sich nur in Märchenbüchern in den bekannten Räuberhöhlen. Dies war weder ein Ort für einen Weißen, der auf sein Weiß-Sein pochte, noch für die die Einwohner Delhis, noch für Prominente. Nichtsdestotrotz war es vom Keller bis zum Dach mit Gästen überfüllt, die nach offizieller Zählung neunzehn Hauptkastentypen angehörten, darunter auch mehr oder weniger verborgene und ganz und gar unglückliche Frauen. Die Frauen, die versuchen, sich an einem solchen Ort vor Kontakt und Befleckung fernzuhalten, leiden schlimmer als die Seelen im siebten Abgrund von Dantes Hölle.

Neun von zehn Gästen waren Prozessbeteiligte vom Land, die darauf warteten, in überfüllten Gerichtshöfen an die Reihe zu kommen und Diomeds Gastfreundschaft erduldeten, weil sie billig war.

Die Farce der Kastenbeschränkungen konnte mehr oder weniger eingehalten werden. Intrigen waren einfach.

Man konnte den Anwalt der Gegenseite „treffen". Und was Diebe und Risiken angeht, wo gibt es keine? Jeder Zehnte war in jedem Fall zweifellos ein Dieb - oder Schlimmeres.

Dort lebte da Gama, ein reinblütiger Portugiese, der den Mischlingen durch seine Anwesenheit große Ehre erwies. Wie die Frauen der Kasten hielt sich da Gama tagsüber in der Regel innerhalb der stickigen Mauern auf. Aber seine Nächte verliefen, wie bei den Frauen auch, völlig anders.

Dann gingen sie auf das Dach, wo jede noch so leichte Brise durch an Wäscheleinen aufgehängte Vorhänge abgeschirmt wurde, um etwas Privatsphäre zu schaffen. Er ging auf die Straße und war höchstwahrscheinlich die ganze Nacht abwesend, ohne dass jemand wusste, was aus ihm geworden war, und es niemandem gelang, in sein verschlossenes, großes Eckzimmer einzudringen.

In dieser Nacht gingen King, Grim, Ramsden und Jeremy zu Diomeds Hotel, um ihr Rendezvous mit da Gama einzuhalten. Mit Ausnahme von Jeremy waren sie als Jats gekleidet - einer Volksgruppe, die dafür bekannt ist, auf sich selbst aufpassen zu können und daher nur selten gestört wird; außerdem galten sie als mürrisch und beantworteten nicht gerne die Fragen von Fremden. Jeremy trug arabische Kleidung, denn das war die einfachste Rolle, die er spielen konnte; viele Araber reisten wegen der Aufregung um das Kalifat nach Delhi, also erregte er nicht mehr Aufsehen als die anderen drei.

In Indien halten sich die Religionen zumeist voneinander getrennt. Aber genau hier kommt der Goaner ins Spiel. Er fungierte uneingestanden als Flussmittel, das von allen Seiten Gunst und Schmähungen einheimste. In Diomeds Hotel Star of India gab es nicht nur Sikhs und Hindus, sondern auch bärtige Adlige aus der Gegend um Peshāwar, die sich sehr um das Schicksal der Frauen sorgten, die sie zurückgelassen hatten, die ehelichen Vorurteile der Hindus jedoch nicht so sehr respektierten.

Das Dach wurde also durch Linien aus Planen markiert und in Heiligtümer aufgeteilt, in deren stickigen Quadraten jeweils eine Laterne leuchtete - ein Serail, dessen Überschreiten zu einem Chaos führen konnte; denn in diesen mörderisch heißen Nächten lagen die Nerven blank und die Prozesse hatten die Gemüter nicht gerade besänftigt.

Für die Männer aus dem Norden war das nächtliche Einquartieren auf diesem Dach reinster Sport, bei dem das Risiko den Reiz ausmachte. Sie waren Künstler darin, Taubenschläge zum Flattern zu bringen – ehemalige Großmeister einer Loge, deren Geheimnis es ist, Frauen vor den Augen ihrer Ehemänner zum Gurren und Erröten zu bringen. Und nicht einmal ein wütender Hindu-Ehemann geht - wenn er es irgendwie vermeiden kann -

das Risiko ein, Bekanntschaft mit einem Khyber-Messer zu machen, das wie ein Sommerblitz in der Faust seines Besitzers zuckt.

Irgendetwas war also im Gange und der Zorn war groß.

King, Grim, Ramsden und Jeremy fanden das Zimmer von da Gama leider leer vor.

Es gab ein Schlüsselloch, das jedoch von innen durch eine Lederklappe verdeckt war, die nachgab, wenn man mit einem Draht dagegen drückte, ohne einen Blick auf den Raum freizugeben. Irgendjemand - im Star of India lauerte immer jemand in einer Ecke, vielleicht ein Wachmann, vielleicht auch nicht - erteilte freiwillig die Auskunft, dass „Exzellenz Sahib" auf dem Dach sein könnte.

Der herbeigerufene Fernandez de Mendoza de Sousa Diomed Braganza bestritt, einen Schlüssel zu dem Zimmer zu haben oder etwas über die Bewegungen seines Bewohners zu wissen. Auch er schlug absichtlich unverbindlich das Dach vor und wurde unhöflich, weil es kein Geld zu verdienen gab. Also bot ihm Grim fünfzig Rupien für einen Blick in da Gamas Zimmer an.

„Da ist nichts drin", beharrte Diomed.

Grim erhöhte das Angebot auf hundert, tat dann so, als würde er das Interesse verlieren und zu gehen, woraufhin der Goaner alle möglichen Informanten vom Gang jagte, einen riesigen Schlüssel hervorholte und die zwei Zoll dicke Teakholztür aufstieß, die eigentlich da Gamas Geheimnisse bewahren sollte.

„Ich sagte doch, dass da nichts drin ist", sagte er und steckte Grims Geld ein.

Er hatte in jeder Hinsicht Recht. Es gab ein Bett, einen Stuhl, einen kleinen Tisch, ein halbes Dutzend leerer Regale und einen billigen, altmodischen Kleiderschrank, aus dem die Kleidungsstücke, die da Gama besaß, auf den Boden verstreut worden waren. Ansonsten waren da noch ein schmutziges Glas, zwei leere Flaschen, eine Karaffe, Stifte, Tinte, Papier, ein zerfleddertes Wörterbuch und ein paar andere Kleinigkeiten.

„Wo sind seine Bücher?" fragte Grim.

„Fort!", sagte der Goaner unvorsichtig.

„Demnach gab es Bücher!"

„Das heißt, Eure Exzellenz, Sahib - woher soll ich das wissen? Seid ihr Polizei-Spione? Wenn ja..." Grim zeigte ihm einen weiteren Hundert-Rupien-Schein.

„Ich bin ein armer Mann", sagte Diomed. „Ich würde das Geld von Euer Ehren gerne annehmen. Aber ich weiß nichts."

Die Augen eines Goaners sind wie die eines Hundes, mild, sanftmütig, unberechenbar treu; aber wem sie treu sind, ist seine eigene Sache. Wahrscheinlich ist er nichts in der Welt treu, die das Vertrauen des Halbbluts zu oft getäuscht hat, als dass die Scherben noch repariert werden könnten. Er hatte Angst vor irgendetwas - vor irgendjemandem - und war dieser Angst zu treu, um sich irgendwelche Freiheiten herauszunehmen.

Dennoch war der Raum auf stumme Weise beredt. Er war erst vor kurzem von Männern durchsucht worden, die sich keine Mühe gegeben hatten, diesen Umstand zu verbergen. Sogar die Taschen der Kleidung waren von innen nach außen gedreht.

„Wie viele Männer waren es?" fragte Grim.

„Sahib – Bahadur - euer Exzellenz, ich weiß es nicht! Sind Sie Spione der Polizei?", fragte er erneut und lächelte dann plötzlich über die Absurdität dieser Frage, denn die Polizei argumentiert nicht mit Hundert-Rupien-Scheinen. „Eher sterbe ich, als dass ich ein Wort sage", fuhr er fort und bekreuzigte sich.

„Kennen Sie Pater Cyprian?", fragte Jeremy auf Englisch, so unerwartet, dass der Goaner in Panik geriet.

„Ihr müsst alle raus hier! Ich muss die Tür abschließen! Ihr müsst sofort weg hier!", drängte er. „Ja, oh ja, ich kenne Pater Cyprian - ein alter Mann - sehr achtbar – oh ja. Gehen Sie weg!"

„Nimm meinen Tipp an. Gestehen Sie Pater Cyprian! Versuchen wir es auf dem Dach", sagte Jeremy, und da es keinen Sinn hatte, vor Ort zu bleiben, folgten ihm die anderen.

„Siehst du", sagte Jeremy über die Schulter zurück und hielt auf der schmalen Holztreppe inne, eine Hand auf dem Geländer, „wenn er zu Cyprian geht und gesteht, wird es Cyprian uns nicht sagen, aber er wird wissen, was im Kopf eines Mannes vorgeht. Es ist besser, Cyprian weiß es, als keiner von uns."

Als sie auf dem Dach auftauchten, gerieten sie in neue Verwirrung, denn überall waren Laken und Schatten, aber keine Erklärung - nur eine Pantomime aus Schwarz und Weiß, die durch die flackernden und hüpfenden Lichter noch übertrieben wurde. Irgendwo sang ein Mann ein hinduistisches Liebeslied, und ein Afghane versuchte, ihn aus der Fassung zu bringen, indem er sein eigenes Klagelied über das anstimmte, was ein Afghane für Liebe hält - Untreue und Chaos.

„Das ist einer von Alis sieben Söhnen", sagte King, Grim rief, und der Mann kam, torkelte zwischen den Laken hindurch, riss dabei ein paar von ihnen herunter, als seine Ellbogen mit der Schnur in Berührung kamen, und hinterließ eine schnatternde Wut, die ihn über alle Maßen erfreute. Es handelte sich jedoch nicht um einen der Söhne, sondern um Ali aus Sikunderam selbst.

„Wo ist der Portugiese?" fragte ihn King.

„Meine Söhne haben ihn im Blick. Ich weiß nicht, wo er gerade ist."

„Wo sind sie?"

„Das ist es ja gerade. Ich weiß es nicht. Sie sollten sich einer nach dem anderen hier melden, jeder beobachtete ihn eine Weile aus der Entfernung und übergab ihn dann an einen anderen."

„Und keiner ist zurückgekehrt."

„Nein, bis jetzt nicht."

„Was hast du gemacht?"

„Bei Allah! Ich hatte Streit mit Hindus. Wenn ihr Sahibs nicht gekommen wärt, gäbe es jemanden, der bald seine Männlichkeit gefunden und sich einen Spaß daraus gemacht..."

„Hast du da Gamas Zimmer überwacht?", fragte King.

„Nein, warum sollte ich? Wer sollte ein Fledermausnest bewachen! Ich habe das Dach gehalten, wo mich meine Söhne finden können."

„Dann weißt du nicht, wer oder wie viele Männer in das Zimmer des Portugiesen gegangen sind?" fragte ihn Ramsden.

„Frag den Propheten! Woher soll ich das wissen! Du hast gehört, dass ich gesagt habe, ich habe das Dach gehalten", erwiderte er. Er hatte den Eindruck, dass Ramsden ein Untergebener war, der zurechtgewiesen werden könnte, weil er weniger sagte als die anderen.

„Sind deine Söhne auch so hellwach wie du?" fragte Ramsden, und Jeremy, der die Faust seines Freundes sah, zog seine Schlüsse; er pfiff leise und trat zur Seite.

„Meine Söhne sind..."

„Die Sieben Schläfer!" schlug Jeff vor und beendete den Satz für ihn, was im rauen Code von Sikunderam Aufruhr und Trotz bedeutete, obwohl Ramsden das noch nicht wusste.

Aber er erfuhr es. Ali zückte sein Messer und sprang, da auch er etwas Bildung benötigte.

Das Messer flog wimmernd durch die Luft und durchbohrte ein Bettlaken, wobei es eine Hindu-Laterne löschte und kurz darauf wieder geborgen wurde. Bevor eine Hand eingreifen oder ein Wort sie zurückhalten konnte, waren Ali und Ramsden im Clinch. Innerhalb von zehn Grunzlauten verlor der haarige Mann aus dem Norden den Halt und lernte das Gefühl der Hilflosigkeit kennen; denn Ramsdens Stärke ist ebenso erstaunlich wie seine Ruhe in Notfällen.

So leicht, wie er ihm das Messer entrissen hatte, wirbelte Jeff den Afghanen von den Füßen und schüttelte ihn, wie ein Terrier eine Ratte schüttelt, so dass seine Zähne klapperten und ein paar versteckte Messer, ein paar Patronen und ein wenig Geld über das Dach verstreut wurden - schüttelte ihn, bis der ganze Schwung aus ihm heraus war - schüttelte ihn, bis seine Wirbelsäule schmerzte und sogar seine verzweifelten Finger schwach wurden, aufhörten, nach einem Halt zu greifen.

Dann hielt ihn Jeff mit einer Hand an der Kehle fest, so dass er gurgelte, und stellte ihn auf die Beine, wobei er die andere Faust für eventuelle Notfälle bereithielt.

„Das musste ja so kommen", sagte er. „Nun - du sprichst Englisch - sind wir Freunde oder Feinde?"

Mit einem Lachen ließ er Ali los und schob ihn wieder auf die Fersen, bereit, erneut zuzugreifen, falls der andere sich für Feindschaft entscheiden sollte.

„Bei Allah! Warte nur, bis das meine Söhne erfahren", keuchte Ali und rieb sich die Kehle unter seinem Bart, wo Jeffs Daumen eingedrungen war.

„Ich werde mir zwei von ihnen gleichzeitig vornehmen, wenn sie an der Reihe sind. Jetzt aber bist du dran. Wie lautet deine Antwort?"

Ali suchte vergeblich nach einem Anflug von Sympathie. Die anderen hielten sich zurück und verschafften dem Mann ihrer eigenen Herkunft alle Möglichkeiten. Es blieb Ali ben Ali nichts Anderes übrig, als zu kapitulieren oder zu kämpfen. Er gab sich mit keiner der beiden Möglichkeiten zufrieden.

„Wenn ich Freund sage, wirst du mich für einen Feigling halten", erwiderte er.

„Wenn du Feind sagst, weiß ich, dass du ein Narr bist", sagte Ramsden lachend; und das war eine weitere Beleidigung, denn was immer man tut, man darf nicht lachen, wenn man mit Sikunderam über schwerwiegende Probleme spricht.

„Du lachst mich aus? Von..."

Ramsden erkannte seinen Fehler gerade noch rechtzeitig. Sikunderam würde lieber vom Dach geworfen werden, als sich auslachen zu lassen.

„Ich habe nur gelacht, weil ich dachte, dass du ein Narr sein könntest", antwortete Jeff.

Das war zwar lahm, aber hinkte nur. Es gab dem Mann aus dem Norden die Chance, sich geschickt zurückzuziehen.

„Bei Allah, ich bin Freund oder Feind! Bei mir gibt es keine halben Sachen!" sagte Ali. „Ich habe keine Angst vor dem Leben oder dem Tod, also triff Deine Wahl!"

„Nein, du hast die Wahl", antwortete Jeff.

„Meine Wahl? Nun, ich habe Feinde, und bei Allah, ein Freund ist so selten wie eine ehrliche Frau! Lass alle Zeugen sein. Ich nenne dich einen Freund!"

„Gib mir die Hand", sagte Ramsden, und Ali schüttelte sie, ein wenig vorsichtig, wegen der Stärke des Griffs, den er gespürt hatte.

„Du machst das bessere Geschäft", sagte er und bemühte sich, zu grinsen, was ihm nicht leichtfiel, denn er galt in seinem Land als Mann, der keine Beleidigung duldete. „Du bist ein Mann und ich acht, denn ich habe sieben Söhne!"

„Wenn sie dabei miteingeschlossen sind", antwortete Jeff, „das erspart mir, sie zu verprügeln!"

„Sie sind inbegriffen, deiner großen Taten willen", sagte Ali. „Jetzt gehören sie dir genauso wie mir. Deine Ehre ist die ihre, und die ihre die deine. Wir sind damit neun!"

„Schon wieder Neun!", lachte Jeremy. „Wenn jemand abergläubisch wäre...!"

Jeff dachte an einen Aberglauben und an Alis Messer, das durch das Laken gezischt war und eine Lampe zerschlagen hatte. Das Messer eines Mannes aus dem Norden ist mehr als eine Waffe. Es ist ein Symbol, ein Opferwerkzeug, eine Insignie der Männlichkeit und Bewahrer des Glaubens in einem. Jeff machte sich auf die Suche nach dem Messer und gab es zurück, wobei er die gute Sache wegen seiner Ungeschicklichkeit viel effizienter ausgeführt haben könnte.

Als er nämlich das zerschlitzte Laken der Hindus ergriff, riss er das ganze Ding herunter, so dass zwei neugierige, wütende Frauen und ein Mann zum Vorschein kamen. Der Mann war ziemlich beleibt und konnte vor Empörung nicht sprechen, aber er war seiner Sinne nicht so weit beraubt, dass er den Wert eines mit Silber beschlagenen Khyber-Messers nicht erkannte.

Jeff warf das Laken über die Frauen und löste diesen Teil des Problems mit seinem gewohnten gesunden Menschenverstand, das andere löste er mit seinem Zeh, den er unter den empörten Hindu schob, welcher gerade breit genug war, um die ganze Waffe abzudecken, während er mit gekreuzten Beinen still dasaß. Jeff ergriff das lange Messer, hob eine Ecke des wogenden

Lakens auf, schob den Hindu zu seinen Frauen und reichte Ali das Messer mit dem Griff voran.

„Du bist mein Bruder", rief Ali aus und wollte wortgewaltig werden. Sein Gefühl veranlasste ihn dazu, sein grundlegendes Glaubensbekenntnis zum Ausdruck bringen zu wollen und es wäre in diesem Moment das Einfachste auf der Welt gewesen, ihn dazu zu bringen, Hindus die Kehle durchzuschneiden. „Gemeinsam werden wir, du und ich, den Neun Unbekannten trotzen", prahlte er. „Wir neun werden dem Rest den Weg zeigen! Bei Allah..."

Er steigerte sich in ungeheure Prahlereien hinein, denen gewiss ebenso ungeheure Taten folgen würden, denn so teilt sich Verwegenheit mit; und kein Irrtum wäre größer, als anzunehmen, Säbelrasseln sei unwichtig; die rote Geschichte der Welt wurde mit ihren Schwertspitzen geschrieben.

„Du und ich..."

Doch es kam zu einer Unterbrechung. Einer seiner Söhne schritt wie ein Bergsteiger die Treppe hinauf und berührte dabei nichts mit seinen Kleidern, so wie eine Katze durch das Unterholz streifen kann. Ein junger Mann, dessen Bart nicht mehr als ein Milchbart war.

„Jetzt werden wir es erfahren", sagte Ali und King nahm den Ellbogen des Jungen und schleuderte ihn in die Mitte, wo er verlegen stehen blieb.

„Wo ist der Portugiese?" fragte ihn King. „Der Portugiese?"

Ali aus Sikunderam, der sich mächtig in Pose warf, kratzte sich am Bart und wurde sich mit zunehmender Enttäuschung des Anti-Höhepunkts immer bewusster, als ihm die Bedeutung der Frage erklärt wurde. Der jüngste der sieben Söhne, der sich seine Sporen verdienen sollte und bisher nicht mehr als einen

Mord aufzuweisen hatte, schien seiner Gelegenheit hinterherzuhinken – hatte es vergessen und war schlicht und einfach dumm.

„Oh! Ah! Ja. Der kleine gelbe Mann - der mit dem kleinen schwarzen Bart und dem schwarzen Mantel - da Gama - den meinst du? Woher soll ich wissen, wo er ist? Oh ja, ich bin ihm ein Stück weit gefolgt. Aber da waren noch andere, die seine Unterkunft mit ihm zusammen verließen, mit Büchern und Rollen und dergleichen. Einer winkte mir zu und befahl mir, Bücher zu tragen. Ha! Er war dem Aussehen nach ein Hindu, ein Mann in einem gelben Gewand.

Nachdem er meine Antwort erhalten hatte, die gut war, räumte er seinen Fehler ein und machte mir ein Kompliment. Er sagte, er habe etwas falsch verstanden. Man hatte ihm gesagt, dass Träger und zuverlässige Wachen kommen würden, und er hatte mich mit einem der Träger verwechselt. Er bat mich um Verzeihung, während er mitten auf der Straße stand, die Arme voll mit muffigen Büchern - was für Bücher? Allah! Woher soll ich das wissen! Es war kein einziger Koran dabei, da kannst du ganz sicher sein! Ich war nicht an seinen Büchern interessiert. Er sagte, aus einem Haus in der nächsten Straße kämen bald Männer, die versuchen würden, ihn zu töten, ich solle also zu diesem Haus gehen - er beschrieb es mir, und es ist ein böser Ort - und die Männer, die herauskämen aufhalten, notfalls mit Gewalt. Nun, das war Arbeit für einen Mann und ich ging hin. Ich komme gerade von dort.“

„Was ist mit da Gama? Was ist passiert? Hast du den Portugiesen gesehen?“

Die Fragen kamen wie aus der Pistole geschossen in mehreren Sprachen - Englisch, Punjabi, Paschtu, Hindi.

„Nein. Ich weiß nicht, was aus dem Portugiesen geworden ist. Da war eine Frau – drinnen im Haus. Ich folgte ihr hinein. Später kamen Männer, und ich habe einen von ihnen unschädlich gemacht! Wenn ich meine Brüder finde, gehen wir alle zu diesem Haus, und es wird etwas passieren!"

Es gab nichts weiter zu sagen. Nicht einmal Ali sagte ein Wort. Der Junge redete weiter, schweifte ab, erfand Dinge, die er hätte sagen können und Taten, die er hätte tun können, wenn er daran gedacht hätte, bis ihm langsam klar wurde, dass es seinem Publikum an Begeisterung mangelte. Ali wagte nicht einmal einen Tadel auszusprechen und auch sonst wollte das niemand tun. Schwingungen bitterer Enttäuschung - wenn es sich um solche handelte- machten sich schließlich bemerkbar, und der junge Mann wich zurück, um sich selbst und der ganzen Nacht zu erklären:

„Woher hätte ich das wissen sollen? Der Mann sagte, er würde Bücher tragen und ich die gefährliche Arbeit übernehmen? Bin ich ein Feigling? Wie hätte ich ablehnen können? Und außerdem..."

Da kamen zwei andere, etwas Ältere der Sieben - schwer atmend, schweißgebadet und gespannt auf die Neuigkeiten von Abdullah, dem Jüngsten. Sie hatten den Portugiesen gar nicht gesehen. Einem Plan folgend - einem „perfekten" Plan, wie sie ihn bezeichneten - hatten sie im vorgesehenen Schatten darauf gewartet, den Portugiesen vorbeilaufen zu sehen. Es gab nur sechs Straßen, die er nehmen konnte, und sie hatten jede einzelne im Auge behalten, wobei der Jüngste hinter dem Portugiesen hergehen und als Verbindungsglied fungieren sollte.

Welchen Weg der Portugiese auch immer einschlagen würde, der Bruder, an dem er vorbeikam, würde ihm folgen, und Abdullah, der Jüngste, würde loslaufen, um die anderen zu informieren. Der Plan war perfekt. Der Prophet selbst hätte sich keinen besseren ausdenken können.

Aber Abdullah war nicht gekommen. Und ein anderer Mann war gekommen, der sagte, Abdullah liege mit einem Messerstich, mit dem Bauch nach oben in einer anderen Straße. Also machten Sie sich auf den Weg, wobei Suliman zunächst zu Ahmed stieß, um im Falle eines Kampfes Gesellschaft und Hilfe zu haben.

Als sie Abdullah nicht fanden, kehrten sie zurück.

„Da ist Abdullah", bemerkte Ali trocken. „Schlagt ihn!"

Was sie auch taten. Wie die unsterblichen Sechshundert bei Balaclava, ohne zu wissen warum. Sie verprügelten ihn zur Empörung einer ganzen Gemeinde, die auf einem Dach biwakierte und rivalisierende Dächer, die nicht über solche Gewalttätigkeit verfügten, riefen Kommentare hin und her, verleumdeten das Haus und den guten Namen von Fernandez de Mendoza de Sousa Diomed Braganza, der dies natürlich nicht einfach schweigend hinnehmen konnte. Er stieg auf das Dach, um zu sehen was los war.

Als er King traf und vor Ramsden mit Grim zusammenstieß, erkannte Diomed die Fremden, die in sein Hotel eingedrungen waren, Geld für unbrauchbare Antworten bezahlt hatten und zweifellos nicht von der Polizei geschickt worden waren. Das reichte. Ein Fremder ist der Mann, gegen den man sich wenden musste, wenn man sicher sein wollte, dass die Menge einem eine sichere Rückendeckung gibt. Außerdem hatte er ihre hundert Rupien, womit diese Einnahmequelle wahrscheinlich erschöpft war - und eine Kuh, die keine Milch mehr gibt, geht auf jeden Fall zum Metzger!

Mit seinem glatten schwarzen Haar, das sich wie der Schopf eines Sittichs sträubte und einer Haltung, die Hektor auf den Mauern Trojas, neidisch gemacht hätte, forderte Diomed Braganza die „ehrenwerten Gäste seines Hotels" auf, „zu kommen und die Räuber vom Dach zu werfen" - ein gefährliches Unterfangen in einer heißen Nacht und in einem Land, in dem die Leidenschaft nur oberflächlich ist und fast alle Leute ein Hühnchen mit der Vorsehung zu rupfen haben.

Er hatte genug von den Spielchen der Männer aus dem Norden und genug von sanfter Toleranz. Die Stimmen der Frauen gackerten wie ein Hühnerstall, der in der Nacht aufgeweckt worden war und die Männer reagierten aus Instinkt und Gefühl, die sich zur Schnelligkeit und Wut eines Taifuns verbanden.

„Ich bin euer Diener! Ich habe versucht, es Euch bequem zu machen! Diese Rüpel sind zu viele für mich!", rief Diomed. „Kommt und helft mir, ihr Edelleute - meine Gäste!"

Sie kamen im Eiltempo, die am zunächst stehenden zögerten erst im Schutz der flatternden Laken, bis sie den Druck hinter sich sahen und spürten und der Damm brach, nicht in einer Flut aus Mut, sondern aus Wut über vermeintlichen Rassismus, welche die schnellste und heftigste von allen ist.

Es blieb keine Zeit zum Diskutieren. Ramsden packte Diomed an Oberschenkel und Schulter, hob ihn über den Kopf und schleuderte ihn schreiend und strampelnd ins Zentrum des Angriffs, um - wenn es das Halbblut schon darauf anlegte - für Ablenkung zu sorgen. Aber das hatte er gar nicht! Er hatte sein Pulver schon verschossen und seine Minute gehabt. Drei oder vier gingen unter seinem Aufprall zu Boden, aber der Rest ignorierte ihn, während die Flut kreischend an einem Hindernis vorbeizog. Es wurden Messer gezückt, Knüppel und andere Dinge geworfen. Über und durch und unter all dem Lärm ertönte eine durchdringende Stimme, die den Kern der Wut verkörperte:

„Das sind Spione! Das sind Agenten der Regierung! Vande Materam!"[7]

Ramsden hielt die Treppe, damit die anderen einen nach dem anderen zurückweichen konnten, während King Ali ben Ali an Handgelenk und Hals zog, um ihn daran zu hindern, sein Khyber-Messer zu benutzen, das seiner eigenen Schilderung zufolge

---

[7] Ich verneige mich vor dir, Mutter – Marschlied der indischen Freiheitsbewegung, seit 1950 indische Nationalhymne

unabsichtlich aus der Scheide gefahren war. (Ali war übrigens nicht der erste, der seine tatsächlichen Reaktionen auf unwahre Umstände zurückführte.) Und trotzdem hielt King ihn nur, wie man einen Hund an der Leine hält, bis zu dem Moment, als Grim und Jeremy zusammen rücklings die Treppe hinunterfielen, getroffen von einem wahllos umhergeschleuderten Bett mit hölzernem Rahmen und losen, protestierenden Federn, die herumsurrten wie der Teufel in Aktion. King duckte sich, um dem Ding auszuweichen und Ali machte sich los, um die angegriffene Ehre von Sikunderam aufrecht zu erhalten.

Am Treppenkopf kam es also eine Minute lang zu einem Gedränge, das Fußball alle Ehre gemacht hätte, Grim und Jeremy kehrten zurück und drängten nach oben, um ihren Freunden beizustehen und die anderen standen sich gegenseitig im Weg, da jeder darauf bestand, sich als Letzter zurückzuziehen und alle außer Ali halfen, den engen Ausgang zu verschließen. Alis Söhne waren vorsichtshalber mitten unter ihnen, aber diese Anordnung hielt nicht lange. Alis Khyber-Messer sauste umher und arbeitete ein oder zwei Schritte vor ihnen in der Dunkelheit und jemand griff Ali mit einem langen Stock an und zog eine blutige Spur. Ali schrie – es war zwar nicht gerade ein Hilferuf, kam aber doch auf das Gleiche heraus, „Akbar! Allahu Akbar!", der herausfordernde, unwiderstehliche Schlachtruf des Islams, der zwei Wahrheiten benennt, eine davon impliziert - dass „Gott groß ist" und dass sein Zeuge in Begriff stand, im Kampf zu sterben.

Man hätte damals genauso eher versuchen können, einen Taifun aufzuhalten als Alis drei Söhne. Einer von ihnen war geschlagen worden, sein Stolz war verletzt, und er wollte mit dem Blut eines anderen getröstet werden. Er brach als erster zusammen, aber die anderen beiden folgten ihm nur den Bruchteil einer Sekunde später und es kam in der Dunkelheit zu einem Kampf, der sich ein Dutzend Meter vor uns abspielte, bei dem Männer zerbrochene Laternen, Bettbeine, kupferne Kochtöpfe warfen und Freund auf Freund schlug - wo ein Narr mit einer pfeifenden Kette nach rechts und links schlug - und damit auf das „Akbar! Akbar! Allahu Akbar!" von Sikunderam antwortete und in das „Vande Materam!" von jemandem einfiel, der die Sikh- und Hindu-Leidenschaft anstachelte.

„Es lebe das Vaterland!" Mit diesem Schrei kann man fast jede Menschenmenge in Aufruhr versetzen. An Rückzug war nicht zu denken, als sich King, Grim, Ramsden und Jeremy ins Getümmel stürzten, um soweit irgendwie möglich Ali und seine unehelichen Gefolgsleute zu befreien - denn für Männer, die ihr Herz am rechten Fleck tragen, ist natürlich alles möglich.

Möglich vielleicht, aber nicht ganz so einfach! Zum einen war es dunkel; alle Lampen, die nicht von den Frauen gelöscht worden waren, waren zerschlagen worden und Ali hatte mindestens ein Dutzend Mal absichtlich zugestochen, um zu töten, indem er den schnellen, nach oben gerichteten Stoß benutzte, der die Eingeweide eines Opfers freisetzt. Es floss so viel Blut, dass man auf dem Dach ausrutschte und obwohl es unmöglich war zu sehen, wie viele er getroffen hatte – die von ihm angegebene Zahl einhundert war lächerlich - gab es keinen Zweifel an der wütenden Forderung nach Vergeltung. Die vorderen Männer riefen den hinteren die Forderung nach Licht und längeren Waffen zu und drei oder vier kamen mit einer Stange wie einem Phalanxspeer angerannt, während Schreie von unten verkündeten, dass einige vom Dach gefallen waren.

Ein weiterer Schrei – schlimmer und wilder - verwandelte das Durcheinander in Panik, in der die Frauen mit ihren langen Nadeln gegen Männer kämpften, um auf der Treppe Halt zu finden.

„Feuer!" Und der stechende, beißende Geruch war wahrzunehmen, bevor der Schrei verklungen war und ließ einen Mann - Grim- zurück, dem bewusst wurde, dass derjenige, der mit „Vande Materam" begonnen hatte, identisch mit dem war, der „Feuer!" gerufen hatte! Es war ein zynischer Laut - ein mechanischer, methodischer, zeitlich genau abgestimmter Laut - der

Laut eines fast verächtlichen Verständnisses, der in Grims Bewusstsein drang.

Nicht, dass ihm diese Information in diesem Moment etwas genützt hätte. Es gab einen Ansturm von panischen Bestien, die sich in der Gier nach dem bloßen Leben in den Tod stürzten, schrien, kletterten, schlugen, die Kleidung der vorderen Reihen zerrissen; und das halbzöllige Eisenrohr, das als Treppengeländer diente, brach wie ein Strohhalm, so dass Männer, Frauen, Kinder in die Öffnung strömten wie Fleisch in einen Trichter, dort steckenblieben und den Rachen des Todes allzu schnell füllten! Andere sprangen darauf, in der Hoffnung, die Öffnung durch einen Aufprall zu öffnen oder vielleicht einfach nur völlig außer sich vor Wahnsinn waren. Es gab nichts, was man tun konnte. Keine sieben Männer auf der ganzen Welt konnten diesen Ansturm bändigen - nicht einmal Ramsden, der wie der alte Horatius auf der Brücke über den Tiber kämpfte und von seinen Füßen gerissen wurde, bis er beinahe über die Straße hing und sich nur durch einen seitlichen Sprung über die niedrige Brüstung retten konnte.

Dann kam der Rauch, der um das ganze Dach herum aufstieg, gefolgt von einem Schrei der Menschen, die im Treppenhaus eingeschlossen waren – das Lied eines Leichenhauses - Hymne des schlimmsten Todes - und ein Obligato aus Knistern ertönte. Dann der Geruch von menschlichem Fleisch, das Feuer fing, schlimmer noch als das Geschrei und das Brüllen der Flammen!

Durch all das Inferno hindurch erklang ein unaufhörliches, sich ständig wiederholendes Schreien - in einem anderen Ton als das Gebrüll des Mobs auf der Straße und dem schrillen Gong der eintreffenden Feuerwehrmänner -, es drang durch das Geschrei, das sich steigernde Krachen der Holzbalken und den erstickenden Rauch hindurch, gab eine Richtung vor wie ein Nebelhorn auf See.

„Jimgrim! Oh, J-i-m-g-r-i-m! Oh, J-i-m-g-r-i-m! Ich bin es, Narayan Singh! Hierher, J-i-m-g-r-i-m!"

Immer und immer wieder, unveränderlich, auf einem Ton, nasal, erkennbarer als durch das Messinghorn eines Phonographen gebrüllt - der Ruf eines vernünftigen Menschen in einem Meer aus Angst!

Grim versammelte die anderen um sich. Es war jetzt hell und man konnte besser sehen, denn die Flammen hatten das Dach gesprengt. Dreißig oder vierzig weitere Gäste von Diomed Braganza stürzten in einer Herde hin und her, wie Quecksilber auf einem kippenden Teller und einer rief, dass das Brüllen durch die Trompete die Stimme Gottes sei! Das war selbstverständlich das Ende. Mit der Angst vervielfachte sich der Fatalismus, und sie sprangen, einige Hand in Hand, einige bereits tot, bevor sie die Straße erreichten und andere töteten diejenigen, auf die sie fielen. Zwanzig Meter vom Rand des Daches bis nach unten auf den Bürgersteig - genug für die Vorsehung, die solche Dinge regelt!

„Jimgrim! Oh, J-i-m-g-r-i-m! Oh, J-i-m-g-r-i-m! Ich bin es, Narayan Singh! Hierher, J-i-m-g-r-i-m!"

Grim machte sich auf den Weg und die anderen folgten ihm. Sie rannten an der 60 cm hohen Brüstung entlang, weil das Dach heiß war und qualmte, sprangen um die rechtwinklige Ecke, um einer Flamme auszuweichen, die wie eine lange Zunge züngelte, und liefen zur Mitte des hinteren Endes, wo der Rauch zurückwehte, weg von ihnen und sie sahen wie den Geist der schwarzen Nacht einen Mann, der zehn Meter entfernt von einem Dach auf der anderen Seite der schmalen Straße durch den Blechtrichter eines Phonographen schrie.

„Jimgrim! Oh, J-i-m-g-r-i-m!"

„Wir sind alle hier! Was nun, Narayan Singh!"

„Sahib, unter dir ist eine Leiter! Greif danach!"

Zu niedrig! Zu spät! Die Leiter lag kaum sichtbar auf einem Felsvorsprung drei Meter unter ihnen.

Sie sahen es, als das Dach nachgab und ein Flammenstoß wie der Hauch einer titanischen Kanone in die Höhe schoss und weite Flächen erhellte. Alle geheimen Rohre für den Transport von Getränken und Informationen im „Star of India" führten jetzt Zugluft. Der Kern des Infernos war weißglühend. Die Kleider von King und Ali begannen zu brennen, die der anderen sengten.

Narayan Singhs Stimme dröhnte unaufhörlich durch den Blechtrichter und unterstrich immer wieder einen Gedanken:

„Um Himmels willen, Sahib, erreiche die Leiter!"

Die Leiter war aber unerreichbar.

„Ich koche nicht besonders gut", lachte Jeremy, den selbst im Angesicht dieses Todes das Leben amüsierte. „Da sterbe ich lieber roh! Ist jemand stark genug, um meine Füße zu halten? Nicht du, Jeff - du nimmst seine - zwei von uns sind erforderlich. Beeilt euch, irgendjemand!"

Jeremy lehnte sich bäuchlings über die Brüstung. King ergriff den langen arabischen Gürtel, knotete ihn um seine eigenen Schultern, so dass die beiden aneinander festgebunden waren, und legte sich mutig auf Jeremys Fersen.

„Rüber mit dir, Australien! Du gehörst nach Down Under!"

Jeremy lachte und kletterte hinüber. Ramsden ergriff Kings Knöchel, stützte sich mit den eigenen Knien an der Brüstung ab und zur Melodie von knisternden Flammen und krachendem Mauerwerk senkte sich das lebende Seil hinab - nicht langsam, denn dafür war keine Zeit -, sondern so schnell, dass es für die angestrengten Augen von der Straße aus fast so aussah, als würden sie fallen und ein Schrei entzückten Entsetzens erhob sich, um sie zu begrüßen.

Jeremy erreichte die Leiter, packte sie, und sie löste sich, was die Belastung für Ramsden noch zusätzlich erhöhte und äußerst unangenehm machte.

„Zieh!", schrie Jeremy - jetzt lachte er nicht mehr.

Die Drehbewegung der Leiter in der Luft ließ ihn und King hin und her schwanken.

Jeff Ramsdens Lenden, Rücken und Arme knackten, als er sich unter der Last anspannte. Die anderen gehorchten Grim und hielten ihn an der Taille und an den Oberschenkeln fest, um ihn zu stützen. Grim hielt seine Füße an der gefährlichsten Stelle, an der sich die Flammen jede Sekunde brüllend näherten.

„Schnell, Sahib! Schnell!", ertönte die Stimme des Sikhs durch das Blechhorn.

Ramsden kämpfte wie Samson bei den Philistern, die Muskeln seines breiten Rückens spannten sich, während er seine Knie gegen die Brüstung stemmte und sich Kings Fersen in die Luft hoben.

(Seine Beine wären gebrochen, wenn Jeff ihn nicht hochgehoben hätte, bevor er ihn hereinzog.)

Grim, der die Hitze hinter sich nicht mehr ertragen konnte, legte einen Arm um Jeffs Taille und warf sein eigenes Gewicht in dem Moment zurück, als Jeff seine vollen Reserven ausspielte - jene unbekannte Menge, die ein Mann für den Notfall bereithält. Die Leiter und das lebende Seil bewegten sich nach oben. In diesem Moment gab die Brüstung nach!

Es war Grims Arm um Jeffs Taille, der sie alle rettete, denn Jeff hing an den Oberschenkeln; die Afghanen hielten sich vor allem an Jeffs Kleidungsstücken fest, und die zerrissen. Der zerbrechende Stein traf King und Jeremy, prallte aber ab und verletzte niemanden, bis er einige nach oben gerichteten Gesichtern in der Menge zerschmetterte. Und Jeffs Aufgabe war ohne den Stein, auf den er sich stützen musste, einfacher. Er musste nicht mehr so hoch heben. Er konnte mehr ziehen. King, Jeremy und die Leiter kamen herein, Hand in Hand.

„Schnell! Schnell! Oh, schnell, Sahibs!", tönte die Stimme des Sikhs durch das Horn.

Aber die Hitze gab den Ausschlag. Es gab nur eine Möglichkeit, die Leiter von Dach zu Dach zu bringen. Sie mussten sie aufstellen und fallen lassen, im Vertrauen darauf, dass die Götter des Zufalls, die ein launisches Volk sind, verhindern würden, dass das Ding brach- sie klammerten sich an das Ende, damit sie nicht umkippte. Und sie fiel geradeaus, mit vier freien Sprossen an beiden Enden. Aber sie knackte unter dem Gewicht ihres Sturzes und im Schein der lodernden Flamme hinter ihnen konnten sie einen breiten Riss im linken Seitenteil sehen. Jemand sagte, Jeff solle als Erster hinübergehen, weil sein Gewicht am größten sei und die brüchige Brücke die Belastung besser am Anfang als am Ende überstehen würde.

Jeff widersprach nicht, sondern legte sich auf die Leiter und schob sich auf halbem Weg zur Bruchstelle hinaus. Er legte seinen Bauch über die mittlere Sprosse - dann stellte er seine Zehen auf die letzte Sprosse, die er hinter sich erreichen konnte - schob seine Arme durch die Leiter und ergriff mit seinen Händen die übernächste Sprosse. Danach spannte er sich an und die Leiter versteifte sich.

„Kommt schon! Beeilt euch!", schrie er.

Sie mussten jeweils zu zweit auf einmal kommen, denn das letzte Stück des Daches brannte und sie standen auf einer schrumpfenden kleinen Halbinsel, die von einer Flammenflut bedrängt wurde. Die Afghanen kamen barfuß, denn sie waren Abgründe und messerscharfe Pfade gewöhnt, die an den Gipfeln des Himalayas entlangführten und sie bewegten sich so sicher über Ramsdens Rücken wie über Sprossen.

Aber King und Grim krochen, King als Letzter. Und als Grims Hand schon fast das hintere Ende erreichte und Kings Gewicht auf Jeffs Körpermitte lastete, brach die Leiter.

Narayan Singh hatte schon vor einiger Zeit Turbane und Lendentücher durch die Sprossen an seinem Ende gewickelt und um ein Stück Mauerwerk geschlungen. So fiel nur das hintere Ende der Leiter auf die Straße. King klammerte sich an Jeffs Taille, während die andere Hälfte nach unten gegen die gegenüberliegende Wand schwang und der begeisterte Mob schrie erneut auf. Jeff, King und die Leiter wogen zusammen kaum weniger als fünfhundert Pfund. Sie rasten wie ein Rammbock das Segment eines Bogens entlang und drehten sich, während sich die Turbane, die sie hielten, verdrehten.

Es war diese Drehung, die sie rettete - und der Wahnsinn von Narayan Singh, der nach der Leiter griff und versuchte, ihren Fall mit einer Hand abzufangen! Beide Umstände trugen dazu bei, dass die Leiter ungleichmäßig brach und nach links schwang. Sie prallte gegen die Wand, zerbrach aber oberhalb von Jeffs Händen und katapultierte beide Männer durch das Glas eines Lagerhausfensters, wo Narayan Singh sie lachend zwischen Warenballen entdeckte. Sie hätten nicht lachen sollen.

In dem Gebäude, das sie verlassen hatten, wurden mehr als hundert Menschen geröstet. Vielleicht lachten sie aber auch über die Unsportlichkeit der Vorsehung.

Narayan Singh meinte todernst, wenn auch unerwartet:

„Ich habe den Portugiesen überwacht! Sahibs, ich dachte, diese sieben Söhne sind nicht die Prinzen der Vollkommenheit, für die sie sich halten! Sie haben einen Plan in der Flüstergalerie geschmiedet, die ihr gerade verlassen habt! Aber ich habe mich an meinen eigenen Rat gehalten. Ich bin dem Portugiesen gefolgt. Ich weiß, wohin er gegangen ist. Der Portugiese hat geredet. Die Neun Unbekannten sind sich der Gefahr bewusst! Ihr wurdet ausspioniert. Sie wussten, dass ihr hierherkommen würdet. Jemand, der ich ihrem Sold steht, hat das Hotel angezündet und behauptet, ihr hättet es getan! Ihre Agenten haben dem Mob gesagt, er soll euch in Stücke reißen! Sie behaupteten, ihr seid Geheimagenten des Raj und hättet das Feuer gelegt, weil sich dort ein- oder zweimal Verschwörer getroffen haben! Sahibs, wenn ihr erwischt werdet, machen die kurzen Prozess! Sie haben euch von der Straße aus gesehen. Horcht! Da kommen sie! Was sollen wir tun?"

„Tun? Verfolgt den Portugiesen!", sagte King. „Was meinst du, Jeff?"

„Sicher", sagte Ramsden, der wie ein großer Hund bereit war, Männern, die er mochte, jederzeit und überall hinzufolgen, ohne die geringsten Widerworte.

KAPITEL VIER

„Hier ist euer Portugiese!"

SIE entkamen mithilfe des ältesten Tricks Asiens, der Heimat aller der Menschheit bekannten Kunstgriffe, über das Dach. Alle Diebe kennen ihn und einige ehrliche Männer. Man nimmt an der Verfolgung teil. Man ruft den menschlichen Wölfen zu, sich zu beeilen. Man hätte die Flüchtigen gesehen. Man winkt ihnen zu, beantwortet Fragen mit einer Geste, spart seinen Atem, um ebenfalls zu folgen, starrt mit empörtem Blick umher, duldet keine Verzögerung, lässt sich zurückfallen – und erledigt.

Man lässt dich also zurückfallen, dreht sich schlussendlich um und läuft, während die Wölfe heulen, auf einer heißen Spur laut in die falsche Richtung, dann leise in die richtige - deine, entgegengesetzte - davon.

Sie fanden eine Treppe hinunter zur Straße, die durch das Haus eines Sackleinenverkäufers führte, der erfreut war, als er erfuhr, dass sie autorisierte Inspektoren seien. Er folgte ihrer Empfehlung, seine Dachluke fest zu verschließen. Sie nahmen einige Proben seiner Waren mit, um, wie sie sagten, durch Labortests zu beweisen, dass in seinem Haus eine Brandgefahr nicht gegeben sei, was ihn ungemein freundlich stimmte. Und draußen auf der Straße wurden sie zu Kunden des Sackleinenhändlers, die nach einem verspäteten Handel mit Mustern nach Hause eilten - ein Vorwand, der es ihnen ermöglichte, die Feuerlinie zu passieren, die aus gerade eingetroffenen Regimentern gebildet worden war und deren Aufgabe es zu sein schien, jeden in eine Richtung zu lenken, in die er gar nicht gehen wollte.

So schlängelten sie sich bald hinter den aufgezogenen Regimentern durch eine sich immer weiter lichtende Menge in Richtung Norden und ließen den Tumult und die hupenden Autos hinter sich. Zu Jeremys Freude wurden die Straßen nur schwach beleuchtet und wirkten geheimnisvoll. Seine Leidenschaft ist das Streben nach allem Unkonventionellen. Sie schritten durch hallende Gassen, in die sich kein Europäer verirrte, es sei denn, es gab einen Mord oder einen Aufstand, der für die reguläre Polizei zu problematisch war. Sie hielten an und aßen schreckliches Essen an einem Ort, an den das Sonnenlicht niemals drang und tranken neben mürrischen Raufbolden, die auf ihren Messern saßen, um sie ständig im Auge zu behalten.

Der Weg, den sie einschlugen, führte an Tavernen vorbei, aus denen der Gestank des abscheulichsten Fusels drang - roher, stinkender Alkohol mit dem Porträt des Königs von England auf dem Flaschenetikett -, wo Frauen Obszönitäten schrien und sich über ihre eigenen Witze lustig machten - Orte, an denen der Portugiese sein Nachtleben geführt hatte und nicht geliebt worden war.

Immer wieder spähte Narayan Singh, der einen Schafsfellmantel als Schutzschild locker über die Schulter gehängt hatte, in eine der Spelunken - manchmal roch es nach Opium, manchmal nach Alkohol -, um sich zu erkundigen, ob der Portugiese zufällig dorthin zurückgekehrt war Als Reaktion darauf wurde er ausnahmslos verflucht und es wurde bestimmten Göttern gedankt. Man konnte daraus schließen, dass da Gama an den Orten, an denen er sich aufhielt, nicht einmal auch nur ansatzweise beliebt war.

Narayan Singh, erfüllt von seinem Amt als Führer und stolz auf seine Leistung, da Gamas Spur gefunden und verfolgt zu haben, besuchte jeden von dem Portugiesen frequentierten Ort und unterhielt sich zwischendurch.

„Hier saßen sie, Sahib - er und der Mann, der den anderen, die die Bücher trugen, Befehle gab. Und der Portugiese erzählte alles über unser Treffen im Büro, ich hörte zu und tat so, als wäre ich betrunken - so betrunken, dass sie fast auf mich getreten wären!

Da Gama wollte dich an der Angel zappeln lassen und sagte, er brauche Geld von dir.

Deshalb sagte der andere - nein, Sahib, ich habe ihn noch nie zuvor gesehen und weiß nicht, wer er ist, aber er trug gelbe Kleidung - der andere sagte, die Neun würden da Gama Geld geben, wenn er an einen ihm bekannten Ort gehe, wo er es in einem Beutel für ihn hinterlassen finden würde. Der Portugiese fragte, wer das glauben solle? Und der andere antwortete, dass weder die Neun noch irgendwelche Agenten der Neun aus irgendeinem Grund lügen würden; außerdem fügte der andere hinzu, dass ihr Sahibs und eure Diener - womit er Ali und seine Söhne und mich meinte - innerhalb von ein oder zwei Stunden zu Tode geröstet werden würdet. So rollte ich mich aus diesem Kana[8] in die Gosse, die sauberer ist und sobald ich da Gama an einem anderen Ort beobachtet hatte, lief ich los, um euch zu warnen. Hoffen wir nur, dass er uns in der Zwischenzeit nicht entkommen ist."

„Kann er nicht!", lachte Jeremy. „Er ist nicht mehr als ein Schilling im Ärmel eines Bühnenzauberers! Das Ausschlussverfahren gibt die Antwort."

Also folgten sie da Gamas Spur in ein etwas besseres Viertel der Stadt, wo die Damen von zweifelsfreiem Ruf dem ältesten Gewerbe nachgehen, ohne Kastengesetze ernsthaft zu strapazieren. Priester leben in dieser Gegend sehr gut. Wer zum Beispiel einen Sikh, einen Mohammedaner oder einen Hindu aus einer niedrigeren Kaste als der ihren empfängt, kann gegen Bezahlung seine Reinheit wiedererlangen - was für die Zivilisierten, die sich nur Sitze im Senat oder vielleicht einen Titel erkaufen oder „ihren Einfluss bei der Presse nutzen", um Dinge zu vertuschen, die die Öffentlichkeit nicht wissen soll, sehr schockierend sein mag.

Dort, in einer etwas breiteren Straße, in einem Haus mit vergoldeten Fensterläden, saßen sie im Schneidersitz auf bestickten

---

[8] Ein Wort, das fast jede Art von Ort bezeichnet.

Kissen einer Dame gegenüber, die manchmal Gauri genannt wurde - ein himmlischer Name. Sie war nicht nur hübsch, sondern auch wissbegierig und der türkisfarbene Nasenstecker auf einer Seite ihrer Nase verlieh ihr eine pikante Note, die ihre Bockigkeit ausglich. Ihre Phiolen der Schmähung waren beinahe randvoll und wurden bei der bloßen Erwähnung von da Gamas Namen nahezu komplett entleert.

Ob sie ihn kennen würde? Diesen Schleim von Nattern, in eine gelbe Haut gestopft, kennen? Sie wünschte, sie würde ihn nicht kennen! Aber zuerst einmal: wer seien die Herren, die etwas über ihn wissen wollten? Männer, die von ihm beraubt worden waren? Erstaunlich! Was für ein Rätsel, dass so ein Pashu[9] wie dieser Portugiese überhaupt das Vertrauen von irgendjemandem erringen und auch nur eine einzige Rupie stehlen konnte! Und doch er hatte sie beraubt - wahrhaftig! Sie! Eine Dame mit keiner geringen Erfahrung - er hatte sie gestern erst um tausend Rupien erleichtert. Heute hatte er sie ausgelacht! Das Biest hatte ihr Vermögen ausgegeben! Praktisch alle ihre Ersparnisse, bis auf ein oder zwei Juwelen.

Und er hatte andere bestohlen! Obwohl es den anderen recht geschehen sei! Er hatte ihr, diese Bestie, die Treue geschworen und, wie sie gerade herausgefunden hatte, anderswo intrigiert und anderen Frauen ihre Ersparnisse entlockt. Wofür er das Geld verwendet hat? Um die Diener der Priester zu bestechen, damit sie ihm alte Bücher aus den Tempeln bringen - stinkende alte Bücher voller Magie und alter Geschichte! Er sagte, wenn er das richtige Buch bekomme, könne er an einem einzigen Ort so viel Geld finden, dass ihm der gesamte Rest der Welt nicht das Wasser reichen könnte! Sie sollte ein Zehntel von allem bekommen. Sie nahm an, dass er den anderen Frauen ebenso verlockende Angebote gemacht hatte.

Was ein Rajah auf seinem Thron gegenüber einem toten Hund auf einem Misthaufen empfinden mochte, so viel empfand sie

---

[9] Unverschämter Rohling, der weder Seele noch Gewissen hat – ein sehr umfassendes Hindi-Wort.

gegenüber da Gama! Sie wünschte den Herren des Todes nichts Böses, hoffte aber, sie würden den Portugiesen trotzdem bekommen! Er war an diesem Nachmittag gekommen und hatte sie ausgelacht! Sie hatte ihn um einen Teil ihres eigenen Geldes gebeten, und er hatte ihr mitten ins Gesicht gespottet! Er hatte damit geprahlt, dass sie niemals auch nur eine *Anna* von ihrem Geld zurückbekommen würde, war dann gegangen und hatte sie sogar von der Straße aus noch verspottet!

Daraufhin machte Jeremy, der den verschwindenden Schilling zu verfolgen wusste, King im Flüsterton eine geflüsterte Andeutung. Also machte King einen Vorschlag und die Priesterin der Freude blies Zigarettenrauch in zwei geraden, ansehnlichen Zügen durch ihre Nase. Sie - diesen *Pashu* in ihrem Haus verstecken - nach all dem, was geschehen war? Es *gab* einen Tag, an dem sie ihn versteckt hatte - einen Tag, geboren im Schoß der Bitterkeit, gezeugt von Reue! Wie viel klüger wäre es gewesen, wenn sie ihn den Messern der Männer, die er bestohlen hatte, überlassen hätte! Er war schon immer ein Dieb gewesen. Das wusste sie jetzt, obwohl sie ihn damals für einen Verfolgten gehalten hatte.

King machte einen weiteren Vorschlag und geschickte Anspielungen auf die Art und Weise des Scherzes, während er das Sorbet von der Zofe der Gauri entgegennahm. Sie sah aus, als wünschte sie, das Getränk wäre vergiftet und erwiderte ohne einen Knopf auf ihrem Rapier:

„Rüpel! Sie wollen mein Haus durchsuchen, um die Hinterlassenschaften des Portugiesen zu stehlen! Da ist nichts! Er hat alles mitgenommen! Und es würde mich dreihundert Rupien für den Priester kosten, um das Haus zu reinigen, wenn ich jemandem wie ihnen so etwas durchgehen ließe!"

Nur ein Narr hätte ihre Aussage für bare Münze genommen, ihr geglaubt oder nicht geglaubt und nichts erfahren. Ein kluger Narr hätte dreihundert für das Privileg der Suche bezahlt und erfahren, dass der Portugiese nicht da war, wäre aber ansonsten nicht schlauer geworden. Weisheit, gepaart mit Erfahrung, achtete auf den Preis, den sie nannte und da sie sich nicht betrügen lassen wollte, verdoppelte sie den Preis und machte ein Spiel daraus. Denn, obwohl *alle* den Käufer betrügen und *einige* den Spieler, sind die Chancen gegen den Spieler von den Göttern schon so hoch angesetzt, dass manche Leute es dabei bewenden lassen.

„Dreihundert für den Priester? Ich wette sechshundert, dass sie nicht wissen, wo der Portugiese jetzt ist!", sagte King.

Sie verdrehte die Augen.

„Für weniger als tausend etwas verraten?", erwiderte sie verächtlich. „Ich bin kein Spion!"

„Aber ich bin ein Spieler", antwortete King. „Ich habe ihnen eine Wette angeboten. Ich wette mit ihnen um fünfhundert, dass sie nicht wissen, wo da Gama in dieser Minute ist."

„Sie sagten sechshundert!"

„Jetzt wette ich um fünf. In einer Minute reduziere ich meinen Einsatz auf vier. Nächste Minute drei..."

„Ich habe kein Geld zum Wetten", antwortete sie. „Da Gama hat alles!" „

„Aber, wenn sie auf eine sichere Sache setzen würden, würden sie nicht verlieren, also könnten sie es sich leisten, ihren Schmuck zu setzen", antwortete King. „Ich wette fünfhundert Rupien gegen diese Perlenkette, dass sie mir nicht sagen können, wo der Portugiese ist!"

„Wer würde die Einsätze halten?", fragte sie zögernd.

Das war eine schwierige Frage, aber Ali aus Sikunderam war darauf gefasst. Er zog sein Messer mit dem silbernen Griff heraus und ließ seine Klinge auf dem Boden ertönen.

„Du hältst sie!", sagte er und schaute sie eindringlich an, so wie er gewohnt war, die Gipfel von Sikunderam zu betrachten. „Wenn mein Freund gewinnt, komme ich, um den Einsatz einzufordern. Ich bin an die Welt der Frauen gewöhnt und komme mit dem hier in meiner rechten Hand! Nur wenn du gewinnst, behältst du den Einsatz."

Sie sah ihm in die Augen, verstand und nickte. King legte fünf Hundert-Rupien-Scheine auf den Teppich. Sie legte ihre Halskette daneben. Ali aus Sikunderam harkte alles mit der Spitze seiner Waffe zusammen und schob es ihr dann zu. Sie legte die Halskette an und faltete die Scheine zusammen.

„Ich könnte mein Dienstmädchen schicken", sagte sie. „Den Ort kann man nicht beschreiben."

Aber das Dienstmädchen einer Herrin wie Gauri ist unzuverlässiger als der Verrat selbst. Da sie nichts zu verlieren hatet und die Welt vor ihr lag, waren exzentrische Tricks garantiert.

„Ich handle mit Anführern. Ich wette mit dir", sagte King.

„Ich kann nicht dorthin gehen! Ich habe Angst, dorthin zu gehen! Es ist zu weit!", rief Gauri. „Nicht ich, sondern mein Dienstmädchen ist ihm gefolgt. Sie kennt den Weg. Ich..."

Ali aus Sikunderam fuhr mit dem Daumennagel über die scharfe Schneide seines Messers und Gauri erschauderte, aber es war Narayan Singh, der die richtige Lösung vorbrachte. Er beugte sich vor und berührte den nächsten von Alis Söhnen, der in Tagträumen über die Reize des Dienstmädchens versunken schien und sich vielleicht ihr Ebenbild im muslimischen Paradies vorstellte.

„Zwei Pferde!", befahl er. „Unverzüglich!"

Der Junge kam erschrocken zu sich und blickte seinen Vater an, der nickte. King gab ihm Geld. Gauri nahm es entgegen.

„Der Besitzer der Pferde soll mir seine Rechnung schicken", beharrte sie und das Geld - beinahe genug, um zwei Pferde zu kaufen - verschwand in dem seidenen Geheimnis zwischen ihren Brüsten.

Alis Jüngster machte sich also auf einen Weg, den er ohne Gefahr zu laufen, zu scheitern erledigen konnte, aber „unverzüglich" ist ein Wort mit willkürlicher Bedeutung und es dauerte eine Stunde, bevor die Pferde gelangweilt vor der Tür standen und von einem halben Hundert sehr neugieriger Augen beäugt wurden; denn die Handlungen einer Dame wie Gauri sind von größerem Interesse als Gerichtsprotokolle.

Erst als Ramsden hervortrat, massig wie der Leibwächter eines Rajahs und sich die anderen wie Söldner, die sich um die unbeschreiblichen Aktivitäten der Aristokratie kümmerten, um ihn scharten, ging die Menge ihrer Wege, um sich den Rest vorzustellen und bei Betel oder Wasserpfeife drüber zu diskutieren. Gauri hörte auf zu protestieren, als ihr klar wurde, dass sie in Begleitung von neun Lakaien reiten würde. Das war eine Ehre und ein Novum, das nur wenigen in ihrer Position auf der Treppe des Verrufs zuteilwird. Und dann war da noch eine Intrige, für sie gleichbedeutend mit Speis und Trank. Es bestand die Möglichkeit - die Wahrscheinlichkeit - einer giftigen Rache und eine Wette zu gewinnen, wenn sie schon keine andere Chance hatte, ihr Geld von dem Portugiesen zurückzubekommen.

Noch vor Ablauf einer Stunde begann sie zu versuchen, eine Vereinbarung zu treffen.

„Wenn ich ihn für dich finde, musst du ihn töten", beharrte sie.

„Wenn du ihn nicht findest, verlierst du deine Halskette", erwiderte King.

„Was, wenn er dir seine Geheimnisse verrät?", fragte sie plötzlich. „Der *Pashu* wird Angst haben. Er wird das Geheimnis des Schatzes verraten! Er hat zehntausend Rupien von meinem Geld bekommen! Du musst mir sagen, was er dir erzählt..." Sie verstummte und zögerte - sie las Menschen und Gesichter - ihr dritter Beruf. Kings Blick hatten den von Grim getroffen und der Blick wanderte durch den ganzen Kreis - nicht voller Verständnis, aber einstimmig. Sie erkannten eine Chance und nahmen sie alle schweigend an. Also akzeptierte King die Bedingungen:

„Tochter der Freude", sagte er, „wenn du uns hilfst, einen Schatz zu finden, sollst du deinen Anteil daran bekommen.

„Wie viel?", fragte sie. Aber wenn man Streit abkürzen will, ist es klüger, den Töchtern des Ostens den Markt selbst zu überlassen.

„Wie viel willst du?" fragte King, und sie nannte die höchste Zahl, die ihr einfiel und irgendeinen Sinn ergab. (*Crores* sehen auf dem Papier schön aus, übersteigen aber den Ehrgeiz.)

„Einen *Lakh*..." sagte sie und lachte über ihre eigene Maßlosigkeit.

„Gut! Wenn deine Hilfe einen Ana wert ist, erhältst du einen *Lakh* Rupien!" antwortete King.

Natürlich verlangte sie danach zwei *Lakh*, aber Ali aus Sikunderam hielt daraufhin einen Vortrag über Untreue. Ein *Lakh* hatte sie gesagt; ein *Lakh* sollte sie haben; sein Khyber-Messer könne es beweisen! Er reagierte so heftig, als ob sie den Schatz bei sich im Zimmer und nichts weiter zu tun hätten, als ihn zu verteilen und sie kapitulierte, mehr aus Angst vor Alis Messer aus dem Norden als vor allen anderen möglichen Eventualitäten. Sie verstand das Glitzern in diesen Augen, welche die Farbe eines Sturmwetters hatten.

„Ein *Lakh*", stimmte sie zu, kamen die Pferde, und zwischen dem Besitzer der Pferde und dem Dienstmädchen, das zweifellos jeden betrügen würde, wurde fiskalisches Flüstern ausgetauscht, auch wenn sie sich eine „Belohnung" mit Alis Sohn teilen musste, denn in Indien - genauer gesagt Delhi und dem Sitz der

Regierung - ist Bestechung die einzige Kunst, die überlebt. Die Pferde waren ein Musterbeispiel dafür: Sie waren Krähenfutter, hungrig und gedacht, bis zu einer letzten räuberischen Überforderung zu arbeiten.

Aber von den Pferden wurde nicht mehr verlangt als Schritttempo. Die beiden verschleierten Frauen ritten inmitten von Männern, die es nicht eilig hatten, denn jeder Anschein von Eile würde nur Aufmerksamkeit erregen. Es war besser, herumzustolzieren und die Aufmerksamkeit auf sich zu ziehen, da dies das genaue Gegenteil bewirken würde.

Sie ritten geradeaus, soweit es die verschlungenen Wege zu ließen, in Richtung des nördlichen Stadtrandes von Delhi, wo die Ruinen der antiken Stadt unter dem seit Jahrhunderten wuchernden Dschungel begraben liegen. Seit mehr als dreißig Jahren war in diesem Dschungel kein Tiger mehr gesehen worden, aber trotzdem wagen es nur wenige sich nachts dort herumzutreiben, denn alles, was gefährlich ist, lauert dort in diesem undurchdringlichen Labyrinth, einschließlich des Fiebers und Flüchtlingen vor der Justiz.

Als sie die letzte der modernen Straßen verließen, ging der Mond auf, und sie folgten einem Weg, der sich wie die Spur eines gejagten Schakals zwischen uralten Bäumen hin und her schlängelte, deren Wurzelwerk in noch viel älterem Gemäuer mündete. Die „Dienerin der Freude", wie sie sich selbst zu nennen pflegte, da ihre Herrin das war, was sie war, wurde von Kings Hand am Zaumzeug geführt und erkannte den Weg an Dingen, vor denen sie sich fürchtete - Ruinen, die wie ein menschlicher Schädel geformt waren und ihr einen Schrei entlockten - Wurzeln wie Pythons, die sich auf dem Weg ausbreiteten - ein Loch in einer zerbrochenen Wand, das der Eingang einer Räuberhöhle sein konnte -, sie war verängstigt und ging mit den Schrecken doch bewusst um - sie genoss ihn, wie manche Leute gerne in einem schaukelnden Boot sitzen und schreien. Um sich zu amüsieren, musste ihr das Leben eine Gänsehaut bescheren und gegen das Gesetz verstoßen, beides Errungenschaften der Nacht im Norden

Delhis; ihre Fähigkeiten funktionierten also dort, wo die eines anderen betäubt gewesen wären.

Schließlich kamen sie am Ende der Welt an, wo ein Schatten, schwärzer als der Schlund einer Kohlenmine, verkündete, dass das Leben aufgehört hatte, und man hätte es glauben können, wenn nicht jenseits des Schattens das Mondlicht entlang der zerrissenen Umrisse einer zerbrochenen Mauer geglitzert hätte. Dort, unter den Ästen eines riesigen Baumes, dessen Ranken wie im Wind schaukelnde erhängte Männer aussahen, bogen sie in einen Raum ein, der einst so stark gepflastert war, dass dort keine Bäume mehr wuchsen und sich nur noch Sträucher verkümmert durch das Mauerwerk zwängten. Auf der anderen Seite befand sich ein Gebäude, das immer noch als solches gelten konnte, obwohl der obere Teil eingestürzt war und die Fassade wie das zerbrochene Gesicht einer Pyramide aussah.

Einst war es prächtig gewesen. Die Außenseite und der obere Teil waren, wahrscheinlich durch ein Erdbeben, so eingestürzt, dass der mittlere Teil wie das Herz eines Ameisenhaufens erhalten geblieben war. Teilweise von Büschen verdeckt, zeigte sich eine Öffnung, die zweifellos von Menschen durch den Schutt gegraben worden war. Sie drangen in einen Tunnel ein, der einst ein auf einer Seite offener Korridor gewesen war. Und am Ende von fünfzig dunklen Metern bogen sie mit Hilfe von jeweils zwei Streichhölzern, die sie gleichzeitig anzündeten, nach links in eine Halle ein, deren Marmorwände vor langer Zeit eingestürzt waren, deren Säulen aber noch, wie Reihen verdrehter Titanen standen und das Fundament der Welt stützten.

An einem Ende befand sich eine Plattform, auf der ein Thron gestanden hatte. Aber darauf befanden sich jetzt ein Feldbett aus Segeltuch, eine alte schwarze Tasche mit einem schmutzigen Hemd darin, ein paar schmutzige Decken und eine Laterne. Jemand zündete die Laterne an, und etwa eine Million Fledermäuse flogen davon; die Luft war von ihnen angefüllt und die Frauen hielten schreiend die Hände über ihre Köpfe.

Ein paar geöffnete Blechdosen, die in eine Ecke geworfen worden waren, zeigten, dass sich jemand Mahlzeiten zubereitet hatte; und zumindest eine Mahlzeit war ziemlich frisch, denn in einer Dose neben dem Bett befand sich noch unverdorbene Suppe. Aber keine Spur von dem Portugiesen. Kein Hinweis darauf, wo er sein könnte. Nur die Gewissheit, dass er an diesem Tag dort gewesen war! Auf dem Bett lag, umgedreht und leer, die Tasche aus Sämischleder, die ihm Cyprian zurückgegeben hatte; aber von den Münzen, die sich darin befunden hatten, fand sich ebenso wenig eine Spur wie von da Gama selbst.

Narayan Singh ergriff als erster das Wort:

„Da Gama kam wegen des Geldes, *Sahibs*. Ich hörte die Prahlerei, dass die Neun niemals lügen würden." Er schien zu befürchten, dass sein eigenes Wort angezweifelt werden könnte, da sie da Gama nicht gefunden hatten. „Trotzdem ist das Geld, von dem wir wissen, dass er es hatte, verschwunden – nur wohin?"

Er hob die Tasche aus Sämischleder auf und schüttelte sie.

„Im Ärmel von irgendjemandem!", kicherte Jeremy. „Suchen Sie den Don, und ich wette, dass Sie..."

Er sprach Englisch und die Rufe der Frauen unterbrachen ihn.

Ramsden machte sich auf den Weg nachzusehen, nicht so gesprächig, sondern eher verlegen, wie große Männer manchmal sind und sich ihrer Stärke und dem Drang, sie einzusetzen, durchaus bewusst sind. Es war töricht, in einer leeren Halle herum zu suchen, aber Männer, die nicht allzu stolz auf ihren Intellekt sind, sind manchmal mit ihrer Intuition besser beraten. Er ging zu einer Stelle, an der ein einzelnes Stück einer zerbrochenen Marmorsäule auf dem Schutt in einer Ecke des Bodens lag, und sie hörten seine Gelenke knacken, als er den Marmor von dem Haufen schob.

„Hier ist euer Portugiese", sagte er leise.

Er hätte auch einen Golfball finden können. Aber auch er sprach Englisch und die Frauen schimpften darüber. Das Dienstmädchen ergriff Jeremys Hand und begann, seine Fingernägel zu untersuchen, da sie dem geübten Auge unfehlbar Auskunft geben würden; aber Jeremy riss seine Hand weg und beeilte sich, die Laterne zu halten und zusammen mit den anderen zu betrachten, was Ramsden entdeckt hatte.

Die gelben Strahlen beleuchteten den toten und kaum erkalteten Körper des Portugiesen, der in einem flachen Graben in den Trümmern lag. Die Marmorsäule hatte ihn verschlossen, ohne den Inhalt zu zerdrücken, und der Leichnam lächelte mit einem lustigen, menschlichen, unbeschwerten Ausdruck, den der Mann während seines Lebens nur für Bruchteile einer Sekunde gezeigt hatte, während er von einem Grinsen zum anderen wechselte. Er war mitten in der Emotion gestorben und die Frauen schworen, dass dies die Götter getan hatten. Sie versprachen den Göttern Freigebigkeit, wenn sie sie vor einem ähnlichen Schicksal bewahren würden.

Es gab keine andere Erklärung als die ihre, wie er gestorben war, und auch nicht, wer ihn außer den Göttern getötet hatte. Sie untersuchten die Leiche. Es gab keine Wunde, keinen Bluterguss, kein Geruch nach Säure oder Gift, keinen Schlangenbiss, nichts, nur eine Leiche mit einem vernarbten Kinn, die lächelte! Und kein Hut!

KAPITEL FÜNF

„Die Spione der Neun sind überall."

FÜR diejenigen, die sich auf dem Altar ihrer Bedürfnisse opfern - ob es sich nun um überlebenswichtige Bedürfnisse handelt oder nicht -, hält Indien eine Belohnung bereit, zum Beispiel in Vierteln wie dem von Pater Cyprian, eingezwängt zwischen zwei Gärten in einer verschlafenen Straße, mit dem Schornstein eines längst stillgelegten Töpferofens, der am Nachmittag einen Schatten wie den einer Tempelkuppel auf den Bürgersteig wirft. Aus indischer Sicht verdiente Cyprian umso mehr Achtung, als er nie offen eine Belagerung gegen die ihn umzingelnden Götter des Landes geführt hatte. Er hatte das Gesicht so manches angeblichen Heiden gewahrt, weil er im stillen Kämmerlein des eigenen Gewissens der Überzeugung war, dass die Verdammten eher Trost als einen zusätzlichen Fluch benötigten. So hatte die heidnische Dankbarkeit seine alten Knochen getröstet und die ahnungslosen Heiden hatten nichts dagegen einzuwenden.

Er war asketisch untergebracht; aber in stillen Klöstern findet man viel mehr Ruhe und Zufriedenheit als in den Palästen von Vizekönigen, Fürsten und Bischöfen. Mit einem Augenzwinkern hatte er den Erzprätendenten vorgegaukelt, dass er ihre magischen Formeln für verwirrend hielt, dies fünfzig Jahre lang wiederholt, bis es ihm zur zweiten Natur geworden war, und die Männer, deren Verstand ein Wühltisch für alle Altweibergeschichten aus zweiter Hand war, nutzten nicht nur ihren Einfluss, um Schmeicheleien zu erwidern, sondern bemühten sich auch, Fakten für ihn ans Licht zu bringen, die über ihren eigenen Verstand hinausgingen. Indien, das die angelsächsische Verehrung von Spielfeldern und allem unnötigen Schweiß überlebt hat, nahm sein Amüsement mental auf. Es war ein „exquisites Vergnügen", Pater Cyprian, dem fremden, wenn auch höflichen Priester, neue Fakten zu vermitteln und sich an seinem intellektuellen Erstaunen zu erfreuen. (Denn in fünfzig Jahren lernt ein Mann, Rollen zu spielen und, wie Jeremy bemerkt hatte, war Cyprian für eine Schar der verschiedensten Männer so ziemlich „alles".)

Er konnte über das metaphysische, ferne, unnahbare und doch allgegenwärtige Ganze des Parabrahmans ebenso gut diskutieren, wie über die galoppierende Beichte eines Goaners, der es eilig hatte, sein Gewissen zu entlasten und dem Pater gleichsam eine Last vor die Füße zu werfen. Wohlgeformte, würdevolle alte Füße, gut verpackt in Lacklederpantoffeln, die auf einem gefalteten afghanischen *Chudder* ruhen, um sie vom gefliesten Boden fernzuhalten.

Fernandez de Mendoza de Sousa Diomed Braganza betrachtete sie, während er dort kniete und den Bodensatz seiner Fantasie untersuchte. Er war in der Tat sehr stolz darauf, Pater Cyprian ein recht seltenes Privileg zuzugestehen, das ihn allein schon in der Wertschätzung der neidischen Welt, die er kannte, um zwanzig Stufen erhöhen würde, wenn er es nur hinreichend zur Schau stellte. Alles, was er unterhalb des Wandschirms sehen konnte, waren diese alten, aristokratisch aussehenden pantoffelbewehrten Füße, aber sie wirkten beruhigend, und er sehnte sich danach, sie zu berühren.

„Und so, Vater, empfahl mir dieser Araber, der ein ganz ausgezeichnetes Englisch sprach, so dass ich in der Tat furchtbar erstaunt war und misstrauisch wurde - ja, in der Tat - zu dir zu gehen, um die Beichte abzulegen!"

„Warum hast du einem Araber gehorcht?", wunderte sich Cyprian.

„Oh, ich glaube, er war der Teufel! Wie sonst sollte er Englisch sprechen und so unbeschwert lachen? Ich sah seinen Kopf gegen den Nachthimmel, und ich glaube, er hatte Hörner - oh ja, gewiss!"

Cyprian warnte ihn.

„Wenn *er* nicht der Teufel war, dieser eine, dann war es der andere - der große, als Jat verkleidete Rohling, der mich packte, als wäre ich Abfall, der weggeworfen werden sollte und mich gegen meine Kunden schleuderte! Vater, ich versichere dir, ich fühlte mich wie eine Kanonenkugel! Er hat mich herumgeschleudert und ich habe viele Männer verärgert - oh ja, ganz entschieden! Und obwohl das ganze Hotel anschließend niederbrannte und ich von unten genau dieselben Individuen in den Flammen brennen sah, habe ich sie seitdem wiedergesehen! Wenn sie keine Teufel sind, dann sind sie Salamander..."

„Es steht dir nicht zu, zu entscheiden, wer der Teufel ist", warnte Cyprian, der weiß, wie der goanische Verstand von einer Schlussfolgerung zur anderen springt. „Wie kommt es, dass du entkommen bist?"

„Oh, veree simplee. Ich war sehr gewissenhaft, was die Kerzen für den Altar Unserer Lieben Frau von Goa angeht, und als dieser - ich bin mir sicher, dass es der Teufel war - mich in die Reihen meiner Kunden schleuderte, wurde mir klar, dass es genug war und ich floh erst einmal, bevor es zu einem Ansturm kam, den ich unfehlbar voraussah. Als dann die Stampede begann, war ich auf der Treppe, roch den Rauch und ging, um wie Moses den brennenden Dornbusch zu sehen, als ich Flammen sah, rannte ich auf die Straße hinaus und wurde gerettet. Aber mein ganzes Hotel und mein Vermögen sind in Flammen aufgegangen - oh, habt Erbarmen!"

Pater Cyprian bemitleidete ihn mit der gebotenen Zurückhaltung und entließ ihn nach einer unschätzbaren Predigt, in der er darauf hinwies, wie gewinnbringend Diomed sein ganzes Vermögen der Kirche überlassen können hätte, anstatt es dem Teufel auszuliefern, um daraus einen Scheiterhaufen zu machen. Danach befahl er seinem Diener, die Lamellen der Jalousien zu öffnen und genügend Morgensonne hereinzulassen, um den Ort fröhlicher aussehen zu lassen als jedes prächtig eingerichtete Boudoir in der Welt.

Und ein schlichtes, kühles, weißes Steinzimmer mit altem Fliesenboden und gewölbter Decke lässt sich viel einfacher fröhlich stimmen als jedes prächtig eingerichtete Boudoir der Welt. Die Wonnen der milden Askese sind unendlich viel größer als die Freuden des Genießers. Die Sonne kam gehorsam herein, Licht und Schatten wechselten sich in langen Dreiecken auf dem Boden und an den Wänden ab und ließen den hinteren Teil des Raumes in einem düsteren Geheimnis.

Von der Bibliothek war nichts zu sehen, nur ein Brevier und ein oder zwei Bücher, die auf einem Tisch an der Wand großzügig mit Bleistift beschriebenen Zetteln markiert waren. Außer dem Stuhl, auf dem Cyprian saß, gab es noch sechs weitere, die ebenso einfach und ebenso nahezu perfekt in Design und Verarbeitung waren - jeder Stuhl so alt wie das Taj Mahal, kein Stuhl glich dem anderen, aber aufgrund ihrer hervorragenden Verarbeitung stellten sie doch alle eine Einheit dar.

Ein Mensch kann asketisch sein, ohne sich nach Hässlichkeit zu sehnen - in Maßen ein Einsiedler, ohne seine Freunde auszugrenzen. Eine Bronzeglocke aus einem verschwundenen buddhistischen Tempel kündigte Besucher an.

Der Diener, Manoel - ein weiterer Goaner - leichtfüßig wie eine Katze und mit Töpfen voller Fuchsien bewaffnet, kam herein, um die seiner Meinung nach zu dieser Morgenstunde viel zu vielen Besucher anzukündigen.

„Sie sind *nicht* elegant. Nicht im Geringsten - oh, nein." „Wie heißen sie?", fragte Cyprian.

Manoel sprach sie falsch aus, wurde zurechtgewiesen, stellte die Töpfe ab und ging, um die Besucher zu empfangen, wobei er seine Stimmung wie ein Chamäleon änderte, nur viel schneller und mit deutlich geringerem Erfolg. Chullunder Ghose zum Beispiel, der als Impresario zuerst eintrat, konnte er nicht überzeugen.

„Da du Padre *Sahib* bisher noch nicht vergiftet hast, weil besagte heilige Person wachsam ist, übst du also den böswilligen Einfluss des bösen Blicks auf diese unheiligen *Sahibs* aus, die diesen Babu mit einer Anstellung ehren? Trete zurück, Sohn der Rassenmischung! Hör auf zu lächeln!"

Wer *würde* schon lächeln, wenn er von einem arroganten, fetten Babu derart angesprochen werden würde? Nicht der Butler *eines Bischofs*. Noch weniger Manoel. Er blickte finster drein, und - so heißt es in der Überlieferung - ein Mann muss lächeln, bevor er diesen schrecklichen Fluch namens „Böser Blick" - an den der ganze Orient und der größte Teil der neueren Welt bedingungslos glaubt - ausüben kann. Unter dem schützenden finsteren Blick von Chullunder Ghose, der Manoel sicherheitshalber den Rücken zukehrte, marschierte die Gruppe herein - Grim, Jeremy, King, Ramsden, Ali aus Sikunderam, Narayan Singh und einer von Alis Söhnen, der von Chullunder Ghose zur „Schlüsselloch-Prophylaxe" hereingewinkt wurde, wie der Babu nebenbei erklärte. Die anderen Söhne blieben weiter im Staub des gemusterten Schattens eines großen Baumes gegenüber hocken. Falstaff hatte nie eine zerlumptere, weniger königliche Gefolgschaft - was das reine Aussehen betraf - weder innerhalb noch außerhalb des Hauses des Priesters. Sie alle sahen wie Männer aus, die eher weite Meilen als auf dem Bürgersteig unterwegs waren.

Denn obwohl derjenige in der neuen, rauen Welt - in der zwanzig Jahrhunderte nicht ausgereicht haben, um den Söhnen der Menschen ein echtes Gefühl für Proportionen zu vermitteln - der gehört werden wollte, sich maskieren und in neuen Kleidern des neuesten Schnitts verkleiden musste, weiß Indien es besser - blickt tiefer - und ist weiser. So wird das Netz vergeblich vor ihm ausgelegt. Vizekönige, Könige und all ihr Pomp sind Nebenschauplätze, und der Lärm, den sie machen, ist eher ein Ärgernis, das nur um des mehr oder weniger lieben Friedens willen geduldet wird. Man hört sie im Lande und hört ihnen doch nicht zu - man sieht sie und schätzt sie wie Schatten auf dem Sand der Zeit. Die Männer, die in Lumpen gehen, haben mehr Einfluss als sie alle.

Manoel, der Goaner, zum Beispiel, verachtete diese zerlumpte Leibwache unter dem Baum mit allen europäischen Irrtümern, die durch Rassenmischung in ihm vervielfacht wurden, als Diener von Männern ohne Verstand und Einfluss; Und dennoch blieb ein vorbeigehender Constable, dessen naiver Blick durch zu viel europäischen Drill verzerrt war, aber alle seine anderen Fähigkeiten und Vorlieben wachhielt, am Wegesrand stehen, um darüber nachzudenken, wie man die Unschuld dazu bringen könnte, der weltlichen Weisheit Tribut zu zollen – er hielt inne, kratzte sich mit dem Kolben eines gedrechselten Holzknüppels am Kinn und suchte mit beiden Augen nach einem sicheren Komplizen.

„Dieser Constabeel ist ein Hindu-Schwein mit Haaren auf der Leber, der uns Unannehmlichkeiten bereiten wird - bei Allah", sagte ein Bruder aus den Bergen zu den anderen.

Und alle sechs nickten, im Kreis herum und ähnelten dabei Bären, da ihnen die Schafsfellmäntel lose um die Schultern hingen.

Drinnen ging der Diener des Paters, Manoel, auf den siebten zu, der an der Tür von Cyprians Wohnzimmer Wache hielt und bot dem Cerberus süßen Wein an.

„Versuch ihn", schlug er vor. „Veree ausgezeichnet - aus Übersee, dem Land meiner Vorfahren - er kam in einem großen Krug. Nur wenige vornehme Leute haben etwas davon abbekommen."

Eine Hand wie eine gerupfte Bärentatze schloss sich fest um das lange Glas, und mit beiden Augen auf den Goaner gerichtet, schüttete der Bergbewohner einen halben Liter der süßen, starken Flüssigkeit in seine Kehle, ohne innezuhalten oder auch nur einmal zu husten. Das Glas war wieder zurück in der Hand des Goaners, bevor er sein erstauntes Schnaufen beendet hatte.

„Ti-hi Das schmeckt dir, was? Dann komm mit in die Speisekammer, da gibt es noch mehr. Du sollst ordentlich etwas abbekommen."

„Nein, ich trinke keinen Wein", sagte Rahman und wischte sich die Lippen an einem Ärmel ab. „Solche Hunde wie du kennen den Koran nicht, aber Wein zu trinken ist verboten."

Vergeblich brachte der Goaner mehr, in einem Glaskrug, der verlockend duftete und verführerisch aussah. Rahman stand mit dem Rücken zum Schlüsselloch, gerade so weit von dem großen Glas Oporto aufgeheizt, um dem Goaner bei der erst besten Gelegenheit den Magen aufzuschlitzen, und dieser war sich nicht ganz sicher, ob er schon genug Gelegenheit dazu hatte. Manoel hielt sich also zurück und die Konferenz im Inneren verlief ohne Zwischenfälle.

Cyprian begann ganz natürlich und strahlte sie mit seinen lockeren, alten Lippen und Augen an, die nie Geheimnisse verrieten.

„Ihr habt also versagt? Ich sehe, ihr habt versagt", sagte er und blickte von einem Gesicht zum anderen. „Er ist Euch entwischt, dieser Portugiese?"

„Sie haben ihn getötet", antwortete Grim schlicht.

„Ah! Ein längerer Löffel als je zuvor! So ein Pech! Aber seinen Hut - den hast du natürlich gefunden?"

„Nein. Wird vermisst!", antwortete Jeremy. „Er hatte einen Fünf-Pfund-Schein in der Banderole, mit meiner Unterschrift darauf." Cyprians Lippen bewegten sich, aber er sagte nichts Hörbares.

„Noch schlimmer!" fügte King hinzu. „In seiner Tasche hätte ein Zettel sein sollen, auf dem er die Bedingungen notiert hatte, die er mit uns vereinbaren wollte. Wir wollten ihn nicht unterschreiben, aber die Details waren bereits skizziert worden und ein Feind würde daraus seine Schlüsse ziehen."

„Auch verschwunden?", fragte Cyprian. „Ja, gestohlen", antwortete King. „Die Tasche war von innen nach außen gekehrt."

„Und noch schlimmer!", fügte Ramsden hinzu. „All die alten Münzen sind verschwunden. Hier ist die Tasche - leer!"

„Alle außer dieser einen!" Jeremy hielt die hoch, für die er das Pfand hinterlassen hatte. Cyprian nahm sie und drehte sie in einer Hand hin und her, die so weich, sanft und faltig war, wie die einer königlichen Großmutter.

„Münzen weg? Hut weg? Heh?", sagte Cyprian. „Dieser Hut - er bewahrte seine Notizen immer auf einem Pergamentstreifen im Schweißband auf. Wenn wir den Hut hätten – nun ja, WENN wir den Hut hätten, hätte ich sozusagen seinen Schlüssel in mein Schloss stecken können. Nun - sind wir schlechter dran als zuvor!"

„Viel schlimmer!", bemerkte Chullunder Ghose. „Es könnte einem eiskalt den Rücken hinunterlaufen, Heiliger! Dieser Baba, von elementarer Angst zerfressen, macht auf den entscheidenden Schlüssel der Situation aufmerksam, der da lautet: Ein Feind, der im Hinterhalt lauert, kennt jetzt die Identität der Gegner. Die Gegner sind wir! Alarmierend - sehr! Ungesehen, und die Gelegenheit mit exquisiter Präzision wählend, werden sie sich anschleichen und geschickt zuschlagen, ohne Zeit zu verlieren! Verb. Sap. (*Verbum sapienti sat est - Dem Weisen genügt ein Wort!*) Euer gehorsamer Diener, *Sahibs*!"

„Er weiß es", sagte Cyprian nickend.

„Er weiß es." Ramsden ballte halb unbewusst seine beiden riesigen Fäuste und Cyprian lachte.

„Wenn wir auf diese Weise mit ihnen umgehen könnten, wäre ihr Geheimnis schon vor fünftausend Jahren aufgedeckt worden, nicht wahr?", sagte er verschmitzt. „Nein, meine Freunde. Sie können uns Gewalt antun; diese Möglichkeit müssen wir uns eingestehen. Aber es zwingt uns dazu, andere Mittel anzuwenden. Wir sind verloren, wenn wir es mit Gewalt versuchen - Babys im Wald, oder? Dann sind wir kein bisschen sicherer als vor

Sennacheribs Assyrern. Wir könnten genauso gut barfuß in eine Schlangengrube treten! Aber der Herr schlug die Assyrer. Der Herr kämpfte auch gegen Sisera. Weisheit! Wir müssen klug vorgehen! Versteht ihr mich?"

Er versuchte, für sieben Männer mit unterschiedlichen Glaubensbekenntnissen, von denen keines sein eigenes war, alles gleichzeitig zu sein und er war viel zu weise, um sich auf die Freiheit der Religion einzulassen, obwohl dies und kein anderes Motiv der Antrieb war, der ihn fünfzig Jahre lang arbeiten ließ. Er wusste, dass Jeremy bei der ersten Andeutung eines Glaubensbekenntnisses oder Dogmas offen rebellieren würde, ganz zu schweigen von Narayan Singh und Ali aus Sikunderam, die vielleicht nicht so wichtig waren, aber genauso wenig kompromissbereit sein würden.

„Niemand versteht auch nur das Geringste!", antwortete Jeremy. „Ich weiß, was wir gesehen haben - einen toten Don ohne Hut und mit umgekrempelten Taschen. Wir alle wissen, was die Frau gesagt hat. Ich habe dich gehört. Es läuft alles auf nichts hinaus, plus eine Goldmünze..."

„Vielleicht sollte ich besser etwas mehr über die Frau erfahren", schlug Cyprian vor.

Jeremy erzählte es ihm und gab die ganze Szene und Gauris Gespräch wieder, bis hin zur letzten Bemerkung von Gauri, als sie da Gama tot dort liegen sah.

„'Siehst du? Seht ihr? Sie haben ihn getäuscht, und der Narr hat mich getäuscht! Ich bin der größere Narr! Ich sage euch, niemand außer einem *Fakir ist* besser als ein *Fakir*! Man sagt von mir und solchen wie mir, dass ich Geheimnisse erfahre. *Phagh!* Geht und werdet *Fakire*, ihr alle! Das dachte auch Gauri", sagte Jeremy.

„Und sie hatte Recht. Sie hatte Recht", sagte Cyprian.

Woraufhin Jeremy pfiff. Er spürte, wie gegen den Wind Abenteuer auftauchten - unerwartet - genauso, wie er es am liebsten mochte. Chullunder Ghose, der es liebte, Gänsehaut am eigenen Körper zu spüren, gab ein Geräusch von sich, das wie ein unterdrücktes Quietschen klang und zitterte.

„Padre *Sahib*, lassen Sie sich von mir beraten!", unterbrach er. „Ich bin weit davon entfernt, ein wohlhabender Baba zu sein, der zu viel schwitzt, weil er zu wenig Geld verdient und doch bin ich wie eine ganze Packung Autolykus, welche die gesammelten Produkte der Erfahrung enthält! Dieser Mister Ross mag ein *Fakir* sein, ja. Er ist so schlau, dass er sich sogar selbst imitieren kann, was die Schwierigste aller Zynismen ist. Aber er ist Australier. Seine Gottheit ist die N-te Macht der Respektlosigkeit, die, wenn sie mit hochkirchlichen Parteien in Berührung kommt, denen es an Humor mangelt, viel gefährlicher ist als Dynamit mit Zündschnur und Zündkapseln! Ich spreche mit Gefühl! Mister Ross wird mit dem siebenknotigen Bambusstab des heiligsten Mahatmas Zaubertricks vorführen, und wir alle sind tote Männer – mit Familien, die der Gnade kommender Generation ausgeliefert sind - oh, meine Tante!"

Jeremy lächelte erfreut; er mochte Beifall. Plötzlich legte er den Kopf zur Seite wie ein Terrier, der das Wort Katze hört, und beobachtete wachsam Cyprians Gesicht.

„Es ist wahr, was Chullunder Ghose sagt - wahr und übertrieben", verkündete Cyprian. „Es birgt immer Gefahren eine Teufelei anzugreifen. Aber Übertreibung ist in solchen Fällen" - er wollte sagen, eine Sünde, zügelte sich aber - „ein schwerwiegender Fehler, weil sie Angst macht."

Alle Anwesenden außer Chullunder Ghose lächelten breit. Auch Cyprian lächelte und keiner von ihnen, außer vielleicht dem Babu, merkte, dass er dieses Mittel gewählt hatte, um jeden Anflug von Schrecken aus der Diskussion zu verbannen.

„Du!", sagte er plötzlich und zeigte mit dem Finger auf Jeremy. „Du! Kannst du dich selbst beherrschen? Verstehst du, dass ein

Lachen im falschen Moment den Tod bedeuten kann, wenn du diese Rolle spielst?"

„Ich hoffe, ich sterbe lachend - in meinen Stiefeln", antwortete Jeremy.

„Das gilt für deinen Tod - und der anderer!"

„Wessen, zum Beispiel?" antwortete ihm Jeremy. „Ich habe in Indien Männer gesehen, die ich jeweils für einen Sixpence töten würde!"

„Dieser - deiner Freunde", sagte Cyprian.

„Das ist etwas Anderes. Na gut. Ich werde nicht lachen. Ich gebe mich als den am schlechtesten aussehenden heiligen Mann aus, den du je gesehen hast. Was dann?", fragte Jeremy.

Cyprian sah ihn scharf an. In seiner weichen Handfläche lag die Goldmünze und er tippte sie mit dem Zeigefinger an.

„Das ist unser einziger Anknüpfungspunkt", begann er. „Du musst sie nehmen und damit Kunststücke vollführen. Du musst die Neun in aller Öffentlichkeit herausfordern! Das ist gefährlich, und andere müssen dich begleiten, um eine Entführung zu verhindern. Bist du dazu bereit?"

„Darauf kannst du Gift nehmen!" sagte Jeremy. „Wer kommt mit?"

„Ach du lieber Gott!", bemerkte Chullunder Ghose, der sich der Räder des Schicksals bewusst war.

„Mein junger Freund Jeremy, verfügst du über genug Selbstbeherrschung, um dich von unserem Babu disziplinieren zu lassen?", fragte Cyprian.

Die Lippen des Paters bewegten sich angestrengt, so als ob er auf etwas herumkauen würde und sein Gesicht war Jeremy zugewandt, der grinste, aber seine Gedanken waren bereits weit entfernt und er dachte an etwas Anderes. Grim bemerkte das und wurde sich bewusst, dass Cyprian eine Entscheidung getroffen hatte, ohne die Antwort abzuwarten. Schnelle Arbeit! Aber Grim war von Natur aus vorsichtig.

„Wie wäre es mit dem Babu?", widersprach er. „Kann Chullunder Ghose..." Cyprian wies den Einwand mit einer Geste zurück.

„Du musst dumm sein, mein Freund Jeremy - dumm!", fuhr er fort und zwang tiefgründige Gedanken an die Oberfläche, wie durch ein Sieb, das alle unnötigen Worte herausfilterte - insbesondere alle unnötigen Argumente. „Chullunder Ghose muss sprechen."

„Mein Gott! Siehst Du, wie ich erschaudere?", rief der Babu, ohne zu übertreiben.

Seine dicken Schultern hoben sich, als würde ein Erdbeben unter ihnen wogen und eine Art Grau legte sich auf sein Gesicht. Dennoch zweifelte niemand an seiner Absicht. Vor ein oder zwei Jahrhunderten hätte er aus Neugierde der Heiligen Inquisition getrotzt.

„Was auch immer gesagt wird, Chullunder Ghose muss es aussprechen", wiederholte Cyprian.

„Dann hör es mich jetzt sagen! Caesar, *moriturus te salutat!* Sprich, verpflichte mich, Schweigen entlastet den eigentlichen Täter! Mein Bauch zittert, aber meine Familie muss essen. *Sahibs*, erhöht meine mikroskopische Entlohnung!"

Nie war es einem Mann ernster. Chullunder Ghose, der vor Angst ganz verschwitzt war, rollte sein Taschentuch zu einem Knäuel zusammen und fing es immer wieder mit den nackten Zehen auf; aber King rückte heran und setzte sich neben ihn auf ein Kissen am Boden.

„Wir beide haben schon Schlimmeres zusammen durchgestanden", sagte er.

„Ah! Ja. *Du* und ich! Aber dieser Australier! Er würde selbst Hanuman[10] einen Knoten in den Schwanz machen und darauf vertrauen, dass ihn die Respektlosigkeit schon wieder da herausholt! Er wird schreien, Cooee!- und versuchen einem Brahmanen vorzumachen, dass dies die *Umgangssprache* der Götter sei!"

„So ist es!", lachte Jeremy. „Australien ist Gottes Land. Wenn ich den Dialekt nicht sprechen kann, wer dann?"

„Frieden, Frieden!", sagte Cyprian lächelnd. „Lasst uns hinterher scherzen. Colonel King, darf ich dir anvertrauen, dass du Freund Jeremy unterrichtest -das heißt, ihn entsprechend drillst? Wir können uns keine Fehler leisten."

King nickte. In ganz Indien gab es niemanden, der wie King in verschiedensten Verkleidungen von einem Ende Indiens zum anderen gereist und dabei in angeblich undurchdringliche Gebiete vorgedrungen war. Wenn King nur ein Zehntel von Jeremys Gabe mit den Händen Wunder zu vollbringen, besessen hätte, wäre er DER Mann gewesen, den man geschickt hätte. Aber man findet bei Männern keine Eifersucht auf Kings Fähigkeiten. Nur eine Spur davon hätte sie alle hundertmal scheitern lassen. Sowohl er als auch Grim waren sicherere Männer als Jeremy und das wussten sie auch; aber sie waren auch weitaus weniger brillant und auch das wussten sie. Was den Mut anging, gab es nichts zu wählen, obwohl sie alle Ramsden gewählt hätten, wenn man sie gefragt hätte, wer von ihnen am wenigsten für Angst empfänglich sein würde; und Ramsden, der nur zu gut wusste, was es ihn kostete, seine Kräfte zu kontrollieren, hätte seinerseits Narayan Singh gewählt.

---

[10] Der Affengott

„Ihr wisst, dass in Benares bald ein hinduistisches Fest stattfindet?", sagte Cyprian. „Ich bin zu alt, sonst würde ich mit euch hingehen. Ich kenne diese Zeremonien. Ich könnte mich vor Fehlern hüten. Ihr müsst verstehen: Eine Entführung stellt die eigentliche Gefahr dar! Es werden eine Million Männer und Frauen in Benares sein – wahrscheinlich mehr! Ihr - verkleidet und unerkannt - könntet so leicht verschwinden wie sieben Kieselsteine vom Strand! Ihr müsst also alle gehen, ihr müsst euch gegenseitig beobachten. Bildet zwei Gruppen. Jeremy, Chullunder Ghose, Ramsden - eine. Die andere, der Rest von euch, tut so, als wäre sie der Ersten fremd. Aber wohlgemerkt, alle Hindus können sich als Bekannte ausgeben, wenn es sein muss."

„Wir werden sehr bald in der nächsten Welt sein!", bemerkte Chullunder Ghose.

„Was ist der Grund für diese unangemessene Äußerung?" Cyprian machte ein Geräusch mit seiner Zunge. Er mochte das Wort Unangemessen nicht. Er antwortete und blickte überall hin, nur nicht zu dem Babu.

„Die Neun Unbekannten müssen sich ständig auf dem Laufenden halten. Um zu wissen, müssen sie beobachten. Um zu beobachten, müssen sie selbst gehen oder ihre Vertreter schicken. Um mit der Masse in Kontakt zu bleiben - was sicherlich ihr Ziel sein muss - werden sie sich bemühen, an Festen teilzunehmen, persönlich oder in Vertretung. Sollte einer von ihnen nach Benares gehen - was möglich ist -, werden natürlich zusätzliche Vorsichtsmaßnahmen getroffen, um inkognito zu bleiben. Aber in jedem Fall wird mindestens einer ihrer wichtigsten Leutnants vor Ort sein, um zuverlässige Berichte zu liefern. Habt ihr das verstanden? Jetzt..."

Dem alten Mann hatte sich warm geredet. Er bewegte sich unruhig auf seinem Stuhl hin und her und wischte sich immer wieder mit einem grasgrünen Taschentuch über die Lippen. Seine Gesten verloren ihren unbestimmten, akribisch taktvollen Charakter und wurden immer intensiver.

„In den kryptographischen Büchern, die ich besitze, gilt als unumstößliche Regel, dass *immer* einer der Neun zu dieser Jahreszeit Benares besucht. Sie erhalten Geld - Gold und Silber -, dessen Anhäufung nie aufhört. Und der Osten verändert sich nur sehr langsam; zweifellos geht ein Großteil des Geldes selbst in der heutigen Zeit der Banken während der Pilgerfahrten per Träger nach Benares, Hardwar, Prayag und anderen Orten. Jemand ist dort, um es in Empfang zu nehmen. Versteht ihr?"

Endlich öffnete Ramsden seinen Mund. Ökonomie - konstruktive Pionierwirtschaft war sein Metier.

„Um all das Geld zu befördern, wäre ein ganzer Güterzug nötig. Der Betrag, der während eines Jahres verschwindet..."

„Könnte zwischen einer Million Pilger transportiert werden, ohne aufzufallen", erwiderte Cyprian. „Ist euch eure Chance bewusst? Der Kontakt ist unser Problem! Wenn ihr erst einmal durch herausfordernde Aufmerksamkeit Kontakt zu den Neun Unbekannten hergestellt habt, könnt ihr den Rest mir überlassen! Wir werden die Bücher in kurzer Zeit finden! Dann könnt ihr das Geld haben - jeder kann es haben! Die Bücher - diese neun Bücher - sind das wahre Ziel."

„Wenn das Geld wirklich nach Benares geht, bräuchte man einen Zug, um es abzutransportieren!" beharrte Ramsden. „In diesem Fall brauchen wir nur auf die Eisenbahn achten..."

„Wer hat gesagt, dass das Geld wieder weggeschafft wird?" erwiderte Cyprian gereizt. „So viel wir wissen, gibt es ein Loch unter einem Tempel in Benares..."

Er zügelte sich selbst, denn ihm war bewusst, dass er zum ersten Mal Unglauben hervorgerufen hatte. Sogar Chullunder Ghose erlaubte sich einen spöttischen Ausdruck der plötzlich sein Gesicht erhellte. Ali aus Sikunderam explodierte:

„Allah! Wenn die Hindus so viel Geld in einem Loch unter einem Tempel hätten, hätten es die Leute aus den Bergen schon vor

Jahren gerochen! Außerdem hätten die Engländer nicht auch davon erfahren? Sie riechen Gold wie ein durstiges Pferd das Wasser in der Steppe. Und wenn die Engländer Angst hätten, es unter irgendeinem Vorwand zu nehmen, hätte das auch für die Leute aus den Bergen gegolten? Hätte dieser Köder die *Lashkars*[11] nicht dazu veranlasst den Khyber hinunterzuschreien? Und hätten sie angesichts des Geruchs all dieser Beute die Waffen zurückgehalten? Allah! Zeigt mir nur einen Sack Gold, und ich werde euch zeigen, wie ihn die Leute aus den Bergen plündern - ich und meine Söhne!"

Aber Ali aus Sikunderam war Wachs in Cyprians Händen. Schnelle, subtile Schmeichelei verwandelte seine Empörung in Prahlerei, aus der es kein Entrinnen gab.

„Du und deine Söhne – ihr seid von unschätzbarem Wert! Geradezu großartig! Ihr solltet eine Rolle bekommen, aber oh, wie schade! Ihr seid Moslems."

„Ja genau! Wie schade!", antwortete Ali. „Als der *Sirkar* Männer brauchte, die den heidnischen Bäuchen der Tibeter nicht mit einer echten Religion auf die Nerven gehen sollten - wurde ich mit drei Söhnen ausgewählt, um nach Lhasa zu gehen, weil wir nicht als Hindus auftreten konnten? Zweifellos! Bringt mir tausend Hindus und wenn mich einer von ihnen als keinen Hindu der Chattrya-Kaste aus der Menge herauspicken kann, werde ich in sofort in meine Berge zurückkehren und für immer Ruhe geben!"

„Aber nicht in Benares. Das würdest du in Benares nicht wagen", schlug Cyprian vor.

„Bei Allah, in Benares werden sie mich für einen doppelt heiligen Brahmanen halten, der im Paradis geboren wurde! Innerhalb einer Stunde werden mir die Sadhus die Füße küssen!"

„Also gut. Ausgezeichnet!" sagte Cyprian. „Das heißt, wenn du es wagst."

---

[11] Armee der Bergbewohner

„Ich möchte gerne das Ding sehen, das ich mich nicht traue - ich und meine Söhne!", antwortete Ali.

„Du sprichst von ihnen als den Deinen. Mir wäre lieber, wenn sie sich selbst verpflichten würden", sagte Cyprian.

„Bei Allah, sie werden schwören, was immer ich ihnen zu schwören befehle", antwortete Ali. „Wenn ich sage, dass ein Berg flach ist, werden sie es beweisen! Wenn ich sage, dass ein Hindu seinen Bauch von innen nach außen trägt, demonstrieren sie das am nächsten Ungläubigen! Wenn ich ihnen sage, sie sollen Hindus sein, werden sie sich sogar rasieren und entsprechend aussehen. Wart es ab! Ich werde sie herbringen."

Er ging zur Tür, um Rahman, der Wache stand, zu sagen er solle losgehen und sie herbeirufen. Rahman folgte der Aufforderung, und die Tür wurde wieder geschlossen, aber eine Minute später wieder von Chullunder Ghose geöffnet, der sich mit seinem ganzen Gewicht auf den Knauf stützte und ihn plötzlich betätigte. Manoel, der Butler, stürzte auf den Knien herein und fiel, ohne ein Wort zu sagen, mit dem Gesicht voran zu Boden, mitten in die Stille.

„Ein Lauscher!", rief Cyprian schließlich aus.

Der Goaner antwortete nicht - zu ängstlich oder zu schlau. Er lag mit dem Gesicht zwischen seinen Händen in einer Haltung unterwürfigen Flehens.

„Bringt ihn erstmal nach draußen", befahl Cyprian, und Ramsden packte Manoel am Hosenbund und warf ihn in die Speisekammer, so wie man einen Stock ins Feuer wirft.

„Ich sage euch", sagte Cyprian, „wir führen Krieg gegen Mächte! Die Spione der Neun sind überall. Mehr als einmal habe ich Manoel verdächtigt, aber..."

Die Tür flog wieder auf. Es war wie ein Donnerschlag in diesem stillen Zufluchtsort. Rahman stand da, eine Hand flach auf einen der beiden Türpfosten gelegt, lehnte sich nach vorne, seine Augen waren zusammengekniffen und funkelten wie ein Herz aus Feuerstein.

„Sie sind weg!" sagte er.

„Allah! Meine Söhne sind weg?"

Ali sprang auf und zog sein Messer, obwohl niemand, nicht einmal er, wusste, warum eigentlich.

„Alle weg", antwortete Rahman. „Es gab keinen Kampf, denn es ist kein Blut zu sehen. Ich glaube, sie sind freiwillig gegangen.

„Bei Allah, dann sahen sie Aussicht auf einen Kampf!" schwor Ali.

Er berief sich in diesem Fall auf Feudalrecht und bat Ramsden um Hilfe, denn die beiden hatten sich über ein wiedergefundenes Messer Treue geschworen und es gibt kein unantastbareres Versprechen.

„Bruder, ich brauche deine Kraft", sagte er mit Würde.

Und Ramsden zögerte nicht. In dem Bewusstsein, dass sein Verstand langsam und Stärke alles war, was er anzubieten hatte, meldete er sich bei jeder Gelegenheit für alle schweren Arbeiten freiwillig. Die anderen akzeptierten das, um Diskussionen zu vermeiden, sie legten aber zu viel Wert auf ihn, um ihn unnötig zu gefährden (Man kann mit einem Mann über seine Muskeln diskutieren, aber nicht über seinen Intellekt.) Also marschierten sie hinter Jeff her, Jeremy an der Spitze und ließen Grim allein mit Cyprian im Raum zurück.

Grim war ein Gedanke gekommen, wie es bei einem nachdenklichen Mann manchmal blitzartig der Fall ist, dass - wenn die auf der Straße zurückgelassene Wache so plötzlich verschwunden war - die Möglichkeit bestand, dass jemand hoffte, sich durch ihre Abwesenheit einen Vorteil zu verschaffen.

Wenn ja, war ganz offensichtlich Cyprian das Ziel. Wenn nicht, würde es trotzdem nicht schaden, wenn einer der Gruppe bleiben und den alten Mann beschützen würde.

Er bot keine Entschuldigung, keine Erklärung an; er blieb einfach.

KAPITEL SECHS

„Sie sind vor mir geflohen!"

NACHDEM er sich mit den Anforderungen einer anderen Welt abgefunden hatte, begann Fernandez de Mendoza de Sousa Diomed Braganza, über die Unwahrscheinlichkeiten dieser Welt zu spekulieren - der Unwahrscheinlichkeit überhaupt. Keiner war so dumm gewesen, das Brandrisiko seines Hotels zu versichern. Es war ein Totalverlust. Es war ebenso unwahrscheinlich, dass irgendeiner seiner ehemaligen Gäste seine Rechnungen bezahlen würden, da die Bücher ebenfalls verbrannt waren; sie würden ihn vielmehr für den Verlust ihrer Habe verantwortlich machen und wahrscheinlich Klage gegen ihn erheben.

Er wusste auch, dass die Polizei in dieser Minute nach ihm suchen würde, um ihn wegen seiner strafrechtlichen Verantwortung zu verhaften. Er wusste, dass es am klügsten wäre, selbst zur Polizei zu gehen und sich zu stellen, weil ihm das Pater Cyprian, an Unfehlbarkeit grenzend, vorgeschlagen hatte und beschloss, das zu tun, überprüfte eilig eine andere lange Liste von Unwahrscheinlichkeiten - Bekannte, mit denen er schon vor dem Feuer befreundet gewesen war, die er zwar fragen konnte, die aber wahrscheinlich nicht bereit wären, eine Kaution für ihn zu stellen.

Also wandte er sich nach links, nachdem sich die Eingangstür des Geistlichen hinter ihm schloss und dachte auf dem Weg zur Polizei darüber nach, einen Bekannten aufzusuchen. Dieser Umstand verhinderte, dass er die Ankunft von Grim, Ramsden, Jeremy, King und all den anderen bemerkte, die sich Cyprians Bleibe aus der entgegengesetzten Richtung näherten. Sie waren im Haus verschwunden, bevor sich Diomed umdrehte und zurückging. Alles, was er sah, waren Alis Söhne im Sand unter dem Baum - sie und der Constable gegenüber, der sich den Kieferknochen mit dem Ende eines gelben Knüppels rieb, um seine Denkprozesse zu unterstützen.

Was ihn wieder zu Bewusstsein brachte, war nichts Konkreteres als eine dieser Veränderungen des Geistes, wie die Bewegung eines geankerten Schiffes bei leichtem Wind; in Indien nennt man sie körperlose Geister, die einen Menschen in Not leiten würden. Er war unschlüssig - dachte an einen anderen Bekannten, der vielleicht weniger schwer festzunageln war als der erste. Als er den Constable bemerkte, wählte er natürlich den anderen Bürgersteig. Und während er unter der schützenden Krempe seines weichen Filzhutes mit beiden Augen den Gesetzeshüter im Blick behielt, trat er ebenso natürlich aus Versehen auf den Schafsfellmantel von einem von Alis Söhnen.

Die Männer aus Sikunderam mögen es nicht, wenn man auf sie tritt. Es ist sogar wahrscheinlich, dass sie zuallerletzt einen Goaner wählen würden, wenn sie gezwungen wären, eine Person zu benennen, der eine solche Frechheit zugestanden werden sollte. Dennoch war die Handlung offensichtlich unbeabsichtigt und hätte nicht mehr als einen milden Fluch zur Folge gehabt, wenn Diomed nicht gestolpert wäre und in dem Versuch, das Gleichgewicht wiederzuerlangen auf den Griff eines einen Meter langen Messers eines Mannes aus dem Norden getreten wäre. Das wiederum ist ein Sakrileg. Ein Mann aus den Bergen würde nie auf sein eigenes Messer treten. Deshalb erfolgte der Fluch von den Lippen eines von Alis Söhnen, wie ein Zischen und eine Explosion, so als ob man heißes Eisen in Öl getaucht hätte!

Diomed sprang zurück, als ob ihn eine Schlange gebissen hätte, und sogar der Constable auf der anderen Straßenseite erwachte aus seiner spekulativen Meditation, denn für ihn sah es aus, als ob die Götter zum Leben erwacht wären, um sein Problem für ihn zu lösen. Es ist gut, wachsam und zur Stelle zu sein, wenn die Götter das Schauspiel arrangieren.

Und während er zurücksprang, erkannte Diomed das Gesicht seines Gegners als das von jemandem, der ihn zuvor auf dem Dach verflucht hatte, bevor der Kampf und das Feuer begannen. Er erkannte ihn als einen Mann, der von den anderen zurückgehalten worden war, um nicht vorschnell den Stahl zu benutzen. Und der Gedanke eines Goaners, der sich mit einer misslichen Lage konfrontiert findet, ist so schnell und boshaft wie eine Natter. Er schnappt automatisch nach der Person, die sie ausgelöst hat.

Jetzt konnte er sich einen Vorteil verschaffen! Nun musste er nicht mehr mit leeren Händen in die Mühlen der Polizei begeben, die so klein und so unparteiisch mahlen, solange es sich nicht um das eigene Schrot handelte! Das war die Folge davon, dass er Pater Cyprian seine Sünden gebeichtet hatte! Nun war die Kaution unwichtig. Es gab Dutzende, die ihm zu Hilfe eilen würden, wenn sie wüssten, dass er Sündenböcke hätte, in der Zelle nebenan eingesperrt und bereit, geopfert zu werden.

All das ging ihm mit der Geschwindigkeit des Sternenlichts durch den Kopf, während des Öffnens und Schließens der zornigen Zähne des Bergbewohners. Er winkte den Constable heran, der argwöhnisch einen guten Meter vom Bürgersteig entfernt stand, von den Chancen noch nicht begeistert, denn es stand sechs gegen einen und die Götter hatten ihr Würfelspiel noch nicht beendet. Es ist das Privileg der Götter, es einem Menschen leicht zu machen.

„Nimm sie alle fest!", befahl Diomed, sicherheitshalber auf Englisch, um dem Ganzen noch mehr Nachdruck zu verleihen. „Das sind die Schurken, die mein Hotel in Brand gesteckt haben! Ich warne dich, sie sind gefährlich! Nimm sie sofort fest!"

Der Constable konnte die Gefahr auch ohne Hilfe erkennen. Er war sich der sechs langen Messern -die noch in ihren Scheiden ruhten, aber zwischen Erde und Luft schwebten wie Mohammeds Sarg - vollkommen bewusst. Außerdem war ihm das Feuer völlig neu.

„Brüder, ich habe doch vorausgesagt, dass uns der Constabeel Unannehmlichkeiten verursachen wird! Stellt Euch Rücken an Rücken!"

Die „Brüder" standen – harmlos wie ein drittes Geländer - um den Baumstamm herum.

„Falls du dich weigerst, sie zu verhaften, werde ich dich melden! Dies ist ein äußerst wichtiger Fall... sehr! wichtig", sagte Diomed und zückte einen Bleistift, um die Nummer des Constables aufzuschreiben. „Ich habe gesehen, wie diese Männer mein Hotel in Brand gesteckt haben", fügte er hinzu.

Doch der Constable, der sein Leben einer lobenden Erwähnung in einem Zeitungsartikel vorzog, lehnte ab.

„Wo sind deine Zeugen?", konterte er grinsend.

Diomed geriet sofort in Rage. Er kannte das Gesetz, oder behauptete zumindest, er kenne es und drohte damit, alles Mögliche, einschließlich eines dunklen und gesetzlosen Einflusses auf den ungerechten Kopf des Constables herabzubeschwören. Er nannte Namen. Er nannte Beispiele. Er erwähnte die Abstammung des Polizisten. Mit empörter Stimme schrie er die Nachbarschaft zusammen, damit sie Zeuge von Feigheit und Korruption würden - eines Polizisten, der für die Weigerung, sechs Mörder zu verhaften Bestechungsgelder erhalten habe!

Die Nachbarschaft war jedoch nicht gewillt, mit einem Skandal von außen in Verbindung gebracht zu werden, da sie genug Eigene aufzuweisen hatte und die Wenigen, die sich auf der Straße aufgehalten hatten, zogen ab - alle bis auf einen. Ein Mann in einem orangegelben Gewand, mit einem großen, roten Kastenzeichen auf der Mitte seiner Stirn, einen gewundenen orangegelben Turban und keinem anderen sichtbarem Kleidungsstück, Gegenstand oder sonstigen auffälligen Unterscheidungsmerkmal stand dort, wo ein weiterer großer Baum eine schmale Querstraße markiert und winkte. Er hielt seinen Zeigefinger dicht an sein Auge, als ob sich dadurch die Reichweite seiner Einladung erhöhen würde.

Und der Constable war inzwischen noch wütender als Diomed, mit dem Zusatz, dass seine Wut auf absoluter Ungerechtigkeit beruhte; denn die Dinge, die Diomed bezüglich seiner weiblichen Verwandten gesagt hatte, sollten von einem Mann mit Geist und einer gewissen Autorität nicht geduldet werden. Sie hatten das Stadium des Handgreiflich-Werdens erreicht und Diomeds wedelte mit beiden Armen wie ein Signalmast, während er sich nach vorne beugte, wie ein Affe mit den Zähnen fletschte und denunzierende Worte in das entrüstete Gesicht des Constables spuckte.

„Da winkt einer", sagte eine Stimme neben dem Baum.

„Und du bist korrupt, korrupt und verdorben - jeder weiß es, Sohn einer bösen Mutter - du lässt Dich von allen bestechen und von Sundree und..."

„Er trägt ein gelbes Gewand, Brüder, wie die Sadhus[12], nur gelber. Er ist nur einer. Wir könnten ihn erschlagen, wenn er uns anlügt. Er winkt und signalisiert Stillschweigen..."

„Dann los - alle zusammen - lauft!"

Sie verschwanden wie Leoparden, die aus ihrer Deckung aufgescheucht worden waren, die Straße hinunter, jeder mit einer Hand am Griff eines Khyber-Messers, dem man genauso gut ausweichen kann wie den Sturzbächen von Sikunderam während einer Überschwemmung. Sie stürzten sich auf den Mann in Gelb, als wäre er ein Feind und kein Freund, mit der Absicht ihn zu packen und zwischen ihnen herumzuwirbeln; aber der kannte die Natur des Sturms, den er heraufbeschworen hatte, und rannte die Seitenstraße hinunter - war verschwunden, bevor sie die Ecke erreicht hatten und sie verschwendeten eine halbe Minute damit, wie ein Rudel Hunde hierhin und dorthin zu schweifen, bis einer von ihnen sah, dass er erneut winkte und die sechs mit Volldampf im rechten Winkel zu ihrem vorherigen losrannten, kaum noch nachdenkend, aber alle eines Sinnes und mit drei Zielen: dem Polizisten zu entkommen, den Mann in Gelb einzuholen und zusammen zu bleiben.

---

[12] Wandernde heilige Männer

„Da!", rief Diomed und hielt in seinem Schwall von Beschimpfungen inne. „Jetzt kann die ganze Welt sehen, wie du Kriminelle entkommen lässt!"

Und die Schmähung zeigte ihre Wirkung. Sie beinhaltete das Gift, das Fehleinschätzungen hervorbringt. Sie ist wie eine Nebelwand, von einem menschlichen Stinktier verspritzt, um jemanden zu demütigen, der ein schwaches Gespür aufweist. Der Constable war wütend und sich seiner Pflicht bewusst - jemand musste verhaftet werden. Sechs der Brandstiftung beschuldigte Kriminelle waren der Polizei unter dem Deckmantel der Beschimpfungstirade eines Siebten entflohen, also muss der Siebte schuldiger sein als alle anderen! Er hob seinen Schlagstock - eigentlich, um ein Signal auf den Gehsteig zu hämmern - aber in Diomeds aufgeregter Fantasie verwandelte sich die Geste in einen Angriff. Und Diomed schlug selbst zu - zweimal mit der flachen Hand ins Gesicht, hysterisch - schlug einen Gesetzeshüter in Erfüllung seiner Pflicht!

Also machte sich der Schlagstock nun ernsthaft an die Arbeit und der arme Diomed wurde auf Schlüsselbein und Unterarme geschlagen, bis er es vor Schmerzen nicht mehr wagte, sich zu bewegen. Dann wurde er schändlich in Handschellen gelegt, fluchend, flehend, betend und abgeführt, gefolgt von der unvermeidlichen Horde kleiner Jungen, die so wenig von den Phiolen des Mitgefühls besitzen wie die Affen - von denen manche annehmen, dass sie ihre Vorfahren seien. Sie sagten Dinge, die Diomed zu noch wilderen Verwünschungen aufstachelten.

Und unter den Jungen war ein Zwerg - ein Mann in orangegelb, einen halben Kopf größer als der größte Junge und so stämmig wie zwei von ihnen, aber genauso beweglich, so dass er in der Menge unbemerkt blieb. Er drängte vorwärts näher und näher an den Constable heran, der sich nervös umschaute, wohlwissend, dass in diesen Tagen „höherer Schulbildung" von Schülern Krawalle und Rettungsaktionen durchgeführt werden, während die Älteren im Hintergrund Propaganda betreiben. Er eilte und fuhr fort seinen Gefangenen mit Knüppelschlägen auf das Rückgrat direkt über dem Hosenbund vor ihm herzutreiben. Es dauerte mehrere Minuten, bis der Zwerg nahe genug herankam, um leise zu sprechen und doch gehört zu werden.

„Sie haben Glück", sagte er schließlich. „Sicherlich ist für sie eine Beförderung in Reichweite! Sie haben den berüchtigten Braganza verhaftet, der beschuldigt wird, sein Hotel angezündet und hunderte Gäste ermordet zu haben!"

„Ich wusste es! Kommen sie mit und machen sie eine Aussage!", erwiderte der Constable, denn der Osten lügt leichtfertig oder gar nicht. Er versuchte, dem Zwerg als Tatzeugen zu gewinnen, verlor ihn aber in der Menge und musste sich beeilen, um nicht auch noch Diomed zu verlieren, den er aktuell der Brandstiftung und dem Anheuern von sechs Afridis beschuldigte, die ihn vor der Verhaftung schützen sollten.

„Ich habe gegen sie alle gekämpft und sie sind vor mir geflohen", behauptete er.

In der Zwischenzeit verfolgte eine seltsame Ansammlung von Personen mehr oder weniger zielgerichtet Alis Söhne, natürlich mit Ali an der Spitze - denn die „Söhne" waren sein wertvollstes Eigentum - und mit Chullunder Ghose als natürlichem Schlusslicht, dem das Schicksal der Söhne so gleichgültig war, wie dem Mittag der Fang von Fischen bei Ebbe, aber emsig und besorgt tuend, um nicht untätig zu wirken.

„Selbst, wenn ein Erdbeben das Chaos geleert, die Verwandtschaft der Gadarener Schweine freigesetzt hätte und Regierungsbeamte und Redakteure der Tagespresse für den gesamten Vorgang verantwortlich wären, wäre das im Vergleich dazu noch diamantklare Vernunft!! Das ist schlimmer als auf den Rat von Experten zu hören! Das ist - oh, meine Tante!"

Er lag nicht weit daneben, denn während er herumwatschelte und sich den Schweiß von seinem fetten Gesicht wischte, konnte er die langgezogene Schlange sehen, die sich die ganze Straße hinunterzog und die Neugier jedes Einzelnen hervorrief. Jeremy zum Beispiel, genoss es, für einen Araber gehalten zu werden, und sah aus, als ob er bei der nächstbesten Gelegenheit verrückt werden und einen wirbelnden Derwischtanz aufführen würde, während er - die langen, weiten Ärmeln seines schwarzen Mantels wie Flügel ausgebreitet - in voller Geschwindigkeit Ali folgte.

Dann folgte Ramsden, wütend und ärgerlich wegen Jeremy, welcher sich selbst so öffentlich zur Schau stellte, aber nicht in der Lage, ihn zu überholen und Vorhaltungen zu machen, also schritt er einfach weiter, wie Samson, der die Philister erschlug.

Als nächstes kam King, Seite an Seite mit Narayan Singh - keiner von ihnen auch nur ansatzweise falsch und daher in etwa so auffällig wie eine richtige Note in einer Klaviertonleiter aus Kreuzen und B´s.

„Ein Mann, von einer Frau geboren, ist wie Ingwer-Limonade", bemerkte Chullunder Ghose und hielt inne, um nachzudenken. „Schnur durchschneiden – der Korken fliegt - und sie läuft über! Schritt eins auf dem Pfad zur Weisheit ist, weise zu sein - ergo – ich sitze an den Wassern dieses Babylons und weine –Baum, ich grüße Dich, weine Schweiß, keine Tränen! Großer Baum, welche Welt von Männern und Frauen hast du verhöhnt! Verspotte mich für eine Weile, dein Schatten ist tröstend und deine Geistesblitze verfehlen mich. Nun, sehen wir uns das mal an - King Sahib ist bekannt für seine Vernunft. Ergo wird er mich auch von hinten bemerken. Wenn er sieht, dass dieser Babu Fabius Cunctator nachahmt, wird King Sahib die angeborenen Neigungen eines Angelsachsen unterdrücken und seine Gedanken entsprechend anpassen. Er wird dieser Straße bis zur nächsten Ecke folgen, wo er sich einnisten und Narayan Singh vorausschicken wird, um den Vorgang zu wiederholen. Wenn ich also bis zur Ecke gehe und die Aufmerksamkeit auf mich lenke, wird King Sahib mich bemerken und Narayan Singh ein Signal geben. Wir bleiben also in Kontakt. Und die anderen werden sich verhalten wie Funken, die nach oben fliegen, was man eben nicht ändern kann. Das ist meine Vermutung. Als Erbe aller Zeitalter werde ich im Schatten sitzen und die Welt an mir vorbeiziehen lassen. Verdächtig? Sehr!"

Chullunder Ghose behielt Recht. King bog bei der Verfolgung um die Ecke, und setzte sich an der nächsten auf die Veranda einer Sikh-Pension, wo Narayan Singh, der die Verfolgung in einer anderen Straße fortsetzte, ihn finden und Chullunder Ghose sehen konnte, sobald es der Babu für angebracht hielt, an die Ecke zu kommen und Signal zu geben. Die anderen, die Ali aus Sikunderam folgten, welcher hundert Meter voraus lauthals Erkundigungen einholte, klebten an der Verfolgung wie Menschen in einer Kinokomödie.

„Punkt eins, ein Narr verhält sich sehr dumm", sagte Chullunder Ghose zu sich selbst, lehnte seinen fetten Rücken gegen den Baum und schoss mit seinem riesigen Taschentuch nach ein paar Fliegen. „Deshalb entsprechen die angeborenen Mängel von Alis Söhnen der Formel „Ein Wort genügt dem Weisen". Wenn sie angegriffen worden wären, hätten besagte Idioten vor der Haustür des Paters gestanden - in Übereinstimmung mit dem Gesetz, dass die Natur ein Vakuum verabscheut - zweifellos. Leere Köpfe müssen am Zapfhahn der Autorität mit Anweisungen gefüllt werden. Sie hätten ihre Aufmerksamkeit unweigerlich auf das Haus des Paters konzentriert. Quod erat - nicht wahr? Ergo wurden sie nicht angegriffen.

„Was also dann? Eine Frau? Viel zu früh am Morgen. Und wieder - kein Kampf! Wenn sechs solcher Idioten eine oder mehrere Frauen durch die Straßen von Delhi verfolgen würde, hätte es sicher böses Blut gegeben - so sicher wie es Reden gibt, wenn ein Politiker ein Amt anstrebt. Also keine Frau. Diesmal geht es nicht um das Geschlecht, das in Schmerzen gebiert und es gleichzeitig bereut.

„Also ein Mann! Das unproduktive Geschlecht! Mindestens genauso kummervoll, aber weniger undurchsichtig! Leichter durchschaubare Motive. Die sechs durchscheinenden Juwelen aus Sikunderam wurden geködert - und zwar von einem Mann oder mehreren Männern - also aus Gründen des Profits! Wessen? Und warum? Ich hebe einen Stein auf. Warum hebe ich einen Stein auf? Weil ich den Platz brauche, auf dem er liegt - oder weil ich ihn werfen will - oder - den Platz brauchte, auf dem Alis Söhne saßen - oder die Straße, in der sie saßen - ich verstehe - 'Steve, ich habe es!', wie Jimgrim zu sagen pflegt – ich durchschaue das Geheimnis! Hoffen wir, dass die Taten nicht so laut sind wie die Worte. Du Baum - du fester, stummer, aufdringlicher Baum, lebe wohl!"

Da kam ein Tikka-Gharri[13], das von einem Pferd gezogen wurde, auf dem Heimweg von der Teilnahme an – nur die Rishis[14] wissen - was für einem nächtlichen Gelage. Chullunder Ghose gab dem Fahrer ein Signal, der schläfrig und erfolglos die Fahrt ablehnte. Der Babu war zur Straßenmitte gewatschelt und hineingeklettert, bevor der protestierende Jehu seinen Gaul zum Trab antreiben konnte.

„Gib Gas!", sagte Chullunder Ghose und übersetzte den Slang, den er von Grim gelernt hatte, in schändliche Umgangssprache.

Der müde Droschkenkutscher schlug also auf das noch müdere Pferd ein und der Babu stand auf und schrie, um die Aufmerksamkeit auf sich zu ziehen, dass er einen Gallenstein habe und sterben würde, wenn man ihn nicht innerhalb einer Minute ins Krankenhaus bringen würde. Er wurde gesehen, gehört und zur Kenntnis genommen.

Aber er fuhr nur zwei Blocks weiter, um die Ecke und bezahlte dann dem erstaunten Taxifahrer den exakten Fahrpreis. Hätte er ihm zu viel bezahlt, hätte er das Misstrauen nur vervielfacht. Dann lief er drei Häuserblocks zurück, parallel zu der Straße, in der sich Cyprians Haus befand und bog gerade noch rechtzeitig um die Ecke, um drei Männer in orangegelben Gewändern sich Cyprians Tür nähern und läuten zu sehen. Er stand lange genug

---

[13] Miet-Taxi
[14] Geister

dort, um zu sehen, wie sie eintraten und die Tür sich wieder hinter ihnen schloss.

„Kali!", rief er dann aus. „Hoffen wir, dass Jimgrim das zu schätzen weiß! Hunde der Frau von Shiva, dem Zerstörer! Oh, meine Tante!"

Er sah gerade noch rechtzeitig, wie Ali aus Sikunderam in das Gebäude und die Treppe hinaufstürmte - die Männer, denen er seine Fragen entgegenschleuderte, hatten Ali in die Irre geführt und er hatte eine unnötige Meile zurückgelegt, bevor er erfuhr, dass seine wertvollen Söhne gegen das Gesetz verstoßen hatten.

Er rannte wie eine gelenkige Qualle, bis er eine Ecke erreichte, von der aus er King auf der Veranda der Pension hocken sah. Dort riss er – jegliche Diskretion außer Acht lassend - seinen rosafarbenen Turban herunter, warf die dreißig Meter lange Seide in die Luft und wirbelte sie herum, bis King fragend eine Hand hob.

Prompt beugte sich King über das Geländer der Veranda an der Verbindung zweier Straßen und machte eine Geste, die Narayan Singh noch aus einer Viertelmeile Entfernung sehen konnte. Und der Sikh - nicht sonderlich optimistisch, da er schon zu viel gesehen hatte – aber begreifend, dass die Bande zurück zu Cyprian wollte, rannte im Eiltempo los, um von einem Gebäude aus so viele Mitglieder der Bande wie möglich ausfindig zu machen, an dessen Front zwei quadratische Lampen POLIZEI anzeigten

Narayan Singh hatte gesehen, wie Rahman Ali folgte, dann Jeremy und dann Ramsden. Keiner war die Trepp wieder hinuntergekommen, also wusste er nicht, was er tun sollte, obwohl er noch nicht ahnte, wie absurd einfach die Strategie des Mannes in Orange-Gelb gewesen war, geschweige denn wie viel einfacher und ausgeklügelter die von Jeremy sein würde.

Wie ein Irrlicht in orangefarbener Livree hatte er die sechs Haudegen aus dem Norden einfach eine Straße nach der anderen entlang tanzen lassen, die Treppe der Polizeiwache hinauf und dort allesamt des Diebstahls bezichtigt! Der Polizei blieb überhaupt nichts anderes übrig, als sie festzuhalten.

Als Ali dort ankam, herrschte ein heilloses Durcheinander, denn den sechs Söhnen waren die Waffen abgenommen worden und sie wehrten sich gegen eine weitere Durchsuchung verzweifelt wie die Kobolde der Hölle gegen eine Taufe - Zähne - Krallen - Flüche - Verwünschungen - ein paar Polizisten horizontal an allen Gliedmaßen hängend, sich wie in Krämpfen ausdehnend und zusammenziehend. Ein Polizist – derjenige, der vor kurzem Diomed verhaftet hatte, ging beifallslos mit seinem Knüppel von Mann zu Mann und zielte auf die Köpfe der Afghanen, traf aber häufiger seine Freunde. Er erwähnte nichts davon, dass er sie bereits kannte, nachdem er ja vorher bereits behauptet hatte, sie in einem tödlichen Kampf besiegt zu haben. Die naheliegendste Lösung bestand darin, sie zu betäuben, damit sie ihn nicht wiedererkannten, aber es war äußerst schwierig, ihre Köpfe zu treffen.

Mitten in diese Verwirrung hinein sprang wie ein Feuerwerkskörper Ali, samt Messer und allem und wurde durch den Revolver des Offiziers gestoppt. Der diensthabende Offizier saß an seinem Platz hinter dem Schreibtisch. Es hätte ein Mord geschehen können, denn Ali war nicht in der Stimmung, sich zu fügen, während seine Lieblinge vor seinen Augen verprügelt und verrenkt wurden. Die Tatsache, dass die Polizisten bluteten und seine Söhne sich lediglich für die morgendliche Arbeit aufwärmten, verstärkte seinen Eifer noch und sein Instinkt warnte ihn, dass der Mann in Gelb der „Vater" des Tumults gewesen war. Aus diesem Grund war Ali gerade dabei, dem Mann in Gelb an die Gurgel zu springen, als Jeremy lächelnd wie eine Illustration aus dem Buch Ruth auftauchte, während Rahman einen Schritt hinter ihm wie ein Wolf jaulte.

„*Salam aleikum!* Friede! Gebt Frieden!", dröhnte Jeremy mit einer Stimme, die wie eine Bauchrednerstimme klang und den ganzen Raum zu füllen schien. Er klang, wie er aussah, wie ein Mann aus dem Alten Testament. Ali spürte die besondere Magie und rief ein Wort, dem seine Söhne sofort gehorchten. Trotzdem waren die Polizisten Menschen und auf Rache bedacht, aber dann kam Ramsden herein.

Er entblößte seine Unterarme und bot an, die ersten drei Polizisten, die einen Gefangenen schlugen, mit seinen eigenen Händen zu töten. Also kehrte der von Jeremy geforderte Frieden ein, und der Mann in Gelb nutzte ihn, indem er sich zwei von Alis Söhnen näherte, die jeweils von einem Polizisten an den Handgelenken festgehalten wurden. Er sagte, er wolle sie identifizieren. Jeremy beobachtete ihn, und Ramsden beobachtete Jeremy. Der Polizeioffizier beobachtete alle drei, aber Jeremys Hand war schneller als jedes Auge.

„Das sind die Männer, die mich bestohlen haben!", sagte der Mann in Gelb. „Ich hatte in jeder Hand eine ähnliche Goldmünze wie diese. Sie stürzten sich auf mich, ergriffen meine Handgelenke und nahmen das Geld, das ihr bei ihnen finden werdet. „Durchsucht sie!" Er griff in eine Tasche seines Gewands und zeigte eine alte Münze, die Jeremy und Ramsden als Eigentum des Portugiesen da Gama identifizierten.

„Durchsucht sie", befahl der Offizier und klopfte mit seinem Revolver auf den Schreibtisch.

„Warten Sie! Lassen Sie mich zuerst auch identifizieren", sagte Jeremy, und auch er ging zu den beiden Söhnen Alis.

Er zog eine Münze heraus, die der Mann in Gelb in der Schärpe des nächststehenden Mannes versteckt hatte und hielt sie in der Hand.

Damit nicht zufrieden, ging er auf den Polizisten zu und flüsterte ihm etwas zu. Dann wandte er sich an den Mann in Orange-Gelb, der allmählich weniger zufrieden aussah - und ein wenig ungeduldig wirkte.

„Habe ich Sie schon einmal irgendwo gesehen?", fragte Jeremy. „Waren Sie schon einmal in Jerusalem? Jaffa? Alexandria?"

„Nein!"

„Er lügt!", sagte Jeremy. „Ich kenne ihn gut! Das war ein Hindu-Trick, um die goldene Uhr von euer Ehren zu stehlen", fuhr er fort und lächelte den Offizier an, als ob noch nie ein Stück Butter in seinem Mund geschmolzen wäre. „Doch wie der Prophet, Friede sei mit ihm, sagte: 'Lass nicht Worte und die Leere der Sprache genügen!' Durchsucht alle drei Männer!"

Jetzt verhielten sich Alis Söhne ruhig und fügten sich, denn sie hatten gespürt, was Jeremys flinke Finger taten. Und Jeremy, der Ramsden den Rücken zuwandte, reichte diesem sicherheitshalber zwei Goldmünzen und trat sofort wieder vor. Die Kinnlade des Mannes in Orange-Gelb fiel herunter.

„Er - dieser Araber -", begann er.

Aber die Suchenden hatten Alis Söhne bereits vergeblich ausgezogen und nun war er an der Reihe. Die erste Hand, die in seiner Tasche verschwand, zog die goldene Uhr und die Kette des Offiziers hervor.

„Zauberei!", rief der Offizier aus. „Er hat sich mir nicht einmal genähert!"

„Dann sperren Sie ihn ein! Solche wie er sind gefährlich", sagte Jeremy, ohne mit der Wimper zu zucken und der Beamte nahm den Rat an, bestand aber auch darauf, drei von Alis Söhnen als Zeugen festzuhalten. In diesem Moment, als die Zellentüren hinter allen vieren zuschlugen und ein fünfter bereits darin war, kam Narayan Singh herein, schätzte die Situation ein und ging direkt wieder hinaus, wobei er so viele zurückließ, wie ihm folgen konnten oder wollten.

KAPITEL SIEBEN

„Ein homöopathisches Mittel frei nach Shakespeare!"

GRIM und Cyprian saßen einander schweigend gegenüber, während ein Sonnenstrahl in den Raum zwischen ihnen hereinströmte. Unendlich winzige Staubkörnchen tanzten Tarantella – denn Cyprian war ein Martinet[15] und Manoel benutzte unablässig Tuch und Besen - mehr oder weniger wie Mücken im goldenen Fahrwasser.

„Du beobachtest sie?", fragte Cyprian. „Jeder einzelne dieser sich bewegenden Flecken besteht selbst aus Milliarden von unendlich winzigen Flecken, die alle in Bewegung sind. Das ist die Art und Weise, wie das Universum aufgebaut ist. Alle Atome - alle in Bewegung - in einer alles durchdringende Essenz bekannt als Äther. Wusstest du das? Es steht in den Büchern - in den ältesten aller Bücher wie in den Neuesten. Die Alten wussten das schon vor siebentausend Jahren, wenn wir ihre häretische Chronologie akzeptieren wollen. Ich habe ihre Bücher, um es zu beweisen. Diese Neun Unbekannten sind die Erben wissenschaftlicher Geheimnisse, welche die Grundlage der antiken Mysterien bildeten. Ja, so ist es. So ist es. Daran gibt es keinen Zweifel. Keine religiösen Geheimnisse, versteh mich richtig - nein, nein, sie sind Feinde jeglicher Religion! Sie nutzen wissenschaftliche Wahrheiten, um den Aberglauben zu schüren, indem sie vorgeben, ihre Phänomene seien Wunder! Ein Werk des Teufels! Das wissen sie - diese Schurken! Sie wissen es! Verglichen mit ihnen sind unsere modernen Wissenschaftler, wie es Julius Cäsar gewesen wäre, wenn man ihn mit Paine's Feuerwerk, einem Achtzehn-Zoll-Geschütz oder dem Radio konfrontiert hätte. Cleverer Bursche, dieser Cäsar. Ein helles Köpfchen. Er hätte versucht, es weg zu erklären; hätte es versucht - aber da wären die Phänomene gewesen - Wirkung - Ergebnis natürlich; man

---

[15] Der Martinet ist eine mehrriemige, kleine Peitsche, die in Frankreich, aber auch in Deutschland traditionell vor allem zur körperlichen Züchtigung von Kindern und Jugendlichen und zur Erziehung von Haustieren benutzt wurde.

muss die Ursache kennen, um die Wirkung zu verstehen. Es macht keinen Sinn, das abstreiten zu wollen. Unsere Modernen scheitern genauso, wie es Julius Cäsar getan hätte. Und die Neun Unbekannten lachen. Teufel!

„Nichts passt ihnen besser, als die Wissenschaftler, Zeitungen, Regierungen, Geheimdienste, Polizei auf ihrer Seite zu haben, die alle schwören, von der Existenz solcher Erkenntnisse nichts zu wissen – und auch nichts von so einer Organisation. Vor allem lachen sie über die Kirche. Die Missionare sind ihre besten Freunde. Zu behaupten, sie würden nicht existieren, ohne das beweisen zu können, lässt den Schurken die Freiheit, tun und lassen zu können, was immer sie wollen, ohne den Aberglauben der Menge zu beeinträchtigen. Verstehst du?"

Grim verstand nicht. Er hat die Sichtweise eines Pragmatikers und Abenteurers auf ein Leben, mit dem er unzufrieden ist. Alle Schleier hingen zwischen ihm und dem Noumenon[16], und er studierte jedes Phänomen unter dem Gesichtspunkt „Wozu ist das gut?"

„Warum leugnen, was man nicht beweisen kann? Warum nicht ihre Wissenschaft entdecken und sie einsetzen, richtig?"

Cyprian unterbrach ihn mit einem Stirnrunzeln und einem Wutausbruch, der einen vulkanischen Willen, ungeschwächt und nur durch Disziplin gezügelt, verriet.

„Still! Klügere Köpfe als du haben das schon vor langer Zeit entschieden. Hüte dich vor der Sünde der Anmaßung! Diese Leute wurden als Zauberer und Trickbetrüger gebrandmarkt! Ihre Ambitionen, Magie! Tricks! - Bösewichte! - Lügner! - Betrüger! Sie sind dem Aberglauben zum Opfer gefallen. Haben die Konsequenzen gezogen. Von der Kirche verboten. Geächtet. Ihre Bücher verbrannt! Wer kann schon sagen, ob sie einen Funken wissenschaftlicher Erkenntnisse besitzen oder jemals besaßen?

---

[16] das mit dem Geist zu Erkennende im Gegensatz zu dem mit den Augen zu Sehenden (nach Plato)

Das ist meine Aufgabe – fünfzig - zweiundfünfzig Jahre Anstrengung. Verbrennt die Bücher! Die neun Bücher! Verbrennt sie! Sie haben sich der Kirche widersetzt - sed prevalabit!"

„Ich verstehe dich nicht", antwortete Grim. „Wissen sollte bekannt werden. Diese Bücher..."

„Gehören mir! Um damit zu tun, was ich für richtig halte! Warst du damit nicht einverstanden?", fragte Cyprian.

Grins hatte zwar zugestimmt, aber das bestätigte nicht die ganze Behauptung. Grim war von Missionaren beschuldigt worden, beinahe jeder heidnischen Sekte anzugehören, einfach nur, weil er allem gegenüber aufgeschlossen war, aber sein Name stand auf keiner Musterungsliste. Er hatte kein Gehorsamsgelübde geleistet. Er entgegnete:

„King und ich haben viel darüber gesprochen. King ist der Sache schon seit zwanzig Jahren auf der Spur, wie du weißt. Bist du sicher, dass die Neun keine ehrenwerten Männer sind, die einfach mehr wissen, als der Öffentlichkeit sicher anvertraut werden kann?"

Cyprian lächelte darüber wie ein Märtyrer, der bereit ist, für seine Überzeugungen zu sterben.

„Nur - jemand hat den Portugiesen getötet", fuhr Grim fort. „Warum? Wenn sie so viel wissen, warum sollten sie einen betrunkenen Gauner töten, den man eigentlich bemitleiden sollte?"

„Ich habe es dir gesagt. Sie sind Teufel", antwortete Cyprian.

„Und während das Hotel brannte, forderte eine Stimme die Menge auf, uns anzugreifen." sagte Grim weiter. „Die gleiche Stimme rief: 'Feuer!' – mit der Absicht eine Panik hervorzurufen. Jemand hat das Zimmer des Dons durchsucht - und seine Bücher entfernt. Derselbe Mann – wahrscheinlicher dieselben Männer - kehrten zurück, um ihre Spuren durch das Feuer zu verwischen. Das sieht kaum nach Männern aus die, wie du sagst, das Wissen der alten Mysterien geerbt haben".

Der Gesichtsausdruck von Cyprian veränderte sich. Er setzte eine geduldige Maske auf, die zu benutzen ein Mann mit achtzig Jahren vollendet oder gar nicht zu benutzen gelernt hat. Es war ziemlich klar, dass die Hengstfohlen anderer Glaubensrichtungen mit ihm davon galoppieren würden, wenn er sich dieser Diskussion aussetzen würde. Insbesondere mit Grim. An Disziplin war nicht zu denken. Eine Peitsche hatte er nicht. Argumente waren nutzlos. Es würde nichts nützen, einem Mann wie Grim zu sagen, er solle das Spekulieren lassen.

„Würdest du bitte meinen Diener Manoel suchen?", fragte er; denn Hilflosigkeit ist eine Waffe in der Hand eines klugen Mannes.

Grim verließ den Raum.

Manoel saß im Schneidersitz auf einer Decke in einer Ecke der Vorratskammer und hatte sich kaum von der Stelle wegbewegt, an der Ramsden ihn abgeworfen hatte. Die Sünde der Spekulation - wenn sie eine Sünde ist - konnte man ihm nicht zur Last legen, denn er war stumm - entschlossen – hartnäckig, wie ein Holzklotz, der sich versteckt hat, um einem Schlag zu entgehen und weder weglaufen noch gefügig sein will. Er schüttelte nicht einmal den Kopf, als Grim ihm befahl zu dem Pater zu gehen. Grim kehrte also zurück und berichtete über den Stand der Dinge, obwohl er mehr als ein Ziel vor Augen hatte.

Und es schien Cyprian gut gelegen zu kommen, Grim mit den nötigen Mitteln zu versorgen, um ihn von dem Thema, über das sie gesprochen hatten abzulenken. Erneut wurde Hilflosigkeit eingesetzt. „Ich bin alt. Es ermüdet mich, diese Dinge zu verfolgen - glaubst Du, Mr. Ramsden hat ihm zu große Angst eingejagt? Ich frage mich - würde es dir etwas ausmachen? Sieh doch mal, was du bei ihm ausrichten kannst - ihn überreden, hierher zu kommen - ja? Was für ein Schlingel! - nein, keineswegs immer ehrlich, aber als Diener wirklich ein Trost. Wirst du mit ihm reden?"

Das kam einem Freibrief gleich. Grim, unfähig in den häuslichen Geheimnissen seines Gastgebers herumzuschnüffeln, konnte, wollte und würde jede Grenze bis zum Rand beschreiten, wenn man ihm die Erlaubnis dazu erteilen würde. Er setzte sich, ebenfalls im Schneidersitz, vor Manoel hin und wartete, bis der Blick seiner verschlagenen braunen Augen endlich zur Ruhe kommen und den seiner eigenen grauen Augen treffen mussten. (Im Pass stand zwar, dass sie grau waren, was die Angelegenheit amtlich macht, aber niemand war sich einig, welche Farbe sie wirklich hatten. Möglicherweise änderte sie sich, auch wenn sein Tatendrang ungebrochen war.)

„Du hast Glück. Du bekommst noch eine Chance!" sagte Grim auf Punjabi.

Manoel antwortete nicht, aber das Wort „Glück" traf mitten in den Kern seiner angeborenen Leidenschaft.

„Da Gama und Braganza hatten überhaupt kein Glück", sagte Grim, und Manoel senkte seine Augen, nicht gerade nach unten, sondern aufgrund bestimmter rassischer Eigentümlichkeiten entlang eines elliptischen Bogens.

„Da Gama ist tot. Das Haus von Braganza wurde niedergebrannt. Fühlst du dich mutig?" fragte ihn Grim.

Plötzlich sah Manoel auf.

„Wer sind Sie?" fragte er.

Seine Lippen öffneten sich locker. Seine Mundwinkel senkten sich, er bewegte seine die Augen nach links und rechts und zeigten mehr von dem blutunterlaufenen Weißen als gesund zu sein schien. Entsetzen – unerwartet und akut- war unverkennbar; es wirkte wie ein Lösungsmittel auf die mürrische Angst. Grim sah seine Chance - fast zu lange, um noch als Chance bezeichnet zu werden; er konnte sich nur auf Vermutungen stützen.

„Was glaubst du, wer ich bin?", erwiderte er. „Schau mir in die Augen! Wer bin ich?"

Manoel zögerte, mit dem Ausdruck selbstbewusster Unschuld angesichts eines Erschiessungskommandos. Nachdem er Freund und Feind gleichermaßen hintergangen hatte, gab es offensichtlich außer seinem Gewissen nichts mehr, auf dass er sich verlassen konnte! Grim bohrte nach und wünschte, er hätte etwas Exaktes als Grundlage für den Angriff.

„Hast du mich nicht erwartet?", fragte er.

„Ja, aber..."

Der Eine-Million-zu-eins-Schuss war ein Treffen! Grims Gesicht veränderte kaum seinen Ausdruck, aber in seinen Augen lag ein Lachen, das zu erkennen der Goaner viel zu ängstlich war.

„- aber ich habe keinen Punjabi erwartet. Der, der mit mir gesprochen hat, trug ein gelbes Gewand – er war ein Sadhu. Ich habe gar keine Zeit gehabt..."

„Zeit!" erwiderte Grim und zwang sich zu einem empörten Ton.

„Ich hatte keine Zeit und wurde nicht bezahlt", sagte Manoel, verdrehte erst die Augen und dann sich selbst, so dass Grim, der voller wachsamem Misstrauen war, eine voreilige Schlussfolgerung zog.

„Du weißt, dass sie da Gama getötet haben?", fragte er mit versteinerter Miene und Manoel erschauderte. „Du willst mir erzählen, dass du nicht bezahlt wurdest?", fuhr er fort, sah den Goaner an und sprach langsam.

Und egal, ob Manoel den Lohn in die Tasche gesteckt hatte oder nicht, seine Intuition warnte ihn, dass er jemandem hilflos ausgeliefert war, der ernten würde, egal ob er gesät hatte oder nicht. Das Eingeständnis, dass er bezahlt worden war, war überhaupt kein Beweis dafür. das er war, was er war.

„Aber jetzt weiß er, dass ich am Schlüsselloch gewesen bin. Er wird mich entlassen. Und zuerst wird er Nachforschungen anstellen. Also wird er es herausfinden, und ich traue mich nicht mehr! Ich werde das Geld zurückzahlen!"

Auch das war kein Beweis dafür, dass er bezahlt worden war. Aber es war der Beweis dafür, dass er mehr als einen Schritt auf dem Weg des Verrats gemacht hatte. Grim drehte sich um und schlug nach einer Fliege. Wieder bewegte sich der unglückliche Manoel - dieses Mal nicht so sehr mit den Augen, sondern mit seinem ganzen Körper, obwohl sich auch seine Augen bewegten. Nur weil sich seine Augen bewegten, konnte er nicht sehen, dass Grim in den kleinen Küchenspiegel blickte.

„Gib es her!", sagte Grim.

„Das Geld? ICH-ICH-"

„Nein. Gib es her - oder..."

„Dann lass mich gehen! Ich muss fliehen! Ich wage nicht zu bleiben und mich seinem Zorn zu stellen!"

Aber Grim wusste es jetzt und er ist einer von denen, die Wissen nutzen, manchmal geduldig oder gegebenenfalls auch auf der Stelle. Er beugte sich vor. Manoel schrie, wie ein Huhn, wenn es eine Hausfrau an den Beinen packt. Grim packte ihn am Kragenband und alle zehn Schokoladenfinger schlossen sich fest um das eiserne Handgelenk. Grim riss ihn nach vorne, warf ihn auf sein Gesicht, setzte sich auf ihn und hob dann die Decke hoch.

„Dachte ich es mir doch! Autsch! Du kleiner Skorpion!"

Er packte das Handgelenk seines Opfers und verdrehte es, bis ein Messer auf den Boden fiel - er trat das Messer zur Seite, inspizierte die Rückseite seines Oberschenkels und stellte fest, dass er kaum blutete - legte die gefaltete Decke auf den Kopf des Goaners und setzte sich wieder darauf, anschließend hob er das, was sich unter der Decke befunden hatte, vorsichtig auf.

Es war pflegebedürftig. Es war ein altes, in Pergament gebundenes Buch, das vor Alter knisterte. Innen befand sich, in Sepia, schön in Marathi geschrieben, mit Diagrammen, auf gelbem Papier, von Alter und Benutzung gezeichnet, die angeblich wörtliche Übersetzung einer sehr alten Rolle.

Die erste Seite, auf der höchstwahrscheinlich der Name des Übersetzers gestanden hatte, fehlte. Auf dem zweiten befand sich ein Pentagramm innerhalb eines Dodekaeders- der geometrischen Figur, auf der nach Ansicht der Alchemisten das Universum aufgebaut ist. Darunter befand sich ein Diagramm der hinduistischen Kosmogonie, Seite an Seite mit der Chaldäischen. Auf der dritten Seite stand ganz oben in Marathi, als ob man einen Absatz der ersten Seite fortsetzen würde, folgendes:

„Wonach ich, in der Gewissheit, dass die Rolle nicht vermisst werden würde, bis (hier ein unleserlicher Name) zurückkommen sollte, ich mich in der Höhle bei der Hexe versteckte, die für meine Bedürfnisse sorgte, und beim Licht der unauslöschlichen Lampe arbeitete ich eilig, damit das Ganze vollendet werde und doch schlichen sich bei aller Sorgfalt Lesefehler ein.

Dieser fertige Band zeugt davon.

Nachdem dies geschehen ist, soll er an einem Ort versteckt werden, den nur die Hexe kennt. Danach werde ich mich bemühen, die Rolle zurückzugeben, damit (wieder der unentzifferbare Name) nicht in Verdacht gerät und wegen Untreue bestraft wird. Das Risiko ist groß, denn es ist schwer, an den Ort zu gelangen, wo die Rollen aufbewahrt werden.

Aber der Tod ist nicht mehr als die Pforte zum Leben.

Die Hexe hat ihre Anweisungen. So soll diese Frucht meiner langen Bemühungen in die richtigen Hände übergehen. Er, der bisher allwissend zur Vollendung geführt hat.

Es beginnt hier:"

Auf der nächsten Seite stand ganz oben in fetten Marathi-Schriftzeichen das erste Gesetz der Kabbalisten, aller Alchemisten und wahren Magier seit Anbeginn der Welt.

WIE OBEN, SO UNTEN.

Grim las nicht weiter, denn der Stoff absorbierte bis zu einem Punkt, an dem nahezu Bewusstlosigkeit Oberhand über alle anderen Umstände gewann. Sein ganzes Wesen sehnte sich nach der Verlockung dieses muffigen Bandes und seiner Geheimnisse. Er sehnte sich danach, wie einige Unglückliche nach Opium verlangen. Die rein physische Anziehungskraft von Drogen, so gewaltig sie auch ist, monopolisiert nicht mehr als die intellektuelle Anziehungskraft des Unbekannten auf einen Mann von Grims Temperament. Wenn er eine weitere Seite gelesen hätte, hätte er noch ein Dutzend gelesen und ein Dutzend hätte seinen Appetit nur weiter angeregt. Er schlug das Buch mit einem Schlag zu, der stechenden Staub hervorbrachte und entfernte sich von Manoels Kopf.

„Du Insekt! Wenn du das Original hiervon hättest, würde ich meine rechte Hand dafür geben!"

„Lassen sie mich gehen!", stotterte Manoel. „Oh, Sir, ich habe Angst, ihm gegenüberzutreten! Nehmen sie das Buch und lassen sie uns beide gehen!"

Aber Grim packte sowohl Buch als auch Manoel am Rücken und schob den Goaner vor ihm her bis in die Gegenwart des Paters.

„Er scheint das für Sie aufbewahrt zu haben", sagte er und legte den Band auf Cyprians Knie.

„Hat er es gelesen?", fragte Cyprian.

„Oh, nein! Oh, nein, Sir! Oh, Vater, oh, nein, nein! Das ist schwarze Magie und verboten. Ich würde es nie lesen!"

„Wie groß ist schon die Chance? Er würde kein Wort verstehen", sagte Grim, und Cyprian nickte.

„Lass ihn gehen", sagte Cyprian. „Wirf ihn aus dem Haus!"

Aber Grim hatte Englisch gesprochen, und die Angst, die in Manoels Eingeweiden nagte, vervielfachte sich. Es dämmerte ihm, dass er hereingelegt worden war. Grim war also Pater Cyprians Freund und nicht...

„Nein, nein, nein!", rief er. „Nein! Du musst barmherzig sein! Dies ist mein Heiligtum! Ich darf nicht weggejagt werden! Ich sage ihnen, ich habe es getan, um sie vor Mord zu bewahren, denn sie sind schon alt! Sie sind undankbar! Sie begehen eine große Sünde, wenn Sie mich wegjagen!"

Er wollte sich in flehender Haltung zu Boden werfen, aber Grim packte ihn am Hals.

„Er hat jemanden erwartet", sagte Grim. „Wollen wir das jetzt zu Ende bringen?"

„Stell dich dem Gegner!" antwortete Cyprian.

Doch das Alter wich der Jugend. Er wartete darauf, dass Grim die nächste Entscheidung treffen würde. Und Grim streckte seinen Arm aus, um dem alten Mann zu helfen - und hob ihn dabei fast von seinem Stuhl.

„Es ist besser, wenn man dich an der Tür sieht", sagte er. „Wir lassen sie sehen, wie Manoel mit leeren Händen geht."

Er wandte sich dem Goaner zu und schüttelte ihn.

„Hör zu, du Viper! Hol deine Habseligkeiten. Oh! Nur eine Decke, was? Hast Du vorsorglich alles andere schon aus dem Haus geschafft?"

Er folgte ihm in die Speisekammer, beobachtete ihn durch die Tür und packte ihn wieder am Hals, als er auftauchte.

„Jetzt hast du noch eine Chance. Plaudere nicht auf der Straße herum! Zeige Ihnen, dass du das Buch nicht hast - schau ängstlich drein - geh! Hast du mich verstanden? Wenn du nicht gehorchst, werde ich…"

„Oh, oh! Lassen sie mich nur nicht gehen! Ich werde…"

Grim trat zurück. Es war Cyprian, der eher vor Alter als vor Emotionen zitterte, in der Tür stand und dann mit erhobener linker Hand und einem Blick gespielten Entsetzens auf den sündigen Goaner zustürzte.

„Ich sage ihnen, Vater, ich habe es getan, um einen Mord zu verhindern", schluchzte Manoel unter großen Tränen. die ihm bis in die Schnurrbarthaare liefen. „Dann geben mir ihren Segen, ich…"

Cyprian verwehrte ihm das nicht. Das bewirkte möglicherweise mehr als Grims Drohung. Manoel ging mit hängendem Kopf und über einem Arm drapierter Decke die Straße hinunter, jede Begegnung vermeidend; und ein Mann in Orange-Gelb, am großen Baum gegenüber - dort, wo Alis Söhne gesessen hatten - zog die Schlussfolgerungen, die er für richtig hielt. Grim, der innen im Schatten stand, sah den Mann ein Zeichen geben.

„Gut!" sagte er. „Schließ jetzt die Tür", und Cyprian gehorchte, als ob er Unterricht erhalten würde. Mit Achtzig war es vielleicht schwer, selbst auf einen unehrlichen Diener verzichten zu lernen.

Sie kehrten in das Wohnzimmer zurück, aus dem der klösterliche Frieden verschwunden war, obwohl das Sonnenlicht immer noch durch die geöffneten Jalousien strömte.

„Schade, dass die erste Seite fehlt", sagte Grim, um Konversation zu machen.

„Tut sie nicht!", schnappte Cyprian und sah nach.

Mit der Tatsache konfrontiert, schien seine letzte Kraft zu schwinden, er setzte sich hin, und warf das Buch auf den Boden. Grim rettete es.

„Auf der ersten Seite, ganz oben, fand sich die beste Kosmogonie, die je verfasst wurde", sagte Cyprian, „und darunter eine Erklärung der verwendeten Begriffe".

Er sagte das, als ob jede Hoffnung für immer geschwunden wäre. Grim wechselte das Thema, oder versuchte es zumindest.

„Hoffen wir, dass unsere Leute nicht zu früh zurückkehren!"

„Ich hätte diese Decke durchsuchen sollen", grollte Cyprian. „Er hat die erste Seite darin eingewickelt. Ich weiß, dass er das hat!"

Grim versuchte es erneut. „Sag mir, was 'unauslöschliche Lampe' auf Seite Zwei bedeutet", verlangte er.

„Kümmere Dich um Deine eigenen Angelegenheiten!" schnappte Cyprian zurück und bemühte sich, ruhig zu bleiben. „Wenn ich Bücher verbrenne, sollst du zuerst deren Geheimnisse lüften? Phönix aus der Asche, was? Nein, Nein! Nichts Böses hören, nichts Böses sehen, nichts Böses wissen - das ist mein Rat an dich, mein Sohn! Was ich verbrenne, braucht dich nicht zu kümmern!"

„Sind deine Bücher in diesem Haus?" fragte Grim, plötzlich durch einen spontanen Gedanken beunruhigt.

Aber Cyprian zog es vor, sich darüber zu amüsieren und schüttelte mit dem lahmen Humor des Alters seitlich den Kopf.

„Glaubst Du, ich bin senil?"

Grim hatte keine Zeit zu antworten. Ein langes Läuten der Bronzeglocke ertönte, das klirrend auf seiner Spiralfeder dröhnte, als ob die Tempel von ganz Tibet Alarm schlagen würden. Grim ging zur Haustür, öffnete sie plötzlich und trat zurück.

Drei Männer traten ein, alle in gelben Gewändern. Sie kamen schnell herein, fast wie auf der Flucht - hielten plötzlich an - und zögerten. Sie waren überrascht, Grim zu sehen.

„Ich bin der neue Diener des Padre Sahib", sagte er im Dialekt und lächelte.

Dann drehte er den Schlüssel um und warf ihn durch das kleine runde Guckloch hinaus, das in den meisten indischen Haustüren irgendwo existierte.

„Pater Cyprian ist da drin", sagte er mit einer Kopfbewegung in Richtung des Wohnzimmers.

Sie beäugten Grim neugierig, sagten aber nichts. Größer und stärker als Grim, zumindest was das Aussehen anging, trugen sie den unverschämten Ausdruck von Männern, denen man von Kindesbeinen an beigebracht hat, dass sie besser als die Masse aus anderem Schichten seien - kühn, aber mit einer schlauen Unverfrorenheit und einem abscheulich wohlgenährten Aussehen, obwohl sie das einfache Gewand der Asketen trugen. Schließlich lächelten alle drei Grim an und einer von ihnen bedeutete ihm, ihnen den Weg ins Wohnzimmer zu zeigen. Der Mann neben ihm bewegte ein langes seidenes Taschentuch in einer Hand und auf seiner Stirn prangte das purpurrote Siegel der Göttin Kali. Grim trat zurück statt vorwärts, duckte sich - trat wieder einen Schritt zurück - und stand kaltblütig, jedoch mit einer Gänsehaut im Eingang zur Vorratskammer.

„Meine Stunde ist noch nicht gekommen", versicherte er ihnen.

Abgesehen von Grims Aktivität war kaum eine Bewegung zu sehen gewesen, und doch - das Taschentuch war in der anderen Hand. Der Henker hatte sein Ziel verfehlt. Und hätte es Dutzende Zeugen gegeben, hätten sie wahrscheinlich alle beschworen, dass es überhaupt keinen Vorfall gegeben hatte, denn der Stolz des Thug[17] liegt in seiner Schnelligkeit. Niemand sieht den Würger, wenn er zuschlägt, denn es geht alles sehr schnell.

Alle drei Männer lächelten mit einem kupferfarbenen, entschlossenen Gesichtsausdruck, der seine Zeit abwarten kann. Grim wies ihnen erneut den Weg ins Wohnzimmer und einer nach dem anderen ging hinein, allen voran der Mann mit dem Taschentuch und der letzte drehte sich auf der Schwelle um, um sich zu vergewissern, dass Grim nicht auf Vergeltung aus war. Es wurden jedoch keinerlei Anstrengung unternommen, ihn auszuschließen. Die Tür blieb offen, bis er ihnen folgte und sie schloss - aus eigenen Gründen.

Cyprian war dem Zusammenbruch sehr nahe. Das Auftauchen der Drei in Orangegelb wirkte fast wie ein mechanisches Ergebnis, zu dem Manoels Fehlverhalten die Ouvertüre gewesen war - vielleicht eine Warnung. Seine alten Hände umklammerten und umklammerten erneut die geschnitzten Enden der Stuhllehnen. Aber er sagte nichts. Er kämpfte um Selbstbeherrschung. Seine Lippen bewegten sich, wahrscheinlich im Gebet, und immer wieder suchten seine Augen die von Grim, obwohl ihm Grim jedes Antwortsignal verweigerte. Grim wusste, dass er die Gewinnerhand besaß und wer das weiß, ist ein Narr, wenn er sie nicht sorgfältig ausspielt.

Sein Einsatz bestand darin, so zu tun, als ob er keine Waffe hätte - um Gewalt hinauszuzögern – Absichten zu entlarven - Tatsachen zu ermitteln – bevor er den Besitz einer 45er zugab. Selbst

---

[17] Thuggee waren, soweit es wandernde Banden anging, von der Regierung vor langer Zeit ausgerottet worden; aber ihre Methoden und die Geschicklichkeit ihrer Praktiken überlebten.

wenn der außergewöhnliche Orange-Gelbe einen Versuch wagen würde, zuzuschlagen, musste er nicht mehr als eine Geste machen, um nach seiner Waffe zu greifen und die drei waren sich ziemlich sicher, dass er unbewaffnet war. Sie setzten sich in einer Reihe auf den langen Streifen Yakhaar-Teppich, der die Hälfte des Bodens gegenüber dem Fenster mit den Fensterläden, in einem Winkel von fünfundvierzig Grad zu Cyprian einnahm.

Grim ging und setzte sich in die Ecke gegenüber Cyprian, von wo aus er sie in einem Winkel quer zu den fließenden Lichtlinien beobachten konnte. Sie waren näher an der Tür als er war, hatten aber keine 45er, was den Unterschied ausmachte. Sie zeigten offen, was sie hatten, trugen zu dritt zwei altmodische Vorderlader-Pistolen - gespannt und mit Zündhütchen versehen. Grim sah ängstlich aus und Cyprian hatte tatsächlich Angst.

„Sie wollen - was?" fragte Cyprian, der nur deshalb Englisch sprach, weil diese Worte zuerst aus ihm heraus zitterten.

„Bücher", antwortete der mittlere der drei Männer bereitwillig in der gleichen Sprache und in Ermangelung eines fremdartigen Akzents, was aufgrund seiner Hautfarbe und des orangegelben Gewands Anlass zum ´Staunen gab. Es gab eigentlich keinen Grund, warum er kein Englisch können sollte, außer dass er wie jemand aussah, der stolz auf die Weigerung ist, es zu lernen.

„Welche Bücher?", fragte Cyprian schwach.

Aber nur seine Stimme versagte. In seinen Augen war keine Andeutung zu erkennen, dass er auch nur darüber nachdachte nachzugeben. Vielmehr erlangte er seine Selbstbeherrschung zurück, als die Wirkung des Schocks nachließ.

„Alle Bücher, die Sie haben, einschließlich diesem", antwortete derselbe Mann und zeigte auf das Buch, das Grim aus Manoels Fängen gerettet hatte.

Cyprian ließ sich mit seiner Antwort Zeit und bewegte seine Lippen und Kiefer, als ob er erst die Worte zerkauen müsste und blickte immer wieder zu Grim hinunter, um zu sehen, ob er ihm irgendwelche Signale geben würde.

Aber Grim saß still da, wie ein Chela zu Füßen seines Gurus, ganz unscheinbar und schien auf die Weisheit zu warten, die Wort für Wort von den privilegierten Lippen des Alters tropfen würde. Wenn es für Grim an der Zeit sein sollte, ein Zeichen zu geben, hatte er die Absicht, dies abrupt und unmissverständlich zu tun.

„Wer seid ihr?", fragte Cyprian schließlich und die drei in Gelb sahen amüsiert drein. Entweder glaubten sie nicht, dass er es nicht wusste, oder sie fanden es amüsant, dass er zu fragen wagte; es war nicht klar, was davon genau.

„Wir sind es, die nach den Büchern verlangen", antwortete der mit dem Taschentuch und seine Gefährten nickten.

„Und wenn die Bücher nicht hier sind?" fragte Cyprian.

„Dann nehmen wir dieses mit, und dich dazu! Später wirst du uns zeigen, wo die anderen sind."

Grim hörte das Geräusch, auf das er gewartet hatte, rührte sich aber nicht, denn das Geräusch war vage, als ob draußen auf dem Bürgersteig Gedanken Worte, aber noch keine Taten hervorbringen würden. Er hoffte, die Glocke würde nicht klingeln - hoffte, der durch das Loch geworfene Schlüssel würde richtig gedeutet werden - hoffte, dass Cyprian bei seiner nächsten Bemerkung keinen Schlaganfall bekommen würde. Denn es war an der Zeit und er war bereit.

„Heiliger", sagte er im Dialekt und spielte immer noch die Rolle des Chela, „wäre es nicht klüger, wenn ich ihnen sage, wo ein paar der Bücher sind?"

Er ließ seinen Blick verstohlen in Richtung der gegenüberliegenden Wand schweifen, wo der Raum im Schatten lag.

„Und ich gewinne!", rief er plötzlich auf Englisch.

Alle hatten ihre Köpfe gedreht, um der Richtung seines Blicks zu folgen. Als sie zurücksahen, blickten sie in den Lauf eines Fünfundvierzigers.

„Und von allen schwer vorhersehbaren Dingen auf der Welt, ist am schwierigsten vorauszusagen, welcher von euch drei, die ihr nebeneinandersitzt, der erste im Weg einer Kugel sein wird. Das sind Hohlspitzgeschosse", versicherte Grim ihnen. „Nehmt die Hände hoch, bitte!"

Sie hielten ihre Hände nach oben, die Handflächen nach vorne, Shivas Abbild imitierend.

„Wir haben keine Angst", sagte der Mann in der Mitte. „Wir werden beobachtet. Andere werden kommen."

„Ja, andere werden kommen", sagte Grim, und war sich der Geräusche bewusst, die durch die dicke Tür und noch dickeren Wände Decke drangen.

„Ich wette, dass sie hier drin sind! Was willst du wetten?", fragte Jeremys Stimme, als die Tür aufflog und die ganze Truppe hereinströmte, allen voran Jeremy, also alle, die zuvor bereits in dem Raum gewesen waren, und zwei weitere.

Ali aus Sikunderam kam zuletzt herein, vulkanisch wütend, und murmelte islamische Blasphemien in seinen zerzausten Bart, an dem entweder er selbst oder ein anderer Mann gezogen hatte.

Narayan Singh griff sofort nach den beiden Pistolen und trat sie von ihren Besitzern weg. Eine ging dabei los. Eine Bleikugel, so groß wie ein Taubenei, klatschte nahe bei Cyprian an die Steinwand und der Geruch von billigem Schwarzpulver erfüllte den Raum. Unter diesem Vorwand schoben die drei in Orange-Gelb die Enden ihrer Turbane über Mund und Nase und befeuchteten sie gründlich mit Speichel.

„Zweifellos sehr heilige Männer, oh ja!", bemerkte Chullunder Ghose und übernahm beide Pistolen in sein Eigentum. „Geister der Jauchegrube! Wer hat sie angerufen? Das ist ein übelst riechendes Pulver! Sind das die höllischen Regionen von denen christliche Missionare immer erzählen? Meine Tante! Soll ich das Fenster öffnen, Heiliger?"

Aber Cyprian verlor das Bewusstsein. King ging mit schnellen Schritten zur Tür und schaffte es gerade noch rechtzeitig, die drei fremden Besucher mit drei Schlägen aufzuhalten. (Indien, das fast das gesamte menschliche Wissen lange vor der Geburt des Westens kannte, muss erst noch lernen, die Fäuste zu gebrauchen.) Er befahl Ali und seinen Söhnen, sie festzuhalten, und kehrte zurück, um zu erfahren, was die Quelle des stinkenden Rauchs war. Er vermutete eine Granate mit einer neuen Art von Zünder. Aber da war nur das lange Seidentaschentuch des Attentäters, das wie zufällig auf den Teppich gefallen war. Er trat dagegen, nichts passierte und es wollte nicht aufhören zu rauchen.

Währenddessen hielt Grim Cyprians Kopf, während Ramsden ihn hochhob und Jeremy ein Fenster aufriss. Gemeinsam hielten sie den Kopf des alten Mannes in die frische Luft. Er machte Anzeichen das Bewusstsein wiederzuerlangen, aber die drei husteten so heftig, dass sie ihn kaum halten konnten, und das offene Fenster schien im Zimmer keinen Unterschied zu machen, es war nicht zu erkennen, woher der Rauch kam.

Es war auch nicht wirklich Rauch, sondern eher ein dünner Nebel, mit einem Hauch von Perlmutt und Grün darin. Es gab eine schwache Andeutung von Süße und etwas Äther. Es war zweifellos irgendeine Verbindung und jede Menge davon, aber weder King noch Chullunder Ghose, die auf Händen und Knien forschten, konnten ihre Quelle oder irgendeinen Behälter finden, der sie enthalten haben könnte.

Außerhalb des Raumes, wo sich das Gas oder was immer es war, schnell, aber nicht so dicht in die Halle ausbreitete, nahmen Ali und seine Söhne das Gesetz in die eigenen Hände. Dort war eine

Kellertür - eine Falltür mit großen Bandscharnieren - und das Gewicht der Tür, Rost und Reibung kamen hinzu, war größer als das von zwei Männern, die sich mächtig anstrengen mussten, um sie bewegen zu können. Das übte einen gewissen Reiz aus, und die Söhne Alis öffneten sie. Darunter befand sich ein gemauerter Keller, etwa 3,50 mal 3,50 m groß, leer bis auf etwas Bauschutt.

Ali trieb die Gefangenen mit gezücktem Messer einen nach dem anderen an, hinunterzuspringen.

„Sollten sie sich die Beine brechen, möge Allah die Stümpfe absterben lassen", bat er fromm.

In der Zwischenzeit liefen sie im Raum umher, brachten alles durcheinander und fluchten, als ob der Teufel los wäre. Narayan Singh verlor das Gleichgewicht, fiel über Chullunder Ghose und brach zusammen. als er mit dem Kopf in die Nähe des seidenen Taschentuchs geriet. King packte ihn und zerrte ihn aus dem Zimmer, wobei er eine Verbrennung an der Stelle bemerkte, an der sein Gesicht die Seide berührt hatte. Chullunder Ghose hob das Taschentuch auf und ließ es mit einem Schrei fallen.

Ramsden, Jeremy und Grim hoben Cyprian hoch und rannten mit ihm in Richtung der Tür, um auf die Straße zu gelangen. Sie trafen King, der den Sikh schleppte und für eine Sekunde gab es ein Gedränge, in das kopfüber Chullunder Ghose geriet.

„Oh, raus! Alle raus! Nur raus hier!", rief er. „Jetzt weiß ich es! Das ist das Werk manichäischer Magie![18] Sie ist tödlich! Sie ist unumkehrbar!"

Cyprian hörte ihn.

„Das Gift - aus den alten Büchern!", keuchte er. „Kommt – weg hier!"

---

[18] Die Manichäer waren Perser, deren Lehre eine Form des Dualismus war. Aber sie feierten auch Mysterien und praktizierten angeblich Magie und Theurgie.

Sie waren von dem Aufprall des Babu durch die Tür geschleudert worden.

„Wo sind die Gefangenen?" schrie King.

Ali und seine Söhne begannen, sich an der Falltür zu schaffen zu machen, aber sie hatte sich verklemmt und es war es schwierig, sie wieder zu öffnen. Chullunder Ghose, ganz lila vor Anstrengung und Würgen, schätzte die Situation ein und stürmte zurück ins Wohnzimmer.

Er kam zurück wie ein „Fußball"-Stürmer, schrie und kickte das Taschentuch vor sich her.

„Aus dem Weg! Raus aus dem Haus! Schnell!"

Sie flohen vor ihm - alle außer Ali und seinen Söhnen. Für die Männer aus Sikunderam waren Würde und Flucht vor einem Babus unvereinbar. Sie machten sich an der Falltür weiter an die Arbeit und hoben sie etwa fünfzehn Zentimeter an.

„So! Gut! Und jetzt runter damit!"

Der Babu schob das Taschentuch durch die Öffnung und als Sikunderam kein Anzeichen von Gehorsam zeigte, sprang er auf die Falltür und zwang sie mit einem Knall, einer Explosion ähnlich, wieder auf ihren Rahmen zurück. Dann hockte er dort und sah aus wie ein großes bronzenes Tempelbild.

„Jetzt ist´s gut!", sagte er. „Haltet das Haus geöffnet, bis das Gas verschwunden ist! Jetzt geht die manichäische Teufelei nach hinten los! Ein homöopathisches Mittel frei nach Shakespeare! Ein sehr weises Wort! Oh ja! Sahibs, jetzt besteht keine Gefahr mehr"

Bei diesen Worten kippte Chullunder Ghose selbst um.

KAPITEL ACHT

„Er ist ziemlich tot!"

IN einer heißen Zelle aus Backstein, die durch eine Eisentür mit Guckloch verschlossen war, schmorten derweilen drei der Söhne aus Sikunderam, ein Hindu in Orange-Gelb mit purpurnem Kasten-Zeichen auf der Stirn, der sich geweigert hatte seinen Namen zu nennen, und Fernandez de Mendoza de Sousa Diomed Braganza, dessen Name und Beruf ebenso bekannt waren wie sein Temperament berüchtigt und seine missliche Lage akut.

Keiner der anderen schien sich große Sorgen zu machen. Die „Söhne" waren sich bewusst, dass Vater Ali und seine Gönner ihren Aufenthaltsort kannten, und im Norden, woher sie kamen, ist es ungeschriebenes Gesetz, dass die feudalen Ansprüche an erster Stelle stehen. Es würde noch vor Mitternacht entweder eine Rettung oder eine Einflussnahme oder gar grobe Bestechung geben. Dessen waren sie sich sicher, egal ob zu Recht oder zu Unrecht.

Und der Kerl in Orange-Gelb schien sich, nachdem er von Jeremy ausgetrickst worden war, dennoch sichtlich wohlzufühlen. Er trug ein „Möchtegern-gefährlich"-Gesicht eines Gefolgsmannes der Priester, nicht sehr subtil, eher bedrohlich - das Lächeln eines Mannes, der sich selbst als Regel Nummer eins seiner Politik über andere stellt.

Es gibt nichts auf der Welt, das sicherer wäre, als dass Priester und Politiker ihre Kundschaft bei jeder sich bietenden Gelegenheit im Stich lassen und nichts ist stärker als die Gewissheit, dass sie erst dann aufgeben, wenn sie direkt mit den traurigen Tatsachen konfrontiert werden
.

Diomed hingegen war weder voller Glauben noch Hoffnung, und hatte nie viel von Nächstenliebe gehalten. Nachdem er mit der Vergebung seiner Sünden gerechnet hatte, musste er feststellen, dass es immer noch so etwas wie Glück gab, mit dem man rechnen musste; und er glaubte nicht, dass das Glück Goaner jemals bevorzugen würde.

Er nahm an, er müsse noch mehr sündigen.

„Wir sind zu fünft in einer misslichen Lage. Sollten wir unsere Aussagen abstimmen?", schlug er vor.

Da er der erste Mann in dieser Zelle war, fühlte er sich fast in loco parentis - eine Gestalt, die jeder Gastwirt ohne große Schwierigkeiten annehmen kann. Der Sohn von Ali, den er auf der Straße wiedererkannt hatte, befand sich nicht unter den Festgenommenen, daher war ihm nicht bewusst, dass er Männern gegenüberstand, deren Feindschaft er bereits errungen hatte und die er nicht ohne angemessene Entschädigung wieder loswerden konnte, da sie, und nur sie, darüber zu urteilen hatten.

Die Söhne Alis blieben ruhig. Ihre Messer waren ihnen abgenommen worden. Reden ist kein Äquivalent für Stahl. Das Fehlen eines solchen ist nach Ansicht des Nordens unheroisch und ungeeignet, das Eine mit dem Anderen zu ersetzen.

„Wartet!" sagt Sikunderam. „Die Stunde der göttlichen Berufung wird kommen! Wartet und sagt nichts!"

Aber der Mann in Orange-Gelb, der Allah für einen Mythos hielt, diente einer wesentlich zerstörerischen Göttin, deren Anhänger ermutigt werden, nach Gelegenheiten zu suchen und nicht zu warten.

Er sprach, und seine Stimme erinnerte so seltsam an etwas, dass ihn Diomed mit offenem Mund anstarrte.

„Jemand hat heute Nacht ein Hotel in Brand gesetzt", sagte er.

„Mein! Mein Hotel!"

„Es sind also drei", sagte der Mann in Orange-Gelb: „Derjenige, der das Geheimnis kennt, sie die wollen, dass das Geheimnis bewahrt bleibt und sie oder ihn, die wissen wollen, wer es getan hat".

„Weißt du, wer es getan hat?", fragte Diomed und stieß sein kleines schwarzbärtiges Gesicht nach vorne, um den Gesichtsausdruck des anderen besser erkennen zu können.

Aber da war kein Ausdruck, außer diesem kupferfarbenen Lächeln, das Überlegenheit verriet. Der Mann in Gelb erwiderte das Kompliment, indem er Diomed beobachtete, so dass keiner von ihnen die gespannte Aufmerksamkeit auf den Gesichtern von Alis Söhnen bemerkte. Aber die Männer aus dem Norden, die, wie ganz Indien weiß, Narren sind, wurden mit den Ohren im wimmernden Wind geboren. Sie sind leicht zu täuschen, aber niemals, wenn es um Stimmen und die Erinnerung an Stimmen geht. Sechs Augen aus Sikunderam, eher an weite Entfernungen gewöhnt, trafen sich in der Finsternis der Zelle und drei Köpfe nickten fast unmerklich.

„Wer möchte, dass das Geheimnis nicht gelüftet wird, darf zuerst bieten", sagte der orangegelbe Mann. „Nichts für nichts und von nichts. Der Schlüssel, der öffnet, ist der Schlüssel, der passt. Was ich brauche, ist ein Schloss, das mich festhält. Hat jemand den Schlüssel?"

Er starrte in die Augen aus Sikunderam, unverschämt, herausfordernd. In der Dunkelheit der Zelle sahen sie aus wie drei junge erschrockene Tiere.

„Wer den Diebstahl der Uhr dieses Polizisten auf sich nehmen würde, könnte sich meiner Freundschaft sicher sein", sagte der orangegelbe Mann.

„Du weißt es!", rief Diomed aus. „Du weißt, wer mein Hotel niedergebrannt hat!"

„Das weiß ich!", gestand dieser mit einem weiteren bronzenen Lächeln und warf einen verstohlenen Blick auf Alis Söhne.

Er musste ihr Verständnis erwecken. Diomed könnte zum Himmel schreien, dass er die Uhr gestohlen habe, und die Welt würde ihn lediglich für verrückt erklären; aber, wenn einer dieser Männer aus den Bergen gestehen würde und die beiden anderen dies bestätigen sollten, welches Gericht sollte es nicht glauben?

„Ich werde aussagen, wer das Hotel in Brand gesteckt hat, es sei denn..."

„Sie waren es! Sie waren es! Sie haben es getan!" unterbrach Diomed. „Jetzt erkenne ich sie! Das sind die Teufel, die auf dem Dach gekämpft haben! Sie sind die Söhne böser Mütter, die..."

Ein Schlag mit der Rückhand auf den Mund brachte ihn zum Schweigen, der seine Lippen zum Bluten brachte und die Knöchel des Schlägers aufriss. Aber es wurde kein einziges Wort gesagt. Schon gar nicht von demjenigen, der den Schlag ausgeführt hatte, denn Sparsamkeit ist die Essenz guter Teamarbeit.

Es war der zweite der drei selbsternannten Brüder, der mit einem schlanken Zeigefinger auf ihn zeigte; und der dritte, der dem, was alle drei im Sinn hatten, Ausdruck verlieh.

„Ja! Du weißt es! Und wir wissen es! Wir kennen die Stimme desjenigen, der „Vande Materam!" gerufen hat. Dieselbe Stimme - deine Stimme - rief 'Feuer!', bevor das Feuer gelegt wurde!"

„Ihr wart also dort?", antwortete der Hindu spöttisch, und Diomed zog mit dem Instinkt eines Halbblutes für sich anbahnende Gewalt seine Knie auf der Bank hoch zu seinem Kinn.

Er hat sich in die Ecke gekauert, um in beide Richtungen ausweichen zu können.

„„Ja, wir waren da, sieben von uns und der Vater der sieben, zudem ein Sikh, ein Jat und einige Sahibs, die deine Stimme beschwören werden, du Rabe, der in einer Höhle krächzt! Wir sind keine Männer, denen man etwas aufzwingen kann! Wir..."

Der Mann in Orange-Gelb unterbrach ihn. Wie alle, die sich zu stolz im Besitz ihrer Intelligenz wähnen, unterschätzte er die seiner potenziellen Opfer. Er drohte ihnen.

Zwei Dinge sind jedoch sicher: Wenn man Männern aus Sikunderam droht, muss man in der Lage sein, diese Bedrohung in die Realität umzusetzen und den Beweis antreten zu können; und wenn man sie anfleht, muss man mit leeren Händen dastehen - ein wahrer Bittsteller um Mitgefühl. Zwischen diesen beiden Polen liegt die ganze Erde mit dem Bauch nach oben, damit über sie verhandelt werden kann. Das sind Pole wie Leuchttürme, die kein Mensch offenen Auges übersehen kann. Aber Stolz besitzt Scheuklappen.

„Ihr Moslems mögt es nicht, gehängt zu werden. Ich kann Zeugen benennen. Macht mir lieber Angebote!"

Die indischen Gerichtshöfe kämpfen mit einem System des Meineids, das älter, komplexer und populärer ist als das Gesetz. Die daraus resultierenden Vorsichtsmaßnahmen und Verzögerungen sowie das System - sollten zehn Männer auf eine Sache schwören und zwanzig dagegen, gewinnen die zwanzig - führen zu offensichtlichen Missbräuchen, die laut Sikunderam am einfachsten durch kalten Stahl vermieden werden.

Die Söhne Alis hatten keinen Stahl. Die Tradition hätte ihnen zu Geduld und Zurückhaltung geraten. Aber die Hitze in der Zelle wurde für Männer, die geboren worden waren, wo saubere Luft von immerwährenden Schneespitzen pfeift, unerträglich und stickige Luft war mit einer Strangulierung gleichzusetzen - erzeugte eine Hysterie, die wiederum alle angeborenen Neigungen an die Oberfläche und jede intellektuelle Erörterung durcheinanderbrachte. Der Mann in orangegelb war ein Intellektueller.

Er kannte die Regeln. Die Söhne von Ali waren keine Psychologen.

„Lasst ihn sterben, bevor er uns Schaden zufügt! Beeilt euch, meine Brüder!"

Das war ein Aufruf zum Handeln, der verstanden und niemals diskutiert wurde. Der Mann in orangegelb schrie in einer Mischung aus Qual und Unglauben auf, als sich Finger wie haarige Spinnenbeine um seine Kehle schlossen. Andere Teile seiner Anatomie wurden vor Schmerz gelähmt, in einem Griff, den er genauso wenig brechen konnte, wie ein Schaf dem Griff eines Metzgers entkommen konnte.

Der Lärm ebbte ab.

An dieser Stelle des Handlungsablaufs beeilte sich der Zellenwächter, dessen Ohr die ganze Zeit über am Guckloch geklebt hatte, seinen Offizier herbeizurufen. Er war immer noch aufgebracht, weil ihm die Söhne Alis den Arm verdreht hatten, während sie sich gegen die Verhaftung wehrten. Er wollte sehen, wie einer nach dem anderen herausgezerrt und verprügelt werden würde. Doch genau im selben Moment kamen von der Straße drei Männer in orangegelber Kleidung mit dem Kastenzeichen von Kali auf der Stirn herein, traten an den Schreibtisch und gaben dem verwirrten Beamten Zeichen. Die Verwirrung war nur allzu offensichtlich.

Er war so konsterniert wie ein Richter, dem ein verhafteter Straftäter freimaurerische Zeichen gab; jedoch nicht annähernd so sicher, was er tun sollte, da es in diesem Fall keinen Appell an seine Ehre und an die Gebote seines Gewissens gab. Er wurde bloßgestellt, bevor sie überhaupt ein Wort zu ihm sagten.

„Heute ist der Tag der Abrechnung", verkündete der Anführer der Drei. „Einer von uns befindet sich in deiner Obhut. Er ist Teil des Preises. Wir fordern seine Freilassung."

Der muslimische Offizier zögerte kaum. Er sagte nichts, aber er war wütend unter dem Eindruck jener fatalistischen Angst, die die einzige Macht einer Erpressung darstellt, ging auf die Zellen zu und verschwand durch eine Tür in den Korridor, dicht gefolgt von der Zellen-Wache. Die Tür schlug zu, öffnete sich aber eine Minute später wieder. Der Offizier stand da und winkte. Die drei folgten ihm hinein, und die Tür schlug ein zweites Mal zu.

„Seht!"

Der Beamte riss die Zellentür auf und der Zellenwächter brachte seinen Karabiner in Anschlag, wobei er als zusätzliches Argument seine Zähne zeigte. Die drei in Gelb blickten selbstbeherrscht hinein - wie Besucher, denen man Sehenswürdigkeiten zeigt - ihre bronzenen Gesichter zeigten nicht mehr Emotionen als das Bild auf Kupfermünzen; der Polizist jedoch zitterte vor Angst.

„Bitte glauben sie mir...", stammelte er auf Punjabi.

Einer der drei unterbrach ihn und berührte ihn am Ärmel, ohne ein Wort zu verlieren.

Die drei waren interessiert - nicht mehr und nicht weniger. Möglicherweise zeigte sich sogar etwas wie eine Spur von Belustigung auf ihren Lippen, wie man sie auf dem Granitdenkmal eines der alten Pharaonen sehen konnte – eine halb humorvolle Akzeptanz der eisernen Herrschaft des Schicksals, ohne jede Überraschung hingenommen. Der Offizier versuchte erneut zu sprechen.

„Nehmt euch in Acht, Ehrenwerte! Sie sind gefährlich!"

Die gleiche ruhige Hand auf seinem Arm forderte ihn zum Schweigen auf. Die drei hatten alles gesehen, was es zu sehen gab, schauten aber weiter; denn man sagt, dass Denkprozesse am besten gelingen, wenn alle Augen auf das Objekt gerichtet sind.

Vor der Tür lag, als ob er zu einer Inspektion dorthin gelegt worden wäre, die Leiche des Individuums in Orange-Gelb, das die Söhne aus Sikunderam bedroht hatte. Der Großteil seiner Kehle war von menschlichen Fingern herausgerissen worden und sein Hinterkopf lag flach auf seinen Schulterblättern, ein untrüglicher Beweis für ein gebrochenes Genick. Beide Arme waren so verdreht, dass die Hände wieder dort waren, wo sie sein sollten, mit den Rücken zum Boden. Die Füße lagen Zehe an Zehe, beschrieben drei Viertel eines Kreises nach außen und ein Bein war offensichtlich gebrochen.

„Er ist ziemlich tot", sagte die eine Stimme aus Sikunderam, die für drei Individuen sprach.

Die Söhne Alis saßen mit dem Rücken zur Wand auf der Bank, in einer Haltung, die es Ihnen - für den Fall, dass ein unteilbarer Impuls sie zu einem Angriff veranlassen sollte - ermöglichte sofort aufzuspringen. Sie konnten sich wie Tiger aus dem Hinterhalt von der Mauer abstoßen. Ein Hauch von Repressalien und keine Zellentür der Welt würde schnell genug zuschlagen können, um sie drinnen zu halten.

Aber unklärlicherweise entstand eine Atmosphäre der Ruhe, als ob Allah, der Herr des Kismets, einen Waffenstillstand verhängt hätte. Die elektrische Spannung ließ nach und damit auch die Muskelspannung. Jemand in Gelb lächelte, und Sikunderam antwortete in gleicher Weise durch eine Lücke in einem schwarzen Bart. Alle drei Männer in Gelb betraten die Zelle, stiegen über ihren Glaubensbruder und einer von ihnen drehte sich um, um dem Offizier zuzuwinken, der auf ihren Vorschlag hin den Zellenwächter außer Sicht- und Hörweite ins Büro schickte,

„Ist es gesetzlich zulässig, diese fünf, die drei unterschiedlichen Sprachen sprechen, drei verschiedenen Rassen und drei unterschiedlichen Religionen angehören, in eine gemeinsame Zelle zu sperren?", lautete die erste Frage.

Es gab nur eine mögliche Antwort: „Nein, aber..."

Die gleichen ruhigen Finger auf dem gleichen Ärmel verhinderten eine Erklärung. Ohne ein Wort auszusprechen, wurde deutlich gemacht, dass der legale bzw. illegale Sachverhalt völlig ausreichend war.

„Sehr ehrenwerte Herren, so ist ihr Glaubensbruder in Gelb zu Tode gekommen!" flötete Diomed, der aus seiner Katalepsie erwachte. „Würdige Anhänger von Kali, diese drei Wilden griffen ihn ohne jeden Anlass an und schlachteten ihn brutal ab. Ich biete mich als Zeuge an!"

Eine miserable Intuition – fast schon pervertiert - veranlasste Diomed zu der Annahme, dass seine Chance darin liege, gegen den Mann in Uniform Partei zu ergreifen. Die drei, die er ansprach, waren offensichtlich Besucher, keine Gefangenen und die Angst des Offiziers vor ihnen war deutlich zu erkennen.

„Dieser Polizist hat uns trotz unserer Proteste in eine Zelle geworfen. Er ist hierfür verantwortlich."

Er zeigte auf den Beamten, der finster dreinblickte, aber die drei ignorierten beide. Stattdessen richtete derjenige, der als Sprecher auftrat, eine Frage an die Söhne Alis - halb Vorschlag, halb Rätsel und in jeder Hinsicht atemberaubend.

„Es ist ihnen klar, dass sie sich, zusätzlich zur Anklage des Mordes an diesem Mann, schuldig machen, wenn sie illegal aus dieser Zelle fliehen?"

„Und anderen Anklagen - anderen Anklagen, Señores! Sie haben mein Hotel niedergebrannt! Brandstiftung! So nennen es die Richter - eine strafbare Handlung!"

Einer der Söhne Alis schlug Diomed erneut auf den Mund und niemand hinderte ihn daran. Nach allem war offensichtlich doch etwas an seinem Gedanken, dass das Glück Goaner nicht wirklich begünstigte.

Die Söhne Alis griffen auf den Kodex von Sikunderam zurück, der zu jeder Zeit Skepsis verlangt, besonders jedoch, wenn ein Hindu einen Vorschlag macht.

Sie sahen genau aus, wie das, was sie waren - Männer von außerhalb. Der Schläger rieb sich die Knöchel.

„Ihr sprecht in Rätseln", verkündete der Sprecher.

„Du verstehst, dass die, die Euch unter Missachtung der Autoritäten zur Freiheit verhelfen könnten, die Macht hätten, Euch jederzeit wieder einzufangen und zu töten?", fragte der Mann in Gelb.

Langsam dämmerte es Sikunderam, dass es sich hierbei um Angebote für ein Schnäppchen handelte. Alle drei Gesichter verschlossen sich gemäß dem Kodex, der vorschreibt, dass ein Geschäft langwierig sein kann und derjenige, der am längsten durchhält, den besten Gewinn erzielen wird. Aber die Männer in Gelb waren in Eile. Einer von ihnen zog ein langes seidenes Taschentuch heraus und ließ es mit einer seltsamen, suggestiven Bewegung durch die Hände gleiten.

„Ihr versteht, dass alle Vorteile ihren Preis haben? Ihr seid frei!"

„Aber-aber-", sagte der Offizier.

Der Finger auf seinem Arm befahl ihm erneut, still zu sein. Er gehorchte.

„Geht in die Freiheit, in Furcht vor Kali, der Frau von Shiva, dem Zerstörer! Geht in die Freiheit, bis zum Tag der Abrechnung! Wenn Kali den Preis verlangt – seid auf der Hut!"

Als ob ein einziger Gedanke in den Köpfen aller drei vorherrschte, trat einer der Männer in Gelb auf den Goaner zu, packte ihn an den Schultern und riss ihn auf seine Füße. Der Goaner war zu erstaunt, um sich zu verteidigen.

„Hatte ich nicht angeboten...", begann er, doch der zweite der drei in Gelb stieß ihn zur Seite, so dass er auf den Fersen rückwärts in Richtung des dritten taumelte.

Das Taschentuch bewegte sich blitzschnell, kaum sichtbar und Diomed fiel völlig unpittoresk tot um - ein Haufen von etwas in einem schmutzigen Karo-Hemd mit zerknittertem Kragen - so tot, dass ihm weder ein Muskel zuckte noch ein Seufzer entwich.

„Es muss einen Tod für einen Tod geben", sagte einer der Männer in Gelb.

Die Zähne aus Sikunderam blitzten in einem Grinsen erfreuter Verblüffung weiß auf.

„Hi-hi! Er hat deinen gelben Mann nicht erschlagen. Wir waren das!", kicherte der Sprecher. Der Thug gab sich keine Mühe, sein bestialisches Credo zu erklären. Es war besser, die drei weniger kultivierten Wilden darüber spekulieren zu lassen, was das Opfer zu bedeuten hatte. Er hatte sein Anliegen klargemacht. Er hatte sie beeindruckt. Sie hatten die Schnelligkeit des seidenen Todes gesehen. Zweifellos würden sie bald anfangen, über die Tatsache nachzudenken, dass Diomed in Anwesenheit eines Polizeibeamten ermordet worden war und das in Verbindung zu einem anderen Mysterium zu bringen.

„Los! Lass sie gehen!", befahl einer der drei und der Offizier begann an dem Schloss herumzufummeln.

Er stieß die Tür mit einem Anflug gereizter Ohnmacht auf und sie traf den Zellenwärter, der zurückgeschlichen war, um zu lauschen. Die Tür schlug gegen seinen Absatz, als er losrannte und einer der drei in Orange-Gelb trat ohne die geringste Andeutung von Überraschung auf den Korridor hinaus. Er winkte ihm zu. Es wurde kein Wort gesagt. Der Zweite - nicht der mit dem Taschentuch - streckte eine Hand aus, um die Söhne Alis zu warnen, dass sich ihre Freilassung verzögern würde.

Der erste Mann winkte noch einmal, und der Zellenwächter kam zurück, den Karabiner im Anschlag, so als wolle er Gewalt anwenden. Aber er betrat die Zelle mit steinernem Blick, ganz so als wäre er hypnotisiert worden.

Jetzt war der zweite Mann an der Reihe; und als der „unglückliche, unbesonnene, aufdringliche Narr" dem unausgesprochenen Ruf seiner Nemesis gehorchte, benutzte der dritte Mann das Taschentuch. Der Zellenwächter brach über Diomed zusammen. Der Offizier hob mechanisch den Karabiner auf und legte ihn auf die Bank.

„Jetzt geht!", sagte der Sprecher und drängte die Männer aus den Bergen mit einer Geste hinaus, die dem Engels der Schöpfung würdig gewesen wäre, als er den Beginn der Äonen befahl.

„Kali ist allsehend. Ihr könnt Euch nicht verstecken. Kali ist allhörend. Ihr dürft nichts verraten. Kali vergisst nicht. Deshalb, sobald ein Preis festgesetzt wird, zahlt ihn schnell - so wie ihr diesen Mann habt bezahlen sehen!" Er legte einen Finger auf den Ärmel des Offiziers, der heftig zitterte. „Denn wenn nicht, werdet ihr bezahlen, wie sie es taten!" Er deutete mit einer weiteren Geste auf die Leichen.

„Los jetzt!"

Also machten sich die drei auf den Weg, ohne sich um die offizielle Erklärung für drei Morde in einer Zelle und drei entflohene Gefangene zu kümmern. Die Zeitungen würden sie am nächsten Tag ein Mysterium nennen. Für sie war ein anderes Geheimnis von größerer Bedeutung und absorbierte alles andere:

Wer waren die Männer, die sie befreit hatten? Wo hatten sie diese Fähigkeit mit dem Taschentuch gelernt? Warum hatten sie Diomed getötet? Und warum waren sie befreit worden? Und wie hoch wäre der genannte Preis, und wären sie - drei Moslems - überhaupt berechtigt, ihn den Priestern einer Hindu-Göttin zu bezahlen? Wie viel würden sie - angesichts des Schweigens, das ihnen auferlegt worden war -wagen, Ali, ihrem wilden Erzeuger, zu erzählen? Und wenn sie es Ali erzählen würden und dieser es zum Beispiel Jimgrim weitererzählen würde, und Jimgrim die anderen konsultieren würde, würden die Priester von Kali dann Rache an ihnen als Quell des Ungehorsams verüben?

Da war aber noch mehr: Wenn Kali allsehend war, wie sie von den Dreien gewarnt wurden, bedeutete das einfach, dass sie verfolgt wurden? Der in der Mitte drehte sich plötzlich um und ging mit ausgestreckten Armen rückwärts zwischen seinen Brüdern, aber er konnte keine Hindus sehen, die sie verfolgten. Sie versuchten eine Reihe von Tricks, die die Männer aus den Bergen verwenden, wenn in den Tälern Steine aufgehoben werden und die „Erschieß-einen-anderen-Sohn"-Spiele begannen - Tricks, die ein gejagter Leopard anwendet, um sich zu vergewissern, dass er den Jäger ohne jede Spur von sich zurückgelassen hat. Doch obwohl sie sich versteckten und plötzlich aus Türöffnungen auftauchten, so dass Passanten aus Angst vor Straßenraub wie scheuende Pferde zur Seite sprangen, bemerkten sie keine Verfolger.

„Der Mann in Gelb hat uns angelogen", sagte schließlich einer von ihnen. „Sie haben uns gehen lassen und das war's."

„Aber warum?"

„Sie hatten Angst."

„Aber wovor? Sie hätten uns leicht töten können."

„Nein! Niemand tötet mich mit einem Taschentuch! Bei den Gebeinen des Propheten Allahs..."

„Sie hätten den Zellenwärter auf dem Gang töten und uns dann mit seinem Karabiner durch das Loch in der Eisentür erschießen können. Sie hatten keine Angst vor uns!"

„Wie auch immer – wir drei haben Angst vor ihnen", verkündete der Bruder, der zuerst gesprochen hatte. Die beiden anderen bestritten diese Tatsache nicht. „Ich sage - wenn wir klug sind -

werden wir eine Zeit lang schweigen und abwarten - und sehen - und überlegen – und wenn sich vielleicht eine Gelegenheit - und ein Vorteil - ergibt, dann können wir immer noch alles erzählen. Was meint Ihr?"

„Allah! Wer hat dir Weisheit in den Mund gelegt?"

„Es ist Weisheit! Lasst uns darüber nachdenken!"

Sie kamen überein, ihre eigene Version der Geschichte zu verwende und den Vorschlag für eine Weile „schwebend unwirksam" zu belassen.

KAPITEL NEUN

„Schweigen ist lautlos."

CYPRIAN befand sich in keiner Zwickmühle. Er hätte gewusst, was zu tun ist, aber seine achtzig Jahre alte Lunge war zu sehr mit einem ekelhaft schmeckenden Gas gefüllt, als dass er körperlich hätte funktionieren können.

Was aus dem Geist geboren wird, ist Geist, das Gehirn aber muss auf materielle Prozesse warten. Im Moment befand er sich in Jeremys Obhut – gehalten von den Armen des Australiers – und Jeremy übernahm das Denken für ihn. Und so wie einst die Sterne in ihrem Lauf Krieg gegen Sisera führten, vereinten sich die Umstände und sein Ruf, um Cyprian auszutricksen. Jeremy hätte es niemals für möglich gehalten, dass Würde, Disziplin und Verantwortung gegenüber einer höheren Instanz notwendige Bestandteile von Cyprians Kodex waren. Außer daran das Leben des Paters gerettet zu haben, dachte Jeremy nur noch an „das Spiel".

Dann waren da noch die Nachbarn. Rechts und links befanden sich verschlossene Lagerhallen, in denen Waren gelagert wurden. Gegenüber, hinter schattenspendenden Bäumen und einer Mauer, waren Goaner, die es nicht für moralisch, zweckmäßig, höflich oder sicher gehalten hätten, sich in das Tun des Paters einzumischen, selbst wenn sie gesehen hätten, was vor sich gegangen war. Und die Hitze verhinderte, dass sie etwas sahen, denn der Mai ging in den Juni über, und niemand, der es sich leisten konnte, drinnen zu bleiben, träumte davon, sich hinauszuwagen.

Der Rest der Anwohner der Straße waren Moslems, mit einigen wenigen Hindus am äußersten Ende; und jeder von ihnen kannte Cyprian aufgrund seines Rufs als Studenten und möglicherweise Ausübenden der schwarzen Magie - ein Mann, den man fürchten, wenn nicht respektieren musste; auf jeden Fall

ein Mann mit Einfluss. Neun von zehn von ihnen hätten wegge-
sehen, wenn Cyprians Haus abgebrannt wäre. Der Zehnte wäre
in fast jedem Fall so weit geflüchtet, wie seine Beine oder ein
Fahrrad ihn tragen konnten.

Der Constable, dessen Aufgabe es war, in dieser Straße zu
patrouillieren, zog sich an diesem Morgen nach einer Verhaftung
in einen Keller zurück, um mit seinen Taten zu prahlen und auf
den Kampf mit Wachteln zu setzen.

Darüber hinaus gab es zweifellos durch Einflüsse, die nie genannt werden, sondern - wenn überhaupt - als „sie" bezeichnet
wurden, eine absichtliche Räumung der Straße. Die Straße war
so merkwürdig leer, wie sie es manchmal ist, wenn ein Attentat
auf eine königliche Persönlichkeit vorgesehen ist.

Für einen Mann in Cyprians Lage, der drei potenzielle Attentäter
in seinem Keller und ein ganzes Haus voller Betäubungsmittel
hatte, wäre es angebracht gewesen, sofort die Behörden zu ver-
ständigen und den weiteren Entwicklungen ihren Lauf zu lassen.

Aber Cyprian war nicht in der Lage, Befehle zu erteilen und keiner der anderen, auch nicht King, wollte eine offizielle Skepsis
heraufbeschwören. Kein Mensch auf der Suche nach einem
Haufen Gold, so schwer wie die Pyramiden und nach Büchern,
die erklären können, wie der Batzen angehäuft wurde, ist besonders unbefangen, wenn eine offizielle Untersuchung im Raum
steht.

Außerdem war da noch Narayan Singh, bewusstlos - an sich
schon ein fast unglaublicher Umstand; denn dieser tapfere Sikh
galt als berüchtigter Trinker und war wahrscheinlich weniger als
jeder andere gefährdet, irgendwelchen Dämpfen zu erliegen. Er
war jedoch umgekippt wie ein vergaster Kanarienvogel. King und
Grim leisteten ihm erste Hilfe, da sie der Meinung waren, dass
seine Genesung weitaus wichtiger wäre, als jede fragwürdige
Verpflichtung, die Polizei hinzuzuziehen. Sie wussten, dass die

Polizisten bestenfalls als Stümper und reine Quertreiber einzuschätzen waren, wenn es um wirkliche Ermittlungen ging. Sie knieten auf dem Bürgersteig, einer auf jeder Seite des Sikh, welcher schnaufte wie eine Kuh mit durchschnittener Kehle; und Jeremy, der Cyprian wie ein Baby in seinen Armen hielt, kam dazu und beobachtete die Szene.

„Wenn du ihn zum Erbrechen bringst, hast du ihn", riet er. „Besorge dir irgendetwas, das funktioniert - egal was. Ein natürlicher Prozess ruft den nächsten hervor. Massiere ihm den Solarplexus".

Nachdem King und Grim alle anderen Methoden ausprobiert hatten, experimentierten sie mit der von Jeremy vorgeschlagenen Variante.

„Verdammt! Es gibt ein Gegenmittel, wenn wir es nur in die Finger bekommen könnten", sagte King.

„Ich habe von dem Zeug gehört und seine Wirkung schon einmal gesehen. Es ist eine Kapsel so groß wie eine Rupie. Sie durchstechen sie unter einem Taschentuch. Sobald Luft an den Inhalt gelangt, wandelt er sich zu Gas. Das Mistzeug brennt auf der Haut, sobald es austritt, verändert sich aber, wenn es sich ausbreitet und wirkt betäubend. Die Diebe, die das Zeug benutzen, führen das Gegenmittel mit sich. Es steht alles in einem der Bücher von Cyprian."

„Wenn Pop nur aufwachen würde", schlug Jeremy vor. Aber Cyprian seufzte nur.

„Wo sind die drei Hindus?" fragte Grim.

„Im Keller. Ali hat sie da hinein geworfen - erstklassige Arbeit. Chullunder Ghose sitzt auf der Falltür, um sie vor weiterem Unheil zu bewahren." verkündete Jeremy.

„Ramsden - wo ist Rammy?" fragte Grim.

„Hier."

Jef hatte auf Händen und Knien mit einem wassergetränkten Tuch vor dem Gesicht den Boden des Wohnzimmers nach Hinweisen abgesucht, die auf die Methode des Feindes erklären konnten. Er kam schnaufend aus der Vordertür.

„Das Gas verschwindet", keuchte er.

„Rammy! Narayan Singh gibt den Löffel ab! Beeilt euch! Holt die drei Hindus. Zwingt sie dazu, ihr Gegengift herauszurücken! Macht vor nichts Halt!" Das war Grim ohne jegliche Maske – ein Erz-Pragmatiker.

Der violette Fleck, der Jeff Ramsdens Schatten gewesen war, verschwand von der weißen Wand – löste sich einfach auf. Er kann schnell sein, wenn es die Situation erfordert.

Im Inneren, wo vorher mehr oder weniger Stille geherrscht hatte, war plötzlich lauter Lärm zu hören, als Jeffs Gewicht auf der Falle und dem sich lauthals beschwerenden Chullunder Ghose landete.

„Runter von der Falle! Schnell!"

Ali aus Sikunderam und seine Söhne hatten vergeblich auf dem Bauch liegend nach Geräuschen von unten gelauscht. Ihre Fantasie sehnte sich nach Schmerzensschreien und erfanden sie teilweise. Aber die Tür war zu dick und saß zu fest in ihrem Bett, als dass sich ihr frommer Wunsch erfüllen konnte

„Bei Allah, ich schwöre, ich habe allen dreien die Beine gebrochen", prahlte Ali, mit dem Gesicht in Richtung der hölzernen Falltür.

Aber er fügte nichts mehr hinzu, denn Ramsden packte ihn an Armen und Beinen und warf ihn zur Seite, während die Söhne auf Händen und Knien davonhuschten, bevor ihnen die gleiche Demütigung zuteilwerden konnte. Dann steckte Ramsden seine

Finger in den einzigen Spalt, zerrte, stöhnte, mühte sich ab und gab auf. Tür und Rahmen waren hermetisch verschlossen.

„Brechstange!"

Ali Sikunderam - so ihre Einschätzung - machte sich auf die Suche nach kaltem Eisen, während Jeff weiter vergeblich seine Finger quälte. Einer der Söhne kam mit der Beute aus einem muslimischen Lagerhaus von der Straße zurück. Das Blut an seinem Unterarm verriet den Zusammenhang - Brecheisen durch ein Fenster erspäht – Aktion - Aneignung.

„Gut!" sagte Ramsden und das Holz begann sofort zu splittern – altes Teakholz, trocken und hart wie Tempelholz, brach mit einem Kreischen, als würde es leben und weiterleben wollen, auseinander.

„Holt ein Seil - oder eine Leiter!" grunzte Ramsden.

Draußen auf dem Bürgersteig hatte sich Narayan Singh, unter Jeremys Dauerfeuer von Kommentaren und Ratschlägen, übergeben und zeigte weitere Anzeichen, dass er die Last des Lebens wieder auf sich nehmen würde - ganz wie Jeremy es prophezeit hatte. Cyprian hingegen, war in einen leichten Schlaf gefallen, wie er alte Leute und Säuglinge überkommt, so dass Jeremy, der sich durch Schnuppern vergewissert hatte, dass sich das Gas verflüchtigt hatte, ihn sofort wieder hinein und die schmale Steintreppe hinauf in das Schlafzimmer im ersten Stock trug - sauber, einfach, streng wie in einem Kloster, aber bequem eingerichtet, denn es fehlten nur unnötige Dinge.

Das Kopfende des Bettes lehnte an einer Eisentür, die mit einer Tapete überzogen war – weiß, wie der Rest der Wände - mit einer überlappenden Falte, um den verräterischen Spalt zu verdecken.

Die Beine des Bettes waren fest mit Holzklötzen verbunden, die auf dem Boden festgeschraubt waren- mit dem offensichtlichen Ziel, das Schloss zu verstärken, das tief genug an der Tür angebracht war, um durch den Bettrahmen verdeckt zu werden. Jeremy bemerkte, wie tief die Rollen in die Blöcke eingesunken waren, so als ob sie einem enormen Druck ausgesetzt gewesen wären und das war es auch, was ihn, als er Cyprian hinlegte, dazu veranlasste, die Tür einer genaueren Untersuchung zu unterziehen.

Er war sich seiner Sinne sicher, da er sie geschult hatte. Zu sehr daran gewöhnt, andere Augen zu täuschen, hatte er seine eigenen diszipliniert. Er hätte schwören können, dass sich die Tür bewegen ließ - nach innen - um den Bruchteil eines Zolls, d. h. zur Wand hin und weg vom Kopfende des Bettes. Er testete es, nachdem er sich erneut vergewissert hatte, dass Cyprian schlief und entdeckte, dass er die Finger einer Hand zwischen den Bettpfosten und die Tür schieben konnte. Und auf dem breiten Papier, das die Eisentür abdeckte, befand sich ein langer Fleck - ein Beweis dafür, dass sie vor kurzem nach außen gegen das Bett gedrückt worden war.

Entweder war das Schloss entriegelt worden, funktionierte nicht oder war wieder verschlossen worden, seit er den Raum betreten hatte. Die Neugier fraß an Jeremy wie Säure. Er musste es unbedingt herausfinden. Ein Mysterium regt den Appetit eher an. Nach einem weiteren Blick, um sich zu vergewissern, dass Cyprian schlief, zog er das Bett mühsam von den Holzblöcken und rollte es einen Meter über den Boden. Dann bückte er sich, um das Schlüsselloch zu untersuchen. Es steckte kein Schlüssel darin und offensichtlich war das schon länger nicht der Fall gewesen, denn es war noch mit Seife angefüllt und ein Stück weißes Papier, das auf der Seife aufgeklebt worden war, befand sich immer noch an Ort und Stelle - Cyprians bescheidener Versuch einer konstruktiven Tarnung.

Auf dem Boden lag ein unregelmäßig langer Splitter aus weißem Stein - zwei Zentimeter mal einen Zentimeter lang. Die Tür war erst kürzlich von innen aufgebrochen worden. Jeremy riss das Papier in zwei großen Streifen von Tür und Wand ab. Die Zunge des altmodischen Schlosses ragte nicht mehr als einen Zentimeter in das ungeschützte Mauerwerk hinein und ruhte nur noch auf einer sauberen Rille, in die der heruntergefallene Splitter passte.

Nichts - jedenfalls nicht auf Jeremys Seite - hinderte die Tür daran, aufzuschwingen. Er testete es mit seinen Fingern. Sie weigerte sich, nachzugeben. Und er hätte schwören können, dass er gesehen hatte, wie es sich bewegte, als er Cyprian zum ersten Mal auf das Bett legte.

Er warf einen Blick auf Cyprian, halb geneigt, ihn zu wecken, blickte erneut auf die Eisentür und spekulierte.

„Wahrscheinlich bewahrt der alte Knabe dort seine Bücher auf. Ein Schock könnte ihn töten, wenn er aufwacht und erfährt, dass Diebe im Stall sind. Schlaf weiter, Melchisedek!"

Er war sich der Gefahr bewusst, die für ihn selbst der Gebrauch von Schusswaffen in einem Land mitbrachte, das sich inmitten einer mehr oder weniger immerwährenden Rebellion befand und in dem das Tragen moderner Waffen, außer zu sportlichen Zwecken verboten war. Jeremy sah sich nach einem für ihn weniger kompromittierenden Gegenstand um. In einer Ecke, hinter einem Vorhang aus Cretonne, unter dem die Gewänder des Paters hingen, fand er einen Spazierstock aus irischem Schlehenholz ein Andenken an die Zeit in Ballyshannon, wo Cyprian einmal vorübergehend Dienst getan hatte. Der Stock war so stark wie ein professioneller Shilelagh in doppelter Länge – unter bestimmten Umständen eine tödlichere Waffe als eine Pistole oder ein Schwert.

Unten brach Ramsden die Falltür auf - Stück für Stück, Schicht für Schicht. Sie war so dick und so gut gezimmert, dass nichts weniger als eine völlige Zerstörung die Scharniere freilegte. Bis es möglich war, den Bolzen zu erreichen, der sich über die gesamte Breite der Falle schwang und in zwölf Zoll starke Balken biss, machte es keinen Sinn mehr, weiter herumzuspielen, denn die Tür war völlig zerstört. Da die Söhne Alis keine Leiter gefunden hatten, benutzte Jeff den Bolzen als Ansatzpunkt für sein Seil und hangelte sich Hand über Hand in die Dunkelheit hinab.

Nicht einmal die Augen von Sikunderam konnten mehr als ein unerwartetes rotes Licht und unten aufgetürmten Müll sehen; aber es schien weniger Müll zu sein als zu dem Zeitpunkt an dem Ali die Drei in die Grube geworfen hatte. Wo ein Stapel Kisten gestanden hatte, der eigentlich Jeffs Abstieg erleichtern sollte, befand sich nichts, was seinen forschenden Füßen entgegenkam und er musste sich den letzten Meter fallen lassen, denn das Seil war zu kurz.

Das Nächste, was sie hörten, war ein Brüllen wie das eines Stiers, als sich Jeff in den Kampf mit einem unsichtbaren Feind stürzte; gefolgt von einer Zunahme des purpurnen Glühens und dem unerhörten Dröhnen eines Ofens. Es war wie ein Blick in die Eingeweide eines großen Schiffes oder in den Tofet.

„Kommt schon! Hilfe, Leute!", war die einzige Erklärung, für die Jeff Zeit hatte – noch dazu in Englisch - ein sicheres Zeichen dafür, dass er aufgeregt war.

King ließ Narayan Singh in Grims Händen zurück – eilte herbei und schwang sich wie ein Seemann das Seil hinunter. Chullunder Ghose war der nächste, „so neugierig", wie er später erklärte, er ähnelte einem Seemann weniger als jedes andere Lebewesen auf der Welt, klemmte zunächst wie ein Korken im Hals einer Flasche in der zerbrochenen Falltür - durchbrach alleine durch sein Gewicht und seine Kraft den Rest der Holzkonstruktion, um dann plötzlich mit dem Seil wie einen glühender Draht zwischen den Händen den letzten Meter hinabzustürzen und - wie es ihm schien - auf einen ansteigenden Boden mit nach oben gekehrten Splittern aufzuschlagen.

Und auf Chullunder Ghose, der sich in dieser misslichen Lage befand, prallten in schneller Abfolge Sikunderam, Vater und Söhne - Allah, nicht etwa dem Babu, für das Kissen dankend - und wegzuspringen, ohne innezuhalten und Komplimente zu machen.

Am anderen Ende des Kellers befand sich eine Tür nach unten und die gesamten Vorbereitungen für einen eventuellen Holocaust schwarzer Bücher waren im Licht eines hell flackernden Feuers deutlich zu erkennen. Der Holocaust war eine Frühgeburt. Die drei hatten das Streichholz entzündet, das Cyprians Fackel auf seiner letzten Pilgerreise sein sollte. Die Bücher, die zu Hunderten auf Stapeln in einem alten Töpferofen gelagert waren, brannten allesamt und der Kleber auf den Rücken einiger modernerer Exemplare sorgte für den Rest.

Cyprian hatte vorsorglich reichlich Treibstoff unter ihnen aufgeschichtet, aber die drei hatten reichlich Müll hinzugefügt. Es gab keine Ofentür, die geschlossen werden musste, um Zugluft auszuschließen; die Kiefer des Ofens klafften weit geöffnet. Der Schornstein an der Verbindung zwischen Cyprians Haus und dem Lagerhaus erfüllte ihren alten Zweck und die Falltür, die Ramsden aufgebrochen hatte, ließ genug Zugluft durch, um die wütenden Feuer von Eblis zu nähren. Draußen auf dem Bürgersteig sah Grim die Schatten aus schwefelschwarzem Rauch, von der Spitze des alten stillgelegten Ofens aufsteigen; Narayan Singh wurde seiner eigenen Genesung überlassen und Grim, von seinem Instinkt geleitet, nahm vier Stufen der Treppe auf einmal, anstatt sich wie ein Ifrit[19] in Ramsdens geborstenes Loch zu stürzen.

Er kam gerade noch rechtzeitig, um zu sehen, wie Jeremy den Schlehdorn mit zwei Händen auf den Hinterkopf eines Mannes krachen ließ, der zu Erkundungszwecken in der vorsichtig geöffneten Eisentür auftauchte. Der Schlag hätte den Kopf sauber abgetrennt, wenn die Waffe nur eine Axt gewesen wäre. Ein Mann in Gelb fiel mit dem Gesicht voran und seine Schultern verhinderten, dass sich die Tür schließen ließ, obwohl jemand versuchte, ihn an den Füßen wieder hineinzuziehen.

Gleichzeitig ergriffen Grim und Jeremy die Eisentür, rissen sie weit auf und ein Stich wie ein Blitzstrahl verfehlte Grim um die

---

[19] Geistwesen aus der islamischen Mythologie, das aus Feuer geschaffen wurde und das Leben der Menschen sowohl auf gute als auch auf böse Art und Weise beeinflussen soll.

Dicke eines Mondstrahls – ging daneben und war nicht schnell genug, denn Jeremy schlug den Schlehdorn auf ein langes Messer mit einem Schlangengriff und entwaffnete damit einen gelben, unsichtbaren Mann, der alles fallen ließ, was er in der Hand gehalten hatte und sich in die dunklere Finsternis zurückzog.

Cyprian schlief weiter und bewegte seine Lippen und alten Finger, als würde er träumen. Jeremy, der vollkommen auf sein eigenes Glück vertraute, gab ein Zeichen, drückte Grim den Schlehdorn in die Hand und griff nach Streichhölzern. Grim stimmte zu. Mit den Füßen schoben sie das Opfer von Jeremys Waffe dorthin zurück, woher er gekommen war, stiegen über ihn hinweg, und schlossen die Eisentür hinter ihrem Rücken. Dann zündete Jeremy ein Streichholz an - rechtzeitig - genau innerhalb der knappen Zeit. Der Schlehdorn kam wieder zum Einsatz – krachte auf ein Handgelenk, das zusammen mit einem weiteren Messer nach oben stieß, genau wie der erste Mann zuzustechen versucht hatte. Der Schlag brach das Handgelenk. Jemand unterdrückte einen Aufschrei.

„Verfluchte Streichhölzer!", rief Jeremy und riss ein weiteres an.

Auf dem Boden eines etwa zehn mal zehn Meter großen Verlieses lagen zwei der drei Männer. Der, den Jeremy zuerst geschlagen hatte, war ohne Zweifel tot. Das Bein des anderen war gebrochen – Alis Werk - und jetzt kam das Handgelenk zu seinen Unannehmlichkeiten noch hinzu. Er krümmte sich vor Schmerzen, obwohl er kein Geräusch von sich gab, und alles vermengte sich mit dem Toten. Ganz offensichtlich hatten zwei von ihnen den Mann mit dem gebrochenen Bein getragen und der dritte war durch eine Tür zurück geflohen, die der eisernen Tür gegenüberlag - eine Ratte, die nicht mehr weiterlaufen konnte, und dadurch in Panik geriet.

Jeremy zündete ein weiteres Streichholz an und Grim versuchte sich an der Innentür. Als er seine Hand nach dem Flüchtigen ausstreckte, stürmte dieser zurück, da er den Rückzugsweg unter sich abgeschnitten sah, Grim prallte an die Wand und schützte sich mit dem Schlehdorn wie mit einem Singlestick. Der

Mann in Gelb stürzte sich mit einem Messer auf ihn, wie es die beiden anderen getan hatten, aber als er durch sein Gewicht nach vorne taumelte, stieß ihm die Spitze eines anderen Messers entgegen, schlug ihm die oberen Vorderzähne aus und schnitt durch die Oberlippe, aus der sie einen oder zwei Zentimeter austrat und sich durch das Blut purpurrot färbte.

Durch die geöffnete Innentür fiel glühend rotes Licht herein, leuchtete und wurde schwächer – loderte auf und nahm wieder ab – zeichnet eine Silhouette von Ali aus Sikunderam.

„Das ist alles nur ein Trick, Sahibs", verkündete Ali und beugte sich über das Opfer, um seine geliebte Waffe herauszuziehen. „Seht ihr - das Genick ist gebrochen - also - die Spitze des Messers geht zwischen zwei Wirbeln hindurch und Allah besorgt den Rest!"

„Was für ein Feuer ist das da unten?" fragte Grim.

„Der alte Brennofen. Rammy Sahib..."

„Was brennt denn da?"

„Alle Bücher des Priesters, gepriesen sei Allah!"

Grims Gesicht sah im schwindenden roten Licht gespenstisch aus. In diesem Moment sah er all seine Hoffnungen in Rauch und Flammen aufgehen.

„Mittlerweile wird das Feuer durch den Schornstein schlagen und die ganze Feuerwehr auf den Plan rufen", verkündete er resignierend.

„Kein bisschen. Vertraue auf Ramsden", sagte eine andere Stimme.

Athelstan King tauchte wie ein Heizer aus dem Inferno eines Schiffes auf, mehr als nur ein wenig versengt und lutschte an seinen verbrannten Fingerspitzen.

„Ramsden fand ein altes Stück Wellblech unter dem Müll und bog es zurecht, um es an die Ofentür anzupassen. Die Zugluft ist unter Kontrolle. Das war eine heiße Arbeit."

„Und die Bücher?" fragte ihn Grim.

„Hinüber! Es gibt keine Bücher mehr! Wo ist der Pater?"

„Der schläft fest."

„Wenn er das erfährt, wird es ihn umbringen", sagte King voller Überzeugung und bestätigte damit unbewusst Jeremys erste Vermutung.

Ramsden kam die schmale Treppe hinauf und verlangte nach Licht. Das Glühen hinter ihm war so schwach, dass es seine Masse in der Tür völlig verdeckte. Grim warnte ihn und öffnete die Tür zu Cyprians Zimmer. Das Licht fiel auf Ramsdens angesengten Bart und seine stellenweise verkohlte Kleidung.

„Jetzt ist alles nur noch rote Asche", flüsterte er. „Kein Rauch mehr." Jeremy ging auf Zehenspitzen in das Schlafzimmer und blickte auf Cyprian hinunter. Dann fühlte er seinen Puls.

„Fieber!", flüsterte er. „Er ist ohnmächtig."

Ramsden sammelte den Mann mit gebrochenem Handgelenk und Bein auf und legte ihn in Cyprians Zimmer auf den Boden. Alle marschierten hinein, gefolgt von Ali und seinen Söhnen, zuletzt Chullunder Ghose. Der Babu war der Einzige, der Anzeichen von Befriedigung zeigte, obwohl auch er angesengt und an den Händen verbrannt worden war.

„Teure Gegenleistung für einen Mann mit Familie und mikroskopisch kleinem Gehalt", bemerkte er, nahm einen verbrannten Seidenturban ab und justierte ihn neu. „Was passiert als nächstes?"

Niemand antwortete.

Keiner wusste genau, was nun zu tun war. Einer von Alis Söhnen - der Jüngste – erlag dem Impuls eines schwachen Mannes, den Segen der Plattitüden zu erbitten.

„Schweigen ist Gold", verkündete er sentimental.

„Oh, ein ausgezeichneter Rat! Oh Gott, aus einer Sammelbox! Oh Orakel!" rief Chullunder Ghose aus. „Die ganze Weisheit all dieser bösen Bücher ist in diesem Narren verkörpert! Schweigen ist nicht nur golden, es ist Stille! Schweigen ist, was Schweigen tut! Oh Sahibs, lasst uns all diese Männer zum Schweigen bringen! Schließt diesen Laden, bevor die Dunkelheit hereinbricht, dann verdrücken wir uns, um im sehr ausdrucksstarken Jargon von Jimgrim Sahib zu sprechen! Erschlagen wir alle Beteiligten - diesen Gefangenen eingeschlossen, es sei denn, der gibt uns alle Informationen, plus!"

„Plus was?", fragte Ramsden.

„Plus Gehorsam - nicht wie diese Söhne von Müttern aus dem Himalaya, deren einzige Tugend ist, dass sie sparen, weil sie meistens im Gefängnis schlafen!"

Ali stand am Fenster und schaute auf die Straße hinaus.

„Meine Söhne sind da", verkündete er großspurig und versuchte, ein Grinsen zu verbergen.

„Wo? Draußen? Ruf sie herein!" schnauzte King. „Wir wollen nicht noch mehr allgemeine Aufmerksamkeit erregen".

Ali riss das Fenster auf und winkte. Die Söhne trotteten schwerfällig die Treppe hinauf, wie halb dressierte Tiere.

„Sagt den Sahibs: Wie seid ihr aus dem Gefängnis herausgekommen?", fragte Ali. Vielleicht warnte ihn seine Intuition, dass sie eine wunderbare Lüge vorbereitet und servierfertig parat hätten.

„Wir haben uns den Weg nach draußen erkämpft! Siehst du - wir haben unsere Messer in den Eingeweiden der Polizei zurückgelassen! Jeder von uns hat drei Männer erschlagen!"

„Allah! Meine Jungs! Meine Söhne!", rief Ali.

Die anderen blickten alle auf Cyprian herab. Jeremy nahm ein Handtuch und tupfte Wasser auf die ausgetrockneten Lippen des alten Mannes. Niemand - nicht einmal Ali - glaubte auch nur ansatzweise an die Geschichte von dem Kampf mit der Polizei, aber alle wussten, dass es sich um irgendeine Art von Gesetzlosigkeit handelte, die nicht zu Cyprians Seelenfrieden beitragen würde, wenn er je wieder zu Bewusstsein kommen sollte.

„Wenn er das durchsteht, werden ihn die Sorgen und die Enttäuschung ohnehin umbringen", sagte Ramsden und ignorierte dabei den Umstand, dass Cyprian mehr als achtzig Jahre lang trainiert hatte, den Widrigkeiten des Schicksals zu trotzen.

„Vielleicht sollten wir dem alten Jungen eine Chance geben", schlug Jeremy vor. Und in seinem Blick lag schimmerte australisches Unheil.

Ali stand noch immer am Fenster.

„Schaut, ein Konstabler!", verkündete er. „Er beobachtet, wie der Rauch ohne Tikut[20] aus dem Schornstein aufsteigt. Und siehe da, er spricht mit Narayan Singh, der ihm irgendeinen Mist erzählt. Ein Kind kann dir sagen, wann ein Sikh lügt. Da, er schreibt einen Bericht in sein Parketbuk[21] Es wird eine Vorladung vor den Magistrat der Stadt sein. Ich kenne die Gepflogenheit."

Narayan Singh kam, immer noch ein wenig schwach, was sein Gleichgewicht anging, die Treppe hinauf und steckte vorsichtig seinen Kopf durch die Schlafzimmertür.

---

[20] Ticket. Das englische Wort wird hier für jede Art von Verfügung und nummerierter Erlaubnis verwendet.
[21] Pocketbook. Notizbuch.

„Es wird eine Vorladung gegen einen Hindu namens Murgamdass wegen Rauchbelästigung geben", verkündete er grinsend.

Grim zog alle Blicke auf sich und blickte von einem Gesicht zum anderen, wie ein Hauptmann, der während eines Notfalls seine Mannschaft musterte.

„Wirkte der Polizist verdächtig?", fragte er leise.

„Sehr!" antwortete Narayan Singh. „Er verdächtigte einen Hindu, sich vor der Zahlung der Gebühr für die erforderliche Genehmigung zur Nutzung eines Hochofens innerhalb der Gemeinde drücken zu wollen. Ich bestätigte seinen plausiblen Verdacht, in der Hoffnung..."

„Sonst noch etwas?" fragte Grim ihn.

„Nein, Sahib. Sonst nichts."

„Seid ihr dabei?"

Grim zog wieder alle Blicke auf sich. Wenn sie nicht dabei waren, war es niemand. Es gab alle Arten und Elemente dieses Geistes, der alles erobert, weil er eine Niederlage einfach nicht einsehen kann.

„Zwei Möglichkeiten", verkündete Grim. „Wir können die Polizei einschalten und aufgeben."

Chullunder Ghose seufzte wie ein Orca, der nach Luft schnappt.

„Oder wir können weitermachen und die Konsequenzen tragen. Stimmt bitte ab. Wer dafür ist...".

Chullunder Ghose hob beide Hände, alle anderen eine.

„Ich habe verstanden. Nun gut. Wenn es dunkel ist, nehmen wir die beiden toten gelben Jungs und platzieren sie dort, wo ihre Freunde da Gama abgelegt haben. In der Zwischenzeit bringen wir Cyprian irgendwo hin und versuchen einen guten Arzt für ihn zu finden. Sagt niemandem, wer er ist. Ali, du und deine Söhne bewacht den Gefangenen, während wir einen guten Ort finden, an dem wir ihn verstecken können."

KAPITEL ZEHN

„Aus einem gläsernen Ei kann man kein Huhn ausbrüten."

IN jener Nacht stand vor Cyprians Haus ein Ochsenkarren, dessen Plane und Bemalung der Equipage altmodischer Damen aus dem Landadel entsprach.

Chullunder Ghose hatte das Ding von irgendwoher gezaubert - prächtige Guzerati-Stiere inbegriffen. Sie wählten diese Art der Beförderung, weil sie so am wenigsten Gefahr liefen, von der Polizei kontrolliert zu werden.

Aber um die Sicherheit in dieser Hinsicht zu verdoppeln, mimte Narayan Singh den Fahrer, mit nackten Beinen und auch sonst wie ein Hindu gekleidet, verstärkt durch Ramsden und zwei von Alis Söhnen, letztere kahlgeschoren und so verärgert darüber, sich als Hindu verkleiden zu müssen, dass ein ganzes Aufgebot an „Constabeels" nötig gewesen wäre, um sie zu verhaften.

Unter Ramsdens Regie wurden die Leichen der beiden Kali-Anhänger von den Ochsen aufwändig so weit wie möglich in die Richtung des Schauplatzes von da Gamas Tod gekarrt und dort von Alis protestierenden Söhnen entladen, die sie nackt auf die Trümmer warfen, auf denen der Portugiese gelegen hatte und dann über beide denselben zerbrochenen Pfeiler rollten, der einst dazu gedient hatte, die Überreste von da Gama zu verbergen.

Als Leichen betrachtet, hätten sie in den orangegelben Gewändern, die sie zu Lebzeiten getragen hatten, erbaulicher ausgesehen, aber Gewänder, die genau in dieser Farbe gefärbt waren, gab es auf dem freien Markt nicht zu kaufen. Sparsamkeit ist Sparsamkeit - das sorgfältige Nutzen von Gelegenheiten.

In einem anderen Teil Delhis fand eine gefährlichere Verhandlung statt, die durch eine fast unbezwingbare Sehnsucht nach Schlaf - eine natürliche Folge von zwei wachen Nächten in der Hitze des Punjab - nicht erleichtert wurde

Es war Jeremys Vorschlag gewesen. Grim hatte ihn unterstützt. King hatte widersprochen. Aber Chullunder Ghose hatte so zustimmend gequiekt und gelacht, und den ganzen Vorschlag als Geniestreich „wie ihn die Götter ihn sich nicht besser hätten ausdenken können", gelobt, so dass King nachgab.

Sie fuhren den immer noch bewusstlosen Cyprian, in eine Decke gewickelt, zu Gauris Haus und brachen ihn dort unter - ein Mitglied eines Ordens strenger Zölibatäre im Haus einer Frau von Rahabs Gewerbe!

„Was macht es schon aus? Er weiß es nicht", argumentierte Jeremy.

Die Dame sah sich bis über beide Ohren und Augen in köstlicher Verantwortung - fasziniert, bis ihre dicken Rippen vor Kichern zitterten - ohne die Identität des Patienten zu kennen, denn sie hatten ihn in ein Nachthemd gesteckt, aber so sicher, wie die Sterne leuchten würden, dass das Leben - ihr Leben, wie sie es liebte -gelebt wurde.

„Wenn du den Mund hältst, sollst du einen vollen Anteil bekommen, der dem entspricht, den jeder von uns bekommt, unabhängig davon. was auch immer wir entdecken werden", erklärte ihr Grim.

„Aber eine einzige Andeutung zu irgendwem, und du frisst mein Messer!", sagte Ali.

Und Gauri glaubte ihnen beiden.

In allen Ländern, in denen die Gesetze zum Nutzen von Privilegierten gemacht werden, gibt es Schmuggler - nicht nur von geschmuggelten Juwelen und Rum, sondern auch von geschmuggeltem Wissen und Fähigkeiten. Es gibt Männer, die keinem anerkannten Beruf angehören, aber in Punkto Erfahrung und zum halben Preis genauso viel bieten können, wie es jeder Blockadebrecher auf dem Gebiet von Spitze und Tabak kann. Keine Lizenz verleiht Fähigkeiten, ebenso wenig wie das Bezahlen von Zoll die Kunst verbessert. So mancher Arzt, der an der Ausübung seiner Kunst gehindert oder ganz von ihr ausgeschlossen wurde, weiß mehr als die exklusiven Orthodoxen. Aber er muss Äskulap und Galen unter Androhung von Gefängnis und Geldstrafe folgen. Das ist der Punkt. Er darf nichts verraten.

Niemand wusste, und es kümmerte auch niemanden, warum Dr. Cornelius MacBarron den Titel, den ihm seine dankbaren Patienten verliehen haben, nicht mehr rechtmäßig verwenden dürfte - ob es das Gesetz erlaubte oder nicht. Zum einen war er ein Eurasier - fifty-fifty - leichte kaledonische Infanterie auf der einen Seite und eine dunkelhäutige Mutter auf der anderen- keine Sinekure, mit der man durchs Leben gehen kann.

Er hatte also keine große Wahl. Was die Leute zu ihm oder über ihn sagten, musste er tolerieren und extrahierte hin und wieder Werbung aus den skandalösen– wenn auch berechtigten – Verleumdungen der regulären Profis, was eher profitabel als tröstlich war.

Es wurde in Delhi Straßen, hinter den Theken der Apotheken, in den Messehallen und anderswo getuschelt, dass Cornelius MacBarron zu absurd günstigen Preisen alles heilen - und darüber hinaus schweigen konnte. Man sagte ihm nach, er habe eine ziemlich große Anhängerschaft und kenne mehr Geheimnisse als ein Bankier.

Was auch immer er wusste und wen er kannte, er sagte nichts, als er am helllichten Tag in einem Taxi zu Gauris skandalösem Wohnsitz gebracht wurde. Mit dem langen Laternenkiefer und dem rohen Knochenbau eines Schotten, traurigen braunen Augen, einer wenig enthusiastischen Präsenz und fahler Haut schien er nicht gerade zu Konversation oder Neugierde einzuladen.

Vielmehr wehrte er beides ab.

„Da ist dein Mann", sagte Jeremy und zeigte ihm Cyprian in Gauris duftendem Bett. „Heilen sie ihn, wenn sie können."

MacBarron fragte nicht: „Wer ist er?", sondern: „Ist er verletzt?"

„Nein. Krank. Alt. Das ist alles", antwortete Jeremy.

„Mein Honorar beträgt fünfzig Rupien pro Besuch", verkündete MacBarron, als wolle er ein Gebet sprechen.

Jeremy händigte ihm das Geld aus. MacBarron faltete es zusammen und sprach erneut.

„Lassen sie mich bitte mit ihm allein."

Hier widersprach Jeremy, wurde aber von den anderen überstimmt und lenkte nach Inspiration durch Chullunder Ghose, dass es so vernünftiger wäre, ein. Ein Mann ohne Recht zur Berufsausübung hat einen Grund, auf Zeugen zu verzichten.

MacBarron tauchte etwa fünfzehn Minuten später aus dem Schlafzimmer wieder auf und verkündete wie ein Kirchendiener, der die Kirche öffnet, dass der Patient seiner Meinung nach genesen würde.

„Er muss ruhig liegen bleiben. Hier ist ein Rezept. Er soll trinken, so oft er will. Sie können mich jetzt gleich für einen zweiten Besuch bezahlen; das ist sinnvoller."

Sie bezahlten ihn und er machte sich auf den Weg zum wartenden Taxi, als King ihn aufhielt.

„Nicht so schnell! Wir haben noch einen weiteren Auftrag. Macht es Ihnen etwas aus, ein Stück zu Fuß zu gehen?"

MacBarron machte es nichts aus, solange die Bezahlung stimmte. King führte ihn durch enge Straßen bis zu einer Stelle, an der auf der rechten Seite drei Gassen und auf der linken Seite eine hohe Mauer mit einer schmalen Tür darin zusammenliefen, die das untere Stockwerk eines Minaretts verbarg, dessen Moschee war schon lange dem Zahn der Zeit zum Opfer gefallen war.

Die Tür öffnete sich, als King dreimal dagegen schlug und Alis dunkles Gesicht erschien, herausfordernd und prüfend dreinblickend.

„Er stöhnt viel, sagt aber überhaupt nichts", verkündete Ali und drehte sich abrupt um, um sie hineinzuführen.

Das Minarett war Alis sichere Zuflucht. Waqf, das System der muslimischen Stiftungen für wohltätige Zwecke, ist genauso anfällig für Missbrauch wie jedes andere menschliche System zur Abwehr des bösen Alltages. Alis Blutsbruder, der sein Schwert einer Blutfehde geliehen hatte, in die ein wohlhabender Kaufmann in Chandni Chowk verwickelt gewesen war, erhielt daraufhin ein komfortables Einkommen und den Job des Muezzins eines Minaretts ohne Moschee. Theoretisch sollte er zu den festgelegten Zeiten zum Gebet rufen, aber in der Praxis war er weder zu sehen noch zu hören, damit kein Wichtigtuer Nachforschungen zur Quelle seiner Einkünfte anstellen konnten

Natürlich war ein Mann mit einer solchen Pfründe nicht bereit, sie umsonst zu teilen.

Er verlangte Hotelpreise und war entrüstet, als Ali zehn Prozent eigene Provision einbehielt. Aber das Gute an ihm war, dass er wie kein anderer auf Geheimhaltung bedacht war und die damit einhergehende Wachsamkeit unbezahlbar war.

Selbst nachdem Ali King und MacBarron in die Mauern eingelassen hatte, untersuchte sie Alis Bruder und murrte, halb Delhi bewirten zu müssen.

„Ist das ein Salleevayshun-armee-khana?", fragte er.

King führte MacBarron über die gewundene Innentreppe in einen Raum am oberen Ende des Minaretts, in dem der Muezzin schlafen sollte, von dem aus man die inzwischen verfallene Galerie durch eine schmale Tür im Mauerwerk erreichen konnte. Die Tür war geschlossen und es fiel geradeso viel Licht wie zur Verfügung stand durch einen fünf Zentimeter breiten Schlitz in der Wand, denn Alis Bruder würde aus Angst, Aufmerksamkeit zu erregen, nie künstliches Licht zulassen.

Auf einer Pritsche im dunkelsten Teil des runden Raumes lag der einzige Überlebende der drei, die Cyprians Bücher verbrannt hatten. Das Weiße seiner Augen schimmerte in der Dunkelheit, aber der Rest von ihm war fast unsichtbar, denn sie hatten ihm sein gelbes Gewand abgenommen und seine kupferfarbene, trockene Haut besaß eine Schattierung, die beinahe der Finsternis entsprach.

Es war zu heiß, um eine Decke zu ertragen.

MacBarron blickte erst ihn und dann King an, ohne erkennbare Gefühlsregung.

„Mein Honorar beträgt tausend Rupien", kündigte er an.

„Mit Scheck?"

„Bar".

King war gezwungen, zurückzukehren und sich das Geld von Grim zu holen. Das beanspruchte Zeit, weil Grim seinerseits einen Boten losschicken musste, um seinen Scheck einzulösen. Als King wieder zurück in das Minarett kam, war das Bein des Gefangenen bereits mit dem Gips versehen worden, den Ali aus einer goanischen Apotheke geholt hatte und das Handgelenk wurde trotz der Proteste des Hindus behandelt. Sie hatten ihn an das Bett gefesselt; es gab keine andere Möglichkeit, ihn zu kontrollieren.

Das Einzige, was er nicht getan hatte, um ihnen Ärger zu machen, war laut zu schreien.

„Der Arm muss abgenommen werden", verkündete MacBarron fünf Minuten nach Kings Rückkehr. „Der Grund ist..."

Er ging ins Detail, sehr technisch und zeigte bei der Diagnose die gleiche Furchtlosigkeit, wie ein Lokomotivführer, der Teile einer Lokomotive verschrotten lassen musste. Seine Einwände gegen Zeugen waren verschwunden, denn es war offensichtlich, dass keiner dieser geheimnisvollen Kunden es wagen würde, ihn bloßzustellen; und er besaß genug Gespür für die Situation, um den Gefangenen nicht um Erlaubnis zu bitten. Das gesamte Gespräch wurde auf Englisch geführt, bis er sich über das Bett beugte, dem Opfer direkt in die Augen sah und kurz und knapp auf Punjabi sagte: „Ihr Arm muss am Ellbogen abgenommen werden."

Das führte schließlich zu einem gepfefferten, klangvollen mit Drohungen vermischten Streit, der einen grundsätzlichen Standpunkt vermitteln sollte: Alles - alles wäre vorstellbar; sie könnten ihn lebendig verbrennen; er würde sich nicht wehren. Aber er würde ganz sicher in die nächste Welt mit einem rechten Handgelenk eingehen, das bereit war, Kali Dienste zu leisten! Wenn sie versuchen würden, ihm den Arm abzunehmen, würde er sich an ihnen rächen! Wenn sie das nicht glauben würden, sollten sie ruhig den ersten Schritt tun.

„Hokuspokus!", sagte MacBarron, nicht gerade sotto voce.

„Ist das Bein in Ordnung?" fragte ihn King.

„Es ist versorgt worden. Es wird heilen. Er wird hinken."

„Das ist gut genug. Bitte kommen sie heute Abend noch einmal vorbei", sagte King.

„Um den Arm abzunehmen? Na gut. Das wären dann zwei Besuche in vierundzwanzig Stunden. Zwei Hundert Rupien extra. Im Voraus."

King bezahlte ihn und er ging.

„Bei Allah, wenn wir von Sikunderam glauben, wir könnten Indien ausplündern, sobald die Briten gehen, müssen wir zuerst Unterricht bei diesem Mann nehmen", bemerkte Ali.

„Geh nach unten und halte Wache", befahl King, und eine Minute später waren er und der Gefangene allein und sahen sich in die Augen.

„Willst du deinen Arm verlieren?"

Der Mann grinste gequält. Das Grinsen war eine halbe Grimasse, aber da lag auch so etwas wie Trotz und sogar Amüsement in seinem Blick.

„Den Arm, der den Trick mit dem Taschentuch kennt – den Arm, der tötet?" King legte so viel Grausamkeit und Spott in seine Stimme, wie er nur konnte.

Aber das Problem war, dass King genau wusste, wie weit er bereit war, im schlimmsten Fall zu gehen. Und was war Charakterstärke, wenn sie zu männlich war, um Hilflosigkeit für irgendeine Belohnung auszunutzen - wenn der andere zwar lesen, aber nicht begreifen konnte.

Er fehlinterpretierte das als Schwäche – als Furcht. Dabei war die einzige Angst, die King aufwies (und das als unausgesprochenes Geheimnis tief in seinem Inneren verborgen), dass er selbst in einer Krise nicht aufgab, so als ob ihm alle anständigen Leute auf der Welt zusehen würden.

„Werden sie amputieren?", fragte der Hindu, deutete mit seiner anderen Hand auf das verletzte Handgelenk und grinste wieder.

Er hatte Angst vor MacBarron gehabt. Er hatte nicht mehr Angst vor King als ein Priester vor Polizisten. Das Schlimmste daran war, dass King genau wusste, dass dieser Bursche - welche Macht dieser Kerl auch immer ohne offensichtliche Mittel besitzen mochte, Hilfe herbeizurufen - sie nur im äußersten Notfall einsetzen würde.

Es gibt keine strengere Vorschrift als diese, wahrscheinlich, weil die Strafe für einen Verstoß unvorstellbar schrecklich war. Das Radio ist ein Witz, ein plumper Trick, verglichen mit der Gabe einiger Inder, über große Entfernungen hinweg miteinander zu kommunizieren. Jeder, der den Osten auch nur ein bisschen kennt, weiß das.

Aber sie geben ihr Geheimnis nicht einmal in der größten Not preis und nutzen es nicht ohne unzweifelhaften Grund.

Es war möglich, dass er unter der Folter und aus Angst vor einer Amputation Geheimnisse preisgab. Aber King war moralisch nicht dazu in der Lage, das auszunutzen. Stattdessen versuchte er es mit Bestechung – er würde einen Handel vorschlagen.

„Behalte deinen Arm und schließ dich uns an. Du kannst einen vollen Anteil an jeder Entdeckung haben, die wir machen."

Der Mann lachte aufrichtig - ebenso kupferstimmig wie kupferhäutig. Es war, als ob ein Teufel aus einer unsichtbaren Welt herübergegriffen und in dieser einen Gong angeschlagen hätte - drei ansteigende Noten und dann die Obertöne, voller Spott.

Auch King lachte, allerdings auf einer absteigenden Tonleiter. Er schätzte - was nur Wenige aus der westlichen Hemisphäre erkennen können - dass Geld, eine materielle Belohnung oder irgendeine andere Kompensation, die der Westen als wertvoll erachtet, im Kalkül des denkenden Ostens keinerlei Gewichts besaß.

Politiker und einige wenige aus der Bunnia-Klasse haben alte Lampen gegen neue getauscht, aber alleine bei der Erwähnung von westlichem Geld oder Weisheit lacht der alte Osten. Er kann es sich leisten.

„In Ordnung", sagte King. „Wo stehen wir dann?" Er wandte absichtlich sein Gesicht ab, als ob er entmutigt wäre. „Wenn ich dich nicht besiegen kann, was schlägst du mir dann vor zu tun?"

Er ließ dem Mann Zeit, darüber nachzudenken, dann blickte er ihm wieder in die Augen – ein objektiv denkender Angelsachse, der den subjektiv oder gar nicht denkenden Osten herausforderte.

Keiner konnte den Schleier des anderen durchdringen.

„Du bist nicht von Nutzen", sagte der Hindu und ließ seinen Kopf auf das zusammengefaltete Laken sinken, das als Kopfkissen diente. Seine Augen glänzten vor Fieber.

Trotz der unerträglichen Hitze sorgte King dafür, dass die Tür nach draußen auf die Galerie verschlossen war, denn wer es wagt, den Fähigkeiten des esoterischen Indiens Grenzen zu setzen, könnte eine Überraschung erleben. Dann verließ er ihn und gab unten den Befehl, auf der Hut zu sein und dem Gefangenen weder Wasser noch Informationen zu geben. Er würde sich den Mann eine Weile quälen und seinen Schleier auf seine eigene Weise lüften lassen.

In Gauris Haus zogen sich King, Grim und Jeremy – von Gauri und ihrem Dienstmädchen beaufsichtigt und belächelt - die drei orangegelben Gewänder an, die Kleidung des Feindes gewesen waren, verdunkelten ihre Haut mit einer Mischung pflanzlicher Fette, die Gauri für sie besorgt hatte und veränderten jeden ihrer Gesichtsausdrücke, bis Gauri und die anderen sie zu völlig Fremden erklärten. Dann unterwarfen sich Grim und Jeremy Kings Drill, der sie mit seinem Beharren auf kleinste Details zur Verzweiflung brachte, während Gauri ihm dabei soufflierte.

„Glaubst Du, du könntest ein Taschentuch so manipulieren, wie du es gesehen hast?" fragte King und warf Jeremy einen von Gauris langen Seidenschals zu.

Dieser ahmte den schnellen, scheinbar mühelosen Übergang von Hand zu Hand perfekt nach.

Es gab nichts, was Jeremy nicht nachahmen konnte. Es fehlte an nichts, außer dem Willen ein Opfer durch Erwürgen zu töten und dem Geheimnis, wie es gemacht wird.

„Aus einem gläsernen Ei kann man kein Huhn ausbrüten", sagte er entschuldigend. „Ich bin sicher, solange ich niemanden töten soll."

King war unersättlich - er drillte und drillte sie und ließ sie alle möglichen Verhaltensmaßnahmen für den Notfall wiederholen, bis sie schließlich vor lauter Müdigkeit zusammenklappten und Gauri kühle Getränke und Trost in Form von Schmeicheleien brachte.

„Perfekt!", teilte sie ihnen mit.

„Dennoch, sollte dieser ehrfürchtige Babu, der wie ein Groß-händler für Tigerfallen riecht, diese Expedition begleiten" sagte Chullunder Ghose. „Fettleibigkeit ist nur ein Nachteil – ruft Neu-gierde hervor – Adipositas behindert – schlägt das glückliche Mittelmaß jederzeit..."

„Sei still!", befahl King.

„Gewiss, Sahib! Ich höre auf! Ich bin schon still! Erhabene Ge-nugtuung im Dienst edler Männer macht einen gehorsamen Babu stumm! Dein bescheidener Diener. Mum ist das Wort, wie Yankee-Scharmützler im Niemandsland! Trotzdem..."

Er hielt inne und blickte unter gesenkten Augenlidern auf wie ein sanftmütiges, lächerliches, fettes Schulmädchen.

Grim erkannte den Hinweis auf einen Yankee-Scharmützler als Appell an sich selbst.

„Spuck es aus!", befahl er. „Beeil dich."

„Da sich alle drei Sahibs selbst zum Schweigen verpflichtet haben, sollte jemand dabei sein, der mit klugen Worten glänzen kann. Ich habe sonst nichts zu tun..."

„Was immer du sagst, würde das Spiel verraten", unterbrach Grim ihn streng.

„Sogar eine geheime Hymne an die Göttin Kali?"

Er stimmte sie an, wobei er die Brust herausstreckte und seine dicken Lippen wie eine Schweineschnauze um die tiefen Basstöne formte, die wie eine Stimme aus der Unterwelt dröhnten und rollten, die Zerstörung verherrlichten, aus Grausamkeit, Tod und Krankheit eine süße Befriedigung für die furchtbare Braut Shivas machten. Nur wenige haben je diese Hymne gehört, die nicht Eingeweihte des schrecklichen Kult Kalis waren, oder...

„Wurdest du jemals als Opfer festgehalten?" fragte King ihn plötzlich.

„Sahib, ich bin abergläubisch! Der Verweis auf geheime Details einer riskanten Vergangenheit könnten Anlass zu einer Wiederholung derselben geben, was der Anstand verbietet! Ich bin stumm!"

Er wollte nicht preisgeben, wie er diese Hymne gelernt hatte. Er kannte ihren Wert und den des Schweigens. Er war unentbehrlich.

„Ohne Aufpreis!", verkündete er mit geschürzten Lippen.

„Eine Unterbrechung und du bist gefeuert!", sagte Grim.

„Eine Unterbrechung und wir sind alle tot!", erwiderte dieser. „Schrecklich! Und doch - in meinem Alter – wie auch immer - wie viele letzte Chancen hatte ich! Neunschwänzige Katzen sind krasse Außenseiter im Vergleich zu den meisten von uns! Derjenige, der sich rühmte, täglich zu sterben, hatte dabei mich im Sinn. Verb. sap."

Sie warteten bis weit nach Einbruch der Dunkelheit, als Ramsden die sichere Beseitigung der zwei Leichen meldete und zur Betreuung von Cyprian abkommandiert wurde.

„Sag ihm, er befinde sich im Haus eines indischen Gentlemans, dessen Frau ihn in seiner Abwesenheit nicht gut befragen kann", riet Grim. „Sagen Sie, sein eigenes Haus sei voller Gas, also mussten wir es absperren. Wenn er weitere Fragen stellt, sagen sie ihm, dass der Arzt gesagt hat, er müsse schlafen."

Narayan Singh wurde angewiesen auf den Arzt zu warten. Dann machten sich die drei, Chullunder Ghose folgte, auf den Weg zu einer eigentlich vergeblichen Hoffnung.

„Betet, Männer!", sagte King halb lachend. „Wenn wir es nicht schaffen, durch diesen Mann eine Insiderinformation zu den Neun zu bekommen, könnten wir uns genauso gut geschlagen geben. Er ist durstig - glüht von Fieber – ist vor Schmerz halb bewusstlos. Wir können ihn ihm jetzt etwas vormachen - oder nie."

Sie konnten sich beinahe selbst etwas vormachen. Ihre Schatten auf der Straßenmauer ähnelten so sehr den Rollen, die sie spielten, dass sie das Gefühl hatten, von Attentätern verfolgt zu werden, die schweren Schritte von Chullunder verstärkten diesen Eindruck noch.

Sie täuschten Ali aus Sikunderam und seinen misstrauischen Bruder vollständig. Ali stach mit seinem langen Messer durch die teilweise geöffnete Tür in der Wand und drohte damit, ihnen alle Eingeweide aufzuschlitzen, wenn sie nicht verschwinden würden.

„Bei Allah, soll ein Hindu einen Fuß auf die heilige Schwelle einer Moschee setzen?", fragte er, während der rechtmäßige Hüter des Ortes hinter ihm eine Laterne hin und her bewegte, um die Eindringlinge besser in den Blick zu bekommen.

Die Stimme von Chullunder Ghose war eine Offenbarung - er bediente sich auf unlautere Weise der Heiligen Schrift aus dem Schatten ihm Hintergrund:

„Und sie kamen in ihr Eigentum, aber die ihren nahmen sie nicht auf. Auch A.D. siebzig kannten sie bereits die Natur von Sikunderam! Beschwichtigt den Cerberus, Sahibs! Der Eintritt ist in Bienenstock-Brandy zu zahlen!"

„Ich wusste es die ganze Zeit", sagte Ali mit einem barschen Lachen.

„Ja, jeder Narr hätte es gewusst", stimmte sein Bruder zu.

„Dann macht die Tür auf, ihr Narren!"

Chullunder Ghose watschelte als Erster hinein, schob die beiden Aufseher beiseite, verbeugte sich vor seinen drei Arbeitgebern und zog sich wieder hinter sie zurück, um wie der Leiter eines Orchesters, der Pianissimo dirigiert, beide Hände in die Höhe zu strecken. Danach wurde kein einziges Wort mehr gesprochen.

In knarrender, fledermausgeflügelter Dunkelheit stiegen sie zu viert die Treppe des Minaretts hinauf und hielten alle halbe Dutzend Schritte inne, um den Geräuschen von oben zu lauschen. Chullunder Ghose, der eine Wasserflasche hielt, die für den Gefangenen bestimmt war, sobald er sich das Recht darauf verdient haben sollte, blieb auf dem wackeligen Boden unter dem oberen Zimmer stehen und setzte sich mit gekreuzten Beinen hin, das Gesicht zur Öffnung gerichtet, durch die die anderen drei gehen mussten - ein quadratisches Loch am Treppenkopf.

Leise Geräusche - ganz sicher in einer menschlichen Sprache –
drang durch sie hindurch, wobei sie eine andere als die gewöhnliche Sprache der Straße benutzte.

Die Worte verstummten, als sie mit King an der Spitze die Mitte
der letzten Treppe erreichten. Ein Gesicht tauchte in der Öffnung auf - selbst in diesem düsteren Licht kupferfarben - ein
neues Gesicht, nicht das des Gefangenen. King zögerte nicht,
machte den nächsten Schritt und die anderen folgten. Ein Wort
hätte sie verraten. Aber selbst der Babu – er sogar ganz besonders - stieg in die Höhen der unmittelbaren Selbstbeherrschung
auf.

Eine Strophe der Hymne an Kali erhob sich aus der Kehle des
Babu wie der Ausbruch einer weit entfernten Orgelmusik und
das Gesicht in der Öffnung zog sich zurück. King ging weiter
nach oben. Er hatte nicht gezögert. Er ging nicht in die Irre.

Schritt haltend, nicht drängelnd, nicht nach rechts oder links
schauend, sondern sich bewusst bewegend, folgten ihm die beiden anderen in traumwandlerischer Sicherheit und setzten sich
in der Haltung neben ihn, die die drei Bücherverbrenner auf
Cyprians Yakhaar-Teppich eingenommen hatten, Jeremy an einem Ende.

Der Besitzer des unerwarteten Gesichts stieß mit der Hand gegen die Tür, die zu der Galerie führte und ließ genügend Sternenlicht herein, um das Orange-Gelb seines langen Gewands zu
offenbaren. Dann setzte er sich ihnen gegenüber, mit dem Rücken zur Wand gegen das Kopfende des Bettes.

Er sagte etwas in einer toten, ausgestorbenen Sprache, die nach
Ansicht einiger Behörden nie existiert hat. Anstatt zu antworten,
verbeugten sich alle drei tief aus der Taille heraus, die Hände
mit den Handflächen nach außen, wie Tempelbilder, die zum Leben erweckt worden waren. Und wieder ertönte Chullunder Ghoses herrliche Baritonstimme zum Lobpreis des Todes.

Mit den alten Mysterien ist es so eine Sache. Neun Zehntel von ihnen, wenn nicht mehr, sind vergessen und die Worte, die eine Generation an die nächste weitergibt- „geflüstert von Mund zu Ohr" - sind, wenn nicht ein Ersatz, so nicht mehr als ein Fragment des verlorenen Wissens. Er, der vielleicht in der Muttersprache des verlorenen Atlantis gesprochen hatte, begnügte sich damit, in Punjabi fortzufahren.

„Habt ihr auch seinen Ruf gehört? Brüder, ihr wart wach! Ich kam von draußen herauf und brach das Schloss mit einem Meißel auf. Ihr wart klüger! Ihr habt nicht getötet, denn ich habe die Stimmen der Wachen unten gehört. Das habt ihr gut gemacht. Gibt es Befehle? Ihr gehört nicht zu meinen Neun, denn ihr habt das Zeichen nicht beantwortet."

Es war unmöglich zu sprechen. Ihre einzige Chance bestand darin, ein Schweigegelübde vorzutäuschen, wie es oft Fakire ablegen. Anstatt zu sprechen, schnippte Jeremy das Taschentuch mit der diabolischen, suggestiven Schnelligkeit eines ehemaligen Thugee-Praktikers von einer Hand in die andere.

Der Mann am Kopfende des Bettes verriet Erstaunen, vielleicht sogar Abscheu.

„Auf wessen Befehl soll er sterben?", fragte er. „Ich habe ihn der Regel entsprechend geprüft. Er hat nichts verraten. Sein Versagen ist nicht vollständig. Er - sie - zwei von ihnen sind tot – haben alle Bücher verbrannt, weil sie ihrer nicht habhaft werden konnten. Dieser hier hat den stillen Ruf gesendet, um uns Informationen zu geben. Er verdient zu leben".

Er wartete auf eine Antwort. Und nachdem das erste Zeichen erfolgreich war, wiederholte es Jeremy wie ein Scharfrichter, dessen Geduld sich dem Ende zuneigte.

Als hätten sie genau diese Kombination geprobt, sang Chullunder Ghose von dem Tod, der Kalis Leben ist und seine Stimme dröhnte durch die Öffnung zum Lob des Schmerzes, der Kalis Behagen ist und der Not, der ihr Reichtum ist.

Die Gezeiten im Geschick der Menschen, die Shakespeare besungen hat, stiegen in dieser Nacht ganz sicher zur Flut! Der Deich war randvoll. Er am Kopfende des Bettes war sich dessen unruhig bewusst.

„Die Neun sind nicht mehr so ineinander verzahnt wie früher", murrte er. „Einer der Neun gibt einen Befehl, dem ein anderer entgegenwirkt. Es herrscht Verwirrung. Es wird zu viel gemordet, um Ungeschicklichkeit verbergen. Unser Plan orientierte sich an dem ursprünglichen Plan der Neun Unbekannten, aber wir sind nur ein schlechter Geruch im Vergleich zu ihrem Rosenatem! Sie wissen und sind unbekannt. Wir wissen nichts und zu viele wissen von uns."

Ein Nervenkitzel sprang von King über Grim zu Jeremy, aber keiner von ihnen hätte es zugegeben. Sie saßen still und ausdruckslos da, drei bronzene Gesichter, die geradeaus starrten, nur Jeremys Finger bewegen sich in der Ouvertüre des Todes.

Das lange Seidentaschentuch flatterte hin und her wie ein Faden im Webstuhl des Schicksals. Der Mann auf dem Bett stöhnte kläglich auf, als ob das ein Signal für das Brechen des Deichs wäre, der zwischen Unwissenheit und Verstehen stand - denn zwischen beiden liegt immer ein Deich und immer eine Schwachstelle, an der der Deich nachgibt, wenn Menschen sie finden - der am Kopfende des Bettes rief aus seinem inneren Menschen den Bodensatz einer längst vergessenen Männlichkeit hervor.

Dann nicht im Zorn, sondern in aller Ruhe, wie es sich für einen Anhänger der Frau des Zerstörers gehört, stellte er den dreien sein Ultimatum.

„Ich, der ich dafür getötet werden soll, dass ich das sage, sage es dennoch. Hört zu! Stumm sei der Geist in euch wie die Lippen, die euer Schwur versiegelt hat! Dieser Mann, den zu töten ihr gekommen seid, weil er versagt hat, damit das Versagen nicht zu einer Gefahr für schlimmere Teufel als uns selbst wird - ist mein Freund!"

Er hielt inne und schien ein Zeichen des Erstaunens zu erwarten. Freundschaft ist ein Verrat an Kali. Ein Kommentar war fällig und Chullunder Ghose kam dem nach, indem er neue Hymnen zum Lob von IHR, die vernichtet, sang.

„Dieser Mann hat mich einst verschont. Ich verschone ihn. Ihr sollt ihn nicht opfern. Hört mich an! Ich bin gekommen, ohne zu wissen, wer er war. Ihr kamt wissend. Ihr habt den Befehl, ihn zu töten. Meine Aufgabe ist es, nach Benares zu gehen und einen zu töten, der angeblich ein wahrer Eingeweihter der Neun ist. Aber ich bin all dessen überdrüssig. Ihr sollt nicht töten, ich werde es auch nicht tun, es sei denn..."

Er hielt wieder inne und machte keine Bewegung mit seinen Händen. Aber er ließ keinen Zweifel daran, dass eine Waffe in Reichweite war, mit der man den Streit fortsetzen konnte, wenn es alle Beteiligten für nützlich erachten würden. Jeremys Hände bewegten sich, aber nur, um das Taschentuch zu manipulieren.

Er, Grim und King hatten alle Pistolen, es bestand also kein Grund zur Eile. King brach das Schweigen, sparsam mit Worten wie einer, der der Sprache misstraut.

„Wir drei sind all dessen so überdrüssig geworden, dass eine Wache auf uns angesetzt wurde, damit wir nicht scheitern."

Der Bariton von Chullunder Ghose bestätigte dies, indem er eine weitere Strophe an die Königin des Todes sang. Der Mann auf dem Bett stöhnte schwach. Auf der Straße verkündete und verschleierte der Klang der Ausgelassenheit die letzte Strophe des Liebesliedes eines Betrunkenen die Nachricht, dass Narayan Singh mit dem Arzt vor Ort eingetroffen war.

„Wenn es nur einen gibt, der Euch beobachtet, gibt es dann einen Grund, weshalb wir vier Angst vor ihm haben sollten?", fragte der Mann am Kopfende des Bettes.

Das klang nach einer Falle. Im Umgang mit den geheimen Bruderschaften kann man durchaus annehmen, dass jede zweite Frage aus Gründen der Vorsicht gestellt wird. Eine falsche Antwort wäre ein adstringierendes Mittel, welches jedes Vertrauen an der Quelle austrocknen würde.

„Nehmen wir also an, einer wäre gestorben...", sagte King, der noch nicht wagte, offen zu sprechen, denn er kannte die Schlüsselsätze nicht, mit der sie sich gegenseitig identifizierten.

Der andere nickte.

„Ich bin kein Henker", sagte er. „Lass deinen Bruder seine Fähigkeiten einsetzen."

Und er nickte Jeremy vielsagend zu. Der Mann auf dem Bett stöhnte erneut auf.

Chullunder Ghose war absolut still. Von unten kam Narayan Singhs Gejohle und die Stimmen von Ali und seinem Bruder, die im Namen des Anstands Stille geboten.

King wurde klar, dass sein Verdacht zutreffend war, dass die Mitglieder einer Neun die Mitglieder einer anderen Neun nicht kannten und keine Möglichkeit hatten, sie herauszufordern. Jede Neun unterstand ihrem Chef, der wiederum einer von neun war. Das war genau, was da Gama gesagt hatte und obwohl man dem Portugiesen nicht ohne Bedacht glauben konnte, musste selbst Bedacht Grenzen haben. King nutzte die Chance.

„Ich habe keine Möglichkeit, dich zu überprüfen", sagte er. „Du reagierst nicht auf meine Zeichen."

„Du auch nicht auf meine, Bruder! Lasst uns also einander ein zufriedenstellendes Versprechen abgeben."

„Wenn wir diesen Burschen am Leben lassen", antwortete King und hielt inne, als er bemerkte, dass der Mann am Kopfende des Bettes seine Ohren spitzte.

Er erinnerte sich daran, dass er als Anhänger von Kali nicht anbieten durfte, die Göttin ihrer Beute gänzlich zu berauben. Es musste einen Ausgleich geben.

„Wirst du den Eingeweihten der Neun in Benares an uns verraten, damit wir nicht versäumen, IHR ein Opfer zu bringen?"

„Nein!", kam die Antwort - abrupt und entschieden. „Ersetze ihn mit dem, der dort unten für SIE singt!"

Es war Zeit für heroische Maßnahmen. Soweit bei Mord Vernunft anwendbar ist, klang das vernünftig. Außerdem nahm King in der äußeren Dunkelheit ein Geräusch wahr, das Chullunder Ghose ebenfalls gehört hatte, denn der Babu fing wieder an zu singen, um es zu übertönen.

„Ich glaube, du bist ein Betrüger! Ich glaube, du weißt gar nichts über Benares! Ich glaube du bist das abtrünnige Mitglied einer anderen Neun, vor der wir uns in Acht nehmen sollen! Wenn es einen Ersatz geben sollte, denke ich, dass du..."

King zeigte mit dem Finger anklagend auf ihn. Jeremy ließ das Taschentuch wie ein lebendiges Wesen zappeln. Es sah auf gewisse Weise sogar hungrig aus.

„Nein, nein", sagte der andere.

„Gib mir Beweise!", sagte King.

Die subtilen Geräusche in der Nacht waren verstummt und es gab keinen Grund mehr zur Eile. Man konnte fast die Blässe in seinem Gesicht sehen – soweit man das überhaupt feststellen konnte - als der Mann am Kopfende des Bettes die Hand ausstreckte, um die Tür ein wenig weiter zu öffnen und etwas mehr Sternenlicht einzulassen. Was auch immer seine Waffe war, er musste deutlich sehen können, um sie einsetzen zu können.

Als er sein Handgelenk über die Öffnung streckte, schloss sich eine riesige Hand darum - von außen. Es machte keinen Sinn zu schreien, obwohl ihm das Blut in den Adern gefror. Die Anhänger von Kali üben sich selbst in Selbstbeherrschung. Es war sinnlos, sich zu bewegen, weil die beiden Repetierpistolen von King und Grim auf ihn zielten.

Er konnte nicht sprechen. Ein Schrecken, der durch die Unterdrückung noch stärker wurde, erfasste ihn fester als die unbekannte Hand, die sein Handgelenk wie in einem Schraubstock gegen den Türrahmen drückte.

Plötzlich schlug unten die Tür des Minaretts zu und man hörte einen Mann eintreten. King spürte, wie sich die Räder des Schicksals einmal drehten und die fertige Lösung wie ein Geschenk in seine Hand fallen ließen. Das Schicksal hatte den richtigen Mann ausgewählt, und seine Assistenten erwarteten seine Reaktion - ohne etwas zu sagen oder Ratschläge zu geben - sie warfen nicht einmal einen Blick zur Seite, um ihn zu beobachten.

Dem Mann am Kopfende des Bettes war klar, dass alle drei nach einem vorher festgelegten Plan handelten, der sich offensichtlich in neun von zehn Fällen als unwahr erwies.

„Du bist der, auf den wir achten sollten", sagte King langsam. „Es gibt Gerüchte über Deinen Verrat. Deshalb hat man dich nach Benares geschickt. Deshalb wurdest du ausgewählt, um diesen wahren Eingeweihten der Heiligen Neun zu opfern."

King hielt inne und nutzte eine weitere große Chance. Hatten die anderen nicht zu dritt gehandelt?

„Du wurdest nach Benares beordert, wo sich dir zwei andere anschließen sollten. Du, der du das Taschentuch nicht benutzen kannst, solltest der Köder sein. Wir sind die, die dich in Benares treffen sollten. Und doch kannst du genauso wenig sagen, wer von uns dreien die beiden sind, wie du der dir auferlegten Aufgabe entgehen könntest!"

Dem Mann fiel die Kinnlade herunter. Er glaubte sich in den Mühlen einer unerbittlichen Maschine gefangen, die ihn und tausend andere beherrschte. Es gibt keine Angst, die lähmender ist als diese.

„Du hättest SIE betrogen!", sagte King.

Er erhob sich und gab Grim und Jeremy ein Zeichen, das nicht leicht zu missverstanden werden konnte.

Sie hoben den bewusstlosen Gefangenen vom Bett, kümmerten sich mehr um sein bandagiertes Bein, als es unter diesen Umständen angemessen war, und trugen ihn durch die Öffnung im Boden nach unten. Von unten erklang ein kurzer erstickter Schrei.

„Ungeschickt" sagte King. „Ihm fehlt es an Übung!"

Dann war ein Flüstern und ein Geräusch zu hören, als würde ein totes Gewicht über hölzerne Treppen nach unten getragen. Die Tür unten schlug zu. Man hörte draußen das Geräusch von Männerfüßen – dann das von Rädern. Zuerst kehrte Grim zurück, dann Jeremy. Der Ausdruck auf in ihren Gesichtern zeigte eine große, unterdrückte Freude, die bis zum Rande einer Beinahe-Explosion reichte.

„Du wirst nach Benares gehen. Du wirst denjenigen zur Tötung führen, der als Opfer bestimmt wurde. Anschließend wirst du von den Richtern gerichtet werden".

Irgendeine Geste, die King machte, musste von der Außengalerie aus sichtbar gewesen sein, denn die Hand, die das Handgelenk festgehalten hatte, ließ los. Die Tür wurde von außen fest verschlossen.

In der darauffolgenden Dunkelheit stieg King hinab, überließ es Grim und Jeremy den neuen Gefangenen zu bewachen und Chullunder Ghose, der sich in stummem Gelächter beide Seiten hielt, während ihm Tränen die Wangen hinunterliefen, bedeutete ihm, ins Erdgeschoss zu gehen. Chullunder Ghose selbst blieb, wo er war, und schwelgte in exquisiten Gefühlen.

Narayan Singh, der durch zerborstenes Mauerwerk nach unten stieg und nach Halt suchte, fand seinen Fuß in Kings Händen und erreichte so festen Boden.

„Sahib, es scheint, als wären die Götter mit uns! Der Doktor kennt einen Ort, an dem er diesen Patienten besser behandeln kann als in diesem Turm. Er und ich haben eine Trage auf Rädern und Männer, die sie schieben, mitgebracht. Der Babu gab mir ein Zeichen, dass oben etwas los sei, also kletterte ich über das zerborstene Mauerwerk, da ich den Wert der Überraschung in einer Notsituation kenne! Soll der Arzt amputieren?"

„Sagen sie ihm nein", sagte König, „aber halten sie ihn isoliert von der Außenwelt".

KAPITEL ELF

„Allah! Lebe ich und muss solche Söhne erdulden?"

UNTERHALB des Minaretts befand sich ein Keller - eine bloße Einfriedung zwischen den Fundamenten, aber aus diesem Grund nicht weniger als Kerker verwendbar. In ihm versteckten sie die den Gefangenen zusammen mit Narayan Singh und drei von Alis Söhnen als Wache, welche angewiesen wurden, sich dem Mann, den sie bewachten, nicht zu zeigen, sich aber Eindringlingen gegenüber tollwütig wie Wölfe zu verhalten.

Da es eine gute Regel ist, Konferenzen dort abzuhalten, wo es nicht einmal Freunde erwarten, setzten sich King, Grim und Jeremy wie große Eulen in den Schatten einer Mauer über einem mehrere hundert Meter entfernten niedrigen Dach. Dort konnten sie einander sehen und von anderen nicht gesehen werden.

King sah Grim in die Augen. Grim traf Kings Blick. Die beiden fingen gleichzeitig an zu sprechen.

„Du hattest Recht!"

„Papa Cyprian wird es nicht glauben!", lachte Jeremy und gähnte. „Schlaft unterm Himmelszelt, ihr Mistkerle! Dann geht es los!"

Er rollte sich zusammen wie ein Kätzchen und schlief einen Moment später tief und fest.

„Es gibt zwei verschiedene Neunen!" sagte King im Brustton tiefster Überzeugung.

„Die echte Bande und diese Kali-Truppe!" stimmte Grim zu.

„Genau! Aber wie Jeremy schon sagte, wird Cyprian das nicht glauben."

King wandte sich Grim zu, und als würden sie Karten spielen, warfen sie Schlussfolgerungen hin und her, wobei jeder jeden prüfte. „Die eine ist gut. Die andere schlecht."

„Die Kali-Truppe hat ihre Organisation nach dem Vorbild der echten Neun aufgebaut, in der Hoffnung, auf diese Weise über das Geheimnis zu stolpern."

„Sie haben einen echten Eingeweihten der Neun entdeckt."

„Darauf kannst du wetten! Vielleicht einer der Neun. Sie haben ihn gekennzeichnet. Erwarten ihn in Benares."

„Sie haben diesem Mann in Gelb gesagt, er soll ihn töten."

„Wozu? Cui bono? Um einen ihrer eigenen Schläger anzuheuern, sich als der Tote auszugeben?"

„Wahrscheinlich. Er könnte etwas herausfinden, bevor die übrigen Acht etwas merken."

„Aber warum einen Mann auswählen, der das Taschentuch nicht benutzen kann und dessen Loyalität fragwürdig zu sein scheint?"

„Wahrscheinlich ist er der Einzige, der das mutmaßliche Opfer identifizieren kann."

„Wenn ja, werden sie ihn beobachten."

„Das heißt, sie werden ihn heute Nacht beobachtet haben!"

„Genau. Sie müssen gesehen haben, wie er das Minarett betreten hat."

„Gut, dass wir Narayan Singh als Wache zurückgelassen haben."

„Und die drei Söhne von Ali, die Ärger mit der Polizei hatten. Sie werden kämpfen wie Wölfe."

„Ziemlich auf der Hut. Besser als Wachhunde. Was nun?"

„Schlafen!", sagte Grim.

Und sie schliefen - dort auf dem Dach, wo sie niemand außer den Sternen und der Mondsichel sehen konnte und nur Chullunder Ghose wusste, wo sie zu finden waren.

Auch Chullunder Ghose schlief, die Hände über dem Bauch und das Kinn auf der Brust, den breiten Rücken flach an die Wand gelehnt und mit seinem ganzen Gewicht auf der Falltür ruhend, die einen Zugang zum Keller ermöglichte - den Turban über dem einen Ohr - so schlafend, dass sogar die Minarett-Mäuse (noch hungriger als die, die in den Kirchen leben) an der dicken Haut seiner Füße knabbern konnten, ohne ihn zu wecken.

Der Norden - insbesondere Sikunderam - kann auch schlafen, wenn es kein schlechtes Gewissen hat; und fängt an, Schuld erst an ihrem tiefsten Punkt zu messen - einem Punkt, an dem zimperliche Leute bereits passen und den Rest in eine schwarze Schublade packen. Nichtsdestotrotz war ein Gähnen alles, was die Söhne von Ali zustande brachten, als Narayan Singh sie mit der Anweisung, sich gegenseitig wach zu halten und ihn beim ersten Anzeichen eines Eindringlings zu rufen, um die eisenbewehrte Galerie herum postierte.

Sie saßen da, wie Aasgeier auf einem Felsvorsprung und lauschten dem gewaltigen Schnarchen des Sikhs, das in den Eingeweiden des Minaretts dröhnte. (Er hatte berechnet, dass die Mitte der zweiten Etage der Schlüssel zur strategischen Lage wäre).

Nominell konnte jeder von Alis Söhnen von seinem Platz aus eine kreisförmige Halbkugel überblicken, deren Sichtfelder sich tatsächlich überschnitten. Aber in der Praxis beinhaltete der Ausblick von einem eine hohe, kahle Mauer, die ein Feind unmöglich überwinden konnte, denn an der Wand befanden sich Stacheln und Glasscherben und darüber hinaus befanden sich dort die Frauenquartiere eines viel zu verheirateten Rajahs.

Dieser eine – sein Name war Habibullah - war mehr oder weniger ein Springer, der in der Lage war die anderen verstärken oder ablösen, ohne einen zusätzlichen Verlust an Selbstachtung hinnehmen zu müssen, der sonst mit dem Verlassen eines festen Postens einhergehen würde. Narayan Singh hatte gesagt, „Setzt euch hierhin - und hierhin - und hierhin." Aber hatte offensichtlich gemeint: „Teilt den Kreis zwischen euch auf." Zumindest legte Habibullah es so aus und die beiden anderen bestätigten es; aber das war eine Stunde, bevor irgendetwas passierte.

Dann:

„Da winkt einer", sagte Ormuzd und blickte Richtung Osten. Dort war ein Dach gelegen, auf das aus einem halb verschlossenen oberen Fenster Licht wie eine Schicht Blattgold fiel.

„Da sitzt einer wie ein Frosch in einem Teich und winkt. Komm und sieh dir das an."

Nachdem Habibullah lange genug nach Westen geschaut hatte, änderte er seine Position und setzte sich neben Ormuzd.

„Hm! Er winkt. Ist sein Gewand gelb, wie das von dem, den wir im Kerker erschlagen haben oder sieht das in dem Licht nur so aus?"

Sie beobachteten mit der unendlichen Geduld der Männer aus den Bergen und aller, die Tiere jagen, bis der dritte Bruder auftauchte, ihnen zwei funkelnden Augen aus Feuerstein lieh - nur für einen Blick und direkt wieder weg war, zurück auf seinem Posten.

„Er winkt", stimmte er zu.

„Winkt er uns zu oder..."

„Uns zu!", sagte Habibullah. „Außerdem ist er in Gelb gekleidet. Das Licht zeigt es. Er ist einer von denen, die uns aus dem Gefängnis befreit haben."

Als würde er Habibullahs Worte bestätigten, hob der Mann auf dem Dach einen Talwar aus dem Himalaya hoch in den Lichtkegel, der genau wie der Talwar geformt war, den Ormuzd in der Polizeistation zurückgelassen hatte, so dass sich die beiden, die ihn sahen, sich freuten wie Frauen, die ein verlorenes Kind erblickten.

Ein Messer aus dem Norden ist eben mehr als nur ein Messer.

„Was denkst Du, will er von uns?"

„Geh und sieh nach!"

„Dieser betrunkene Hund von einem Sikh, der da drinnen schnarcht, wird aufwachen und..."

„Kümmere dich nicht um ihn. Klettere an den Bruchkanten des Steins hinunter. Wir haben in unseren Hügeln schon oft Schlimmeres getan."

Aber die Vorsicht ist bei Sikunderam genauso stark ausgeprägt, wie die Neugierde. Kein Highlander, der Bonnie Charlie ins Verderben folgte, war ebenso schwer auf einen Kurs festzulegen - oder sogar noch schwerer dazu zu bewegen, von ihm abzuweichen, sobald er einmal unterwegs war. Habibullah saß da und wog die Vor- und Nachteile ab - einschließlich der Wahrscheinlichkeit, dass der Mann im Pool des Lichts ein Shaitan sein könnte -bis die beiden anderen ihn hänselten. Der Grund für seine Entscheidung zu gehen war, dass er fürchtete ihre lautstarke Auseinandersetzung könnte Narayan Singh aufwecken, und der Sikh würde möglicherweise den ganzen Ruhm für die Entdeckung beanspruchen.

Er hangelte sich also an der zerborstenen Seite des Minaretts hinunter - sprang wie eine Ziege über die Köpfe von Ali und seinem Bruder, die im Schatten des Tores den Schlaf der Unschuld schliefen - und erreichte die Straße.

Aber niemand kam ihm entgegen, wie er halb gehofft hatte. Er war sich selbst überlassen, um einen Weg auf das Dach zu finden, von dem der Mann gewunken hatte – ein Kunststück, das nicht annähernd so einfach war, wie das Durchqueren der fledermausverseuchten Felsvorsprünge der ewigen Hügel.

Auf der Straße maßte sich ein unkluger „Constabeel" an, zu fragen, was er hier zu schaffen habe, worauf Habibullah eine halbe Meile lang im Zickzack lief, ohne die Richtung zu verlieren, und schließlich über einen Stall und das Eisendach eines Ladens, in dem man Hühner verkaufte, bis zu einem Aussichtspunkt kletterte, von dem aus er aus der Dunkelheit heraus auf die Lichtfläche hinunterblicken konnte.

„P-s-s-t!", flüsterte er dann, um Aufmerksamkeit zu erregen. Und eine Sekunde später kribbelte seine Haut, als ob eine Schlange seine Wirbelsäule hinauf und dann wieder hinunterkriechen würde.

Der Mann auf der Lichtfläche beachtete ihn nicht, aber ein anderer hatte sich aus der Dunkelheit bis fast auf Armeslänge aus dem Fenster gelehnt und leuchtete ihm grinsend mit einer kleinen elektrischen Taschenlampe mitten ins Gesicht.

„Du solltest zu ihm gehen - geh zu ihm - er winkt dir zu, nicht wahr? Geh also zu ihm!", flüsterte er.

Das Flüstern war das Schlimmste an der Sache. Hätte er laut gesprochen hätte, hätte Habibullah versucht, sich mit ein wenig Schwulst zu beruhigen. Aber so wie es war, verstärkte sich das unheimliche Gefühl. Er hatte auch keine Ahnung, wie viele andere Männer es noch gab, die ihn noch aus der Dunkelheit angrinsen könnten – ihn, der kein Messer hatte! Er konnte einen seiner Brüder zu sehen - nur ein regloser Schatten zwischen den

Schatten des Minaretts und der Anblick machte ihn noch einsamer als zuvor.

„Warum auf das Taschentuch warten?", meinte die Stimme neben ihm, und das gab den Ausschlag. Habibullah sprang wie ein junger Bär auf das Dach und verursachte dabei natürlich so viel Lärm wie er nur konnte.

Doch der Lärm erschreckte den Mann in Gelb, der in der Mitte der erleuchteten Fläche saß, nicht im Geringsten. Er lächelte – ein bestialisches, bronzefarbenes, arrogantes Lächeln, das Habibullahs Blut noch schlimmer gefrieren ließ, als es das Flüstern des anderen Mannes getan hatte.

„Du hast gewunken?", sagte Habibullah und vergaß dabei, dass derjenige, der zuerst spricht, meist das Nachsehen hat.

Der andere entfernte sich plötzlich aus dem Lichtfleck und ließ Habibullah dort stehen.

„Habe ich einen Idioten her gewunken, damit die Polizei auf ihn schießen kann?", fragte er hinter einem Kamin hervor. „Ihre Netze sind ausgelegt. Der Befehl lautet, alle Fremden aus Sikunderam zu ergreifen. Du und deine Brüder sind so sicher des Todes, wie das fette Schaf in der Hand des Schlachters, es sei denn - geh aus dem Licht heraus, du Narr!"

Habibullah gehorchte und bedauerte sofort, dass er gehorcht hatte, allerdings eher aus grundsätzlichen Erwägungen heraus.

„Wer sind Sie?", fragte er. Er versuchte, seine Stimme widerspenstig klingen zu lassen, aber sie klang einfach nur verzweifelt. Er wünschte, er wäre nicht gekommen.

„Du hast das Gefängnis verlassen, ohne zu fragen, wer ich bin. Warum fragst du jetzt? Gehorche mir besser."

„In welcher Hinsicht?"

„In jeglicher Hinsicht!"

Gehorsam ist eine harte Pille, die man einem Mann aus den Bergen in die Kehle stopfen muss. Die Tatsache, dass er sich hilflos fühlte, milderte die Dosis für Habibullah nicht. Der andere war ein Hindu, was alles noch schlimmer machte. Also sagte er nichts, da er darin die einzige Möglichkeit sah, seine Abscheu zu verbergen. Vielleicht glaubte der Mann in Gelb, dass sein Schweigen ein Zeichen der Zustimmung war (wahrscheinlich eher nicht. Er war in gewisser Hinsicht weise.) Trotzdem fuhr er fort seine Ignoranz zu zeigen.

„In diesem Minarett befinden sich zwei Männer, die wie ich gekleidet sind."

„Zwei Männer?", fragte Ali und sah ihn eindringlich an.

„Zwei!", antwortete dieser zustimmend. „Einer ist verletzt. Einer ist unversehrt. Der Unversehrte ist schuldig und der Verletzte hat versagt. Beide sterben heute Nacht. Es ist deine Aufgabe dreien von uns Zugang in das Minarett zu verschaffen."

„Meine?"

„Deine und die deiner Brüder."

„Aber - Äh! Bei Allah, was du verlangst, ist unmöglich! Wir sind dort nicht allein. Da ist ein Sikh..."

„Stimmt. Und ein Babu. Schlafen die nicht?"

„Aber es gibt andere, die draußen an der Tür in der Mauer Wache halten."

„Ja, und die schlafen ebenfalls oder wie konntest du dich ungesehen entfernen? Töte auch sie, und mach Dich verdient!"

Habibullah zog sich erneut in die Stille zurück, denn die Emotionen erstickten ihn. Er konnte relativ gelassen darüber nachdenken, Narayan Singh und Chullunder Ghose zu töten, auch wenn er bezweifelte, dass drei von ihnen den turbulenten Sikh überwältigen könnten. Aber kaltblütig ohne Vorwarnung Ali ben Ali aus Sikunderam, seinen Vater, Lehrer, Gönner, Zahlmeister, Held, Tyrann und streitlustigen Komplizen zu ermorden, war etwas, das selbst die Söhne der Berge nicht in Betracht ziehen, geschweige denn tun könnten. Kaum seinen Ohren trauend, zügelte er seine Worte, bis ihm schließlich die langsame, mürrische Gerissenheit der Berge zu Hilfe kam. Die Grenze des Erstaunens war erreicht - die Angst hatte ihr Schlimmstes bewirkt - und er erhob sich über beide wie ein Schwimmer, der nach Luft schnappt.

„Wie viel zahlen sie?", fragte er.

Der Mann in Gelb lachte - ein siegreiches Lachen voller Verachtung und Verständnis.

„Tausend Rupien!", antwortete er.

„Zeigen sie sie mir! Bezahlen sie jetzt!"

Habibullah bückte sich und streckte spöttisch die Hand aus. Er glaubte nicht, dass der Mann in Gelb tausend Rupien besaß, geschweige denn, dass er sich davon trennen würde.

Der andere aber zog eine Rolle hervor und zählte das Geld in Hundertern ab: „Acht, neun, zehn", sagte er und legte das Bündel in die ausgestreckte Hand des Bergbewohners.

„Blutgeld! Hier sind die Zeugen!"

Er gab ein Geräusch von sich, das genau dem Summen einer Bronzeglocke glich, die mit einem gedämpften Hammer angeschlagen wird. Sofort schoben sich zwei Gesichter ins Licht, die ihn wie körperlose Phantome angrinsten.

„Geh! Töte! Und wenn du getötet hast, stelle eine Laterne auf die Galerie des Minaretts!"

Habibullah blickte auf die zehn Banknoten, die seine Finger umschlossen und die Sehnsucht des Bergbewohners nach dem härtesten Geschäft, das er je gemacht hatte, wallte in seiner ehrgeizigen Brust auf.

„Wie sollen wir ohne Waffen töten?", fragte er. „Die Polizei hat unsere Talwars - „

Der Mann in Gelb unterbrach ihn und reichte ihm den Talwar, mit dem er Zeichen gegeben hatte, mit dem Griff voran, Es war nicht der von Habibullah. Er hob ihn auf - möglicherweise, um mit seiner Ausgewogenheit anzugeben, während er wie etwas Goldenes im Fensterlicht glitzerte – vielleicht aber auch nicht, denn der Norden ist schnell dabei, ein unverhohlenes Argument zu verwenden.

Er vernahm nicht weit hinter sich in der Dunkelheit das Klicken einer altmodischen Pistole, also ließ er den Talwar wieder sinken und strich mit dem Daumen über dessen Schneide. Das Zugeständnis hatte seinen Appetit angeregt:

„Wir sind drei", sagte er. „Wir hatten drei Waffen – es gibt zwei weitere wie diese."

„Ja", kam die sofortige Antwort. „Deins und das eines anderen. Das ist nicht deines. Das wird von seinem Besitzer beansprucht. Deins und das andere kann für geleistete Dienste in Anspruch genommen werden."

Das war klug. Kein Ritter des Mittelalters zeigte auch nur ein Atom größere Wertschätzung für goldene Sporen wie die abergläubische Ehrfurcht eines Mannes aus den Bergen vor seinem Messer. Mit ihm hält er sich für einen Mann; ohne ihn für etwas Geringeres, und dafür wird er auch allgemein gehalten.

Allerdings sollte das Feilschen umso entschlossener sein, je größer das Gewicht auf einer Seite eines Geschäftes liegt. So steht es in der Schrift. Habibullah suchte nach einer Alternative und landete gleich beim ersten Versuch einen guten Treffer.

„Sie sagen, zwei von ihnen müssen sterben? Meine Brüder und ich könnten sie töten und uns auf diese Weise Ärger mit dem Sikh ersparen, der ein Mann von mächtigem Zorn ist und den zu töten, seine Meister beleidigen würde. Es ist besser, ihn zu fesseln, während er schläft, und ihm hinterher zu sagen, dass das andere getan hätten. Danach töten wir den Babu, der nutzlos ist und die Zungen von zehn Frauen hat. Wonach wir - wir drei - die beiden Männer erschlagen könnten, die heute Nacht sterben sollen."

Das war eine lange Rede für Habibullah. Sie hinterließ einen tiefen Eindruck und er nahm Haltung an, während die beiden körperlosen Gesichter wieder im Lichtkegel erschienen und mit Nummer eins diskutierten. Sie sprachen eine Sprache, die er nicht verstand und bewiesen ein Geschick im Umgang mit Licht und Schatten, das über sein Verständnis hinausging, denn obwohl er seine Augen zusammenkniff und sich anstrengte, konnte er außer Gesichtern nichts erkennen; und begann sich schließlich wieder zu fürchten, mehr als nur halb glaubend, die Nummer eins spräche mit Luftgeistern.

„Allerdings benutzen Geister keine Pistolen", sagte er zu sich selbst. Und hörte zweimal das Klicken eines Pistolenhammers, als ob ihn jemand in der Dunkelheit testen würde, nicht aus Nervosität, sondern als Warnung.

„Ich möchte diese Klinge am liebsten einmal dorthin legen, wo der Hals dieses Gesichtes sein sollte!", dachte er.

Und jemand schien seine Gedanken zu lesen, denn eine Pistole in einer Hand, die anscheinend keine Verbindung zu irgendeinem Körper aufwies, erschien im Licht und warnte ihn unverblümt.

„Wir müssten die Leichen der Erschlagenen sehen", sagte Nummer eins schließlich in reinem Punjabi; und die beiden Gesichter verschwanden.

„Von mir aus kann sie ganz Delhi sehen!" antwortete Habibullah und vergaß dabei einen Moment lang, dass sich nur ein Gefangener im Keller befand.

„Wir müssten also das Minarett betreten."

„Sehen sie, ich schenke ihnen das Minarett", lachte Habibullah und wurde immer mutiger, als er erkannte, dass er Recht behalten hatte. Diese Leute waren also doch nicht so gefährlich. Wie würden sich seine Brüder wundern, wenn er ihnen von seinem Handelsgeschick erzählte.

„Du musst dafür sorgen, dass wir hineinkommen", sagte der Mann in Gelb.

Habibullah schwieg, kratzte sich an seinem jungen Bart und überlegte, was dieser Vorbehalt bedeuten sollte.

„Die Wache am Tor muss getötet werden", fuhr sein Gesprächspartner fort. Und Habibullahs Bart wurde weiter gekratzt, eine Reihe milchweißer Zähne erschien in einer Lücke zwischen den schwarzen Haaren, während er seine Unterlippe nachdenklich herabzog.

Seltsame Argumente sprechen wilde Gemüter an. Der Fels, auf dem Habibullahs Witz ruhte, war nicht die Bedingung, Ali aus Sikunderam zu töten (denn das war ausgeschlossen - unwägbar-abstrakt – überhaupt nicht einzurechnen und hatte keinerlei Gewicht) - sondern der rätselhafte, hervorstechende, konkrete Umstand, dass der Mann in Gelb nicht im Traum daran dachte, das Minarett auf einem anderen Weg als durch die Vordertüre zu betreten.

Konnte er nicht klettern? War er zu faul, zu ängstlich oder zu stolz? Was war los mit ihm? Kein Mensch, der einen Mord im

Sinn hatte und in der Lage war, den Hauptmann des Gefängnisses selbst zu befehligen, war es wert, ernst genommen zu werden, wenn er nur an Haustüren dachte!

Habibullah wusste genau, was jetzt zu tun war.

„Es gibt keinen anderen Weg, als diejenigen zu töten, die das Tor bewachen", sagte der Mann in Gelb.

„Es gibt keinen anderen Weg", stimmte Habibullah zu. „Ich werde es tun."

„Wie lässt du uns wissen, dass die Arbeit erledigt und das Tor geöffnet ist?" fragte der andere.

„Wir werden eine Laterne anzünden und sie dreimal im Kreis um die Galerie tragen. Dann kommen sie schnell, denn wir werden die Tür öffnen und auf sie warten; und wir werden dem Sikh hinterher sagen, sie hätten ihn gefesselt", sagte Habibullah.

Er war sich noch nicht sicher, was er tun würde. Aber er war sich sicher, dass er den Mann in Gelb überlisten würde, den er jetzt zutiefst verachtete und nicht im Geringsten fürchtete, so launenhaft, wenn auch einfach, arbeitete der Intellekt des Bergbewohners. Er hatte das Geld des Mannes. Warum sollte er ihn fürchten? Wer hat schon Angst vor Narren? Habibullah nicht! Vater Ali würde in dieser Nacht Grund haben, sich eines Sohnes zu rühmen!

Etwas in seinen Gedanken verströmte eine vage Aureole ignoranter Einbildung, die sich unter dem Deckmantel vorgetäuschter Zustimmung verbarg.

„Erinnere Dich daran!", warnte der Mann in Gelb. „Dies ist ein Teil des Preises für Kali, zahlbar für eure Entlassung aus dem Gefängnis! Ein anderes Mal wird mehr zu zahlen sein. Und der, der es versäumt ihr auch nur den kleinsten Teil Ihrer Forderung zu bezahlen, ist weniger zu beneiden, als eine Frau, die stirbt, während sie ein totes Kind zur Welt bringt!"

Habibullah erschauderte und erholte sich wieder. Er war keine Frau, gelobt sei Allah!

„Es ist Zeit, dass ich gehe", sagte er abrupt und schwang sich im nächsten Moment auf die Straße hinab, auf der er den „Constabeel" sehen konnte, der vergeblich imaginären Fußstapfen folgte. Er hielt sich hinter dem „Constabeel" und erreichte das Minarett ohne Zwischenfall.

Er hatte vor, an die Tür in der Wand zu klopfen und triumphierend mit der ganzen Geschichte hineinzuplatzen und mit tausend Rupien, um sie zu beweisen. Nur der Verdacht, dass der Mann in Gelb ihn möglicherweise vom Dach aus beobachten könnte, verhinderte dies. Er wusste immer noch nicht, wie man den Hindu austricksen könnte. Er wusste, dass das Geld für einen Mord einzustecken, den zu begehen er nicht im Entferntesten vorhatte, nur Teil des Geschäfts war. Sie mussten von Sikunderam in vollem Umfang getäuscht werden und niemand - kein Mensch auf Allahs Fußschemel - könnte das nur halb so gut wie Ali, Vater Ali, der neben seinem Bruder am Tor schlief - Vater Ali, die fleischgewordene List!

Also kletterte er die Außenmauer wie ein Bär in den Bergen hinauf und machte dabei weniger Lärm als er es normalerweise auf ebenem Boden tat. Und er ließ sich so leicht in den Schatten auf der anderen Seite fallen, dass Ali erst erwachte, als der heiße Atem in seinem Ohr raschelte.

„Schau, Vater Ali! Schau!"

Er hielt das Geld - all das Geld - höchst unvorsichtig in die Strahlen einer beschirmten Kerze, die für den Notfall in einem Spalt der Wand steckte. Ali - erwachend- ergriff das Geld - natürlich - noch bevor er sich die Augen rieb. Es verschwand in der verborgenden Tasche unter zwei Hemden und einer doppelt geknöpften Schafsfelljacke, noch bevor der arme Habibullah protestieren konnte.

Und dann erhob sich Ali ben Ali im gerechten Zorn eines empörten Vaters und verfluchte den Sohn, der es gewagt hatte, sich unerlaubt von seinem Posten zu entfernen!

„Allah! Lebe ich und muss solche Söhne erdulden? Der Mist, den eine Taube auf einen Felsvorsprung fallen lässt, bleibt wenigstens auch dort! Aber du gehst! Oh, weniger als Nichts! Weniger als der Gestank einer Ausschweifung, der an einem klebt! Sohn aller Unreinheit, geh zurück auf deinen Platz!"

Also ging Habibullah, denn er wagte Vater Ali nicht zu widersprechen. Ihm, der in sieben Duellen die Ehemänner der Mütter erschlagen hatte, welche die von ihm beanspruchten Söhne zur Welt gebracht hatten, konnte in der Stunde wachsenden Zorns nicht von einem einzigen Sohn widerstanden werden. Das notwendige Element war Schnelligkeit, Habibullah nutzte es und erschauderte, als ein neuer Fluch seinen Rückzug begleitete.

Er betrat auch nicht das Minarett, denn das hätte den Babu und den Sikh zu früh geweckt, bevor er - Habibullah - Zeit zum Nachdenken gehabt hatte. Er kletterte geschickt wie ein Bergsteiger über das zerborstene Mauerwerk zurück und schwang sich auf die Galerie zwischen seine staunenden Brüder.

„Meiner!", sagte einer von ihnen und stürzte sich auf den Talwar.

„Du kriegst ihn im Tausch gegen meinen", sagte Habibullah und nahm ihn ihm wieder weg.

„Frieden! Hört zu!" Er hatte seine Überlegungen abgeschlossen. „Vater Ali hat mich gebeten, dies zu sagen: Er wird jeden von euch schlagen, der die Galerie verlässt! Er hat mir einen anderen Auftrag gegeben."

Nachdem er diese Unwahrheit losgeworden war und damit aus seinem Gewissen gebannt hatte, betrat Habibullah das Minarett durch die Galerietür und stieg anschließend die knarrende Treppe hinunter, nachdem er sorgfältig die Tür hinter sich verschlossen hatte, damit ihn seine Brüder nicht belauschen und alles zunichtemachen konnten, was er für ein ordentliches, nettes Stück Strategie hielt.

Er war wütend auf Vater Ali - noch nicht bis zum Punkt einer offenen Rebellion, aber voller Empörung und Sehnsucht nach Rache. Er hatte die Absicht, seine Informationen einem Mann mitzuteilen, der trotz all seiner Fehler ein großzügiger, mutiger und einfallsreicher Soldat war.

Das Geld war weg, aber die Chance auf eine gute Tat blieb und wenn sein eigenes Gehirn für diese Aufgabe nicht ausreichte, wusste er, wo er genügend Gehirne für diese Aufgabe finden konnte.

Also beugte er sich über Narayan Singh und untersuchte ihn, während dieser schnarchte. Der Sikh packte sein Handgelenk und ließ es wieder los.

„Der Feind?", fragte er. „Eindringlinge?" (Wer kein Freund ist, landet automatisch in Narayan Singhs Kategorie „Feind" und ist entsprechend zu behandeln).

„P-s-s-st!", warnte Habibullah. „Der Babu soll das nicht hören!"

„Nein! Lass den Babu schlafen!" rief Chullunder Ghose von seinem Sitz auf der Luke aus.

„Erst der Donner und dann dieses Geflüster! Mein Gott, Danke für die Gabe der Stille in diesen Gefilden! Oh, gut, oh, sehr gut, ich komme! Der unglückliche Babu ist in allen Dingen Sklave der Umstände!"

Er kam die Treppe hinaufgewatschelt und zündete so plötzlich ein Streichholz an, dass ihn Habibullah verfluchte.

„Der Fluch eines Bergbewohners ist der Segen der Hindus", sagte der Babu fromm. „Jetzt mal raus mit der Sprache! Entfessele die Hunde des Krieges und lass Worte erklingen! Gib Gas!"

Also konnte Habibullah nicht anders. Er war gezwungen, beiden Männern seine Geschichte zu erzählen, doch keiner von ihnen glaubte ihm, weil er die tausend Rupien, die er sich rühmte, dem Mann in Gelb auf dem Dach „abgenommen" zu haben, nicht vorweisen konnte.

In der Tat war die ganze Geschichte zu verdächtig, da sie noch zu der anderen Geschichte über den Kampf um einen Ausweg aus den Polizeizellen hinzukam.

„Und dafür habe ein jungfräuliches Bett auf einer Falltür zurückgelassen!" seufzte Chullunder Ghose.

„Ich lüge, du lügst, er lügt - was der unverbesserliche Preuße „die Lust zu fabulieren" nennt! 'Gas!' sagte ich, und er liefert heiße Luft! Oh, erlöse mich!"

„Wenn du ein Wort davon beweisen könntest", schlug Narayan Singh schläfrig vor, „würde ich vielleicht das nächste Wort glauben, und wenn das wahr wäre, ein drittes und so weiter. So wie es jetzt aussieht - wenn du nicht innerhalb von zwei Stunden wieder auf Deinem Platz auf der Galerie bist..."

Aber Habibullah war verzweifelt, und Verzweiflung hat ihre eigenen Mittel.

„Und wenn ich die drei in Gelb zum Eingangstor bringe? Wirst du mir helfen, die drei zu töten?" unterbrach er.

„Ich würde sie nur zu gerne erschlagen", sagte Narayan Singh. „Wer auch immer in Gelb mit dem Zeichen von Kali auf der Stirn durch die Stadt spaziert, dem sollte der Schädel von den Schultern getrennt werden. Geh zurück in die Galerie und halte Wache! Morgen früh werde ich deinem Vater Ali vorschlagen, er soll das Lügen mit einem dicken Stock unterbinden!"

„Gib mir eine Laterne. Ich werde es dir beweisen!" sagte Habibullah.

Chullunder Ghose ordnete schläfrig seinen Turban.

„Wir beobachten ein Symptom von in vino veritas", bemerkte er, „Wobei in diesem Fall möglicherweise Einbildung der Wein ist Der Wilde glaubt, was er sagt, selbst wenn man annimmt, dass es sich um die Unwahrheit handelt."

Narayan Singh erhob sich seufzend und entdeckte eine Laterne, die er an einem Ort versteckt hatte, an dem er angenommen hatte, dass niemand anderer sie finden und an sich nehmen würde. Er zündete sie mit einer Blasphemie an, als er sich dabei die Finger verbrannte, befahl dem Babu, sich mit seinem fetten Hinterteil wieder auf die Falltür zurückzusetzen, warf einen angewiderten Blick auf Habibullah, schüttelte sich, um sicher zu sein, dass sich das Gewicht der versteckten Waffen dort befand, wo es hingehörte und gähnte.

„Vorwärts! Nach oben! Beweise es! Wenn du es nicht beweisen kannst, bist du dran!"

Habibullah ging voraus. Er schirmte das Licht der Laterne mit den Falten seines Schafsfellmantels ab, damit es der Feind nicht erblickte, bevor die Bühne bereit war und betrat die Galerie, während der Sikh ihm misstrauisch über die Schulter blickte. Dann befahl er seine Brüder hinein, die lautstark protestierten und sich unwillig zeigten, ihren Posten zu verlassen. Narayan Singh war zutiefst befriedigt.

„Hunde auf einem Misthaufen sind genauso laut und furchtsam", sagte er erfreut.

„Knie Dich besser dort hinein und bete um Vernunft - wenn Allah zuhört! Nun zeige deinen Beweis!"

Er schob Habibullah nach außen zum Geländer und blieb dicht hinter ihm, aber Habibullah flehte ihn an, in der offenen Tür zu bleiben und das Licht zu beobachten, das aus einem Fenster auf einem Dach ein Stück vor ihnen strömte; und da er immer noch einen Betrug vermutete, kam der Sikh der Bitte nach. Er konnte nicht aufrecht stehen und musste sich mit der Hand auf einen der Pfosten stützen.

Dann wandte sich Habibullah, der die Laterne in der linken Hand hielt, nach rechts, umrundete die Galerie dreimal und schwenkte dabei ständig die Laterne, um die Aufmerksamkeit auf sie zu lenken. Und als er sozusagen die dritte Runde um die Mauern der Stadt Jericho vollendet hatte, erlosch plötzlich das Licht, das aus dem Fenster geströmt war, welches Narayan Singh beobachtet hatte - aber nicht so plötzlich, als ob man den Strom abgeschaltet hätte. Ein Unsichtbarer hielt ein Hindernis zwischen das Fenster und das Minarett. Er senkte es und das Licht strömte wieder hervor.

„Sie haben es gesehen. Jetzt werden sie zum Tor kommen, um erschlagen zu werden", sagte Habibullah. „Und wenn du, Sahib, die Lorbeeren ernten willst, befolge meinen Rat und klettere hinunter. Auf diese Weise weckst du Vater Ali nicht auf!"

KAPITEL ZWÖLF

„Ich bin tot, aber die silberne Schnur wurde noch nicht durchtrennt."

GRIM stupste King an. King zog an Jeremys fließender arabischer Kopfbedeckung.

„Achte auf das Minarett", flüsterte Grim.

Die Mondsichel war untergegangen. Es gab kein anderes Licht mehr als den herrlichen Glanz der Sterne. Das Minarett - ein phallisches Symbol, sublim posierend - erhob sich stattlich und still aus einem Teich purpurner Dunkelheit. Nichts bewegte sich. Nicht einmal ein Hund bellte, was fast schon an ein Wunder grenzte.

„Hast du Angst?", fragte Jeremy.

„Achte auf das Minarett!"

Eine Laterne tauchte an der Spitze auf und verschwand - blitzte für einen Augenblick auf, als ob ihr Licht durch einen Mantel verdeckt würde. Dann drehte sich der, der es hielt, um und ihre Strahlen beleuchteten unverkennbar einen Mann - zu groß für die Tür – der sich bärtig und riesig in ihr nach vorne beugte - Narayan Singh! Das Bild war augenblicklich verschwunden, aber es bestand kein Zweifel. Der Sikh war wachsam und in Bewegung.

„Irgendetwas stimmt nicht", sagte Grim.

„Mit deiner Nuss stimmt irgendetwas nicht!", sagte Jeremy.

Die Laterne blitzte erneut auf und ihr Licht verschwand dieses Mal nicht. In jemandes linker Hand - nicht in der von Narayan

Singh, denn sie konnten die Beine darunter sehen und diese bewegten sich nicht wie die des Sikhs -umrundete es die Galerie dreimal, dann verschwand es.

„Was soll das jetzt bedeuten?"

„Alis Söhne sind eingeschlafen und von ihrer Stange gefallen. Narayan Singh ist auf der Suche nach ihren Überresten!", schlug Jeremy vor.

„Das war nicht Narayan Singh, der die Runde machte", antwortete King. „Das Licht rechts von uns verschwand und tauchte nach dem Signal wieder auf."

„Signale, ganz klar!", sagte Grim.

„Könnte der Sikh..."

„Nein!" antwortete Grim. „Narayan Singh ist in Ordnung."

„Trotzdem ist das ein Trick", sagte Jeremy. „Auf dieser Galerie waren drei von Alis Söhnen. Sie sahen aus wie große gehörnte Virginia-Uhus und bevor wir uns alle schlafen legten, fragten wir uns, was für Hörner das wohl sein mochten. Erinnert ihr euch? Wo sind die drei jetzt?"

„Ich bin dafür, dass wir der Sache auf den Grund gehen", sagte Grim.

„Unterstützt!"

„Einstimmig beschlossen!"

Über benachbarte Dächer erreichten sie einen dunklen Durchgang und sprangen auf die Straße, wobei sie denselben Polizisten fast zu Tode erschreckten, der schon von Habibullah beunruhigt worden war. Der Diener des öffentlichen Friedens zog sich mit voller Geschwindigkeit zurück und überließ ihnen den gesamten Teil Delhis für Experimente, Attentate, Raubüberfälle, was auch immer sie wollten. Seitdem der Nationalismus seinen Standard und seine Stimme erhoben hatte, waren die Straßen für einen einsamen Polizisten nicht mehr sicher.

„Wenn sie unseren Gefangenen gerettet haben...", begann Grim.

„Die haben ihn eher erdrosselt, um ihn vom Reden abzuhalten", meinte King.

„Na ja, auf jeden Fall..."

„Sind wir verblüfft!"

King machte aus seinem Pessimismus keinen Hehl. Er wollte unbedingt handeln, war bereit für Vergeltungsmaßnahmen; aber er war sich sicher, dass es eine Katastrophe gegeben hatte.

„Wenn sie ihn haben, haben wir unsere Spur zu dem Insider verloren. Wir werden nie wieder eine bekommen!", sagte er kläglich.

Es waren keinerlei Straßengeräusche zu hören, als sie sich vorsichtig entlang der Schatten bewegten. Ab und zu kläffte ein Hund in der Ferne, aber wie so oft schien, sobald der Mond untergegangen war, die ganze Nachbarschaft verstummt zu sein. Nur einmal hörten sie - oder glaubten es zumindest - einen Schrei und das dumpfe Poltern von etwas, das irgendwo heruntergefallen war. Dann war alles wieder still.

Plötzlich erhob sich eine Stimme - hoch, eifrig, jubelnd: „Mein Sohn! Oh, Allah! Oh, mein Sohn!"

Eine andere, leise knurrende Stimme verfluchte die erste und brachte sie zum Schweigen. Dann schlug eine Tür zu. Stimmen hoben und senkten sich in aufgeregter Unterhaltung, als ob sie sich hinter einer Mauer befänden; sie verstummten, der Nachhall verebbte.

Grim, an der Spitze, begann zu rennen. Die anderen liefen hinter ihm her. Grim blieb stehen und zog seine Pistole. King tastete auf gleicher Höhe ebenfalls nach seiner eigenen Waffe. Jeremy tat zu Kings Rechten das Gleiche. Sie waren fünfzig Schritte von einem Mann entfernt, der in tiefstem Schatten auf einem Stein neben der Tür des Minaretts saß, seine Hand hochhielt und nichts sagte.

„Narayan Singh!", sagte Grim mit halbem Atem.

„Verletzt?" (Das war Jeremy.)

Der Sikh schien sich über etwas zu beugen. Er hielt eine Hand hoch, eher Schweigen gebietend, als einen Angriff abzuwehren. Er hatte die Freunde erkannt. Sie hörten ihn in Richtung der Tür knurren, als ob er hinter sich weniger Gespräche wünschte. Als sie sich näherten, erhob er sich und stellte sich mit gespreizten Beinen über einen umgefallenen Gegenstand, mit einem weiteren zu seinen Füßen und einem dritten hinter ihm.

„Es ist gut, dass ihr gekommen seid, Sahibs. Wenn ihr diese Leichen hineinschleppt, werde ich die Mauer hinaufklettern und den Söhnen Alis das Genick brechen! Diese Söhne böser Mütter haben die Tür vor mir zugeschlagen und machen mehr Lärm als Hengste in einer Pferdekoppel!"

King legte seinen Kopf an die Tür in der Wand und sprach guttural in der Sprache von Sikunderam: „Mach auf, Ali! Und Ruhe!"

Im nächsten Moment öffnete sich die Tür und Ali stand von ihr eingerahmt in der Dunkelheit: „King Sahib! Sahibs! Allahs Segen! Schaut, mein Junge! Mein Habibullah! Der Stolz meines alten Herzens! Er erschlug drei Gelbe mit drei Schlägen eines Talwars! Drei mit drei Schlägen! Da liegen sie! Seht! Seht! Der Talwar! Seht das Blut darauf! Seht die Kerbe in der Klinge, wo sie sich zu tief einbohrte und die Wand dahinter traf! Was für ein Schlag! Ho! Ein wahrer Sohn von Sikunderam!"

„Ruhe! Ruhe!", befahl King und drehte sich wieder um, um beim Hereinschleppen der Leichen von drei Männern in gelben Gewändern zu helfen.

„Er soll einen Geldbeutel mit fünfzig Rupien darin haben!" prahlte Ali.

Aber Narayan Singh machte kurzen Prozess und ging direkt zum Wesentlichen über.   Er entdeckte Chullunder Ghose, der wie eine tote Last auf der Falltür lag.

„Also ist er noch da?", sagte Narayan Singh - möglicherweise ein bisschen verächtlich.

„In statu quo", antwortete der Babu grinsend. „Es sei denn, er ist tot, dann könnte sein körperloser Geist unbeobachtet auftauchen, der Gefangene selbst ist unter mir hinter Schloss und Riegel – inmitten von Ratten!"

„Du warst vor fünf Minuten noch nicht hier", sagte der Sikh. „Geh herunter. Lass die Sahibs sich vergewissern."

„Ich war sicherlich in einer meiner früheren Inkarnationen ein erfolgreicher Schurke", sagte der Babu, rollte sich auf seine Hände und Knie und ging auf die Tür zu. „Das Karma[22] kehrt jetzt die Sache um, ich werde mit nichts davonkommen – mit gar nichts!"

Narayan Singh öffnete skeptisch die Falle. Doch der Gefangene war da. Er blinzelte zu Grim, King und Jeremy hinauf. Wie er selbst in Gelb gehüllt, passten sie genau in das einzige Bild, das er sich vorstellen konnte. Priester eines furchtbaren Glaubens, der einen großen Anteil an Furcht beanspruchte. Wahrscheinlich wurde er nur deshalb vom Selbstmord abgehalten, weil es hieß, dass derjenige, der Kali der Freude beraubte auf ihre eigene Art und Weise zu töten, dazu verdammt wurde, für Äonen

---

[22] Karma. spiritueller Zusammenhang von Ursache und Wirkung: Jede physische und geistige Handlung hat eine Folge, die auch erst im nächsten Leben eintreffen kann

in einer astralen Finsternis zu flackern, nutzlos und hoffnungslos, bis er schließlich in der Dunkelheit verging und aufhörte zu existieren.

„Andere hatten weniger Glück als du. Für sie gab es keine Gelegenheit es wiedergutzumachen und die Qualen des Jenseits zu lindern! Sieh selbst!" sagte King und sprach, als ob er selbst das Karma wäre, das über tote Seelen richtete.

Einen nach dem anderen warf Narayan Singh - den Kopf in der einen Hand, den Körper in der anderen - die Leichen der drei Anhänger von Kali in die rattenverseuchte Dunkelheit hinunter; Jeremy hielt die Laterne so, dass der, der sein Leben noch nicht verloren hatte, sehen und verstehen konnte.

„Denke über sie nach", warnte ihn King. „Sie starben nicht durch ein Taschentuch, sondern durch das Schwert und missfielen IHR im Tod wie im Leben!"

Und draußen, unter dem Schein der Kerze, die in einer Nische der äußeren Wand aufgestellt war, führte Chullunder Ghose einen heftigen Streit mit Ali aus Sikunderam.

„Schande?", sagte der Babu. „Ich bin absolut unanständig. Deshalb schätze ich den Wert dessen, was mir fehlt, um ihn an andere weiterzugeben. Ich schätze die Schande von Habibullah auf hundert Rupien. Erhöhe den Einsatz, würde Jimgrim sagen! Mach es schlüpfrig und bald, wie Jeremy Sahib sagen würde!"

„Du hast keine Ehre!" erwiderte Ali hitzig.

„Keine!", stimmte der Babu zu. „Alle entehren mich – dich eingeschlossen! Beleidige mich mit hundert Rupien oder ich werde ausplaudern, wer die drei erschlagen hat! Habibullah wird wie ein Ei aussehen, das von einer Großmutter gründlich ausgelutscht wurde - ganz hohl! Das Geld bitte."

„Möge der Fluch des Propheten Allahs, dessen Namen niemand vergeblich nennt, Dich ausdörren und deine Eingeweide zersetzen! Mögen die sterbenden Würmer dich nicht fressen! Möge Nahrung für Dich sein wie Asche und dein Trank so bitter wie Ziegengalle! Möge dein..."

„Gewiss!", sagte der Babu. „Das Geld bitte! Sonst...."

Also zog Ali aus Sikunderam unter seinem Hemd schmerzlich - wie ein Mann, der einen langen Dorn oder eine Pfeilspitze mit Widerhaken herauszieht - eine Banknote über hundert Rupien hervor und der Babu schnappte sie sich.

„Dann sind wir uns einig", sagte Ali, „dass Habibullah diese drei mit drei Schlägen seines Talwars erschlagen hat?"

„Einverstanden", sagte Chullunder Ghose. „Wünscht du eine schriftliche Quittung - schwarz auf weiß? Ich werde sie unterschreiben. Ohne Aufpreis!"

„Sieh her", sagte Ali und zeigte ihm sein Messer. „Die Abmachung ist getroffen. Du hast das Geld. Bleib ehrlich oder du wirst dies hier spüren!"

„Meine Tante!", sagte der Babu und erschauderte. (Aber das Schaudern könnte auch eine Bewegung gewesen sein, mit der er das Verbergen des Geldes verschleierte).

King, Grim und Jeremy kamen aus dem Inneren des Minaretts und hörten Narayan Singh zu, der sich seine Hände an einem Stück Sackleinen abwischte und leise sagte.

„Das muss man Habibullah lassen, Sahibs. Er hatte Angst vor ihnen, aber wie groß waren seine Chancen? Er und ich kletterten an dem zerbrochenen Gemäuer hinunter und warteten im Schatten der Wand. Ich hätte eine Pistole benutzt, hatte aber Bedenken bezüglich der Polizei, und als die drei sich näherten sagte ich zu Habibullah:

„Zieh und schlag zu! Die Hand des Kerles zitterte so sehr, dass er die Kante des Talwars in die Wand knallte! Und sie kamen, vielleicht, weil sie dachten, wir warteten darauf, sie willkommen zu heißen. Also nahm ich ihm Talwar ab und schlug dreimal zu. Dann gab ich die Waffe zurück und sagte: „Gut geschlagen! Gutes Schwert, Habibullah!' Und Ali hörte das, als er am Schlüsselloch lauschte. Er öffnete die Tür, rief seinen Bastard hinein und knallte sie mir vor der Nase zu. Also wartete ich und hoffte, dass keine Polizei kommen würde, die Leichen sähe und Ärger machen würde."

Grim lachte leise. Er hatte die Ernte des Sikhs schon einmal gesehen und hätte dessen Schwerthiebe aus einer Hekatombe heraus erkennen können.

„Aber Habibullahs Kopf wird anschwellen, wenn wir zulassen, dass er mit etwas prahlt, das er gar nicht getan hat." sagte King.

„Lass ihn anschwellen, Sahib. Umso leichter wird er herunterfallen. Diese Männer in Gelb sind keine Sadhus[23], die ihre Feinde segnen. Sie finden Rache süßer als ein wilder Bergbär Honig. Soll Habibullah ruhig damit prahlen!"

„Lasst uns gehen!", sagte Jeremy plötzlich. „Ich setze alles, was ich habe, darauf, dass die drei beobachtet wurden. Für jeden, den Narayan Singh getötet hat, werden noch vor dem Morgengrauen zehn andere auf unserer Spur sein!"

Die Blicke aller vier trafen sich im Licht des Streichholzes, mit dem Jeremy seine Zigarette anzündete. Alle vier Männer nickten.

„Chullunder Ghose!"

Der Babu hörte Kings leisen Ruf und kam angerannt, wie ein Nilpferd auf der Flucht zum Wasser.

---

[23] Heilige Männer

„Schnell jetzt! Denk nach!" befahl King. „Das Problem muss eva-kuiert werden. Nimm den Gefangenen mit - lass die Leichen hier – alle können an einen sicheren, verborgenen Ort verschwinden. Denkst du, wir können das Büro im Chandni Chowk nutzen?"

„Ach du meine Güte!", sagte der Babu. Man konnte spüren, wie er in diesem Moment ergraute. „Am besten wäre ein massiver Ochsenkarren, der unter der Leitung von Sahib Ramsden für eine allgemeine Trauerfeier verwendet wird. Das Gleiche gilt für Gauri – die Ochsen schlafen wahrscheinlich in der Gosse und..."

„Holt sie!", befahl Grim. „Narayan Singh, geh mit ihm! Schick Ramsden zurück und wartet bei Gauri, alle beide!"

„Für meinen Lohn gehe ich verdammt viele Risiken ein!" sagte Chullunder Ghose. „Oh, wankelmütiges Glück, dieses Mal bin ich am Ende! Eimai, Ollola , wie die Griechen sagen würden! Ich verschwinde!"

Und das tat er. Seine Fettleibigkeit stellte offensichtlich kein Handicap dar, wenn es um das blanke Leben ging. Er hatte die Gabe, selbst Alis mürrischen Bruder schnell dazu zu bringen zu öffnen und die Tür schlug hinter dem Babu und dem Sikh zu, bevor King und Grim ihre Zigaretten an der von Jeremy anzün-den konnten.

Danach verursachte er nicht mehr Geräusche als die Holz-schuhe eines Priesters, der durch dunkle Gassen nach Hause schlurfte.

Eine Konferenz folgte. Im besten Fall wären sie einfach ein auf-fälliger Zug, der vor und hinter einem Ochsenkarren mar-schierte, welcher von so prächtigen Tieren gezogen wurde, wie Chullunder Ghose sie - wenn es das Glück erlaubte - demnächst mitbringen würde. Und im schlimmsten Fall würde jemand in Gelb die Polizei bestechen und sie vielleicht des Schmuggels be-zichtigen. Eine Verhaftung wäre dann unvermeidlich und würde das Ende ihrer Ermittlungen gegen die Neun Unbekannten be-deuten. Offensichtlich waren mehr als einer der falschen Neun gegen sie involviert, allesamt geführt von einer unsichtbaren Hand. Es war nicht abzusehen, woher der nächste Angriff kommen würde, obwohl man davon ausgehen konnte, dass dies heimlich geschehen würde.

Ali aus Sikunderam, zur Konferenz gerufen, war nur ein schwacher Trost:

„Man sagt, diese Anhänger von Kali haben geräuschlose Waffen, Sahibs! Rohre, die einen vergifteten Pfeil mit der Genauigkeit eines Revolvers abschießen! Das Gift ist aus dem Gift von Kobras und dem Blut von Vampiren gebraut - sehr schnell wirkendes Zeug. Ein Mensch, der davon getroffen wird, wird nicht bewusstlos, ist aber betäubt und sein Körper zersetzt sich unter großen Schmerzen, bis ihn der Gestank seines eigenen Körpers am Ende erstickt!"

„Was rätst du?" fragte ihn King.

„Eine Teufelsaustreibung! Mein Bruder soll jemanden auftreiben, der Zaubertränke braut und alle Pfeile Kalis werden uns nicht verletzen können! Ein Mann, den mein Bruder kannte, braute mir einen Trank, bevor ich damals in die Berge zurückkehrte, um Habibullahs Abstammung festzustellen. Seht mich an: Ich lebe noch! Der, der meinen Anspruch bestritt, wurde in mehr als einem Stück und an mehr als einem Ort begraben. Ha! Ich habe ihn über die Dörfer verteilt, wie Allah den Wind verbreitet! Ich habe ihn zerhackt! Ich -"

„Gut! Schick deinen Bruder los", unterbrach King.

Der seltsame Vorschlag hatte etwas Gutes. Alis Bruder war ein mürrischer, bösartiger Rüpel, der zu lange im Besitz seiner Pfründe war, als dass man sich auf ihn verlassen könnte. In einem Notfall wäre er ein echtes Handicap für jede Seite, auf der er stand und dies wäre eine gute Gelegenheit ihn mit allen vorstellbaren Mitteln loszuwerden. Der Bruder selbst sorgte für die nötige Absolution.

„Ich sollte eine Gegenleistung erhalten!", widersprach er. „Ihr bittet darum, dass euer Leben erhalten bleibt. Ohne mich könnt ihr den Magier nicht finden. Ihr solltet mir fünfzig Rupien zahlen!"

Er hätte mehr bekommen können, wenn er es gewusst hätte. Grim zahlte ihm fünfzig und komplimentierte ihn höflich durch das Tor hinaus. Es war Jeremy, der ihn neugierig über die Spitze der Mauer hinweg beobachtete, wo ein zerbrochener Stein einen sicheren Aussichtspunkt bot - nur aus Neugier, um zu sehen, welche Richtung er einschlug, wie er es später erklärte – und der sah, wie er von hinten von einem geräuschlosen Pfeil getroffen wurde.

Ein Teil von Alis Gekrächze war also zutreffend gewesen! Sein Bruder lag dort, wenn auch nicht tot, so doch bewegungslos. Jeremy meldete von seiner Nische oben in der Wand aus, dass jemanden in einem gelben Gewand durch die dunkelsten Schatten schlich, den Körper durchsuchte und Geld und alles andere, was er finden konnte, an sich nahm.

Daraufhin benutzte Ali Habibullahs Rücken als Sprungbrett, sprang mit einem Stein, der zuvor in Jeremys Nische gelegen hatte, in der Hand auf die Mauer und schleuderte ihn für einen besseren Effekt im Stehen hinab auf den Kopf des Räubers - und verschwand, wie ein Tiefseetaucher in seinem Kielwasser, bevor irgendeine Stimme einen Hinweis geben konnte. Niemand - nicht einmal er selbst - wusste, ob er sein Ziel verfehlt hatte oder verschaffte sich Sicherheit

Sie hörten einen Schädel unter dem Aufprall des Steins zerbersten und Alis Stimme rief, noch bevor seine Füße die Erde berührten, dass man die Tür für ihn öffnen solle. King öffnete und ließ jemand anderes eintreten! Ein Mann in einem gelben Gewand, genau wie das, das sie drei selbst trugen, schritt hinein, stand mit verschränkten Armen ihnen gegenüber - und erzeugte damit die Wirkung von Eis auf heißer Fantasie! Habibullah hob die Kerze. Ihr Licht beleuchtete die Schweißperlen auf dem grausamsten und hübschesten Gesicht, das je einer der drei gesehen hatte.

Bronzefarben, wie die anderen Männer. Lächelnd wie die Sphinx - ein fleischgewordenes Rätsel. Groß. Stark wie ein Gorilla, dem Gewicht und dem Umfang der prächtigen Schultern nach zu urteilen. Er strahlte eine Aura absoluter Autorität aus, wie sie nur jahrelanger Gebrauch verleihen kann. Majestätisch, an Intellekt und Ausdruckskraft, weit über den anderen stehend, blickte er auf sie herab, wie ein Adler seine Beute betrachtete.

Er stand schweigend da und zeigte mit einem Finger auf die verräterischen Zigaretten. Diese widersprachen der Verkleidung mit den gelben Gewändern und Kastenzeichen. Überraschung, oder was immer es war, das den Verstand aller drei betäubt hatte, brachte nun Kings Verstand wieder in Schwung. Er fragte sich, warum Ali die offene Tür nicht benutzt hatte, und machte einen Schritt nach vorne, um die Tür zu schließen, bevor noch mehr Feinde eindringen konnten. Der mit dem bronzenen Gesicht berührte ihn am Arm. King trat die Tür mit dem Fuß zu, und als das Schloss zuschnappte, dreht er sich um und sah sich mit einer Waffe konfrontiert, die er nur zu gut kannte. Er hatte seine Erfahrungen beim indischen Geheimdienst gesammelt und wusste daher das Gefühl einer Hypnose einzuordnen. Er kannte den einzigen Weg, sich dagegen zu wehren - er lenkte seine Gedanken sofort auf ein anderes Objekt – auf irgendetwas, dass dazu dienen konnte, seinen Willen zu konzentrieren und das außerhalb des Gedankenbereichs des Hypnotisierenden lag. Die Mathematik war seine Formel hierzu. Sie variiert. Jeder Mensch handelt aus seiner eigener Erfahrung heraus und einige halten eine Weile stand, während andere scheitern. Er errechnete im Kopf die Kubikwurzel von 77 und drehte sich um, um nach dem Kiefer des Hypnotiseurs zu schlagen.

Sein Gehirn fühlte sich frei an, aber der Schlag schlug fehl. Er prallte ab, als würde er von einem Faustkämpfer pariert; und doch hatte sich der Neuankömmling nicht bewegt. Das war der Abstieg in die Unterwerfung - Schritt eins! Die anderen würden schnell folgen. Der Mann mit dem bronzenen Gesicht lächelte ihn an. King drehte ihm den Rücken zu und arbeitete mit eiskalter Wut an dem Problem des Quadrats der Hypotenuse - alles andere eliminierend, das Diagramm visualisierend – und gewann die Selbstbeherrschung und Vernunft zurück.

Die beiden anderen standen regungslos da. Wie sie es später beschrieben, glaubten sie, von einem von Alis sagenumwobenen Pfeilen getroffen worden zu sein, der sie bewegungslos machten, während sie sich noch dessen bewusst waren, was geschah. Sie spürten keinen Schmerz, aber ein seltsames Gefühl in den Ohren und hinter den Augen.

King war nur noch halbwegs Herr seiner selbst. Habibullah und die anderen beiden Söhne Alis wurden von abergläubischer Furcht befallen. Und an die Tür, die King zugetreten hatte, donnerte inzwischen die Faust und der Griff des Messers von Ali aus Sikunderam; es klang wie Hochzeitstrommeln in der Ferne - irgendwo von der anderen Seite von Delhi - gestern, letzte Woche, vor Monaten - überall und zu jeder Zeit, nur nicht hier und jetzt.

„Jetzt hängt es also von mir ab", sagte King zu sich selbst.

Er schätzte seinen Widersacher ein und glaubte dann noch weniger daran, ihm gewachsen zu sein, als an das Risiko, die Polizei auf den Plan zu rufen. Plötzlich zog er seine Automatik Und ebenso plötzlich bewegte der Mann in Gelb eine Hand, die die Pistole berührte. Ein Schock wie durch Elektrizität durchfuhr Kings Arm und er ließ die Pistole fallen - einfach, weil er gar nicht anders konnte. Der Mann in Gelb, der immer noch durch seine Bronzemaske lächelte, kickte sie in die Dunkelheit.

„Noch mehr Waffen?", fragte er - auf Englisch! Seine Stimme war ebenso wunderbar wie seine Statur – und ebenso überraschend.

King wusste, dass er mit dieser Wirkung rechnete, denn der Hypnotiseur arbeitete nach Faustregeln und wandte einen Trick nach dem anderen an, solange bis das widerstrebende Opfer nachgab. Er hielt sich wie ein über Bord gegangener Mann, der sich an ein Ruder klammert, an seiner verbliebenen Selbstbeherrschung fest und wurde sich des Geräusches von Rädern bewusst, die sich auf der Landstraße näherten. Er konnte die Füße der Ochsen hören. Er wusste, was das bedeutete.

Alis Hämmern hörte auf und begann genauso plötzlich wieder.

„Was willst Du?" forderte King - eine sehr unsichere Frage, die man einem erfahrenen Hypnotiseur nur stellen sollte, wenn man ebenso geschickt in der Verteidigung ist. Sie war gleichbedeutend mit der Verringerung seiner Wachsamkeit, um den Gegner in Versuchung zu führen. Aber er wusste, dass es jetzt galt, Zeit zu gewinnen und die Aufmerksamkeit des Mannes an sich zu binden. Ein Hypnotiseur, der versucht, drei starke Männer gleichzeitig zu beherrschen, nimmt, solange er Kontrolle über sie hat, andere Geräusche und Umstände ebenso wenig wahr wie seine Opfer-

„Du", sagte der Mann mit dem bronzenen Gesicht. „Nur du! Die hier sind nicht stark genug!"

Er schob Grim und Jeremy mit der linken Hand beiseite und sie fielen zu Boden, als hätte er sie mit einer Axt gefällt. Das wäre an sich schon fast schon genug gewesen, um den letzten Widerstand Kings zu brechen, nur dass Kings Gesicht der Wand zugewandt war und der Bronzemann mit dem Rücken zu ihr stand. King sah etwas, was der andere nicht einmal hören konnte.

„Du weißt so viel, du sollst einer der Neun sein und später vielleicht Hauptmann einer Neun!" Er sprach weiter Englisch.

Das bronzene Lächeln änderte sich nie, aber die dunklen Augen veränderten sich; sie beurteilten Kings Widerstandsfähigkeit, spekulierten über die Quelle seiner Stärke, berechneten welcher Trick als nächstes ausgespielt werden sollte. Langsam, wie eine Schlange, die sich auf einen gebannten Vogel zubewegt, näherte sich sein rechter Arm Kings Augen und jede Faser des Mannes konzentrierte sich auf eine immense magnetische Anstrengung, um bei King eine entsprechende mentale Reaktion hervorzurufen. King wusste, dass er geschlagen zu Boden gehen würde, sobald ihn der Finger berührte - jedenfalls für eine gewisse Zeit.

Er wich zurück - sah zur Wand - sah wieder etwas Anderes - eine andere, weniger unmenschliche Hand – wich weiter zurück und rief, um den Bann zu brechen: „Rammy!"

Jeff prahlte damit, dass acht von seiner Sorte eine Tonne wiegen würden. Wenn dem so war, landeten vom oberen Rand der Wand zweieinhalb Zentner massiver Knochen und Muskeln mit den Füßen voran auf den Schultern des Hypnotiseurs - so unerwartet und so wirksam wie eine Minenexplosion! Der Hypnotiseur wurde überrumpelt und seine ganze Teufelei war dahin.

Gründlich und vorsichtig überlegend, wie er es immer tat, hatte Ramsden auf dem oberen Rand der Wand gelegen, um zuzuhören und zuzusehen, bevor er sprang. Er wusste, was zu tun war. Er hatte den ganzen Plan in seinem Kopf entworfen. Aber er wusste auch, dass die einzige Chance, ihn auszuführen, darin bestand den bronzenen Feind in Schach zu halten. Wenn man ihm eine Minute Ruhe gönnen würde, wäre er genauso gefährlich wie zuvor.

Die beiden waren so hart auf die Steinplatten geprallt, dass es jedem normalen Menschen die Sinne geraubt hätte. Aber der Feind erholte sich so schnell wie ein Schlange, die sich erneut zum Zuschlagen zusammenzog und Jeff musste – ob er wollte oder nicht - mit der Faust voran den Kampf auf sich ziehen, ihm keine Chance zur Konzentration geben, ihn in der Defensive halten, bellte King seine Befehle entgegen wie unregelmäßige Fehlzündungen aus dem Auspuff eines Automotors.

„Lass Ali rein! Raus hier! Lasst das hier sein! Hol Grim! Hol Jeremy! Schnell! Schneller! Zu Cyprian! Ich kümmere mich um den hier..."

Die Festsetzung bestand aus Catch-as-catch-can, ohne Rücksicht auf Verluste, aus all der Faustarbeit, für die Zeit und Raum war. Der Mann mit dem bronzenen Gesicht wusste, dass seine Stunde geschlagen hatte, wenn die Arme und Beine seines schweren Angreifers nicht brechen konnte. Seine okkulten Kräfte waren ebenso abhängig von der Umgebung und den geeigneten Bedingungen wie Dampfkraft und Elektrizität.

Jeff hingegen wusste, dass er kein Pardon erwarten konnte. Vom Gewicht her waren sie ebenbürtig, gleiches galt für ihre Kraft - ein Mann, der sich durch Ringen fit gehalten hatte, weil er es liebte, das letzte Quäntchen Mumm aus dem Vorrat des Großen Quartiermeisters zu schöpfen - und ein anderer, der seine Stärke aus der Freude an der Meisterschaft, der Grausamkeit und der Fähigkeit, unangefochten zu bleiben, schöpfte. Die Magie einer guten Natur, langsam im Zorn, gegen schwarze Magie und Unerbittlichkeit!

Es war nicht leicht zu beurteilen, wie die Chancen standen.

Sie rissen, zerrten, schlugen und kämpften um Halt, wie Löwen in der Paarungszeit, während die Löwin zusieht. Einmal hieb der Mann in Gelb seine Zähne in Jeffs Schlüsselbein und versuchte, es herauszureißen, bot Jeff damit aber nur ein sicheres Ziel für seine Fäuste; das war genauso gut wie ein Kopf im Schwitzkasten; Jeffs Faust traf den Kiefer des anderen mit einem Schlag, der für den Rest des Kampfes jede Hypnose ausschloss; er war wie der Schlag einer Streitaxt auf dem Schlachtfeld. Jeder Griff, in den einer von ihnen geriet, wurde durch Faustschläge oder andere Mittel gebrochen, die im Ring als Foul gewertet worden wären. Immer wieder schlug einer den Kopf des anderen auf die Steinplatten unter ihnen. Sie kämpften neben von der Spitze des Minarettes heruntergefallenen Steinen und versuchten einander an ihren scharfen Ecken die Knochen zu brechen.

Einmal stieß Jeff, als der Mann in Gelb tief Luft holte, ihm drei Finger unter die Rippen und riss sie fast heraus. Das war das einzige Mal, dass der Schmerz einem der beiden einen Schrei entlockte. Laut Ali, der seine Söhne anschrie, den Gefangenen herauszuzerren und zu helfen King, Grim und Jeremy hinauszutragen und zwischen seinen Atemzügen die Geschichte seines eigenen Abenteuers erzählend, sahen sie aus wie ein Tiger, der mit einer Python kämpfte, während sie sich herumwälzten, aufeinander einschlugen und unter der Folter der gegenseitigen Griffe nach Luft schnappten. King sagte, sie hätten gewirkt wie eine Illustration aus Dantes Hölle.

Sie bluteten durch den Aufprall auf das Mauerwerk. Bald wurden sie so glitschig von all dem Blut, dass beide keinen Halt mehr fanden und das war der Moment, in dem sich allmählich Jeffs Vorteil bemerkbar machte - (was auch immer allmählich in einem Kampf, der von Anfang bis Ende so schnell war, wie ein wirbelnder Taifun, auch immer bedeuten mochte). Ramsden hatte den Arm des anderen nach hinten um seinen Kopf gebogen und verdrehte ihn mit einer Hand, während er ihn in einem Scherengriff festhielt und mit der anderen Faust auf die Augen des Mannes einschlug - als King den Gefangenen endlich zusammen mit Grim, Jeremy und Alis Söhnen als Wachen in den überdachten Ochsenkarren bekam.

Dann wandte sich King zur Flucht. Er erreichte die Stelle, als sich der Bronzemann aus dem Scherengriff befreite und sich mit den Fersen über den Kopf drehte, um seinen gequälten Arm zu befreien. Und als King gerade einen Bruchstein aufhob, um dem Feind das Gehirn zu zermalmen, erhob sich Jeff, packte seinen schwächelnden Gegner an Hals und Bein, hob ihn hoch – und schleuderte ihn mit einer Anstrengung, die aus zwanzig Jahren gesundem Leben und guten Willen resultierte, kopfüber auf die Bodenplatten. Sein Schädel zerplatzte wie ein Ei.

„Ich sagte, ich kümmere mich um ihn. Lass ihn liegen", sagte Jeff und begann, seine eigenen Verletzungen zu spüren.

„Nein, bring ihn mit", antwortete King.

Ohne auf eine Begründung zu warten, hob Jeff den immer noch pulsierenden Körper auf und trug ihn nach draußen zu dem bereits überfüllten Ochsenkarren. Dort redete Ali immer noch durch die bestickten Vorhänge auf seine Söhne ein:

„Denkt daran, ihr Söhne der Vergesslichkeit! Begrabt meinen Bruder und erinnert Euch am Tag der Rache daran. Er starb wie ein Narr, aber ich war weise. Ich spürte das Kribbeln von Magie und fiel widerstandslos um. Legt ihn behutsam in den Wagen. Schaut, sie haben ihm die Rupien abgenommen, die Jimgrim ihm gegeben hat! Aber ich lebe! Hah! Ich lag da und überlegte, wie ich diesen Teufel von hinten angreifen könnte! Als das Kribbeln aus meinen Knochen wich, schlug ich mit dem Messergriff gegen die Tür, und wenn Rammy Sahib nicht gekommen wäre, hätte ich..."

„Ein Mann macht Platz für diese Leiche! Lasst den Gefangenen seine intime Bekanntschaft machen!" unterbrach King.

So wurden Alis Ratschläge an seine Söhne unterbrochen und einer der Wächter musste aussteigen und dem Karren folgen, in dem sich nun zwei Leichen, der Gefangene, Ali und zwei Söhne, Grim und Jeremy befanden. Ramsden fungierte als Fahrer, steckte nach hindustanischer Manier seine Zehen unter die Schwänze der Ochsen und lenkte sie mit jeweils einem Schwanz in jeder Hand, wobei er die geduldigen Tiere mit Geräuschen antrieb, die dem Schreien eines wütenden Papageis ähnelten.

Ramsden hätte ohne zusätzliches Make-up als Fall für das Hospital durchgehen können. Sein letzter Gegner hatte das Rezept des verlierenden Desperados angewandt und verunstaltet, wo er nicht brechen konnte, in der vergeblichen Hoffnung, die Moral des überlegenen Mannes zu zerstören. Mit aus seinem schwarzen Bart ausgerissenen Haaren – rohen Striemen, wo die Fingernägel des Hindus gewütet hatten - Blut in seinen Haaren, einem verschwundenen Turban und großen blauen Flecken, die durch die zerfetzten Gewänder zu sehen waren – sah Ramsden eher aus wie ein wilder Mann aus den Bergen als irgendeine Art von zivilisiertem Wesen. Das war an sich kein schlechter Umstand, denn es trug dazu bei, Störungen zu verhindern.

Derselbe einsame Constable, der weggelaufen war, als Grim, Jeremy und King wie Wegelagerer auf die Straße gesprungen waren, war kurz davor, seine eigene Selbstachtung wiederzuerlangen, indem er diese Nachtschwärmer schikanierte.

Aber King schritt in gelber Kleidung voran, mit dem roten Kastenzeichen auf der Stirn; und einer der Söhne Alis ging mit einem Talwar hinter ihm her, ließ die schrille Stahlpfeife ertönen und verkündete, dass sein durchschnittliches Ergebnis drei Köpfe mit drei Schlägen entsprach. Das Schlimmste aber war, dass Ramsden auf dem Heck saß und fähig und willens wirkte, jeden Mann in Stücke zu reißen - knurrend wie ein großer Bär.

Der Constable bemerkte daraufhin, dass es eine heiße Nacht war, Habibullah nannte ihn einen Lügner und sagte, keine Hitze sei wie die von Tofet[24], wohin alle Feinde gingen, die er - drei auf einmal - mit drei Schlägen geköpft hatte.

„Ho! Ich verstreue ihr Hirn für die Vögel!", schrie er, bis es sogar Vater Ali - reicher als er - für angebracht hielt, ihn zurechtzuweisen.

„Habe ich fünfzig Rupien für einen leeren Prahler verschwendet?", fragte er säuerlich durch die bestickten Vorhänge, und von da an marschierte Habibullah schweigend weiter, drückte mit dem Daumen auf den Talwar, anstatt ihn zu schwingen, und dachte zweifellos über die kleinen Ironien des Lebens nach.

Im Inneren des Ochsenkarrens erholten sich Grim und Jeremy schnell, ohne auch nur einmal das Bewusstsein verloren zu haben. Die Wirkung der Hypnose des bronzenen Mannes entsprach der des Curare-Giftes, das die Nervenzentren lähmt, aber es weiterhin zulässt, alles zu fühlen und zu denken.

Die Hypnose dauerte noch einige Minuten nach dem Tod des Mannes an.

---

[24] Tofet lag in einem der Täler am Stadtrand Jerusalems; angenommen wird meist eine Schlucht unterhalb des südöstlichen Teils der Stadtmauer. Dort wäre laut Jeremia früher einmal ein Opferplatz des Gottes Baal gewesen.

„Der Beweis", sagte Grim, „dass wir alles uns selbst angetan haben. Er wusste nur, wie man uns dazu bringt, es zu tun."

Aber das half Jeremy nicht weiter. Er war untröstlich. Die Scham fraß ihm das Herz aus dem Leib, dass er, der Betrüger von Tausenden, der Bauchredner, der Zauberer, vom Bogen und Speer eines anderen gefallen sein sollte.

„Das ist genauso ein Trick, wie sie anzufassen!", grummelte er. „Ich schwöre, es ist ein Trick! Bei Crickey, ich werde ihn lernen, und bei Gott, ich werde ganz Indien hypnotisieren! Ihr werdet schon sehen"

Grim zündete eine Öllampe an, die in einer Halterung vom Dach hing, und begann, eher in der Absicht, Jeremy zum Schweigen zu bringen, den Leichnam dem Gefangenen zu präsentieren.

Es machte keinen Sinn mehr, dem Gefangenen noch länger vormachen zu wollen, dass sie indische Mitglieder einer anderen Neun waren; er hatte gehört, dass sie miteinander Englisch sprachen. Aber es bestand die Möglichkeit, dass er kein Deutsch konnte, und eine fast ebenso gute, dass der Aberglaube längst sein gesamtes Urteilsvermögen zerfressen hatte. Grim flüsterte eine ganze Zeitlang auf Deutsch mit Jeremy, der daraufhin den geschundenen Leichnam anhob und ihn in eine Ecke setzte, wo die schwachen Lampenstrahlen auf sein Gesicht und seine geöffneten Augen schienen.

Die Kinnlade fiel herunter, und Grim, der das Gesicht des Gefangenen beobachtete, ließ sich zufrieden in seine eigene dunkle Ecke zurückfallen.

Der Leichnam sprach!

„Ich bin tot", verkündete er in Punjabi durch abgebrochene Zähne, die durch Ramsdens Faust unauslöschliche Spuren bekommen hatten.

Der Gefangene keuchte. Ali und seine Söhne wurden grau vor Angst. Ihre Zähne klapperten. Ali hätte mit dem Griff seines langen Messers auf die Leiche eingeschlagen, um sie zum Schweigen zu bringen, wenn ihn Grims Arm nicht zurückgehalten hätte.

Die Atmosphäre war perfekt für jede Art von Illusion - erdrückend, elektrisierend, voller Panik.

„Ich bin tot, aber die silberne Schnur wurde noch nicht durchtrennt", sagte der Leichnam.

Selbst Grim spürte, wie ihm ein Schauer über den Rücken lief. Er griff nach oben und drehte das Licht herunter, damit die Illusion nicht fehlschlug, denn der Kiefer war unziemlich heruntergefallen und verriet keine Absicht, sich wieder zu schließen, um die Worte zu formen, die Jeremy ihm vorgab.

Dennoch hatten alle das Blut und die abgebrochenen Zähne gesehen - genug, um Fehler in der Aussprache zu erklären.

„Ich sehe undeutlich - nur undeutlich", sagte der Leichnam. „Wer sitzt mir gegenüber?"

Zwei der Söhne Alis nannten in Todesangst ihre Namen. Der Leichnam fuhr in schärferem Akzent fort: „Wer noch? Ich rieche..."

Möglicherweise hatte das Wort Geruch eine Bedeutung, die Jeremy nicht kannte. Es brachte den Gefangenen jedenfalls dazu, zu spuren. Er setzte sich aufrecht hin und antwortete: „Ich sitze vor dir. Warum sprichst du Punjabi? Sprich in unserer Sprache!"

„Ich? Ich? Wer bin ich?", fragte der Leichnam wütend.

„Nanak."

„Ah! Ich habe nach Nanak gesucht. Ich war auf der Suche nach Nanak, als mich das Karma einholte."[25]. Nanak – Hör zu!"

„Sprich die geheime Sprache!", sagte Nanak und zitterte bei seinem letzten Versuch, Ungläubigkeit und Selbstbeherrschung zu bewahren.

Grim zündete ein Streichholz an und blies es aus. Der Blitz des Augenblicks erhellte das tote Gesicht, so dass es sich zu bewegen schien - ein Unfall - einer dieser Unfälle, die Männern passieren, die sich beharrlich bemühen. Alles, was Grim beabsichtigt hatte, war Nanaks Flucht zu verhindern.

„Nein. Denn ich werde nicht zweimal sprechen, und die hier müssen es verstehen", sagte der Leichnam.

„Höre mich an, Nanak. Die hier sind von einer außerirdischen Rasse, welche die Götter geschickt haben, um die Neun Unbekannten zu entlarven. Gehorche ihnen, Nanak. Denn die Neun Unbekannten sind den Göttern bekannt, welche sie lange genug ertragen haben."

Der Gefangene hatte den Punkt der Ungläubigkeit überschritten und zögerte am Rande völliger Überzeugung.

„Wenn du die Wahrheit sagst", sagte er, „sag mir, warum bist du tot und ich lebe?"

Eine knifflige Frage für die Priester! Aber die Antwort kam so schnell wie die Lösung irgendeines anderen Tricks, der von Jeremy inszeniert wurde.

„Das Karma[26] hat mich eingeholt. Die Geschichte deiner Jahre, Nanak, kann noch eine Weile andauern. Deine Bereitschaft, einen Freund auf deine Kosten zu schützen, hat dir ein Privileg

---

[25] d.h. als er von Ramsden getötet wurde
[26] Es ist ein Axiom, das weder Menschen noch Götter die Erfüllung des Karma-Gesetzes verhindern können.

verschafft. Gehorche diesen Männern, Nanak, auf dass dich die Götter lieben und belohnen mögen!"

Der Leichnam hörte auf zu sprechen. In der darauffolgenden Stille versuchte Nanak ihn mit brüchiger Stimme dazu zu bewegen, mehr zu sagen, flehte und bettelte um Antworten auf eine Reihe von verzweifelten Fragen, die seinen verwirrten Geist quälten.

Aber wenn Jeremy eines weiß, dann dies: Wiederhole niemals ein Wunder! Wenn der Blitz niemals zweimal in denselben Baum einschlägt, braucht kein Zauberer darauf zu hoffen, das gleiche Publikum mit dem gleichen Trick am selben Ort erneut verwirren zu können.

Grim nahm ein weiteres Streichholz und zündete die Lampe an. Die Leiche sah jetzt sogar noch toter aus als Alis Bruder, der mit dem Gesicht nach unten auf dem Boden lag, während das dünne, runde Ende eines Messingpfeils kerzengerade aus der Basis seines rasierten Schädels ragte. Der Kopf des toten Dings fiel zur Seite und wackelte bei jedem Stoß des zweirädrigen Wagens, unter einem Chor von schnellen, leise gehauchte Anrufungen von: „Allah! Herr der Barmherzigkeit! Nein, es gibt keinen Gott außer Allah! Allah! Allah!" hin und her.

Dann stürmte Chullunder Ghose, fast nackt und außer sich, schlüpfrig vor Schweiß, an King vorbei, der ihn nicht erkannte. Kings Finger rutschten von seinem Arm ab und schafften es nicht, ihn zum Stehen zu bringen. Er rannte direkt auf die großen Ochsen zu, die einen Weißen aufspießen würden, aber einem vegetarischen Hindu beinahe alle Freiheiten ließen.

Mit einem Fuß auf dem Joch zwischen ihnen, sprang er daran entlang und brach auf Ramsdens Schoß zusammen - ein Hügel aus heißem Fleisch auf einem Kerl, dessen Anatomie an jedem Zentimeter wund war.

„Oh schrecklich! Schrecklichste Ereignisse! Rammy Sahib..."

Ramsden aber sagte nichts, sondern warf ihn über den Rumpf des nächsten Ochsen auf die Straße, wo er eine Minute lang dalag und ein Pantheon von Göttern und Teufeln anrief.

Es war reines Glück, dass ihn das Rad des Karrens nicht überrollte. King drehte sich um; Grim und Jeremy tauchten auf; Chullunder Ghose wurde von Hufen und Rädern befreit. Ali aus Sikunderam schlug drastische Abhilfemaßnahmen vor.

„Ein Hindu glaubt, Feuer sei ein Gott.[27] Dann verbrennt ihn hinter Riegeln! Lasst den Gott ihm Sprache abringen!"

„Oh, schrecklich! Oh, schreckliche Ereignisse!" stöhnte der Babu.

Sie konnten nicht mitten auf der Straße warten, während Chullunder Ghose von Ungewissheiten schwafelte. Es gab in dem überdachten Karen auch keinen Platz mehr für den Babu, ohne dass Wachen oder Leichen entfernt werden mussten. Die Leichen besetzten ihn. Zumindest eine Leiche.

„Raus mit ihm! In den Schatten! Rein mit dem Babu! Los geht es - fahr weiter, Rammy!"

Aus Jeffs schmerzender Kehle drangen Geräusche, die nur Ochsen verstehen, und mit einem Schwanz in jeder Hand setzte er das Gefährt wieder in Bewegung, nur um es einen Moment später erneut zum Stehen zu bringen.

Jetzt tobte eine weitere Erscheinung die Straße hinauf, fast genauso nackt wie der Babu, allerdings bärtig - schnell - riesig – nur mit einem Turban bekleidet und in seiner rechten Hand etwas schwingend, das wie ein Knüppel aussah.

„Sahibs!"

„Schnell, Narayan Singh! Was ist passiert?"

---

[27] Agni – die Feuerform des Göttlichen. Einer der wichtigsten Götter der Vedischen Religion.

Er konnte vor Keuchen kaum sprechen. Auf seinem schwarzen Bart war Speichel - Rauch und rotgeränderte Spuren in seinen Augen - ein Schnitt über seine Knöchel, wo er einen Schlag abgewehrt hatte - und eine blutige, nasse Masse, wo ein Messer irgendeiner Art zwischen Arm und Rippen hindurchgegangen war.

„Sie haben meine Pistole!"

„Wer? Wie? Wann? Wo?"

„Sie! Jetzt! Von hinten!"

„Wo, Mann? Wo?"

„Ihr Haus! Gauri!"

„Wo ist Cyprian?"

„Sahibs! Sahibs!"

Narayan Singh blickte wilder drein als je zuvor. Das Ding in seiner Hand war kein Knüppel, sondern das abgebrochene Stück eines Bettrahmens. Er schüttelte es wie ein Clanmitglied, der die Grenzwache herbeiruft.

„Sie haben das Haus niedergebrannt!"

„Und Cyprian?"

„Meine Söhne! Meine Söhne!", schrie Ali aus Sikunderam. „Ich habe vier von ihnen bei Gauri gelassen!"

Er wartete nicht auf eine formelle Erlaubnis, sondern stürmte mit den verbliebenen Söhnen die Straße hinunter, neben Habibullah, der mit seinem Khyber-Messer herumfuchtelte und seinem neugewonnenen Ruhm als Schlächter von dreien in drei Schlägen gerecht werden wollte. Und in letzter Sekunde konnte sich Jeremy auf den Gefangenen stürzen, der den offensichtlichen Vorteil nutzen wollte; sie kämpften unter den Rädern, rollten hin und her und kaum jemand nahm Notiz von ihnen, bis Jeremy wieder zu Atem kam und um Hilfe rief - ein Schrei, der Chullunder Ghose rettete.

Denn während der Babu fast schon hysterisch da lag, schlichen sich - dankbar für die Dunkelheit in dem abgedeckten Wagen – drei in Gelb gekleidete Männer von hinten heran und tasteten über den Rand des Karrens, packten den Leichnam von Alis Bruder an beiden Füßen und schleppte ihn aus dem Licht heraus, das für eine Inspektion notwendig war.

„Tot! Nein, das ist nicht der Angeber!", sagte eine Stimme in Punjabi.

„Schau!", sagte ein anderer. „Sie kämpfen unter dem Wagen! Unser Guru lebt!"

„Nein, wir haben die Leiche des Gurus gefunden! Das ist jemand anderes! Tötet sie!"

In diesem Moment schrie Jeremy und King, Grim und Ramsden stürzten zu ihm um den Wagen herum - dann antwortete einer der Männer in Gelb:

„Nein, ich sage, ich habe den Angeber weglaufen sehen!"

Ob sie nun vor Grim und Jeremy flohen oder ob Jeffs Auftauchen zu furchteinflößend war, oder ob sie alles wagten, um sich an dem Mann zu rächen, der „drei Kali-Wallahs mit drei Schlägen erschlagen hatte", war unklar. Sie flohen und wichen den Schlägen aus, die von links und rechts auf sie prasselten, wichen sogar dem gewaltigen Hieb von Narayan Singhs zerbrochenem Bettgestell aus - und ließen weder eine Erklärung noch die Leiche des Gurus mit dem bronzenen Gesicht zurück – obwohl die Frage, wie sie das gemacht hatten, ein weiteres Mysterium hinterließ.

King fesselte den Gefangenen unter Aufsicht von Ramsden. Sie fesselten ihn an Armen und Beinen an den Karren, während Grim Wache hielt und Chullunder Ghose ihnen nach Luft schnappend zusammen mit dem Sikh die schlechten Nachrichten entgegen keuchte.

„Sie haben Gauri mit einer Schnur getötet!"

„Sahibs, sie haben das Haus in Brand gesteckt und..."

„Sie haben mich ergriffen und..."

„Sahibs, ich wollte Cyprian holen, aber sie hatten ihn bereits. Das Bett war leer, und ich habe es zerschlagen, um einen Knüppel..."

„Verdammt, Männer!", sagte Ramsden. „Warum gehen wir nicht zu dem Haus und sehen nach?"

KAPITEL DREIZEHN

„Ich spürte das Kribbeln von Magie und fiel widerstandslos um."

SIE gingen hin. Sie sahen nach. Es gab keine Spur von Cyprian - nur Gauris Haus in Flammen und ein verspätetes Feuerwehrfahrzeug unter Leitung eines müden Mannes, der sagte:

„Diese Häuser von Frauen sind ein großes Risiko - Eifersucht, Sie wissen schon - Trinkgelage. Es kann alles Mögliche passieren, vielleicht Brandstiftung durch eine Lampe, die Polizei..."

Aber der Polizist hatte alle Hände voll zu tun und als weißer Offizier in einem Land, in dem man sagte, der weiße Mann hätte sein Pulver längst verschossen, suchte er nach Ausreden, um sich nicht zu sehr einmischen zu müssen.

„Vorurteile der Eingeborenen, wissen sie?!"

Mitten auf der Straße lag ein Mann mit dem Bauch nach unten und einer großen Wunde im Rücken, durch die der Lebenssaft von zehn Menschen geflossen sein könnte - ein Bergbewohner aus dem Norden, wie es aussah - vielleicht Sikunderam. Ein zänkischer Haufen, diese Stammesleute. Wahrscheinlich hatte er das Feuer gelegt und ist dafür gestorben.

Aber was sollte ein armer Polizist tun, wenn er sicher sein konnte, dass irgendein Hindu einen Anwalt beauftragen würde, um ihn zu beschuldigen, Rassenunruhen zu schüren? Er ordnete die Überführung der Leiche in das Leichenschauhaus an, um eine Identifizierung abzuwarten.

Eine Ecke weiter, kaum hundert Meter entfernt, stand Ali aus Sikunderam, der zwischen Erklärungsversuchen, die er anbot, das Schicksal bitterlich anklagte: „Sahibs, sie haben ihn erschlagen, wie ein Tier - meinen Habibullah! Sie rannten von hinten auf ihn zu und erschlugen ihn mit einem Fleischerbeil! Was kann ich tun? Wie kann ich die Leiche beanspruchen? Die Polizei..."

„Aber wie - hör zu, Ali! Wie sind sie darauf gekommen, ausgerechnet Habibullah herauszupicken?"

„Sahibs - habe ich das nicht gesagt? Das Haus brannte und es kam noch kein Ishteamer[28]. Und keine Polizei. Jemand stand an der Ecke und fragte mich, während ich vorbeirannte: „Wer ist der Große, der drei Männer mit drei Schlägen töten kann?' Wer bin ich, dass ich meinen Stolz hinunterschlucken sollte? Ich antwortete: „Da! Mein Sohn, mein Habibullah! Er erschlug drei mit drei Schlägen! Willst du das Kunststück noch einmal sehen?", und der Mann rief: „Zuerst er!" Und zeigte auf ihn. Daraufhin stürmten etwa ein Dutzend Männer aus einer Türöffnung, und einer von ihnen erschlug meinen Sohn mit dem Hackmesser!"

„Was hast du gemacht?", fragte Narayan Singh, der im Schatten des Ochsenkarrens stand, um zu verbergen, dass er wie ein Mann aussah, der gerade mitten aus einem Kampf kam.

„Was konnte ich schon tun? Zwei Feuerwehrautos kamen - und die Polizei. Möge Allah das Leben der Polizisten zerstören! Ich bin davongerannt - ich und meine beiden Söhne. Was sonst?"

„Keine Spur von Pater Cyprian?"

„Keine! Auch nicht von meinen vier anderen Söhnen", antwortete Ali und fuhr mit den Fingern beider Hände durch seinen grauen Bart. „Wenn meine Söhne dort in der Asche liegen, verbrannt von Hindus, so möge Allah mir das Gleiche und noch mehr antun, ansonsten werde ich halb Delhi in Schutt und Asche legen!

---

[28] Ishteamer. Feuerwehrauto. Alles, was mit Dampf angetrieben wird.

Ich werde Indien verwüsten! Ich werde eine Lashkar[29] in den Hügeln aufstellen und dieses Land plündern und vergewaltigen, bis kein Hindu mehr wagt, sich zu zeigen! Ich-"

„Ps-s-st!", sagte King. „Darauf können wir hier nicht warten. Was nun?"

„Als Nächstes müssen wir den Ochsenkarren verstecken!" seufzte Chullunder Ghose. „Charakteristisch für Ochsenkarren ist ihre Lenkbarkeit! Die Anforderungen dieser Gemeinschaft, mich eingeschlossen, ist im Moment erst einmal die Abwesenheit des Fleisches! Sogar die Polizei könnte uns durch die Leichen aufspüren - wie durch eine Menge Flaschen! Eine Orgie des Blutvergießens! Ich selbst bin trunken von Blut - berauscht - sehr! Ich sage ins Büro! Das ist der Rat eines bluttrunkenen Babus! Geht zum Büro. Anschließend werde ich den Ochsenkarren in Chandni Chowk los, wie immer der Sündenbock!"

„Aber der Gefangene?"

„Ich sagte anschließend", seufzte Chullunder Ghose, im Geiste bedrückt von der Stumpfsinnigkeit der Welt und ihren allzu materiellen Forderungen. „Ins Büro mit dem Gefangenen; zur Hölle mit mir. Euer Diener, Sahibs! Vae victis ! Gefangen beim Versuch einen gestohlenen Ochsenkarren unter Müll zu verstecken - keine Freunde - kein Anwalt - zehn Jahre - verb. sap. - Gehen wir? Ja?"

Sie gingen, aber Ali und einer seiner Söhne machten einen Rückzieher und versprachen, bis zum nächsten Tag auf einer anderen Route im Büro zu erscheinen. Ramsden suchte mit Jeremy, der ihn dabei unterstützte und ihm den Rücken stärkte, einen eurasischen Apotheker auf, dem Jeremy sagenhaft interessante Geschichten über dunkle Intrigen erzählte, während die Wunden Ramsdens gereinigt, gesalbt und bandagiert wurden - „ganz nach Geschmack der Königin", wie es der Mann der Drogen beschrieb.

---

[29] Armee

Danach entschieden sich Jeremy und Ramsden für einen Umweg und wendeten jeden Trick aus Jeremys Kompendium an, um etwaige Verfolger abzuschütteln, was sie, den Launen des Schicksals unterworfen, unter das Fenster eines Gebäudes brachte, aus dem fünf Polizisten kamen - in derselben Minute vom Sonderdienst befreit – und herumstritten.

„Es war ein Hundert-Rupien-Schein!", sagte einer von ihnen. „Nein, fünfzig!"

„Ich habe ihn gesehen!"

„Ich ebenfalls!"

„Ich sage, es waren fünfzig!"

„Ich habe gesehen, wie du es ihm aus seiner Kleidung genommen hast. Es war in einer ledernen Börse. Du hast sie weggeworfen. Es war ein Hunderter!"

„Fünfzig!"

„Dann zeig her!"

Sie standen alle in einer Gruppe unter einer Straßenlaterne, und der Mann, der zuerst herausgekommen war, zog einen Fünfzig-Rupien-Schein aus seiner Hosentasche, faltete ihn vorsichtig auseinander und hielt ihn in die blassen Strahlen.

„Gut, dass wir alle zusammen vom Dienst befreit wurden, sonst wären es jetzt nur noch zehn gewesen". sagte einer von ihnen, und alle lachten.

„Wer kann wechseln? Zehn für jeden von uns!"

Sie lachten wieder. Keiner von ihnen hatte Kleingeld. Ramsden und Jeremy waren noch fünf Schritte entfernt, als das Lachen abbrach und sich in eine Blasphemie aus spuckenden Katzen verwandelte - und wie ein Windstoß, der durch die Täler seines Heimatlandes heult, stürmte Ali aus Sikunderam mit einem Sohn mitten in die Gruppe, schnappte sich den Fünfzig-Rupien-Schein, spuckte dem Mann, der ihn in der Hand gehalten hatte, ins Gesicht und verschwand!

„Verdammt!", rief Ramsden aus. „Jetzt sind wir dran!"

Er hatte Recht, oder er hätte Recht gehabt, wäre da nicht Jeremy gewesen. Da sie des richtigen Opfers nicht habhaft werden konnten, wählten sie das einfachste und „schnappten es sich!"

Die fünf Polizisten wandten sich zweien zu, die möglicherweise Geld haben könnten und aussahen, als ob man sie für fast alles verantwortlich machen könnte.

„Sahibs!" sagte Jeremy, und schon der Titel schmeichelte ihnen. „Dies ist der Butler von Burra-wallah Hochkommissar Dipty Sahib. Er und ich haben diese Schurken erkannt!"

Die Polizisten umzingelten sie.

„Dieser bandagierte Bär? Dipty-Sahibs Butler? Ein schönes Märchen!"

„Aye! Und jetzt Schluss damit, es sei denn ihr könnt diskret sein!"

Jeremy griff auf eine vermeintliche Würde zurück - etwas, das er nicht besaß – es sei denn durch Mimikry. Diese fünf Polizisten waren allesamt Moslems. Jeremy war in das verhasste Gewand einer Hindu-Sekte gekleidet, die als noch fanatischer bekannt war als die meisten anderen bigotten „wahren Gläubigen". Aber die Polizei der meisten Städte der Welt hat Erfahrungen mit den Früchten der Einmischung in etablierte religiöse Strukturen sammeln dürfen. So gesetzlos sie auch sein mögen, sie lassen sie in Ruhe, soweit sie können, und beneiden sie gelegentlich zweifellos um die Möglichkeit zu einem „ehrlichen Zusatzeinkommen" - so viel größer – so viel sicherer als ihr Eigenes.

Dieser Anhänger von Kali hatte zweifellos seine eigene Art, Einfluss auszuüben. Es könnte stimmen, dass der „Dipty-Sahib" aus privaten Gründen einen starken Mann in seinem Sold hatte. Wenn es eine Lüge war, schien der bandagierte Mann dennoch mit einem Mitglied einer gefährlichen Sekte befreundet zu sein.

„Hunde!", knurrte Jeremy. „Wollt ihr im Müll herumschnüffeln oder eine echte Fährte aufnehmen?

Er ließ ihnen keine andere Wahl. Kein Polizist, auch nicht der streitlustigste Moslem würde es wagen, einen Hinweis von einer religiösen Persönlichkeit abzulehnen. Niemand außer anerkannte Eingeweihte der gefürchteten Sekte durfte diese orangegelben Gewänder tragen. Das war allgemein bekannt. Sicherlich würde kein Eingeweihter der Polizei einen Streich spielen.

„Wissen Sie, wo wir diese Räuber finden können?", fragte einer mit so viel Ehrerbietung in seiner Stimme und seinem Verhalten, wie er es mit einem wahren Glauben vereinbar fand.

„Weiß ich", antwortete Jeremy. Aber natürlich wusste er nicht mehr als sie, wie er später erzählte, ihm war die schiere Unverfrorenheit des Tricks, den er den Polizisten vorspielen wollte, durchaus bewusst. Er „spielte" einfach drauf los – wie er es nannte - „redete, um ihre Vorstellungskraft zu unterstützen"; und wann immer Jeremy das tat, geschah das Unerwartete.

„Zeig es uns, Sahib."

Jeremys ganzer Gesichtsausdruck veränderte sich. Die Idee war ihm aus heiterem Himmel gekommen, er lächelte. Er hatte jetzt den Blick gerissener Intensität, mit dem er die Zuhörer in seinen Bann zog, während seine geschickten Finger unmögliche Taschenspielertricks vollführten. Dieser Blick allein hätte schon ausgereicht, wenn Ramsden nicht gewesen wäre; er musste Ramsden zufriedenstellend weg erklären oder ihn dreist befreien und die enthaltene Schwierigkeit steigerte nur den Reiz.

„Sie kennen unser Haus?", fragte er, wobei er seine Worte so wählte, dass sie nicht aufgrund einer falschen Formulierung kompromittierend wirken konnte. (Damals wusste er noch nicht einmal, ob die Anhänger Kalis einen Tempel oder gar einen Versammlungsort in Delhi hatten).

„Den Kali-Tempel? Sicher", sagte einer der Polizisten.

„Nun, dann gehen sie dorthin und..."

Sie sahen enttäuscht aus, und der Anflug von Ehrerbietung schwand zusehends, wie Jeremy bemerkte; aber sie ahnten nicht, dass er es bemerkt hatte.

„Nein, besser, ich gehe mit Ihnen. Gehen sie voraus. Wir werden ihnen folgen, um weniger Aufmerksamkeit zu erregen."

Die Polizisten erklärte sich bereit, zu viert vorauszugehen, vorausgesetzt einer von ihnen könnte aus „Gründen der Diskretion" folgen. Sie sahen sich unter diesen Umständen nicht in der Lage einem wildfremden Hindu zu vertrauen, Genauso war sich Jeremy wirklich sicher, dass sie ihn zum Hauptquartier des Feindes führen könnten. Aber die Polizei weiß eine Menge Dinge, von deren Bedeutung sie nichts ahnt.

Sie führten Jeremy und Ramsden bis zur Tür eines Tempels, auf dessen Vorderseite das Abbild der schrecklichen Braut Shivas finster durch ihre Insignien aus Schlangen und Totenköpfe blickte.

Es war ein ramponiertes Bild. Moslemische Vorherrschaft und Aufruhr hatten ihren Tribut gefordert. Die Nase fehlte. Nicht eine Schlange oder ein Schädel von all ihren Ornamenten war unversehrt. Der Schmutz einer Generation und die unermüdliche Energie der Zeit hatten ihre Kräfte vereint, so dass Kalis Gesicht - wie das der Armen - bis zur Unkenntlichkeit zermahlen war; das betraf sowohl Teile der Verkleidung wie auch die Halsketten und Schlangen. Niemand kümmerte sich darum. Niemand besuchte diesen Tempel, um unangenehme Fragen zu stellen. Obwohl der Türrahmen sauber genug war, um städtische Inspektoren zufrieden zu stellen, war die Düsternis im Inneren unattraktiv. Einer, der in einem gelben Gewand im Schatten jenseits der Schwelle lauerte, war kein Schauspieler, sondern ein Wächter der heiligen Privatsphäre, dessen bloßer Blick reine Zurückweisung war.

„Trauen sie sich hinein?" fragte Jeremy die verwirrten Polizisten, die sich natürlich nicht trauten. Es dämmerte ihnen, dass sie getäuscht worden und hilflos waren.

„Ihr solltet euren Bergbewohner in einem Café suchen, drei Straßen weiter rechts und eine halbe Meile geradeaus", sagte er lächelnd.

So lächelten sie niedergeschlagen zurück, wie Opfer eines Scherzes, die nicht zugeben wollen, dass sie verärgert waren. Sie sahen, wie er Ramsden in Richtung des inneren Tempels schubste und wandten sich mit einem grimmigen Scherz über Hindus und heilige Stätten ab, der selbst dem Propheten Allahs alle Ehre gemacht hätte.

„Setzen wir uns", schlug Jeremy vor.

Ramsden setzte sich, fast auf die Schwelle, fast völlig unsichtbar in der tiefen Nacht, die dem Morgengrauen vorausgeht; und Jeremy setzte sich neben ihn, direkt an die Straße.

„Wir geben ihnen Zeit, uns aus den Augen zu verlieren, und dann verschwinden wir", sagte Jeremy. „Jetzt wissen wir, wo das Nest der Gelbkittel ist. Wenn ein Gelbbauch uns sieht, wird er mich für ein Mitglied der Bande halten."

„Eher nicht!", sagte eine Stimme in der Dunkelheit, nur einen Meter von ihm entfernt, auf Englisch. Er blickte in die Augen des Todes - von Kali - der Göttin der Vernichtung - in die Augen von Shivas schrecklicher Braut! Aus der Dunkelheit streckte sie ihren Arm nach ihm aus. Lebende Schlangen, umgaben ihr Haar wie die Locken einer Medusa umschlangen und wanden sich wie in Qualen. Schädel, die von Affen oder Menschen stammen könnten - das ließ sich in diesem Licht nicht erkennen- klapperten wie trockene Kürbisse an einem Seil um ihre Schultern. Da war ein schwacher Geruch nicht nach Leichenhaus, sondern nach Kräutern, die auf Prophylaxe hindeuteten, und auf den logischen Grund dafür – nach Blut!

„Halt mich fest", keuchte Ramsden und griff nach Jeremys Hand. Aber dessen Aufmerksamkeit war auf etwas Anderes gebannt.

Die Göttin war jung, wie die ewige Jugend. Volle Lippen, Wangen, Brüste - brennende Augen, in denen etwas Anderes als Gier glühte - ein rundlicher Arm, wohlgeformt wie eine Schlange - Anmut der Bewegung – Schlangen - und trockene Schädel!

Und der Geruch - das Wort „Geruch", so erinnerte sich Jeremy - hatte diesen gelb gewandeten Gefangenen zur Besinnung gebracht - der durchdringende, subtile Geruch von Kräutern bewirkte mehr als einen Ausgleich der Dinge. Er bannte sie!

Sie wurden bewusstlos.

Ramsden hatte das Bewusstsein verloren, lag groß und schwer mit den Schultern über Jeremys Schenkeln, bis ihn jemand an beiden Füßen packte und ihn in den Tempel zerrte.

Jeremy spürte, wie er dahinschwand. Die Finsternis verschwamm - voll von Kalis glühenden Augen - es schien, als gäbe es Dutzende von ihnen, die sich immer wieder auf zwei reduzierten.

„Ich spürte das Kribbeln von Magie und fiel widerstandslos um."

Er erinnerte sich an Alis Prahlerei. Er ließ sich gehen, ließ sich in die Arme von jemandem zurücksinken, den er nicht sehen konnte - Kalis Arme und ihre Schlangen, soweit er wusste - und ließ sich widerstandslos kopfüber in die Dunkelheit ziehen, die kühl, hallend und trocken war.

Er war also bei Bewusstsein, als man eine Tür vor ihm zuschlug. Er hätte Jeremy auch nicht gleichgesehen, wenn er einfach so still und uninteressiert dagelegen hätte. Er machte sich an die Arbeit und tastete in einem großen Raum herum, stolperte über Ramsdens leblose Masse, bis seine Hand auf einem Bett mit Rollen landete und seine Ohren Atmen vernahmen. Er holte aus dem Gürtel unter seinem Gewand, in dem er Zigaretten und Geld verbarg, ein Streichholz hervor -zündete es an – erblickte ein Gesicht, das er kannte und verbrannte sich die Finger, während er es anstarrte.

„Bei Gott! Pop Cyprian!"

KAPITEL VIERZEHN

„Wir haben Euren Chef!"

„RAMMY, alter Knabe!"

Jeff Ramsden hatte sich bewegt und Jeremys Stimme begrüßte im Schoß der Dunkelheit seine Rückkehr ins Bewusstsein. Aber er musste die Worte mehrere Male wiederholen, bevor er irgendeine Antwort erhielt; Jeff hatte vergessen, wo er aufgehört hatte, und lag vorsichtig da wie ein Tausendfüßler, der überlegt, wie er davonlaufen soll.

„Hör zu, ich bin's, Jeremy. Wir sind unter Kalis Tempel und Pop Cyprian ist hier - schläft wie ein Baby nach einer guten Mahlzeit. Ich habe Streichhölzer angezündet – sieben sind noch übrig - kann keine Lampe oder Kerze finden. Ich zünde noch eins an und bewahre die letzten sechs für den Notfall auch. Wach auf!"

Jeff wurde bewusst, dass Jeremy dies offensichtlich nicht als Notfall erachtete. Er lachte.

„Das reicht!", sagte Jeremy. „Starre nicht auf das Streichholz. Es ist das letzte, denk daran."

Es gibt Menschen, die nicht an Wunder glauben, aber das Einschalten des Lichts als alltäglich akzeptieren. Außerdem dürfen sie wählen, und einige sind als Pädagogen bekannt. Das geschah: wo nichts war und kein Licht, entstand plötzlich eine gewölbte Krypta, in der Farbe von warmem Gold leuchtend, wohin auch immer die Strahlen eines einfachen, importierten japanischen Streichholzes auf eine Projektion fielen. Agni, der aus dem Schoß des Holzes entsprang, hatte ein weiteres Wunder bewirkt, das war alles. (Das Zeitalter der Wunder ist vorbei.)

Zwischen zwei Schatten geschnitzter Säulen lag Cyprian mit dem Gesicht nach oben, wie eine Leiche zur Beerdigung aufgebahrt, aber rhythmisch atmend, lächelnd wie ein Mann, der hinter den Schleier blickt und angenehm überrascht ist. Er lag auf Armeedecken auf einem Bett, das leicht bewegt werden konnte und war bis zu den Achselhöhlen mit einem weißen Laken bedeckt. Die Schatten um ihn herum hüpften wie lebendige Dinge. Bögen erschienen und verschwanden. Jeff versuchte die Höhe des gewölbten Daches über ihm einzuschätzen.

„Verdammt!", meinte Jeremy. „Das ist schon das fünfte Mal! Meine Finger sind inzwischen durchgebraten."

Das Licht verschwand, aber das momentane Bild hinterließ seinen Eindruck auf der Netzhaut. Für Sekunden sah Jeff, obwohl seine Augen geschlossen waren, das goldene Gemäuer und Cyprian in einer Aura, die Schatten wie eine Flut umringten, um sie zu überwältigen.

„Ich habe versucht, ihn wach zu bekommen", sagte Jeremy. „Ich habe ihn gekniffen. Er bewegt sich nicht. Aber seine Atmung, Temperatur und sein Puls scheinen normal zu sein. Glaubst du, er wurde hypnotisiert?"

„Ich weiß, dass ich vergiftet wurde", antwortete Jeff. „Verzeih mir bitte mein schlechtes Französisch."

Er erbrach sich heftig; aber trotzdem konnte er sich, auch wenn er diese Notwendigkeit außer Acht ließ, nicht daran erinnern, was geschehen war.

„Irgendein Geruch hat dich umgehauen", sagte Jeremy. „Mich hat er nicht erwischt."

Das war protzig und ungeschminkt Jeremy, der vor nicht allzu langer Zeit Opfer eines Hypnotiseurs geworden war, welchen Ramsden tötete und damit seine Gleichstellung wiederherstellte. Anschließend tauchten von unten, wie das Gedächtnis eben funktioniert, die wichtigsten Punkte der jüngsten Geschichte in

Jeffs Bewusstsein auf., entstanden aus der bitteren Erkenntnis, dass Jeremy ein gewisses Bedürfnis hatte, sich zu behaupten.

„War ich nicht in einen Kampf verwickelt?", fragte Jeff.

„Nein, alter Knabe. Der andere Johnny war es. Du hast gewonnen. Hör zu: King, Grim und der Rest von uns sind wahrscheinlich in unserem Büro in Chandni Chowk und warten auf uns. Wir sind unter der Erde und wahrscheinlich unter dem Keller des Kali-Tempels. Eine Dame leitet den Ort, deren Haare gekämmt werden müssen - nein, keine Läuse - Schlangen! Sie trägt als Schmuck Menschenschädel. Hat ihnen womöglich das Blut ausgesaugt. Unsere Leute haben einen gelbbäuchigen Gefangenen, Narayan Singh und du haben einen ganzen Sack voll von ihnen getötet. Im Gegenzug haben sie uns erwischt. Ich schätze, dass wir sicher sind, solange unsere Leute am Leben und wachsam sind. Aber sollten sie halb Delhi abbrennen, um unsere Leute bei lebendigem Leibe zu rösten, dann..."

„Dann würdest du spoorlos[30] verschwinden, nicht wahr?!", sagte eine Stimme im Dunkeln, sie gehörte einem Mann, aber um kein Geld der Welt Cyprian.

Jeremy akzeptierte das als Notfall und entzündete eines der verbleibenden sechs Streichhölzer an. Ein Atemzug blies es aus, noch bevor es aufhörte zu zischen. Er zündete ein weiteres an und schützte es zwischen seinen Händen. Augen lachten ihn an, aber ein Atemzug blies das Streichholz aus, bevor er das Gesicht, das sie umrahmte, richtig sehen konnte. Dennoch war er fast sicher, dass Atem und Augen verschiedenen Personen gehörten. Er zündete ein drittes Streichholz an und Jeff unterstützte auf seine eigene Art. Seine Faust wurde nicht ganz zufällig in die Dunkelheit abgefeuert, traf jemanden hart und ließ diesen rückwärts gegen Cyprians Feldbett taumeln, stieß Mann und Bett um und weckte Cyprian.

---

[30] Ohne jede Spur

„Gnade, wo bin ich? Licht! Macht das Licht an!", sagte der alte Priester missmutig.

Auch sein Gedächtnis versagte.

Aber eine Stimme sagte etwas, das wie der Klang einer Bronzeglocke widerhallte, in einer Sprache, die weder Jeremy noch Ramsden verstanden und langsam begann - fast wie eine Aurora Borealis - ein weiches Licht an einem Dutzend Stellen undeutlich die Krypta zu füllen. Es schien an den Ecken zu beginnen und sich langsam zu einem Ganzen zusammenzufügen, bis es schließlich neun Individuen umrahmte, deren Anführer in der Mitte alle anderen überragte, wie ein Berg die Hügel überragt. Er stand bewegungslos, riesig, ein Mann, der die schlichte Einfachheit elementaren Wissens und die damit verbundene Art von Macht erlangt hatte. Bis auf eine Einzelheit hätte er als Mahatma durchgehen können - eine der reinen Verkörperungen der Spiritualität, welche die ganze Welt an die erste Stelle und sich selbst an die letzte Stelle setzen und auf diese Weise die Welt eroberten. Aber in seinen Augen loderte das kalte Feuer des Ehrgeizes. Er besaß den Stolz Luzifers, der gefallen ist. Der Stolz ist der erste aller Feinde, den eine Mahatma besiegt und so war die Leistung dieses Individuums, wenn auch erstaunlich, so doch nicht gut.

Verglichen mit dem Mann, gegen den Jeff im Hof des Minaretts gekämpft hatte, war das Verhältnis zwei zu eins. Sogar seine physische Stärke schien doppelt so groß zu sein wie die des ersteren. In seiner Haltung, seiner Ruhe, seiner majestätischen Stirn und seiner Anziehungskraft glich er eher einem dieser Tempelbilder, die in der Finsternis sitzen und aus amethystfarbenen Augen starren, als irgendeinem gewöhnlichen Wesen. Er schien weit entfernt von menschlichen Maßstäben zu sein - doch der Hunger nach menschlicher Macht brannte in ihm und man konnte ihn spüren.

Seine kupferfarbene Haut glänzte, gut gepflegt, obwohl er kaum bekleidet war, und seine Muskeln schienen aus Bronze zu sein. Sein Lächeln war dicklippig, aber so statisch wie der Rest von ihm, als wäre er an Ort und Stelle gegossen worden. Auf seiner Stirn, unter einem orangegelben Turban trug er das purpurrote Kastenzeichen der grausamen Göttin, der zu dienen er sich entschlossen hatte, aber er trug keinen anderen Schmuck und keine andere Kleidung außer einem gelben Tuch, das spärlich um seine Lenden geschlungen war. Seine Füße waren nackt, und er saß mit nach oben gerichteten Fußsohlen in einer Haltung da, die für die westlichen Rassen unmöglich oder bestenfalls eine Qual ist.

„Bong!"

Das Wort, wenn es denn eines war, klang wie ein Hammer auf Glockenmetall und erzeugte Obertöne, die bis in die Unendlichkeit summten. Die acht, die bei ihm waren, beeilten sich wie Komparsen, die durch einen sich hebenden Vorhang überrascht worden waren, sich auf beiden Seiten in eine starre Haltung zu versetzen - alle bis auf eine, die Frau. Jeremy erkannte sie wieder, obwohl die Schlangen und Schädel fehlten. Als einzige von allen saß sie außer der Reihe - abgesehen von dem exakten Kreisbogen, den die anderen beibehielten - wie ein Bild der Herodias, welcher der Kopf von Johannes dem Täufer fehlte. Eine Schönheit, vorausgesetzt man mochte so etwas. Üppig, reif, mit vollen Lippen, mit Augen von herausfordernder Offenheit, die mit Neugierde und etwas Belustigung blickten - aber kein Mitleid zeigten – und mehr und schlimmeres Übel erblickt hatten, als der Rest der Welt vermuten mochte. Eine unverschämte sexuelle Inszenierung im Leopardenfell.

Sie trug an den meisten ihrer Finger Schmuck und an einem Zeh etwas, das aussah, wie ein mit Diamanten besetzter Hochzeitsring; aber ihr Nasenloch war nicht für den juwelenbesetzten Nasenstecker durchbohrt worden, der bei Hindu-Frauen so beliebt ist und ihre Ohrringe waren nicht die üblichen herunterbaumelnden Dinger, sondern Smaragde, die tischförmig geschliffen und so gefasst worden waren, dass sogar die Krallen der Fassungen unsichtbar waren.

Die anderen waren sieben Männer in gelben Gewändern, die sich nicht wesentlich von denen unterschieden, die bisher die Offensive geführt hatten - vielleicht ein wenig sicherer im Auftreten und etwas weniger darauf bedacht, Eindruck zu schinden. Sieben Männer, die sich in ihren Motiven und in ihrer Selbstdisziplin so ähnlich waren, dass eine Art schamlose Einheit aus Männern unterschiedlicher Größe und Gewicht durch einstimmigen Wunsch ein Muster formten.

„Wer sind diese Leute? Wo bin ich?" wollte Cyprian wissen und setzte sich auf.

Anstatt zu antworten, zeigte der Bronzemann in der Mitte mit einem Finger auf Jeremy und sagte auf Englisch: „Du und er, nehmt das Bett und stellt es zwischen euch ab!"

Mit „er" meinte er Ramsden. Indem er einen Befehl gab, der wahrscheinlich nicht missachtet werden würde, wollte er seinen Willen durchsetzen. Die imperialste Kontrolle muss einen Anfang haben und es gibt keinen Hypnotiseur - und hat auch nie einen gegeben - der Autorität ausüben kann, ohne zuvor die Zustimmung des Opfers einzuholen.

Jeremy hatte es satt, hypnotisiert zu werden.

„Fahr zur Hölle!", antwortete er höflich auf Englisch.

„Dito!"

Ramsden bestärkte ihn mit rauer Stimme und einer Geste wie ein Gladiator. Er fürchtete Giftgas mehr als irgendwelche mentalen Tricks.

„Komm mal her, Paps!" sagte Jeremy zu Cyprian. „Versuch zu laufen."

Cyprian machte einen Versuch, stellte seine Füße auf den Boden und stieß sich dann mit beiden Händen ab. Das funktionierte ganz gut. Jeff fing ihn auf, bevor er stolperte und hinfiel, setzte ihn dann wie ein Kind zwischen sich und Jeremy, wo der alte Mann sich an Jeffs Schulter lehnte und seine Augen schloss, nachdem er einen genaueren Blick auf die Neun ihm gegenüber geworfen hatte. Er war bei Bewusstsein, denn seine Lippen bewegten sich. Genauso gut hätte er aber auch eine Formel auswendig wiedergeben können.

„Wärst du so nett?", fragte Jeremy und lächelte unverschämt in das Gesicht des feindlichen Sprechers.

Er mied den Blick der Frau. Sie hatte ein langes seidenes Taschentuch, dass sie rastlos zwischen ihren Fingern hin- und her bewegte. Er schnappte es sich, ohne sie anzusehen, vollführte die Bewegungen eines Thug-Assassinen und warf das Taschentuch schließlich in den Schoß des riesigen Mannes in der Mitte. Es war der Ausdruck äußerster Respektlosigkeit - Geringschätzung.

„Schlag das, wenn du kannst!"

Die Frau kicherte. Er, der respektiert werden sollte, sagte etwas in einer unbekannten Sprache.

„Bong!", oder so ähnlich erklang es, und es folgten etwa acht weitere Silben. Es war so verblüffend wie ein Gong, der mitten in der Kurve zehntausend Pferdestärken kontrolliert.

Vier der Neun standen auf, begaben sich zu den Säulen hinter ihnen und kehrten nach einer Minute mit einer hölzernen Tragbahre und einem großen Gewicht darauf zurück. Die Frau kicherte erneut.

„Seht hin!", sagte der Mann in der Mitte, wieder auf Englisch.

Aber Jeremy hatte hingesehen. Sein Stichwort war Ungehorsam. Er hatte keinerlei Interesse daran, erneut die Züge des Mannes zu betrachten, der gegen Jeff gekämpft hatte und von ihm getötet worden war - den er im Ochsenkarren sitzen und sprechen ließ.

„Ich habe schon verstanden!", antwortete er lachend. „Wer hat das Rotkehlchen getötet? Darum geht es? Möchtest du wetten? Ich wette, der Mann, der ihn erledigt hat, kann das Gleiche mit dir machen! Na los! Setze dein Geld!"

Der Ungehorsam, zu Respektlosigkeit gesteigert, stieg Jeremy zu Kopf wie Wein. Seine Stimme und das kurze schroffe Lachen verrieten es. Cyprians alte, wimpernlose Augen öffneten sich ein wenig - kaum mehr als Walnüsse am Ende eines Winters und seine Lippen hörten auf sich zu bewegen.

Als er endlich sprach, hatte er sich schnell wieder gefasst und in seiner Stimme lag die geballte Kraft eines halben Jahrhunderts zugestandener Ehrerbietung. Er sprach wie einer, der Autorität besaß:

„Frieden im Angesicht des Todes!"

„Ich mache keine Witze, Paps", sagte Jeremy, aber die Dämpfe stiegen nicht mehr auf. „Rammy kann den Mistkerl umhauen!"

„Ruhe!", befahl Cyprian.

Er lehnte immer noch an Ramsdens Schulter. Jeffs rechter Arm lag um seine Taille, als wäre sie die eines Mädchens. Abhängig von Jeffs Griff lehnte sich der alte Mann nach vorne - hob einen Finger und deutete auf das bronzene Gesicht gegenüber - öffnete dann die Augen weit. Er schien tief aus seinen Kraftreserven zu schöpfen.

„Frieden! Hör mir zu!" Er sprach Englisch, genau wie es Jeremy getan hatte.

„Solange wir vermisst werden..."

Nun war es an dem Bronzemann zu lachen. Er und die Frau ließen ein Glockenspiel erklingen, wie aufeinander abgestimmte Glocken. Die anderen sieben lächelten, als ob der Abgrund, in dem ihre Gedanken hausten, jedes Geräusch verschlucken würde, das sie produziert haben könnten.

„Mein Bruder", sagte der Bronzemann schlicht und machte eine Geste in Richtung der Bahre.

Diese beiden Worte erklärten seine ganze Haltung, obwohl das Wort nicht notwendigerweise eine Blutsverwandtschaft implizierte.

„Pass auf, dass du nicht zusammen mit ihm in die Hölle fährst!", spottete Jeremy und wiederholte sein knappes, trockenes Lachen – ein Warnsignal.

Cyprian schaltete sich also erneut ein und hob seinen Kopf von Ramsdens Schulter.

„Du wagst es nicht!", sagte er und zeigte mit einem schlanken Zeigefinger auf sie. Und wieder sprach er Englisch.

„Du besitzt keinerlei okkulte Macht! Du kannst einem Menschen, der wach ist, keinen Schaden zufügen. Du bist ein schwaches Etwas, ein armes Ding, hilflos, ein Mensch aus Fleisch und Blut! Du bist im Angesicht der Ehrlichkeit genauso hilflos wie das!"

Er zeigte auf den Leichnam. Weiser, weiser alter Cyprian! Neun von zehn Anhängern einer Religion hätten irgendeinen Grundsatz ihres Glaubens angesprochen und damit dem Feind eine Öffnung geboten, in die er die Widerhaken der Pfeile religiöser Rivalität stoßen könnte.

„Ihr werdet meine Bibliothek niemals bekommen", fuhr er fort. „Treuhänder haben Anweisungen, was mit ihr zu geschehen hat. Und wenn du mir etwas antust, wie willst du dann an das Wissen aus meinem alten, toten Hirn kommen?"

Die Frau lachte laut auf. Der Mann in Bronze lächelte triumphierend. Jeff Ramsdens Arm schloss sich um Cyprian, und Jeremy beugte sich vor, als wolle er seinen eigenen Körper zwischen den alten Mann und dem Schock bringen, der auf grausamen Lippen lauerte. Die Nachricht von der Verbrennung seiner Bücher würde Cyprian aus der Fassung bringen. Das war eine Bombe, die seine Abwehr zerschmettern würde. Jeff kam dem zuvor - er zog die Sicherungsleine.

„Deine Bücher sind in Rauch aufgegangen", sagte er. „Anstatt zuzulassen, dass sie auch nur ein einziges Buch wegtragen, haben wir..."

Es war nicht nötig, die freundliche Lüge zu beenden. Cyprian verstand, dass die Freunde mit der Fackel zuvorgekommen waren.

„Alle?", fragte er.

„Jedes einzelne", sagte Jeff.

„Das weißt Du sicher?"

„Ja."

Cyprian versteifte sich, beinahe als hätte er gerade zehn Jahre verloren.

„Ich bin zufrieden. Ich habe es verdient. Es war mein Stolz, der mich davon abhielt, sie schon vor langer Zeit zu verbrennen. Seid ihr sicher, dass alle weg sind?"

Dann senkte der alte Mann sein Haupt, und der Feind verstand, dass es in dieser Hinsicht keine Chancen mehr gab. Es gibt wenig, was man einem Mann antun kann, der nichts besitzt und die Welt nicht mehr um Gefälligkeiten bittet. Aber man kann drohen. Das versuchte er als nächstes:

„In deinem Alter ist ein Tod ohne Wasser..."

„Einfacher als für dich", sagte Cyprian.

„Der Gnade der Ameisen ausgeliefert..."

„Gottes Geschöpfe!", antwortete Cyprian. „Ich bin alt. Ich kann meinem Ende entgegensehen."

Oder man kann in Versuchung führen.

„Wir wissen viel. Du weißt nur wenig. Füge dein Wissen unserem hinzu und wir können die Neun aufspüren."

Cyprian neigte erneut den Kopf, diesmal um ein Lächeln zu verbergen, aber die Frau sah es. Sie gab dem Mann eine Art Zeichen.

Cyprian war hocherfreut. Das in zehn Worten formulierte doppelte Geständnis, dass sie ebenfalls die Neun jagten und nicht einmal ihren Aufenthaltsort kannten, war wie ein Hauch von Weihrauch.

Der Mann mit dem bronzenen Lächeln registrierte das Signal der Frau und schien es zu verarbeiten. Er sagte etwa eine Minute lang nichts. Dann:

„Wir haben einen Mann, der ein Mitglied der Neun vom Sehen her kennt."

Jeff und Jeremy blickten nach oben und wieder nach unten und wagten nicht, den Blickwechsel zu beenden. Und doch hatte das ausgereicht. Die neun, die alles beobachteten, bemerkten alle die Bewegung und interpretierten sie. Die Frau hielt ihre Hände mit der Handfläche nach unten etwa auf halber Höhe zwischen ihrer Brust und dem Boden und bewegte sie dann mit einer Bewegung nach außen, die andeutete, den Boden für neue Bauten zu ebnen.

„Deine Freunde halten ihn gefangen!"

„Das schließt du daraus?" fragte Cyprian und blickte mit einer raschen vogelähnlichen Kopfbewegung auf.

Da er selbst nicht wusste, ob es banal war oder nicht, hatte er Bedenken, dass Jeff oder Jeremy mit einem Geständnis herausplatzen könnten. Er wusste, dass es besser war, kein einziges Bruchstück an Information preiszugeben. Sag dem Feind nichts. Gib nichts zu. Mach keine Zugeständnisse. Nicht nachgeben. Das war beinahe seine Religion. Deshalb kaufte er sich Bücher über Okkultismus und Geheimwissenschaften. Es war ein wesentlicher Bestandteil von ihm.

Jeff erkannte Cyprians Aufforderung zur Diskretion früher als Jeremy. Sein langsamerer Verstand arbeitete auf Volldampf und verursachte Unklarheiten zu überwinden, während Jeremy, der wusste, dass er schneller war, von einer Möglichkeit zur anderen sprang. Jeremy hätte versucht, so man ihm die Möglichkeit dazu gegeben hätte, ein Geschäft auszuhandeln und es dem Mutterwitz überlassen, das Problem zu lösen, sobald die Zeit für ein Doppelspiel gekommen wäre. Jeff hätte Gewalt angewendet. Seine Gedanken kreisten bewusst und keineswegs stumpfsinnig um die Frage: Warum war er nicht durchsucht worden? Die bequemen Gewichte unter seiner zerlumpten Kleidung, waren ein Beleg dafür. Hatten diese Männer, obwohl sie wussten, dass im nächtlichen Getümmel kein einziger Schuss abgefeuert worden war, auf einen Mangel an Schusswaffen geschlossen? Waren sie so unvorsichtig?

Jeff bezweifelte dies. Es gab noch einen anderen Grund. Wenn er die Wahrscheinlichkeiten einschätzte, kam er zu dem Schluss, dass er und Jeremy nur zwei oder drei von ihnen mit Hilfe von Gas gefangen genommen worden waren und dass sie froh waren, sie unter Verschluss zu haben, bis die anderen kamen. Aber sie würden es kaum wagen, ein weiteres Mal Gas einzusetzen, solange sich ihre eigenen ungeschützten Leute in der Krypta aufhielten.

Nicht sehr schnell, aber so sicher, wie er beim Gehen seine Füße setzte, verfolgte Jeff den Wortwechsel und änderte dann seine Position, als ob ihn die Wunde unter dem Verband schmerzen würde.

Jeremy war auf einer anderen Spur. Er wollte wissen, was sie wussten, im Gegensatz zu Jeff, dem das egal war und der nur aus der Sache herauswollte. Ein Scherz starb totgeboren auf Jeremys Lippen. Es hätte seinem Sinn für Fitness entsprochen, den toten Mann noch einmal zum Sprechen zu bringen und Cyprian, der sich der Indiskretion, die in der Luft lag, bewusst war, zitterte nervös.

Aber der Mann mit dem bronzenen Lächeln erkannte, dass nichts, was er gesagt oder getan hatte, die Gefangenen näher an den richtigen subjektiven Zustand herangebracht hatte, in dem er seinen Willen durchsetzen konnte. Und er verlor die Geduld. Die Zeit schien in seinen unmittelbaren Angelegenheiten ein Faktor zu sein und die Frau gab immer wieder Signale, die die anderen zu beeindrucken schienen, aber nicht ihn. Plötzlich bewegte er sich - beugte sich etwa fünfzehn Zentimeter nach vorne und stieß seine Hände vor sich, als wären es Schlangenköpfe.

„Ihr-drei-werdet-vielleicht-nicht-länger-leben.als-ihr-ihre-Qualen-ertragen-könnt. Es-sei-denn-ihr-entscheidet-Euch-von-Nutzen-zu-sein", sagte er.

Jedes Wort wurde einzeln - fast wie eingraviert - auf Englisch mit einem Akzent gesprochen, den er an der einen oder anderen Universität gelernt hatte. Und bei dem Wort „ihr" trafen seine Augen die der Frau, als wäre sie die Expertin für angewandte Folter.

„Der Jüngere soll zuerst verletzt werden. Der Ältere soll zusehen", sagte er, als wäre es ein nachträglicher Einfall.

„Wie kann ich von Nutzen sein?", fragte Jeremy.

„So!", sagte Jeff und war auf den Beinen, bevor die Worte Gestalt angenommen hatten. Er konnte schnell sein, wenn seine langsamen Denkprozesse zu einer Schlussfolgerung geführt hatten.

Als er Cyprian losließ, stürzte er sich auf die Frau und warf sie in Jeremys Schoß, bevor Cyprians Schultern den Boden berührten.

„Haltet sie fest!", schrie er.

Und dann stürzte er, während jede seiner Sehnen noch von dem vorherigen Kampf schmerzten, direkt auf den Mann in der Mitte zu und landete auf dessen Hals, noch bevor ihm irgendjemand zu Hilfe kommen konnte. Eine Zehntelsekunde hätte ausgereicht, um Jeffs gesamten Plan wie Cyprians Bibliothek in Rauch aufgehen zu lassen, aber er verschwendete keine Zehntelsekunde. Mit einer Hand im Nacken seines Gegners schleuderte er ihn nach vorne auf den Steinboden - betäubte ihn. Und als die Sieben aufsprangen, um ihrem Chef zu Hilfe zu eilen, zerrte Jeff ihn unter ihnen hervor, schlug zwei von ihnen bewusstlos und stieß einen weiteren in den Abfall irgendwo hinter den Säulen. Dann zog er schließlich seine automatische Pistole, warf sich mit dem Rücken gegen eine Säule, setzte einen Fuß auf dem Bauch des Bronzemanns und bedrohte ihn mit der Mündung der Pistole.

„Bist du auf den Beinen?", rief er Jeremy zu.

Aber Jeremy hatte alle Hände voll zu tun, um sich um eine Waffe zu kümmern. Er musste mit der Tochter der Ohms ringen. Ein gefangener Leopard mit dem Geruch des Waldes in seiner Lunge wäre im Vergleich mit ihr ein Spielzeug gewesen. Keine Python hat sich jemals mit einer solchen Kraft hin und her gewunden oder so schnell zugeschlagen. Sie war Kraft, Hass und Wildheit, alles komprimiert im Herzen einer gespannten Feder und ein Messer in jeder ihrer Hände machte es nicht leichter, sie zu überwältigen. Noch schlimmer war, dass Jeff nur drei der sieben niedergeschlagen hatte. Vier waren noch auf den Beinen und frei – möglicherweise waren sie doppelt gefährlich, weil der Mann in ihrer Mitte keine Kontrolle mehr hatte, die er noch ausgeübt hatte, bevor Jeff ihn niederschlug.

Jeremy verdrehte der Frau mit einem Knie in ihrem Bauch eins ihrer Handgelenke, bis sie das Messer mit einem Wutschrei fallen ließ. Aber ihr rechtes Handgelenk war stärker als sein linkes und ihre Bauchmuskeln konnten seinem Knie standhalten. Sie schlüpfte unter ihm hervor und trat das heruntergefallene Messer weg. Einer der sieben stürzte sich darauf und Jeff erschoss ihn, bevor er die Hand heben und die Klinge in Jeremy rammen konnte.

Aber das war nicht Jeffs Plan. Lärm, der Hilfe bringen könnte, brachte wahrscheinliche noch mehr Feinde ins Spiel. Er fürchtete das Gas. Solange es lebende Anhänger von Kali in der Krypta gab, war es unwahrscheinlich, dass ihre Freunde Gas einsetzen würden. Er wünschte, der Riese unter seinem Fuß würde ein Lebenszeichen von sich geben. Wenn Jeremy die Frau töten und er alle anderen erschießen sollte, wäre die Gefahr von Gas wahrscheinlich größer als je zuvor.

Doch das Schicksal drehte sich. Sie waren unten am Werk. Wie ein Paar ineinander verflochtener Federn kämpften Jeremy und die Frau verbissen, wobei sie ihre Zähne und er endlich seine Fäuste einsetzte - wie sollte ein Mann seinen Bizeps sonst vor unnachgiebigen Kiefern schützen? Die Untergebenen in Gelb lauerten hinter den Säulen auf ihre Chance, besaßen wahrscheinlich keine Schusswaffen oder wagten es nicht, sie zu benutzen, damit Jeff ihren Chef nicht erledigte. Die Frau, die Jeremy eine Sekunde lang beherrschte, wand sich dicht bei einer Säule. Jeff beschloss, sie zu erschießen - gerade, als sich zwei Männer bewegten – der Mann unter seinem Fuß und Cyprian. Beide bewegten sich gleichzeitig - sprachen – und benutzten das gleiche Wort - „Aufhören!"

„Schieß nicht mehr. Nimm die Waffe herunter", befahl Cyprian. Der Mann unter Jeffs Fuß schrie der Frau etwas in einer Sprache zu, die nicht einmal Cyprian verstand, und sie stieß mit einem letzten dynamischen Stich mit ihrem Messer nach Jeremys rechten Auge, lachte und entspannte sich, so dass Jeremy seine Kräfte unregelmäßig verteilte und sie ihm entglitt, bevor er sich erholen konnte. Sie hielt das Messer zum Wurf bereit, den Griff an den Handballen gedrückt und den Ellbogen weit zurückgebeugt, als Jeff hustete und ihr Blick in den Lauf seiner Automatik fiel. Jeremy lachte, nahm das Messer und bedankte sich, woraufhin sie ihm ins Gesicht fast direkt in den Mund spuckte, so dass er tagelang weder essen noch trinken konnte, ohne sich daran zu erinnern.

Und die ganze Zeit über leuchtete das Licht - das blasse, kühle, unerklärliche Licht, das an einem Dutzend Stellen begonnen und sich scheinbar zu einem einzigen hatte - stetig weiter, warf keinen Schatten in ihre Mitte, sondern ließ alle äußeren Teile der Krypta in Dunkelheit.

Es begann sich zu verdunkeln, nicht plötzlich, sondern allmählich, wie es begonnen hatte, löste sich unterschiedliche Geheimnisse auf, die sich zurückzogen und immer weniger wurden. Jeremy wandte sich wieder der Frau zu, aber sie lachte, entkam seinen Fängen mühelos, verspottete ihn und fokussierte - während das Licht schwächer wurde - ihre Gedanken auf Cyprian. Es war so offensichtlich wie die zunehmende Dunkelheit, dass Cyprian Ziel ihrer Aufmerksamkeit war.

Jeff Ramsden hatte das Gefühl, dass sein Plan nichts taugte, aber er spielte weiter, bis die Götter sein Los ziehen würden - er beugte seine Knie statt seiner Schultern und ergriff den Mann unter ihm am Handgelenk.

„Kommt her, ihr Beiden! Schnell!"

Cyprian und Jeremy gehorchten ihm in einem Dämmerlicht, das inzwischen so schwach war, dass die Säulen der Krypta wie Baumstämme eines Waldes und die Schatten, die sich zwischen ihnen bewegten, wie Geister wirkten.

„Fessle den Mann, Jeremy!"

Also nahm Jeremy den Gürtel von Cyprians schwarzer Soutane, kniete sich auf den Bronzemann und band seine Handgelenke so fest auf seinen Rücken, dass nichts Geringeres als scharfer Stahl sie wieder befreien konnte.

„Lasst mich gehen. Ich werde euch hier herausschaffen", protestierte der Mann.

„Ich weiß, dass du das tun wirst." antwortete Jeff.

Während er sprach, bewegte sich vor ihm, irgendwo zwischen den immer dunkler werdenden Säulenschatten, ein Arm mit großer Geschwindigkeit und ein Messer traf den Pfeiler hinter ihm, einen Zentimeter über seinem Kopf. Das Lachen der Frau klang gespenstisch wie das einer Waldelfe, aber die zerbrochene Klinge fiel auf Jeffs gefesselten Gefangenen und bohrte sich in das Fleisch seines Arms. Er fluchte, und die Frau hörte auf zu lachen. Jeff zielte auf die Stelle, wo ihr Lachen seinen Ursprung zu haben schien und feuerte. Das Pistolenfeuer, wie ein Blitz in der Nacht, zeigte nichts als die Säulen, eine Düsternis dahinter und nicht weniger als ein Dutzend Gesichter über gelben Gewändern, die alle in der Dunkelheit darauf warten, dass etwas passierte.

„Ich habe noch vier Schüsse übrig und keine Reserven. Wo ist deiner?" fragte Jeff Jeremy.

Es gab keine Antwort, aber das Geräusch eines Kampfes – vielleicht ein unterdrückter Schrei - war zu hören, dann ein schweres Atmen durch die Nase und... „Bong!"

Es war dasselbe Wort in einer unbekannten Sprache, das bereits zuvor Gehorsam hervorgerufen hatte. Aber es war nicht derselbe Mann, der es benutzte. Es könnte sein, dass ein Mann mit all seinem Verstand und keiner Ablenkung, einen Fehler in der Aussprache entdeckt hätte: Aber es gab viel zu bedenken. Die Erwartung hielt den Atem an. Es war jetzt stockdunkel.

Jeremy tastete nach Jeffs Hand und führte sie schweigend zum Mund des Gefangenen. Jeff fühlte einen Knebel, der aus einem Turbanende bestand und begriff; seine beiden riesigen Hände schlossen sich um den Kiefer des Opfers, der Knebel wurde festgezogen und durch einen Pistolenkolben fixiert. Doch die Stimme des bronzenen Mannes durchbrach noch einmal die Ruhe – er sprach Englisch mit einem Akzent, den er an der einen oder anderen Universität gelernt haben mochte - jedes Wort einzeln.

„Gut. Ihr-habt-diesen-Kampf-gewonnen. Zugegeben. Ihr-seid-frei. Eure-drei-Leben-im-Tausch-für-meines. Meine-Männer-werden-Euch-den-Weg-hinaus-zeigen. Geht-jetzt.“

Dann ertönte Jeremys Stimme - diesmal zweifellos Jeremys Stimme:

„Na gut, Du Großmaul! Du kommst mit uns auf die Straße, als Garantie für deinen guten Willen! Und ich möchte jedes Wort verstehen, dass du sagst. Spürst du das Messer an deinem Adamsapfel? Es wird ihn beim ersten Wort halbieren, das du in einer anderen als der englischen Sprache verwendest! Jetzt geben sie ihre Befehle!“

Die Stimme wechselte zu Glocken-Metall.

„Führt sie auf die Straße und lasst sie gehen. Es soll ihnen kein Leid zustoßen.“

Erneut Jeremys Stimme, hoch und respektlos, die weder den Mann noch seine Fähigkeiten ernst nahm:

„Wir haben zehn Schuss und ein Messer, mit denen wir uns durchsetzen können. Wir machen dich beim ersten Zwischenfall fertig!“

Wieder Glocken-Metall:

„Beeilt euch! Der Tag beginnt. Führt sie auf die Straße.“

„Im Dunkeln!", befahl Jeremy. „Kein Licht, um uns erschießen zu können!"

„Kein Licht", sagte die Glocke gehorsam.

Irgendwo bewegte sich etwas - fast unhörbare Schritte waren vernehmbar. Dann eine Stimme in der Nähe, die auf Punjabi sagte: „Hier entlang - kommt!"

Jeremy hob Cyprian hoch, der sich in seiner Armbeuge zurücklehnte und alle Kraft für den Notfall aufsparte. Jeff, der den Knebel mit dem Pistolengriff festhielt, packte den Hals des Gefangenen mit Fingern wie ein Schraubstock und übte so viel Druck auf Halsvene und Karotis aus, dass alle Einwände im Voraus beantwortet wurden. Gemeinsam, in einer achtbeinigen Gruppe wie eine Spinne, die sich vorsichtig bewegt, gingen sie auf die Stimme zu, jeder berührte den anderen - Jeffs Kraft war so gespannt und wachsam wie Dynamit mit angelegter Zündschnur.

„Alles ist gut. Kommt weiter!", sagte dieselbe Stimme.

„Ich gehe davon aus, dass alles gut ist!", meinte Jeremy. „Wir haben euren Chef. Er ist als Erster dran – denkt daran!"

Wer auch immer dieses geheimnisvolle Licht kontrollierte, befolgte den Befehl, es ausgeschaltet zu lassen.

Das machte es unmöglich, entdeckt zu werden, beruhigte aber die Nerven keineswegs. Ein Dutzend Mal wand sich der Riese den Jeff hinter sich her zog, in dem plötzlichen Versuch, den Knebel herauszuziehen und mehr als ein Dutzend Mal holten sie zwischen der Mitte der Krypta und einer Tür, die irgendwo inmitten ihrer unsichtbaren Umgebung lag, tief Luft, weil sie glaubten, angegriffen zu werden.

„Hier entlang, Sahibs!", rief die Stimme immer wieder, zu zuckersüß, um frei von Arglist zu sein und sie folgten ihr immer wieder, zu ängstlich, um sich weigern zu können. Immer wieder prallten sie gegen Pfeiler, ganz so als ob ihr Führer den Kompass bewusst manipulieren würde, um sie verwirren.

„Die Tür in weniger als zehn Schritten, oder ich schieße!", sagte Jeremy schließlich. Das Klicken des Verschlusses seiner Automatik bestätigte, als er ihn testete, die Drohung. Aber sie waren an der Tür angelangt. In diesem Augenblick stolperte er über eine Stufe. Und wenn Jeff nicht seinen Pistolenknauf gebraucht hätte, um den Knebel wieder an seinen Platz zu schieben, hätte es einen verräterischen Blitz gegeben und nur die Götter Indiens wissen, was dann geschehen wäre. Jeff benutzte stattdessen seine Faust - er ließ seinen Gefangenen los, legte sein ganzes Gewicht auf einen linken Schwinger und schlug zu ohne zu wissen wohin. Es verschwand zusammen mit dem, was ein weiblicher Schrei gewesen sein könnte, der plötzlich abbrach. Als er erneut ausholte, war nichts mehr zu sehen.

„Komm schon!", sagte Jeremy, und die Stimme säuselte: „Hier entlang, Sahibs!".

Sie stiegen unsichtbare Stufen hinauf und gelangten zu einer Rampe, die zwischen Steinmauern nach oben führte. Sie schien sich um den Umfang von drei Teilen eines Kreises zu wölben und sie taten jeden Schritt mit den Schultern gegen die Wand gedrückt, vorsichtig, aus Angst vor Fallen immer mit einem Fuß voraus. Dann, als sie so viele Minuten wie möglich aufgestiegen waren, ohne ihren Gefühlen freien Lauf zu lassen, blieb Jeremy an der Spitze stehen und zwang sich, ein Dutzend Mal gleichmäßig zu atmen. Dann, nach Selbstbeherrschung ringend, rief er mit der Glockenmetallstimme:

„Nicht vergessen! Kein Licht!".

„Kein Licht! Hier entlang, Sahibs!", kam die Antwort.

Ein oder zwei Mal schlugen ihnen Fledermausflügel mitten ins Gesicht, aber es gab keinen weiteren Widerstand, bis eine große Tür in schweren Angeln knarrte und eine etwas weniger undurchsichtige Dunkelheit verkündete, dass sie im Tempel angelangt waren. Es war immer noch unmöglich, eine ausgestreckte Hand einen Meter vor den Augen zu sehen, aber die Dunkelheit hatte eine andere Qualität und das Echo hatte sich verändert. Die Tür zur Straße war geschlossen. Sie wussten, dass es Tag sein musste, aber es gab keine Beweise dafür, nicht einmal einen Spalt, durch den der schwächste Lichtstrahl hindurchschien.

Aber da war ein Geräusch. Irgendetwas - ein Mann, dem Atem nach zu urteilen – machte sich an einem Riegel zu schaffen, der die Außentür geschlossen halten mochte. Er murmelte bei seiner Arbeit.

„Krishna!" war deutlich zu hören - kein Wort, das man in Kalis Tempel erwarten würde, die wenig mit dem Gott des Mitgefühls gemein hatte. Man hörte das Geräusch von Hufen - an sich kein beunruhigender Umstand, denn in vielen Hindutempeln gehen die heiligen Stiere ungehindert ein und aus. Aber das Quietschen von ungeölten Rädern, das hinzukam, bedeutete – wenn überhaupt irgendetwas - dass der Staub von unreinen Straßen heiligen Boden beschmutzt hatte. Staub von den Füßen eines Stieres ist eine Sache, Räder eine ganz andere.

Der Mann, der den Weg aus der Krypta angeführt hatte, holte tief Luft und bat seinen Chef in der Geheimsprache um Befehle. Jeff lehnte sich mit dem Rücken gegen die schwere Tür, um sie offen zu halten, Cyprian flüsterte etwas, das keiner hörte, und Jeremy ging ein weiteres Wagnis ein. Er antwortete mit der bronzenen Stimme auf Punjabi:

„Ich werde sie zur Straße bringen. Geh zurück und rufe die anderen, damit sie sich darum kümmern, wenn sie verschwunden sind!"

Das war sicherlich ziemlich vage. Aber es deckte so viele Fakten ab wie möglich und es war nicht nötig zu erklären, warum der Chef nicht in der heiligen Sprache antwortete. Warum sollte er das Wagnis eingehen, von den Männern missverstanden zu werden, die ihn als Geisel hielten?

Der Führer schien diszipliniert zu sein, sein eigener Wille wurde automatisch zum Mittel des Gehorsams. Er drehte sich mit einem Geräusch nackter Füße auf Stein um und ging zurück. Unsichtbar wie zuvor, suchte er zielsicher nach der unsichtbaren Tür und Jeff - ebenso unsichtbar wie er selbst und ebenso unwissend wie jeder andere Mensch auf der Welt, was als nächstes passieren würde – spielte er nach Gehör, wie es ein Musiker tun würde und zielte nach der Spitze des Kiefers des Mannes, als er vorbeiging. Er traf ihn, was eigentlich ein Wunder war.

Er schickte ihn benommen die dunkle Rampe hinunter, er drehte sich auf seinen Fersen, fiel rückwärts und die schwere Tür schloss sich hinter ihm, bevor das Echo des Schlags zu hören war.

„Meine Tante!", sagte eine Stimme auf Englisch. „Jetzt ist der Winter der Unzufriedenheit eines Babu! O tempora! O mores! „

Das Schlagen der Fäuste auf Eisen wurde wie in Panik wiederaufgenommen.

„Bis zum letzten Mann und der letzten Rupie - und dann die Sintflut!", sagte dieselbe Stimme.

Das Hämmern an der Außentür verdoppelte sich – es klang wie das Flattern einer Motte gegen eine Fensterscheibe, nur heftiger.

„Chullunder Ghose!"

„O Götter, die ich verhöhnt habe, bin ich in der Hölle? Wer kennt meinen Namen?"

„Zünde ein Streichholz an, Jeremy!"

Das Licht, wie auch das Geräusch des Entzündens, wurde beinahe von der Schwärze eines Kuppeldaches verschluckt. Aber ein paar Strahlen zeigten zwei Ochsen, die an einen zweirädrigen überdachten Planwagen gespannt waren, einer stand, der andere lag, während ein dicker Mann gegen die Tempeltür hämmerte und seine Augen mit einem Unterarm abschirmte.

Jeff lachte, und Jeremy häufte voreilige Schlussfolgerungen zu einem Durcheinander an, nur um sie dann hinweg zu wischen.

„an den Feind verraten? Ein doppeltes Spiel mit uns treiben? In Gefangenschaft geraten? Was ist das Geheimnis, Babu-ji?"

„Sie grüßen mich mit einer Beleidigung! Oh, Elemente! Ein Franzose wäre mir um den Hals gefallen! Diese angelsächsische Rasse ist..."

„In Eile!" schaltete sich Jeremy ein. „Lass die Untertitel weg – spuck es aus!"

„Wurden ausgespuckt! Jeder kann sie aufheben! War gerade damit beschäftigt, Ochsenkarren zu verlieren – ohne Tarnung und weniger anfällig für Schrumpfung als gut genährte Elefanten oder eine Langstreckenkanone. Sehr geübt im Verstand - verb, sap . Konnte sie auf offensichtlichen Gründen weder verkaufen noch verschenken. Der hyänenköpfige Shroff [31] näherte sich heimlich, weigerte sich, auch nur die kleinste Summe für eine solche Sicherheit ohne Eigentumsnachweis zu verleihen. Da er sich in der Rechtssprache nicht auskannte, versuchte er, die Ochsen auf öffentlichen Wegen herumstreunen zu lassen. Die rohen Tiere, die Hunger hatten, weigerten sich, verloren zu gehen, und folgten dem einzigen Bekannten – mir! – vermutlich auf gut Glück. Höchst verwirrend! Ich habe gebetet. Ohne große Wirkung, Götter, die zwischendurch vernachlässigt werden, bleiben im Notfall als Arbeitsregel eher zurückhaltend. Dennoch platzte die helle Idee wie eine Bombe in der Vorstellung. Bring die Ausrüstung hierher! Deponiere sie inmitten der Feinde und breche sofort auf.

---

[31] Geldverleiher

Die Last der Verantwortung in den Schoß des Gegners legen und ihn behindern! Kaum gesagt, schon versucht - kam hierher - Tür offen - fuhr hinein – von der Neugier gepackt, wurde von inneren Impulsen zum Stöbern getrieben, ein armer Babu mit einer bedürftigen Familie, die Nahrung benötigte. Schloss aus Angst vor Beobachtung die Tempeltür von außen. Sofort war alles dunkel! Panik! Entsetzen! Wollte die Tür wieder öffnen und scheiterte! Oh Gott, was sollen wir tun?"

Jeff Ramsden tastete zur Tempeltür und nach den Verschlüssen.

„Wo sind unsere Freunde?", fragte er.

„Vermutlich im Büro und fragen sich, was als Nächstes kommt! Oh, wir sind am falschen Ort, um Trost in Freundschaft zu finden! Oh mein Gott, was nun?"

Jeremy hob Cyprian tastend auf den Ochsenkarren und bat ihn, dort zu bleiben. Ramsden entdeckte den Trick mit der Türverriegelung und setzte seine Kraft gegen eine Feder ein, die einen Balken in Position hielt. Sie gab Zentimeter für Zentimeter nach.

„Zieh an der Tür!", ächzte er.

Chullunder Ghose gehorchte und setzte sich in der nächsten Sekunde hart auf den Steinboden, geblendet vom einfallenden Licht. Die Straße draußen war in die frühe Sonne getaucht und ein oder zwei Herumtreiber - die üblichen Bettler und die üblichen gesellschaftlich Unbedeutenden - drehten sich um, um zu beobachten, was los war. Die geringste Aufregung hätte eine staunende Menge herbeigeführt. Was auch immer getan werden musste, musste alltäglich sein - so ruhig und zumindest scheinbar im Einklang mit alten Präzedenzfällen wie all die anderen unbemerkten Extravaganzen eines Landes voller Paradoxe.

Jeff blickte hinter sich und kniff die Augen zusammen, um die Dunkelheit zu durchdringen.

„Werft den Gefangenen rein!"

„Lass ihn!", drängte Jeremy.

Jeff schritt in die Dunkelheit hinein, betastete den Gefangenen mit seinem Zeh, hob ihn hoch und schob ihn wie einen Sack Kartoffeln durch die bestickten Vorhänge.

„Chullunder Ghose! Steig ein und setz dich auf ihn!"

Der Babu wusste es besser, als ungehorsam zu sein. Jeff war in dieser Stimmung eine Kraft in Bewegung, die man nicht missachten oder zum Aufhören bewegen kann.

„Jeremy! Geh voraus!"

Jeremy sah ihn einmal an, er hatte nicht mehr Angst vor Jeff als vor den Ochsen, war sich jedoch noch etwas Anderem bewusst. Die Idee, die Jeff Ramsden in ihren Bann gezogen hatte und ihn benutzte, wie Dampf eine Lokomotive nutzte, war unwiderstehlich. Er grinste, salutierte frech, drehte sich auf dem Absatz um und ging voran, wobei die Risse, die die Frau in seinem gelben Gewand hinterlassen hatte, ihn mehr als je zuvor, wie ein Mitglied der großen unzähligen und unangefochtenen Bettelheiligen aussehen ließen.

Jeff, mit einem Schwanz in jeder Hand und seinen Zehen bei der Arbeit, bewegte den Ochsenkarren vorsichtig durch das weit offenstehende Tempeltor hinaus, blickte nicht ein einziges Mal zurück, wobei er nach besten Kräften den Ausdruck gelangweilter Unverschämtheit aufsetzte, der so oft auf den Gesichtern von Männern zu sehen ist, die mit Privilegien zu tun haben. Sogar seine Stimme, mit der er die Ochsen anschrie (die sich weigerten weiterzugehen, wenn sie nicht das Geräusch von Höllenqualen hören) hatte den müden Ton von Heiligkeit aus zweiter Hand. Der Ochsenkarren holperte über das Kopfsteinpflaster. Die prächtigen, hungrigen Bestien bedienten sich wahllos aus den zahlreichen Getreidesäcken unter Sonnensegeln und vereinzelten Karren am Straßenrand – wurden zwar verflucht, aber die Besitzer waren vom langen Gebrauch abgestumpft.

Jeremy tadelte mit altbekannten Schimpfwörtern jemanden, der einen Ochsen für einen zu dreisten Raub ins Maul trat. Alles war gut; oder alles schien gut, bis sich Chullunder Ghose hinter Jeff Rücken zwischen den gestickten Vorhängen wieder zu Wort meldete.

„Ohne die Pläne zu kennen, kann ich nicht anbieten sie weiterzugeben. Ich bitte trotzdem respektvoll um Aufmerksamkeit! In Chandni Chowk und Umgebung wird dieser Ochsenkarren so unsichtbar sein wie Elefanten in der Pall Mall! Ein Ford könnte unbemerkt durchfahren. Ein Flugzeug würde keinen Kommentar hervorrufen. Wir sind ein antiker Anachronismus, neugierigen Polizisten und dem Spott jugendlicher Elemente ausgesetzt. Ich mahne zur Besonnenheit! Außerdem befinden sich zwei religiöse Persönlichkeiten in meiner Obhut, von denen eine durch die Vorhänge auf der Rückseite späht und eine andere würgt, als ob ihr der Knebel nicht passen würde. Auf welchem soll ich mich setzen?"

Es war Pater Cyprian, der dieses Rätsel löste, indem er den Knebel rechtzeitig aus dem Mund des Gefangengen zog, um ein Ersticken des Mannes zu verhindern, und der Jeff durch die Vorhänge etwas zuflüsterte und damit Chullunder Ghose verärgerte, der sich danach sehnte, in alles volles Vertrauen setzen zu können.

„Ich habe einen Freund von mir getroffen, sein Name ist Bhima Ghandava. Ich wusste nicht, dass er in Indien war. Er muss gerade von seinen Reisen zurückgekehrt sein. In seinem Haus sind wir sicher."

„Wer ist er? Wird er uns aufnehmen?" wandte Jeff ein. Jeffs Gedanken waren auf etwas Anderes gerichtet und er gab ungnädig nach.

„Ja, er wird uns aufnehmen. Er wird diesen Wagen verstecken. Er ist mein Freund."

„In welche Richtung?"

Jeff stieß seine Zehe unter den Schwanz des Ochsen unmittelbar vor ihm, schrie wie ein Seevogel im Windschatten des Sturms und sie änderten die Richtung, so dass Jeremy allein mitten auf der Straße ging, bis er sich aus eigenem Antrieb umwandte und die Situation erfasste. Danach bemühte er sich mit Würde zu folgen, so wie er mit Anmut geführt hatte.

Sie bahnten sich den Weg durch altehrwürdige Straßen, mieden die großen Durchgangsstraßen und jagten leise wie eine Brieftaube dahin. Vielleicht befand sich ein Kompass unter Cyprians nacktem Schädel. Und schließlich erreichten sie ein breites Teakholztor in einer hohen Wand am Ende einer Gasse, wo Cyprian vom Ochsenkarren aus an einer Messingkette zog.

Augen musterten sie durch ein Eisengitter.

„Können sie uns unterhalten? Haben sie einen Boten?", fragte Cyprian. Und eine Stimme antwortete mit einem Lächeln auf Englisch:

„Aber natürlich. Herzlich willkommen! Kommen sie herein!"

Dann rüttelte jemand an den Eisenstäben und das große Tor schwang nach innen auf, um sie einzulassen.

KAPITEL FÜNFZEHN

„Ihr, die ihr hier eintretet...!"

„WIR sind nicht wirklich gut!"

Athelstan King war der Sprecher und saß auf einem Kissen auf dem Boden des Büros, die Schultern in eine Ecke gequetscht und Grim saß ihm gegenüber auf einem anderen Kissen und lehnte mit dem Rücken an einem Schreibtisch gelehnt. King litt an Ex-Offizialitis, einer Krankheit, die Männer im Verhältnis zur Dauer ihrer Dienstzeit härter werden lässt. Seine beste Arbeit hatte er ohne den Schatten des Beamtentums geleistet – jenseits der Grenze, wo der dickste Geldbeutel, der größte Verstand und das längste Messer Gesetz sind - aber das hatte ihn nicht vor einer späteren offiziellen Belobigung bewahrt, die ein subtileres Gift als Kokain darstellt.

Grim hingegen war noch nie von irgendwem außer seinen Feinden gelobt worden und auch von ihnen nur mit Hintergedanken.

„Mir geht es gut", sagte Grim, gähnte und behielt den Gefangenen im Auge, der mit verbundenen Augen und gefesselt hinter dem Schreibtisch saß.

„Phah! Melikani!"[32] bemerkte Ali aus Sikunderam, der ganz ohne Sohn und verzweifelt mit dem Rücken zur Tür saß. „Zudem rasiert und unverheiratet! Was weißt du schon von der Bitterkeit des Lebens?"

„Nichts!" Grim stimmte zu. „Das Leben ist schön."

„Ich habe meinen Sohn verloren - meinen besten Sohn!" brummelte Ali. „Allah ist der Herr der Barmherzigkeit, aber mein Habibullah war ein Juwel, das zu gut war, um zu sterben."

---

[32] Amerikaner

Sie hatten das während der Nacht, die tausend Jahre entfernt zu sein schien und dem Morgen, der gerade erst zu beschreiben anfing, wie abscheulich schmutzig das Fenster des Büros war, mindestens ein Dutzend Mal gehört. Sie sparten sich ihre Kommentare.

„Ich wage es nicht, die Leiche zu beanspruchen, aber der Waqf[33] wird ihn begraben, das ist wenigstens etwas."

Narayan Singh, dessen schwarzer Bart auf seiner Brust ruhte, erwachte aus seiner Träumerei und schien fast eine Minute lang über Ali nachzudenken.

„Wenn deine übrigen Söhne nicht wacher und aufmerksamer sind als Schweine, werden sie genauso umkommen wie Habibullah", sagte er schlagartig.

„Schweine?" Ali reagierte bei diesem Wort fassungslos. Seine Nerven lagen an diesem Morgen blank. „Meine Söhne sind überall um uns herum postiert, wie die Augen von Engeln! Was meinst du mit Schweinen?"

„Ich gehe nachsehen, wie viele von ihnen schlafen", antwortete der Sikh. „Lass mich vorbei."

Ali entfernte sich ungnädig und so langsam, wie er es wagte, von der Tür. Hätte der Sikh nur ein bisschen weniger gewogen - hätten ihm nur ein paar Zentimeter Reichweite gefehlt – hätte er nur einen Hauch weniger Mut und eine kürzere Liste von toten Männern auf seinem Konto gehabt - wäre es in dieser Minute zum Kampf gekommen. So gab es nur eine Verzögerung, während Ali seine Matte entfernte, damit sie der Fuß des Sikhs nicht verunreinigte.

Narayan Singh schritt hinaus und Ali schlug die Tür so heftig hinter sich zu, dass die trübe Glasscheibe klirrte.

---

[33] Muslimischer Wohltätigkeitsfonds

„Wir haben einen Fehler gemacht, indem wir unsere Gesellschaft erniedrigt haben, indem wir Personen ohne Izzat[34] aufgenommen haben", verkündete er allen, die es betreffen mochte.

„Chup!" sagten King und Grim fast gleichzeitig - unter diesen Umständen ein sehr unhöfliches Wort.

Keiner von ihnen kümmerte sich darum, wer wusste, dass Narayan Singh ihr Blut und ihre Bankkonten hinter sich hatte, wenn er darum bitten sollte.

„Ich habe Staub in der Lunge!", verkündete King. „Dieses Bürogebäude ist eine Feuerfalle. Wenn der Feind uns aufspürt, wird er den ganzen Block niederbrennen. Wir werden ein böses Schicksal auf die Köpfe von hundert Menschen - oder mehr – herabrufen. Ich schlage vor, wir verschwinden."

„Wohin?" wandte Grim ein. „Wie sollen Rammy und Jeremy uns finden? Dies hier ist unser Treffpunkt".

„War! Wenn sie noch am Leben wären, wären sie längst hier."

„Das Leben ist noch länger", wandte Grim ein. „Und dann ist da noch Chullunder Ghose", unterbrach King und lächelte mit einem müden, erschöpften Gesicht - nicht zynisch, aber traurig, aufgrund der Wahrscheinlichkeiten:

„Sie haben ihn mit dem Ochsenkarren erwischt. Es muss eine Million Möglichkeiten geben, mit diesem Gefährt in Schwierigkeiten zu geraten. Wir hätten ihn nicht schicken sollen."

„Haben wir aber getan", antwortete Grim. „Hier ist unser Platz, bis jemand auftaucht."

---

[34] Ehre (eine genaue Entsprechung gibt es nicht.)

King wusste das. Wäre er allein gewesen, hätte er einen anderen Weg vorgeschlagen. Hätte er an Grim gezweifelt, hätte er niemals seine eigenen Zweifel geäußert.

Aber es ist ein Trost, wenn man das Privileg hat, Unwissenheit äußern zu dürfen, der widersprochen werden kann. Er war Zeuge dieser Art von Gegenbeweis für so manchen guten Menschen in den Fängen der Entmutigung gewesen. Jetzt war er an der Reihe.

„Ach, fahr zur Hölle!", antwortete er müde.

Danach saßen sie eine Stunde lang schweigend da und lauschten dem blechernen Ticken der Export-Uhr, dem Gezwitscher der Vögel am Dachrand - all den Geräuschen, die eine indische Bevölkerung macht, wenn sie sich auf den Tag vorbereitet - aus westlicher Sicht größtenteils unangenehme Geräusche.

Sie schließen abwechselnd stoßweise, aber immer einer von ihnen blieb wach und alle drei reagierten sofort auf den Rhythmus von Narayan Singhs zurückkehrenden Füße. Ali öffnete ihm unaufgefordert die Tür, den Groll der Morgendämmerung war bereits vergessen.

„Und die Jungs - meine Söhne -?"

„Sind jetzt wach! „versicherte ihm der Sikh und wandte sich an die anderen, um seine Neuigkeiten zu verkünden.

„Auf der Straße kursieren Gerüchte über einen Ochsenkarren, der von einem Gott gelenkt wurde - manche nennen sogar den Namen des Gottes - und die ganze Nacht in der Stadt umherirrt. Die Bunnias lachen, aber die Menge behauptet, dies sei ein Vorbote für weitere Ereignisse. Die Leute sagen, die Ochsen seien so groß wie Elefanten gewesen und der Karren wie der Wagen von Jaggernathi! Man sagt, das bedeute, dass sich Indien erheben und befreien wird!"

„Ist die Stunde des Nordens gekommen?", fragte sich Ali und zupfte an seinem Messer.

„Wenn sechs Männer aus dem Norden wach bleiben, kann keiner der gelben Männer an ihnen vorbei. Aber wenn der Feind in Rosa oder Grün kommen sollte - vor allem in Grün...", fuhr Narayan Singh fort.

„Meine Söhne sind keine Narren!" konterte Ali hitzig und stand auf.

Aber Narayan Singh schenkte ihm kaum Beachtung.

„Wenn ein grün gekleideter Mann käme und nach dem Aufenthaltsort von Freunden von Pater Cyprian fragen würden, würden sie unsere Sechs wohl ungehindert passieren lassen."

„Du lügst! Bei Allah, in deinem Bart, du lügst", sagte Ali, legte seine linke Hand auf sein langes Messer und stieß den Griff nach außen.

„Ich glaube, der Mann in Grün ist bereits an der inneren Wache vorbei", sagte Narayan Singh und lauschte mit einem Ohr auf den äußeren Durchgang, behielt aber Alis Waffe im Blick.

„Ein Mann mit grünem Seidenfutter in seinem langen Umhang und einem Kastenzeichen auf der Stirn, wie ich noch nie eines gesehen habe - zwei Dreiecke übereinander. Ein Mann mit dem Lächeln einer Frau..."

„Meine Söhne würden ihn ausweiden!" schwor Ali.

Doch Narayan Singh öffnete die Tür. Ein Mann, auf den die Beschreibung gut genug passte, trat mit der rücksichtsvollen Ehrerbietung eines Menschen ein, der sich niemandem unterordnen muss.

Das Lächeln war tatsächlich das einer Frau, genau wie der Sikh gesagt hatte, und das Gesicht das eines Bewahrers von Geheimnissen, dennoch sonnig und gutaussehend. Nichts, was dieser Mann verbergen wollte, würde jemals bekannt werden. Er sagte nichts - gab nichts preis, außer dass er wie ein Dandy und vergleichsweise wohlhabend wirkte. Das Kastenzeichen auf seiner Stirn - zwei gelbe Dreiecke übereinander - besagte nichts; nicht einmal ob er Hindu oder Mohammedaner war; seine Augen waren wie die eines Parsi, und seine Kleidung ein Kompromiss - zum Beispiel trug er europäische Schuhe und importierte Socken, die unter dem grün gefütterten, altgoldenen Mantel hervorschauten.

„Freunde von Pater Cyprian?", fragte er und blickte von Gesicht zu Gesicht. In seinem Blick lag weder Herausforderung noch Furcht. Er sah nicht, dass der Gefangene in Gelb ihn vom Schreibtisch aus anstarrte, aber Ali sehr wohl.

King erhob sich vom Boden und ging auf ihn zu.

„Wir warten gespannt auf Neuigkeiten von Cyprian", sagte er.

„Mir wurde gesagt, ich solle drei Sahibs mitbringen - Grim, King und Narayan Singh."

„Von wem? Um uns wohin zu bringen?" fragte King.

„Von Pater Cyprian. Was das wohin angeht, das ist..."

Er zögerte und gab King Gelegenheit, jeden Gedanken zu formulieren, der ihm gerade in den Sinn kam. Und King schlug seine Unentschlossenheit in den Wind:

„Tatsache ist, dass wir nicht auf der Straße gesehen werden wollen", gestand er. „Es gab letzte Nacht Zwischenfälle. Eine Verhaftung wäre unangenehm. Wir..."

„Ich habe ein geschlossenes Auto", verkündete der Neuankömmling.

Aber das beruhigte die Gemüter nicht. Ein geschlossenes Auto vor einem Büro in dieser engen Straße würde nur Neugierde erwecken. Der erste neugierige Polizist würde die Nummer des Wagens notieren und dann brauchte man nicht viel Einfallsreichtum, um seinen Weg durch Delhi nachverfolgen zu können.

Aber der anonyme Bote verriet, wo er das Auto abgestellt hatte, was an sich schon der Beweis dafür war, dass er nur von Freunden kommen konnte. Dann, innerhalb einer Minute, ließen King, Grim und Narayan Singh Ali zurück, um ihren Gefangenen zu bewachen und seine schläfrigen Söhne unter die Fittiche zu nehmen, flüchteten auf dem Privatweg durch eine Hintertür des Lagerhauses, in dem Männer einen Großhandel mit Drogen und verbotener Politik betrieben, auf eine andere Straße - und über diese zu einer Spielhölle im Keller, deren gesetzloser Besitzer es sich nicht leisten konnte, Geschichten zu erzählen - durch ein Fenster in einen Hof - über den Hof in einen Schuppen, in dem ein Jude Kamele tauschte und mit allen illegalen Händlern Hand in Hand arbeitete - durch seine Seitentür in eine Schmiedewerkstatt und von dort aus auf eine Straße, wo ein großer geschlossener Daimler mit purpurnen Vorhängen wartete. Er sah aus wie das Auto eines Maharadschas, trug aber keine königlichen Insignien und hatte hinten keine kleine Plattform für Lakaien.

„Wenn die ehrenwerten Herren dann bitte..."

Der charmante Führer hielt seinen Mantel so, dass so wenig wie möglich von dem grünen Futter zu sehen war, verbeugte sich vor ihnen, folgte ihnen und schlug die Tür zu, was offensichtlich ein Signal und eine Aufforderung war; denn ohne ein Wort zu sagen, fuhr ein Fahrer, der wie ein Gurkha aussah, aber eine Brille trug mit der höchstmöglichen Geschwindigkeit los, die in diesen engen, überfüllten Straßen denkbar war.

Nach fünfzehn Minuten, in denen er durch die Gnade derer, die Kometen auf ihrer wilden Ellipse lenken, nichts getroffen und niemanden getötet hatte, lies er in der Kehre einer Sackgasse sein Horn ertönen; und als sie deren Ende erreichten, öffnete sich ein großes Tor und ließ sie ein, ohne dass er ihre Geschwindigkeit reduziert hätte.

Sie hörten das große Tor zuschlagen und das Klirren der Eisenstangen, die an ihrem Platz einrasteten, konnten aber wegen der purpurnen Vorhänge nur nach vorne sehen. Und vor ihnen war nichts, nur der weiß getünchte Stall, in den das Auto gehörte und dessen Tor weit offenstand, um es aufzunehmen. Sie kamen mit den Vorderrädern auf der Schwelle zum Stillstand.

Aber ihr Führer öffnete die Tür auf der Beifahrerseite und sie betraten einen Garten von über 2000 Quadratmeter Größe, in dem ein Brunnen plätscherte. Ein Haus, das noch vor nicht allzu langer Zeit wahrscheinlich ein Tempel gewesen war, stand gegenüber dem Brunnen, und überall waren Blumen – in Hängeampeln - in Nischen, in denen vielleicht einmal Götterbilder gestanden hatten - auf Stufen und Balkonen, in Fenstern auf einer Vielzahl von Simsen, auf den Dächern, die übereinanderlagen und in Massen rechts und links der Einfahrt und des Weges, der sich zwischen dem Brunnen und dem Haus schlängelte.

Sie waren dreißig Meter von einem Säulenvorbau entfernt, der den Hauseingang beschattete. Unruhige Farben, das Plätschern von Wasser und das Sonnenlicht auf altem Mauerwerk, die Stille, das Gurren von Tauben und jene Ruhe, die sich aus der absoluten Ausgewogenheit der Ausstattung ergab, vereinten sich, um ihnen das Gefühl zu geben, in einer anderen Welt oder auf einer anderen Ebene dieser Welt zu sein.

Die Zuversicht ihres Führers vervollständigte die Wirkung. Zweifellos war er überzeugt davon, sie in Wunder einführen zu können.

„Fühlen sie sich wie zu Hause", sagte er und lächelte. „Es sollte ein Schild über dieser Tür hängen - in Anlehnung an die berühmte Warnung über dem Tor zu Dantes Hölle - Ihr, die ihr hier eintretet...! Noch ein Mysterium? Ha-ha! Sie werden es nach dem Frühstück verstehen."

Frühstück! Sie konnten frisch gerösteten Kaffee und warme Brötchen riechen! Sie waren bereit sofort fast alles aufzugeben. Nur Manieren verhinderten eine Stampede!

„Für die Hälfte eines solchen Impulses würde ich eine Stadt niederbrennen", schwor Narayan Singh. „Mein Bauch sehnt sich danach, wie eine Frau nach ihrem Geliebten!"

Aber ein Mann trat in den Portikus, um sie zu begrüßen, der einem königlichen Vorstoß hätte Einhalt gebieten können. Nicht, dass er majestätisch wirkte oder potenziell gewalttätig gewirkt hätte. In seiner ganzen Umgebung gab es nichts Verbotenes. Er mochte die Seele des Ortes sein, aber sein Lächeln enthielt alle männlichen Elemente, ohne jeden Hass.

Er war mittelgroß, jenseits mittleren Alters und schien doch so gesund und in so guter Verfassung zu sein, dass sein Alter schwer zu erraten war, ebenso wenig wie seine Nationalität, obwohl er wie sein Bote eindeutig orientalisch gekleidet war - um der Bequemlichkeit willen in einem Kostüm der Kompromisse - im Großen und Ganzen ein Hindu. Aber er trug kein Kastenzeichen. Auf seiner Stirn unter dem schlichten weißen Turban befanden sich keine Zwillingsdreiecke.

Sein Bart und, wie sich bald herausstellte, auch sein Haar waren eisengrau, nicht lang, aber voll und sorgfältig gepflegt. Hände, Gesicht, Stirn waren von winzigen Fältchen durchzogen, die eher geglättet als durch die Zeit entstanden zu sein schienen; er machte den Eindruck, er würde wieder jung, nachdem er das Schlimmste erlebt hatte, was die Welt ihm antun konnte. Große Jäger, große Entdecker, große Gesetzgeber, große Seefahrer wiesen solche Züge auf wie er. Er wusste. Er hatte in den Rachen von unendlich Schlimmerem als dem Tod geblickt und war nicht zurückgeschreckt. Die Angst um sich selbst hatte keine Macht über ihn.

Deshalb war er Herr über alles, was er überblickte, und nicht stolz, denn Stolz ist töricht, wohingegen er eindeutig Humor besaß. Der Humor strahlte aus seinen Augen. Die Leichtigkeit war bei ihm zu Hause.

„Bitte fühlen sie sich willkommen", sagte er auf Englisch. „Ich bin Bhima Ghandava und dies ist mein Haus. Ihre Freunde sind im Obergeschoss. Ihr wunderbarer Ochsenkarren steht in meinem Stall, die Ochsen wurden versorgt, ebenso wie ihre Freunde und ihr Gefangener. Sobald sie sich gewaschen haben, wartet ein Frühstück auf Sie. Danach möchten sie sicher lieber miteinander sprechen als schlafen, obwohl der Schlaf Ihnen besser tun würde, also kommen sie bitte in die Bibliothek".

Es blieb ihnen nichts anderes übrig, als seine Einladung anzunehmen und seinem grün gekleideten Chela[35] an einen Ort zu folgen, wo Marmor, kühles Wasser, Seife, Handtücher und der Geruch eines Badezimmers das Leben für einen Moment nicht länger zu einem Traum, sondern zu einem exquisiten Luxus machten.

Der weiße Mann hält das Bad für eine Religion, die nur ihm zu eigen ist. Der Engländer hat es vor Jahrhunderten zu einem privilegierten Orden gemacht und es ist das einzige Glaubensbekenntnis, auf das sich der gesamte Westen einigen kann. Aber es ist auch der einzig erkennbare gemeinsame Nenner, durch den sich West und Ost letztlich verstehen können - das äußere und sichtbares Produkt einer angeborenen Sehnsucht nach Sauberkeit Es gab keinen Unterschied zwischen Grims und Kings Hingabe an das Ritual und der von Narayan Singh, außer vielleicht, dass der Sikh es am meisten genoss.

Dann Brötchen und Kaffee auf weißer Tafelwäsche in einem Raum, in dem die Priester die Mysterien bewahrt hatten, bevor die Menschen vergessen haben, was solche Dinge sind und welche Einfachheit mit ihnen einhergehen muss.

---

[35] Schüler

Eine Atmosphäre überdauert die Menschen, die sie geschaffen haben. In einer Schmugglerhöhle fühlt man sich schnell gesetzlos - auf dem Zwischendeck eines Schiffes, das gerade von einer Drift im Polareis zurückgekehrt ist, mutig und entschlossen. Hier und dort war leicht zu spüren, dass die Pforte des Unmöglichen geöffnet worden war und alles darauf wartete, von denen vollendet zu werden, die wagten und wussten. Man hatte das Gefühl, sich im Schoß des makellosen Schicksals zu befinden.

„Ich würde all meine Fähigkeiten und alle meine Medaillen gegen das Wissen eintauschen, dass ich würdig bin, hier zu sitzen", sagte Narayan Singh andächtig, biss in ein Butterbrötchen und spülte es mit einem riesigen Schluck paradiesisch duftenden Kaffees hinunter.

Es gab keine Dienerschaft. Der Bote in grün gefüttertem Gewand, den ihr Gastgeber Chela genannt hatte, verschwand, als er ihnen den Weg gezeigt hatte. Niemand stört ihre Privatsphäre, bis das Essen vollständig aufgegessen war und erst dann platzte ein alter Bekannter mit müden Augen und zufrieden wie ein Bär inmitten von Honigtöpfen zu ihnen herein.

„Sahibs! Exquisites Abenteuer! Endlich Glück! Götter, die wir lange beleidigt haben, haben uns verziehen! Wir sind im Haus eines heiligen Adepten, dessen Tabak so vollkommen ist wie seine Sichtweise! Ich schwöre, du schwörst, er schwört! Ich trinke, du trinkst, er trinkt! Rammy Sahib trank um sieben Uhr morgens einen Viertelliter importiertes Bier. Jeremy Sahib hatte einen Whisky-Soda. Und ich, ich habe Cognac getrunken, entgegen der Kaste und Präzedenzfälle. Ich bin berauscht vor Übermut! Ghandava Sahib trank Gin - da bin ich mir sicher, ich habe ihn gesehen! Er macht alles genauso wie alle anderen. Sahibs Geheimnis ist, dass es ihm egal ist! Er weiß zu viel! Er ist die Essenz angesammelten alten Wissens! Fragt ihn irgendetwas - ich wette, er weiß es! Er hat Öl auf Rammy Sahibs Verletzungen aufgetragen, danach fühlte er sich wie ein Schwein im Klee. Ihr glaubt es vielleicht nicht - aber ich, ich erkenne eine gute Sache, wenn ich sie sehe. Will jemand wetten?!"

Chullunder Ghose setzte sich im Schneidersitz auf einen goldenen Sonnenstrahl, der zwischen den Lamellen eines Fensterla-
dens hindurch zitterte und fächelte sich mit einem Taschentuch
Luft zu.

„Mir wurde befohlen, euch drei Sahibs ins Allerheiligste zu begleiten, sobald Euch der Gedanken an weitere Rationen die Gurgel zuschnürt. Ich persönlich habe neun Brötchen gegessen und
eine Gallone getrunken. Tut es mir nach. Es gibt noch viel
mehr!"

Sie folgten ihm eine Steintreppe hinauf, die vom Tritt uralter
Füße abgenutzt war - eine Treppe, die von Erbauern, die weder
an Arbeit noch an Material sparen mussten, mitten in das Herz
des Mauerwerks gesetzt worden war und schritten auf Teppi-
chen, deren Ursprung in Asien von der Mongolei bis Damaskus
reichte, zwischen den ehemaligen Priesterzimmern hindurch.
Am Ende eines langen Durchgangs befand sich eine mindestens
30 cm dicke Tür, in die Geschichten der Götter eingemeißelt
worden waren; Chullunder Ghose schlug mit beiden Fäusten dagegen. Sie öffnete sich sofort, wie durch einen verborgenen Mechanismus.

Sie befanden sich in dem wahrscheinlich größten Raum des Gebäudes. Er öffnete sich durch hohe Fenster zu einer mit Blumen
übersäten Veranda. deren Decke in vier Abschnitten gewölbt
war, mit einer Säule in der Mitte, die die inneren Enden aller vier
Bögen stützte. Irgendwo waren Lüftungsöffnungen versteckt,
durch die Ventilatoren kühle Luft trieben; das Schnurren der
Ventilatoren war leise zu hören und, wie bei Ghandavas Kostüm,
war auch der Ort modern genug, um Komfort zu bieten, ohne
einen Aspekt von etwas Erhaltenswertem und Wertvollem zu opfern.

Die tiefen, langen Fensterbänke zum Beispiel waren mit Brokat-
stoff bezogen und der Steinboden war mit mehreren Lagen Tep-
pichen ausgelegt. Wo auch immer Regale zwischen den vorsprin-
genden Teilen des Mauerwerks Platz fanden, standen Bücher;

und ein riesiger Tukan, der weder in einem Käfig noch angekettet war, saß auf einer Wandkonsole, die futuristisch aussah.

Bhima Ghandava selbst erhob sich aus einem gepolsterten Ledersessel und begrüßte sie. Ramsden räkelte sich in einem anderen. Jeremy saß im Schneidersitz auf einem Diwan in einer Ecke in der Nähe des großen Vogels, dessen Laute er von Zeit zu Zeit nachzuahmen versuchte.

Der Gefangene saß ohne Fesseln wie ein großes Bronzeidol mit dem Rücken zum Fenster auf dem Boden und Chullunder Ghose nahm wieder den Platz ein, den er am Ende einer Fensterbank verlassen hatte. Cyprian war nicht zu sehen, aber das Geräusch von rasch umgeblätterten Bücherblättern deutete auf ihn hin.

„Bitte fühlen sie sich wie zu Hause", lächelte Ghandava.

Sie ließen sich in die tiefen Sessel fallen, aber Narayan Singh gab schnell den Versuch auf, es sich in seinem bequem zu machen und setzte sich stattdessen nach einer Minute auf den Boden und lehnte sich mit seinem Rücken gegen seinen Sessel. Bhima Ghandava nahm wieder den Fensterplatz gegenüber von Chullunder Ghose ein und dann - als hätte er durch ein Guckloch auf den richtigen Moment gewartet - trat der grün gekleidete Chela ein und sprach ihn mit „höchst ehrwürdiger Guru[36]" an und fragte, ob dieser etwas brauchen würde und wurde daraufhin entlassen.

Es war denkbar - wenn auch nicht sicher - dass dieser kleine Zwischenfall absichtlich herbeigeführt worden war, um die angemessene Haltung tiefen Respekts zu suggerieren. Vielleicht der Chela ihn zu diesem Zweck selbst erdacht. Ghandava hatte die Art von Mechanismus, die reines Königtum umgibt, nicht nötig. Er sorgte für seine eigene Atmosphäre.

---

[36] Lehrer

„Ich versuche, auch diesem Gefangenen das Gefühl zu geben, sich wohlzufühlen", sagte er mit einem Hauch komischen Bedauerns, „aber er scheint sich nach Schwefel und glühenden Kohlen zu sehnen! Das hier ist ihm wohl zu harmlos."

Der bronzene Mann saß reglos da. Er bewegte keine Mine. Seine Handgelenke waren nicht gefesselt, aber er hatte die Arme vor der Brust verschränkt und hielt sie so, also ob er hypnotisiert worden wäre. Das stolze Lächeln auf seinen dicken Lippen schien dort eingefroren zu sein. Er schien kaum zu atmen. Er blinzelte nicht einmal. Als King, Grim und Narayan Singh eintraten, würdigte er sie keines Blickes. Er sah aus wie ein toter Mann auf einem Festmahl.

„Er hält sich selbst gefangen", sagte Ghandava. „Sie sehen vor sich die Verkörperung der Angst selbst und nicht die geringste Notwendigkeit dafür. Keine Kombination physischer Schrecken könnte ihn in diesen Zustand versetzen. Er hat sich selbst hypnotisiert. Er fürchtet sich vor einer Angst, die in ihm selbst steckt -die er selbst in sich kultiviert hat - und die er benutzt hat, um die Ängste anderer zu steuern. Selbst Dynamit könnte sie kaum lösen. Was sollen wir mit ihm machen?"

Das war schwer zu beantworten.

„Er ist der Kopf ihrer Bande, und er ist gefährlich", sagte Jeff.

„Für wen?" fragte Ghandava. „Für uns scheint er im Moment sicher zu sein!"

Daraufhin meldete sich Cyprian zu Wort, der hinter dem einzigen freistehenden Bücherregal im Raum hervortrat, seine Brille putzte und aussh, als ob er sein ganzes Leben katalogisiert hätte.

„Du hast recht", sagte er scharf. „Er ist nur eine Gefahr für seine Freunde. Ich sage, lasst ihn frei!"

Ghandava warf einen Blick auf Jeff, dessen Faust die Gefangennahme bewirkt hatte. Mit dem Recht der lex non scripta[37] lag die Entscheidung bei ihm. Aber Jeff, obwohl er eine unwiderstehliche Kraft war, sobald er eine Entscheidung getroffen hatte, reagierte nicht auf blinde Schlussfolgerungen oder Interpretationen menschlicher Gedanken. Seine Stärke war der angewandte gesunde Menschenverstand.

„Halten wir ihn isoliert, während wir uns unterhalten", schlug er vor, was per Akklamation umgesetzt wurde.

Bhima Ghandava rief den grün gekleideten Chela mit Hilfe einer elektrischen Glocke herbei.

„Welch arrogante Schlichtheit! Wie einfach sind die Großen! Er, der *denken* und dem gehorcht werden kann! Eine gewöhnliche Glocke zu benutzen - wie sanftmütig!" rief Chullunder Ghose aus und rollte verzückt mit den Augen.

Bhima Ghandava erklärte, was erforderlich war. Der *Chela* richtete Bemerkungen an den Gefangenen, der ihm ebenso wenig Beachtung schenkte wie eine Buddhastatue, auf der sich eine Fliege niedergelassen hätte. King beugte sich vor und stieß Chullunder Ghose mit einer Stange, die zum Schließen der Fenster gedacht war, in den Bauch.

„Weniger Emotionen!", befahl er. Jeff erhob sich von seinem Sessel und packte den Gefangenen unter den Armen. „Geh voran", sagte er schlicht. Doch als ob die Androhung von Gewalt und körperlicher Kontakt alles gewesen waren, was nötig war, um die Angst des Gefangenen zu lösen, begann er sich sofort zu wehren, sprang hoch, als hätte Jeffs Berührung eine Feder ausgelöst und schlug Jeff dreimal mit der geballten Faust zwischen die Augen.

Jeff taumelte zurück und musste dann, als er sich ihm näherte, wie Samson kämpfen, um zu verhindern, dass sein Genick brach; denn der Bronzemann packte ihn mit einem Griff unter

---

[37] Ungeschriebenes Gesetz

den Armen, drehte ihn kopfüber, schlug seinen Kopf auf den Boden und setzte seinen Fuß auf den gebeugten Hals. Nur die drei Lagen Teppiche bewahrten Jeff vor dem Tod.

Plötzlich befand sich „Rammy alter Kumpel" in den Händen eines stärkeren Gegners.

Obwohl er mit einem Arm die Beine des Mannes wegschlug, ihn umwarf und anschließend jeden ihm bekannten Trick anwandte und einen Schlag nach dem anderen austeilte, konnte er, sobald er sich etwas befreien konnte, seinen Gegner nicht festhalten. Seine früheren Verletzungen waren, obwohl sie durch Ghandavas Öle fast schmerzlos geworden waren, dennoch ein Handicap. Jeder Hammerschlag, den sein Gegner landete, jedes vulkanische Zerren an Jeffs Armen und Beinen verschlimmerte die Situation. Das Ende hätte nur um Sekunden hinausgezögert werden können. Die anderen eilten Jeff zu Hilfe.

Selbst Chullunder Ghose stürzte sich auf Zehenspitzen ins Getümmel und Cyprian legte seine Brille ab, um nach etwas Schwerem zu suchen. Aber Ghandavas ausgestreckte Hand ließ sie alle, auch den *Chela*, zurückweichen. Sie wussten nicht, was er vorhatte, waren aber sicher, dass er die Situation in einer Sekunde in den Griff bekommen konnte, wenn er es nur wollte.

Sogar Cyprian hatte damit gerechnet und legte die schwere Messingvase ab, die er aufgehoben hatte. Aber eine halbe Minute lang war das Tempo für Ghandava zu schnell, zumindest schien es so. Jeff und sein Gefangener drehten und wandten sich wie Bären im Frühlingskampf. Der bronzene Mann schleuderte Jeff beiseite, sprang wieder auf die Füße, ergriff eine schmiedeeiserne Kobra, die eine Lampe halten sollte und hob sie hoch, um ihm den Schädel einzuschlagen. Das Ding wog etwa zweihundert Pfund, und hätte Jeffs Unterarm ohne jeden Zweifel wie ein Holzscheit zerschmettert, wenn er es hätte abfangen wollen.

Doch es war Ghandavas Hand - die glatte, weiche Handfläche nach oben - welche die volle Wucht des Schlags abfing und ihn auf halbem Weg aufhielt - eine Hand, die aussah, als könnte sie die Bronzeschlange nicht einmal anheben, geschweige denn ihr widerstehen! Und er sagte ein Wort, vielleicht in Sanskrit, jedenfalls in einer unbekannten Sprache, das den Gefangenen scheinbar erneut von Kopf bis Fuß erstarren ließ, so dass er mit dem schweren bronzenen Ding in der Hand wie versteinert dastand, mitten in der Bewegung erstarrt.

„Jetzt nehmt ihn mit", sagte er leise und dieses Mal berührte ihn anstelle von Jeff der *Chela*. Der Riese setzte die eiserne Kobra ab und folgte dem *Chela* wie ein Traumwandler durch eine Tür am Ende des Raumes hinaus, die sich hinter beiden schloss.

„Wenn wir uns auf ihre Weise der Gewalt bedienen, können sie uns besiegen", sagte Ghandava beinahe entschuldigend. „Es war das, was sie als Glück bezeichnen, Freund Ramsden, das es Ihnen letzte Nacht ermöglichte, ihn gefangen zu nehmen. Sie haben ihn überrumpelt, sonst hätte er Sie so verdreht, wie ein Korbflechter das Schilf zwischen seinen Händen dreht. Dasselbe gilt für jede andere Kraft, die sie anwenden; sobald man sich dagegen wehrt, wird man platt gemacht. Sie haben mir zugesehen? Ich habe seine Energie umgelenkt. Hätte ich sie nach innen gerichtet, hätte sie ihn zerstört. Stattdessen habe ich sie genutzt, um dieses eiserne Gewicht mitten in der Bewegung zu stoppen - ich habe seine Energie verwendet, nicht meine. Es ist nur eine Frage des Wissens."

„„Wie ein Pferd zu reiten!", schlug Jeremy vor. „Aber wie? Ich sage ihnen etwas, Sir, ich tausche mit Ihnen! Zeigen sie mir diesen Trick und ich bringe Ihnen zwei beliebige meiner Tricks bei!" Ghandava lachte vergnügt und nahm seinen Platz auf der Fensterbank wieder ein.

„Ich bezweifle, dass ich ihre Tricks kennen muss", antwortete er, „und um meine Tricks zu erlernen, wenn sie sie so nennen wollen, würde mehr Jahre erfordern, als sie glauben zur Verfügung zu haben. Außerdem - wie sollte ich wagen, sie zu unterrichten, selbst wenn ich es könnte?"

„Warum nicht?", fragte Jeremy. „Ich bin kein Ganove." Ghandava lächelte wieder.

„Nur wenige von uns sind das, was sie zu sein glauben", antwortete er. „Sie - sie alle – befinden sich auf dem, was die Hindus das Rad nennen. Sie sind an das Schicksal gebunden, seine Formen, an den für sie bestimmten Platz gefesselt. Jeder Stern, jeder Planet, jeder Meteorit, jedes Staubkorn, das in Sichtweite schwingt, gehorcht dem Gesetz. Ordnung ist das oberste Gesetz. Niemand kann seinem Schicksal entgehen."

„Ah! Jetzt wird uns allen das Schicksal vorausgesagt! Ich zittere vor Erwartung! Werde ich ein Plutokrat? Im Gefängnis landen? Nach Übersee reisen? Werde ich eine angesehene Persönlichkeit werden?"

„Du wirst einen Stoß in den Bauch bekommen!" versicherte ihm King.

„Autsch! *Sahib, dagegen* sollte es ein Gesetz geben! Aufhören!"

„Wenn ich die Zukunft vorhersehen könnte, glauben Sie, ich würde es tun?" fragte Ghandava.

Cyprian, den Daumen zwischen den Seiten eines schwarzen Buches, kam zum Fenster und suchte sich einen Stuhl mit hoher Lehne, auf dem er sitzen konnte, ohne sich wie eine Stoffpuppe zusammenquetschen zu müssen. Er zog Würde jeder Art der Bequemlichkeit vor.

„Um es kurz zu machen, Ghandava", sagte er, als wolle er eine Versammlung zur Ordnung rufen, „wir alle stehen in ihrer Schuld für die fürstliche Gastfreundschaft. Gibt es noch mehr, was wir von ihnen erwarten können? Unser Ziel ist es, die Neun Unbekannten zu entlarven. Wir wollen die Geheimnisse der Neun Unbekannten - ihre Bücher - ihren Schatz ..."

„Ihren Schatz!" seufzte Chullunder Ghose. „Ihren Schatz und ihr Wissen!" stimmte Grim zu. „Ihre Bücher!", sagte Cyprian. „Können sie uns helfen?"

„Kann ich, meinen sie, oder werde ich?", fragte Ghandava. Dabei lächelte er, als ob er die Situation komisch fände.

KAPITEL SECHZEHN

„Sahibs, das ist die Wahrheit!"

GHANDAVA begann mit den Händen auf dem Rücken auf und abzugehen.

„Zunächst einmal ist nichts unmöglich", sagte er mit einer Schroffheit, die Cyprian blinzeln ließ.

Chullunder Chose seufzte wie ein Feinschmecker in Gegenwart seines Lieblingsgerichts und wich Kings Aufmerksamkeiten mit der Fensterstange geschickt aus. King war für harte Fakten und kein Delirium.

„Kommt irgendjemandem von Ihnen dieser Bericht über die Neun Unbekannten lächerlich vor?" fragte Ghandava.

„Nicht im Geringsten", sagte Jeremy prompt, und die anderen nickten.

„Wir wissen es", sagte Cyprian.

„Da Gama hat es uns erzählt", sagte Chullunder Chose.

„Sie haben uns verfolgt, seit wir gegen sie ins Feld gezogen sind", sagte Narayan Singh.

„Das genau ist es, was mir lächerlich erscheint", antwortete Ghandava. „Sie setzen eine Gemeinschaft von neun Männern voraus, wie sie sie beschreiben, Erben wissenschaftlicher Geheimnisse der Alten. Sie schreiben diesen Neun eine solche Weisheit zu, dass sie ihrer Meinung nach über Jahrtausende hinweg in regelmäßigen Abständen enorme Mengen an Gold anhäufen konnten, und zwar ohne, dass jemand ihr Versteck oder ihre Vorgehensweise entdeckt hätte. Gleichzeitig jedoch sagen sie, sie hätten sie erfolglos verfolgt. Wie wollen sie ihren vermeintlichen

Erfolg auf der einen Seite und ihre ziemlich unbeholfene Reihe von Misserfolgen auf der anderen Seite erklären? Halten sie die beiden Berichte für vereinbar?"

„Das tun sie nicht", sagte Grim. „Wir haben gestern beschlossen, dass diejenigen, die uns angreifen wahrscheinlich einer anderen Organisation angehören."

„Kommt es Ihnen in den Sinn", fragte Ghandava, „dass diese Neun, die sie angegriffen haben, selbst auf der Suche nach den echten Neun sind?"

„Diesem Babu schon", gab Chullunder Ghose selbstgefällig zu und verschränkte die Hände vor dem Bauch.

„Warum hast du uns dann nichts gesagt?" fragte King.

„Da mein Bauch ein empfindlicher Teil meiner Anatomie ist, habe ich nichts gesagt, was einen Angriff auf denselben provozieren könnte." antwortete der Babu, beide Augen auf Kings stechenden Stab gerichtet.

Jeremy holte die drei Münzen hervor, die von Da Gamas ursprünglichem Schatz übriggeblieben waren. Er gab sie Cyprian weiter, der sie an Ghandava überreichte.

„Die sehen für mich nach Beweisen aus", sagte Jeremy.

„Vergessen sie nicht", sagte King, „wir haben einen weiteren Gefangenen im Büro, der schwört, er sei angewiesen wurde, ein Mitglied der echten Neun in Benares zu töten."

Ghandava nickte, aber Cyprian schloss sich ihm an.

„Warum sollte man glauben, was er sagt? Die Organisation besteht aus einer Reihe von Neunen, jedes Mitglied einer Neun ist selbst Kapitän einer anderen Neun und so weiter. Ich bin bis zu diesem Punkt völlig zufrieden. Die einzige Möglichkeit der Kontrolle oder Untersuchung besteht also von oben her. Da Gama hat es gesagt. Eine Neun weiß nichts von einer anderen. Nach allem, was wir wissen, befinden sich die Neun Unbekannten möglicherweise im Krieg untereinander. Ein Untergebener, der den Auftrag erhielt, einen ihrer Vorgesetzten zu ermorden, könnte in ehrlicher Unwissenheit sagen..."

Ghandava unterbrach ihn mit einer Geste.

„Zweifel von unerwarteter Seite! Ich sehe, ich muss etwas klären", sagte er, aber er hielt fast eine Minute lang inne. Seine nächsten Worte waren dramatisch.

„Ich bin selbst von den Neun Unbekannten beauftragt worden!" Eine Sekunde herrschte Schweigen. Dann...

„Gott segne meine Seele", rief Cyprian.

Ghandava lachte. Cyprian bekreuzigte sich unauffällig. Die anderen verrieten Erstaunen, das von Ungläubigkeit geprägt war, außer dass Narayan Singh und Chullunder Chose, obwohl sie sprachlos waren, geneigt zu sein schienen, fast alles zu glauben.

Ghandava schien im Großen und Ganzen nicht unzufrieden zu sein, wie sein Statements aufgenommen worden war.

„Die 'Neun Unbekannten' bezeichnen sich selbst mit einem anderen Namen; und mit einem weiteren Namen, der nur ihren wenigen Vertrauten bekannt ist; aber es gibt sie und sie SIND die Erben aller wissenschaftlichen Erkenntnisse der Alten", fuhr er fort.

„Und das Gold, das im Laufe der Jahrhunderte verschwunden ist? Sind sie auch die Erben davon", fragte Ramsden.

„Mein Freund, wenn ich die Geheimnisse der Neun kennen sollte, glauben Sie, dass ich sie Ihnen verraten würde?"

„Ihre Bücher! Ihre Bücher!" murmelte Cyprian, und Ghandava ging darauf ein.

„Andere haben sie gewollt. Diejenigen, die die Bibliothek in Alexandria niedergebrannt haben, taten dies, um sie zu sichern, und das war zu einer Zeit, als die Erinnerungen der Menschen noch frischer waren als heute. Sie scheiterten, wie alle anderen auch. Kaiser Akbar versuchte an die Bücher zu kommen. Er plünderte ganz Indien auf der Suche nach ihnen. Aber er starb, ohne zu wissen, wo sie sich befanden, obwohl damals einige von ihnen nur eine Stunde zu Fuß von Akbars Palast entfernt aufbewahrt wurden."

„Dann wissen sie, wo sie jetzt sind!" sagte Cyprian aufgeregt. Er konnte weder Lippen noch Finger stillhalten.

„Mein Freund, ich bin gerade von einer ausgedehnten Reise zurückgekehrt. Ich weiß nichts, außer dass die Neun nach mir geschickt haben und ich beauftragt wurde, eine Aufgabe zu erfüllen".

„Wo sind die Neun jetzt?" fragte ihn Cyprian und Ghandava lachte.

„Wir schweifen vom Thema ab", antwortete er. „Diese falschen Neunen, deren Organisation sie beschreiben, existieren seit Jahrhunderten. Sie suchen nach den unauffindbaren Geheimnissen der Unbekannten Neun. Ihre eigenen Geheimnisse sind reine Hypnose, nur Tricks, das reine Böse, das sich unter der Maske der Kali-Anbetung, des Thuggee und allen möglichen anderen Dingen verbirgt. An die Stelle des Wissens haben sie den Aberglauben gepfropft, und an die Stelle der Wahrheit die Furcht. Sie herrschen durch Angst, setzen sie über das Gesetz hinweg und unterlaufen es, indem sie die Hüter des öffentlichen Friedens in ständiger Angst vor ihnen halten. Sie haben nichts mit den Neun gemeinsam, die mich beauftragt haben, und die Altruisten sind - ganz einfach."

„Unsinn!", rief Cyprian aus. „Ich meine – entschuldigen sie, ich bin da anderer Meinung! Wenn sie Altruisten wären und über das Wissen verfügen würden, das sie vorgeben zu besitzen, würden sie es der Welt offenbaren..."

„Zum Untergang der Welt!" fügte Ghandava trocken hinzu.

„Wie kann die Welt durch nützliches Wissen untergehen?" wandte King ein.

„Oder wie kann es zu viele Schätze geben?", fragte Chullunder Ghose. „Lasst von mir aus die Hunde des Krieges los - hungrige Ungeheuer! -und gib mir genug Geld – dieser Babu wird den Sieg für jede Seite erkaufen! Wenn deine Auftraggeber so viel Geld haben, warum haben sie dann in den letzten Kämpfen von 1914 nicht die beste Mannschaft gekauft und das Geschäft zügig beendet? Autsch! King Sahib, ich fleh dich an, leg die Stange weg!"

„Warum erkaufen sie jetzt nicht Indiens Freiheit?" forderte Narayan Singh. „Der britische Steuerzahler..."

„Wer hätte jemals Freiheit gekauft?" antwortete Ghandava. „Freiheit muss man sich verdienen oder sie hört auf zu existieren!"

„Wozu horten sie dann das Gold?" fragte Ramsden.

„Altruismus?", fragte Cyprian mit hochgezogenen Augenbrauen und gerunzelter Stirn über seine Brille hinweg. „Ist in diesem Moment kein Altruismus nötig?"

Ghandava musste wieder lächeln.

„Sie erwarten zu viel", antwortete er. „Altruismus hat nichts mit Selbstlosigkeit zu tun".

„Dann sind ihre Leute keine Altruisten im eigentlichen Sinne des Wortes!" schnappte Cyprian.

Der alte Mann wurde immer ungeduldiger, vielleicht, weil er spürte, dass ihm die Kontrolle über die Situation und die Gruppe entglitt. Doch er war es, der Ghandava ins Spiel gebracht hatte. Es gab nicht viel, was er dagegen tun konnte.

„Sie meinen, ihr Altruismus ist für sie nicht nachvollziehbar?" antwortete Ghandava.

„Sie gehen davon aus, dass das seit Jahrhunderten verschwundene Gold an einem Ort aufgehäuft wurde und nutzlos herumliegt. Ich glaube, ich kann Ihnen versichern, dass dem nicht so ist."

„Aber das Wissen?" wandte King ein.

„Die Bücher!", beharrte Cyprian.

Ghandava lächelte wieder und zeigte mit dem Finger auf Cyprian.

„Sie, mein Freund, würden die Bücher sofort verbrennen, wenn sie sie finden könnten! Wenn Akbar sie gefunden hätte, hätte er das darin enthaltene Wissen zur Eroberung neuer Reiche genutzt. Diejenigen, die die Bibliothek von Alexandria verbrannten, hätten das zumindest getan. Diejenigen, die sie „meine Leute" nennen, haben ihre eigene Interpretation der Bücher und ihre eigene Meinung über ihre richtige Verwendung".

„Aber Wissen", wandte King erneut ein, „wenn Wissen wahr ist, kann es doch nicht schaden, oder?"

„Nein? Wessen Produkt ist das Dynamit? Von keinem Wissen?" erwiderte Ghandava. „War es Unwissenheit, die die großen Kanonen gebaut und das Giftgas erfunden hat?"

„Das Geld! Das Geld! Wo ist das Geld?" rief Chullunder Ghose aufgeregt.

„Gold ist kein Geld. Gold ist Gold", antwortete Ghandava. „Sagen sie mir - ist Energie ohne kontinuierliche Brennstoffzufuhr menschlich nachvollziehbar? Energie muss freigesetzt werden -

richtig? Wasser – Kohle – Petroleum - Gezeiten-Nutzung, was immer sie wollen. Ist Ihnen nie in den Sinn gekommen, dass in einer Tonne Gold mehr Energie steckt als in einer Million Tonnen Kohle? Eröffnet das irgendwelche Perspektiven? Erkennen Sie, dass Gold als Geld zu verschwenden die Welt verderben würde, die ohnehin bereits schon zu verdorben ist, während die Energie von Gold, auf die richtige Weise freigesetzt, das Gesicht der Natur verändern könnte? Ich verrate Ihnen keine Geheimnisse. Alle Chemiker wissen, worauf ich anspiele. Sie wissen nur nicht, wie man die Energie aus Gold, Uran oder Thorium freisetzt, das ist alles".

„Und Sie?" Sie stellten die Frage im Chor. Er ignorierte sie.

„Diese Neun, die sich als Anarchisten und Kali-Anbeter tarnen, wissen sehr wohl, dass die Zeit des Goldes als Zahlungsmittel vorüber ist. Auf dem Wert von Gold basierendes Papier ist das aktuelle Medium. Dieses Papier erfüllt seinen Zweck. Bald wird Gold als Zahlungsmittel ganz verschwinden. Erst dann wird man seine wahre Kraft entdecken. Diese drei Münzen, die ich in meiner Hand halte, enthalten genügend Energie, um ganz Delhi auf der Stelle in Schutt und Asche zu legen. Können sie sich vorstellen, was passieren könnte, wenn das Geheimnis, wie man diese Energie freisetzt, in die falschen Hände geraten würde?"

„Dann informiert die Richtigen", schlug Cyprian vor, mit einem Tonfall, der nicht ganz frei von Hohn war.

„Wer wäre das? ", fragte Ghandava. „Regierungen? Sie würden das Wissen nutzen, um wehrlose Nationen auszulöschen. Wissenschaftler? Sie würden sich die Welt einverleiben und dann einer neuen kommerziellen Sklaverei unterwerfen. Die Kirchen?"

Er wandte sich an Cyprian.

„Sie - ihre Kirche, mein Freund, würde die Bücher mitsamt dem geheimen Wissen, das sie enthalten, verbrennen - das geben sie ja selbst zu. Und sagen sie mir: welche der anderen Kirchen würden sie vertrauen?"

„Nun, was schlagen sie vor, was man mit dem Gold oder der Energie, die es freisetzt oder dem geheimen Wissen darüber machen sollte?" fragte Grim.

„Das, mein Freund, ist zum Glück nicht mein Bereich!" antwortete Ghandava kichernd. „Haben sie Geld in ihrem Portemonnaie?"

Grim nickte.

„Können sie rechnen?"

Dieser nickte erneut.

„Ein paar Sprachen? Ein bisschen Naturwissenschaft? Ein gewisser Ruf vielleicht? Etwas diplomatisches Geschick vielleicht? Ein bisschen Selbsterkenntnis, die mehr wert ist als alles andere? Und die Summe all dessen ist ihr Kapital?"

Grim nickte.

„Was wollen sie damit machen?"

Grim grinste und begann zu verstehen, worum es ging.

„Geht mich das etwas an?", fragte Ghandava. „Es ist die Angelegenheit jedes Einzelnen, was er mit dem Wissen macht, das er besitzt! Es ist die Aufgabe derer, die die uralten Geheimnisse bewahren, zu sagen, was sie damit tun werden. Solange sie die Geheimnisse bewahren..."

„Ich bin wie ein flacher Ballon!" platzte Chullunder Ghose dazwischen. „Oh Kummer, warum bist du ein Teil von mir! Ich, der ich voller Optimismus war – wie mich mein Schwung fester und tiefer nach unten zieht! Ich sah eine Pyramide aus Gold. Errungen durch die Kraft des Karmas*[38] - wie ich den Göttern dankte! Und jetzt nimmt mir dieser heilige Guru die Pyramide weg und gibt uns stattdessen Energie! Oh Energie! Du Jade! Ich liebe dich nicht! Mein Bauch sehnt sich nach Geld und einer langen Ruhepause! Aua! King Sahib - bitte!"

„Aber, wenn andere das Geheimnis stehlen...", schlug Jeremy vor.

Ghandava zögerte. Wenn Vermutungen eine Chance hätten, seine Gedanken zu enthüllen, überlegte er, ob es sicher sei, fortzufahren. Cyprian schien er am meisten zu fürchten. Man sagt - was Außenstehende nie erfahren - dass jede Information, die von einem Angehörigen seines Bundes erlangt wird, auf Verlangen Eigentum all seiner Vorgesetzten würde - und das wären eine ganze Menge Menschen.

Wie auch immer, Ghandava verlangte dennoch von keinem von ihnen einen Eid. Stattdessen beschränkte er sich - und auch das ist nur eine Vermutung – auf Erklärungen, die nichts erklärten und auf Aussagen, die mehr als eine Interpretation zuließen. Das ist ein alter und akzeptierter Weg. Alle Propheten und alle großen Lehrer haben ihn zur Selbstverteidigung übernommen.

„Auch ich bin auf dem Rad", sagte er und schritt zwischen ihnen auf und ab, wie ein alter Kapitän auf seinem. „Ich erfülle meinen kleinen Zweck im großen Plan und werde danach verschwinden. Innerhalb meiner eigenen Sphäre bin ich nützlich; außerhalb hilflos. Erinnern sie sich? Sie sind zu mir gekommen und haben mich um Rat und Hilfe gebeten."

„Wir haben einige schlechte Ratschläge gehört", sagte Cyprian mit der absichtlichen Unhöflichkeit, die angeblich durch das Alter gerechtfertigt wird. Ghandava schenkte dem keinerlei Beach-

---

[38] Gesetz, nachdem die Sünden früherer Leben unweigerlich in diesem und zukünftigen ausgeglichen werden müssen

tung. Er vermied sogar die abscheuliche Alternative, selbstgerecht die andere Wange hinzuhalten. Nicht einmal eine Fliege, die davonflog, wäre weniger bemerkt worden wie Cyprians Bemerkung.

„Sie haben einen Plan, nehme ich an?", schlug er vor.

Er wandte sich an alle, aber alle sahen Cyprian an - denn er war es, der aufgrund des vorzeitigen Holocausts von Büchern an seinem eigenen Platz in der Ausführung seines Plans unterbrochen worden war. Er nutzte die Gelegenheit, die Zügel wieder in die Hand zu nehmen.

„Ich hatte einen sehr guten Plan", sagte er mürrisch. „Ich habe gerade vorgeschlagen, den Gefangenen freizulassen, aber sie haben ihn irgendwo versteckt."

Wieder nahm Bhima Ghandava keinerlei Anstoß. Die Nörgelei eines alten Mannes schien in seiner Philosophie nicht mehr zu bedeuten als Hundegebell in einer Meile Entfernung.

Die absolute Gleichgültigkeit gegenüber seiner Gereiztheit beleidigte Cyprian mehr, als es Zorn hätte tun können und seine schwachen alten Hände zappelten nervöser als je zuvor auf den Armlehnen des Stuhls herum.

Jeremy, der aufmerksamer beobachtete als die anderen, ging hinüber und setzte sich neben ihn. Cyprian legte eine Hand auf seine Schulter und hörte auf zu zittern. Er fühlte sich immer wohler, wenn er sich an Jeremy anlehnen konnte.

„Ich schlage vor, du offenbarst Deinen Plan", schlug Ghandava vor und lehnte sich in einen der tiefen Armsessel zurück.

In dieser Haltung könnte man ihn sich in Räumen in Oxford oder auf einer Wiese unter einem großen Baum an einem Dorfrat teilnehmend vorstellen. Eigentlich konnte man sich vorstellen, dass er fast alles tun könnte - außer Ärger zu machen.

Cyprian, der anscheinend Kraft aus Jeremy zu schöpfen schien, zwang sich zu einem Lächeln; aber unterdrückte eindeutig seine Leidenschaft.

„Hätte ich gewusst, Ghandava, dass sie in Verbindung zu den Neun Unbekannten stehen, wäre ich nie hierhergekommen. Das wissen sie", sagte er und schüttelte den Kopf in seine Richtung.

„Ja, das weiß ich", sagte Ghandava. „Deshalb habe ich es ihnen nie gesagt, obwohl wir Freunde waren. Aber jetzt, wo sie hier sind und die Tatsache kennen, würde ich vorschlagen, wir machen das Beste daraus?"

Ghandava sprach jetzt über Cyprian zu den anderen. Es wurde immer deutlicher, dass Cyprian den Entschluss gefasst hatte, sich zurückzuziehen. Ghandava, der dies erkannte, war ebenso entschlossen, die Männer nicht zu verlieren, die durch einen Zufall in seine Umlaufbahn geraten waren.

„Das Beste?", sagte Cyprian quietschend. „Sie sagen, sie sind bei den Neun angestellt – ihr Vertrauter - und bitten mich, ihnen meinen Plan zu verraten, wie ich Informationen über sie erhalten und vielleicht sogar ihre Bücher erbeuten kann!"

Ghandava lächelte weiter, aber wenn er überlegen gewirkt hätte, hätte er das Wohlwollen aller Männer im Raum, insbesondere von Jeremy, verloren. Er war nicht aggressiv; nicht in der Defensive. Er wirkte eher wie ein Anwalt, der hingezogen wird, um seine Meinung zu einem Problem zu äußern und eine Lösung zu finden, während er zuhörte.

„Sie sprechen, als hätte sie ein Anrecht auf die Bücher der Neun", antwortete er ruhig „Das würden sie bestreiten. Ich versichere ihnen, dass es nichts Unmöglicheres gibt, als herauszufinden, wo sich die Bücher befinden. Sie können noch nicht einmal beweisen, dass die Bücher überhaupt existieren!"

„Haben sie sie jemals gesehen?" fragte Cyprian ihn trocken, plötzlich unbewegt, während er ihn unter gesenkten, faltigen Augenlidern beobachtete.

Ghandava lachte.

„Ich habe einige Bücher gesehen. Woher soll ich wissen, welches davon sie meinen?"

„Alle!", fauchte Cyprian.

„Mein Freund, ich werde ihnen etwas sagen", sagte Ghandava. „Es gibt Hunderttausende von Büchern, von denen jedes Ihrer Definition entspricht. Es gibt Bibliotheken in Krypten unter dem Wüstensand, die das Wissen von Völkern enthalten, die verschwanden, bevor Atlantis Gestalt annahm. Es gibt Bücher, deren Alphabet weniger als neun Menschen kennen, geschrieben in einer Sprache, im Vergleich zu Sanskrit eine moderne Sprache ist. Unter diesen Büchern gibt es einzelne Bücher, die mehr wahre wissenschaftliche Erkenntnisse enthalten als alle Werke der modernen Chemiker und Metallurgen zusammen. Wenn sie alle Bücher hätten, wäre kein Gebäude groß genug wäre, um auch nur ein Zehntel davon aufzunehmen. Wenn sie zwanzig Jahre alt wären, hätten sie nicht genug Zeit, um die Weisheiten zu erlernen, die ein einziges Buch von ihnen enthält - eines Buches wohlgemerkt, welches sie nicht finden werden."

Er sprach wie jemand, der Autorität besitzt. Aber er sagte nicht mehr, als im Osten üblicherweise von Männern gesagt wird, die tiefer nach Fakten suchen als nur in der Tagespresse und auf die echten Nachrichten aus den Hemisphären hören, die unter- oder oberhalb des Geblökes und Gezeters derer raunen, die das, was sie Bildung nennen, auf dem Markt feilbieten.

Cyprian, King und Grim zum Beispiel waren nicht im Geringsten überrascht.

Narayan Singh nickte. Chullunder Ghose stimmte weniger lautlos zu: „Ich habe zu den Göttern gebetet; ich habe den Göttern sogar teure Geschenke geopfert und zu diesem Zwecke der unglücklichen Familie das Nötigste vorenthalten. Ich habe den Göttern, so oft und flehend Versprechungen gemacht, dass sie eigentlich gar nicht anders können, als zuzuhören - wenn es überhaupt irgendwelche Götter gibt! Ich habe den Priestern sogar den Kern meiner Absichten mitgeteilt, ebenso wie das wahrscheinliche Geheimnis meines bisherigen Scheiterns. Wenn ich ein solches alte Buch finden und direkt an das Amerikanische Museum, U. S. A. verkaufen könnte, würde ich mit der Hälfte des Erlöses ein Waisenhaus stiften, ohne Fragen nach der Abstammung der Waisen zu stellen. Unser Ali aus Sikunderam kann... Autsch! King Sahib, bitte benutze die Stange für angemessene Zwecke!"

„Es läuft also auf Folgendes hinaus", sagte Ghandava. „Wenn es ihr Ziel ist, die Welt von einem Übel zu befreien, stehe ich Ihnen insoweit zu Diensten, vorausgesetzt ich stimme mit Ihnen darin überein, was das Übel ist. Wenn sie sich in die Belange meiner Auftraggeber einmischen wollen, darf ich nur dabei zusehen. Möglicherweise muss ich sie daran hindern."

„Dann lassen sie uns ein Geschäft machen", schlug Jeremy vor.

Aber Bhima Ghandava hatte keinen Appetit auf Geschäfte. Er machte eine Grimasse, die mehr Verachtung ausdrückte als alles, was er gesagt oder getan hatte, seit sie sein Haus betreten hatten.

„Ich werde tun, was ich tun kann, und zwar aus freien Stücken", antwortete er.

„Wir sind ihre Gäste. Skizzieren sie, was sie tun werden", schlug Ramsden vor.

Cyprian stimmte dem zu. Er hatte nichts zu verlieren, wenn er sich anhörte, was Ghandava beabsichtigte. Aber das Problem war, dass er nicht vorhatte, seine Karten dafür auf den Tisch zu legen.

„Pater Cyprian hatte einen Plan", sagte er, verschränkte die Arme und lehnte sich zurück, um zuzuhören.

„Leg los, Paps!", drängte Jeremy. „Zeig, was du hast! Lass ihn höher gehen oder passen!"

Cyprian gab nach, nicht wie die Männer der Welt nachgaben, sondern mit einer Art trockener, angedeuteter Behauptung, dass Kapitulation ein Sieg sei.

„Wir alle haben einen Plan besprochen - wir waren uns einig, nicht wahr? - dass Jeremy Benares besuchen sollte - verkleidet - mit Chullunder Ghose, der für ihn sprechen soll - Jeremy, spielt einen stummen Fakir – der Tricks aufführt – natürlich mit den Münzen - sie herum zeigt -mit allen Mitteln die Aufmerksamkeit dieser Schurken erregt..."

„Die Aufmerksamkeit der Schurken - ausgezeichnet!" kommentierte Ghandava.

„Die anderen", fuhr Cyprian fort, „Ramsden, King, Grim, Ali aus Sikunderam und der Rest seiner Söhne gehen ebenfalls nach Benares - natürlich als Hindus getarnt. Sie werden sich umsehen. Während Jeremy die Aufmerksamkeit des Feindes auf sich zieht, beobachten sie - sie beobachten. Verstehen sie mich? Nun gut. Das war der Plan: Beobachten und dann den Feind aufspüren."

„Ich werde ihnen helfen, den Feind zu beobachten und aufzuspüren", sagte Ghandava, wie ein Mann, der verspricht, eine bestimmte Partei zu wählen.

Er war entschlossen und enthusiastisch. Alle Anwesenden glaubten ihm, sogar Cyprian. Aber Glauben ist nicht zwangsläufig gleichbedeutend mit Zustimmung.

„Du verstehst? Ich für meinen Teil habe keine Versprechungen gemacht", sagte Cyprian.

„Ich habe keine verlangt", sagte Ghandava. „Was ich zu geben habe, gebe ich. Wann beabsichtigt ihr aufzubrechen? Wie werdet ihr reisen? Wo werdet ihr wohnen, wenn ihr Benares erreicht? Ich werde das für sie erledigen", sagte er, breitete seine Arme aus und beugte sich vor.

Als er plötzlich den Mund öffnete, zeichneten sich die Konturen seines Kiefers und Kinns deutlich durch den grauen Bart ab und veränderten sein gesamtes Erscheinungsbild. Er schien enorm zu altern - so alt wie Cyprian zu sein – die ganze Ungerechtigkeit der Welt zu kennen und unter ihr gelitten zu haben- und dennoch ein Wissen und eine Gewissheit bewahrt (vielleicht dadurch sogar erlangt) zu haben, die über das menschliche Ermessen hinausgingen.

Als er seinen Mund erneut bewegte und aufzählte, was er tun würde, verschwand der Ausdruck des Alters und er bewegte sich fast auf Augenhöhe mit Ramsden und Narayan Singh.

„Ich werde diese Dinge für sie tun; ich werde für ihren Schutz sorgen..."

Cyprian schnaubte, als hätte er Schnupftabak genommen.

„Wie?", wollte er wissen. „Wie?"

Aber Ghandava winkte ab.

„Ich gebe Ihnen die Erlaubnis zu behaupten, dass sie die Neun Unbekannten repräsentieren. Das wird Mr. Jeremys Behauptungen, ein Zauberer zu sein, Glaubwürdigkeit verleihen!"

„Wir könnten auch behaupten, dass wir die Neun Unbekannten repräsentieren, ohne die Erlaubnis dazu zu haben!" wandte Cyprian säuerlich ein.

„Das könnten sie. Aber ohne Erlaubnis wäre das sehr gefährlich", sagte Ghandava.

Und wieder gab es niemanden im Raum, der daran zweifelte - nicht einmal Cyprian.

Chullunder Ghose zitterte und schnappte nach Luft wie ein Fisch auf dem Trockenen, und Narayan Singh, der auf dem Boden hockte, beugte sich vor, um besser in die Augen Ghandavas blicken zu können.

Nicht, dass Ghandava irgendeine dieser Demonstrationen etwas ausgemacht hätten. Lob und Kritik an seiner Person schienen von ihm abzuprallen.

„Ich werde euch Mittel zur Verfügung stellen, nach Benares zu reisen", fuhr er fort.

„Oh Flügel des Geistes! Geben sie uns nur einen Segen, großer Mahatma, und wir werden in einer Minute in Benares sein! Geben sie uns Kraft! Autsch!"

King stellte die Fensterstange wieder an ihren Platz neben sich und Ghandava fuhr fort, ohne auf die Schwärmerei des Babu zu achten: „Ich werde ihnen in Benares ein Quartier zur Verfügung stellen. Und ein Mann wird sie an geheime Orte führen".

„Als Gegenleistung wofür?" fragte Jeff.

„Keine Gegenleistung. Ich schlage vor, ihnen dabei zu helfen, ihren Feind aufzuspüren". antwortete Ghandava.

„Schutz? Sie haben von Schutz gesprochen", sagte Cyprian. „Wie wollen sie das bewerkstelligen? Durch schwarze Kunst?"

Ghandava lächelte ihn an.

„Der Feind wird schwarze Kunst anwenden", antwortete er. „Der Feind wird sich selbst zerstören. Von Zeit zu Zeit tut er das. Lärm und Geschrei häufen sich und werden schließlich so groß, dass die Neun sich selbst schützen, indem sie immer nur so wenig Wissen wie möglich in die Hände des Feindes gelangen lassen. Wenn er versucht, es zu nutzen, stirbt er. Da war zum Beispiel Sennacherib – sie haben von ihm und seinem assyrischen Heer gehört? Ich könnte ihnen fünfzig Beispiele aus der Geschichte nennen und auf jedes davon kommen tausend andere, von denen die Menschen noch nie gehört haben."

„Sie meinen also, ihre Neun Meister bewahren ihre kostbaren Geheimnisse nur zum eigenen Schutz?" fragte Cyprian.

Die Erwähnung von Sennacheribs Heer und anderer Opfer unwägbarer Kräfte im Alten Testament weckten ihn wie einen Wachhund, der vor Eindringlingen schützen soll. Das war sein Fachgebiet.

„Nein, aber sie schützen die Geheimnisse, und die Geheimnisse sie", antwortete Ghandava. „Ich werde ihnen zeigen, warum. Wenn einer von ihnen das große Album auf dem kleinen Tisch neben der Tür aufschlägt, werden sie darin mehr als zehntausend Zeitungsausschnitte in mehr als zwanzig Sprachen finden, von denen jeder Einzelne eine direkte Aussage darüber ist, wie sich die Nationen auf den nächsten Krieg vorbereiten. Sie werden Erwähnungen von Gasen finden, die ganze Städte in einer Stunde zerstören; oder U-Booten, die die Meere unschiffbar machen und so Völker verhungern lassen; von Flugzeugen, die Zwei-Tonnen-Bomben tragen, die mit Giften beladen sind, welche alle bekannten Substanzen durchdringen und Menschen qualvoll töten; von Kanonen mit einer Reichweite von mehr als hundert Meilen; von neu entdeckten Methoden der Vibration, die ganze Städte in Schutt und Asche legen; und von vielen anderen Dingen, manche noch schlimmer als diese. Die Kräfte, die die Neun Unbekannten einsetzen können, sind unendlich größer als alles, wovon diese kriegslüsternen Idioten träumen! Sollen sie ihr Geheimnis der Tagespresse anvertrauen? Und sollen sie sich und ihr Geheimnis nicht gegen die ehrgeizigen Schurken verteidigen, die vor nichts zurückschrecken, um in den Besitz dessen zu gelangen, was ihnen - wenn sie es hätten - die ganze Welt ausliefern würde? Und sie kennen keine Gnade, wie sie wissen," fügte er nachdenklich hinzu, als ob er nachgeforscht hätte und wahrheitsgetreu Zeugnis ablegen könnte.

„Dann bitten sie uns, den Feind aufzuspüren, damit sie ihn überfallen können. Geht es darum?", fragte Ramsden.

„Mein Freund, ich verlange gar nichts!" antwortete Ghandava, beugte sich vor und legte, wie um seine Aussage zu betonen, beide Hände auf die Oberschenkel. „Die, die mich beauftragt haben, geben für immer, ohne eine Gegenleistung zu verlangen oder anzunehmen".

Narayan Singh nickte ernst.

„Sahib", sagte er, „das ist die Wahrheit. Daran kann man erkennen, dass er es mit den Buddhas[39] zu tun hat und nicht mit Schurken. Sie geben, um zu geben und verlangen nichts, weil niemand es ihnen vergelten kann."

Cyprian schnaubte.

„Was ist dann mit dem Gold, das sie wie Geizhälse horten?"

„Haben sie ihnen jemals Gold gegeben?" antwortete Ghandava mit dem ersten Anflug von Schärfe, die er sich erlaubte. Dann, als bedaure er diesen Lapsus, durchquerte er den Raum und legte eine Hand auf Cyprians Hand auf der Stuhllehne.

„Mein alter Freund, ich würde ihnen niemals etwas antun - niemals!", sagte er leise. „Sie würden gerne die Welt von einem bestimmten Wissen befreien - oder vielmehr von der Möglichkeit, es sich anzueignen, denn die Welt ist sich ihrer eigenen Natur nicht bewusst. Nun, diejenigen, die mich beauftragt haben, sind ebenso darauf bedacht, dieses Wissen geheim zu halten. Der Unterschied besteht darin, dass wir es bewahren - sie würden es verbrennen - das ist alles. Es gibt keine Chance, dass es bekannt

---

[39] Das Wort Buddha ist bekannt als Titel des Lord Gautama Buddha oder Buddha. Es bedeutet „die Erleuchteten".

wird. Aber wenn sie geduldig sind, werden sie einen flüchtigen Blick darauf erhaschen, was passieren könnte, wenn auch nur ein Millionstel Teil dieses Wissens Menschen bekannt würde, die nicht bereit dafür sind. Sie werden ein Wunder sehen und dann erraten können, was Caesar - der eine Million Spanier gekreuzigt hat, einfach nur, weil er die Macht und die Neigung dazu hatte – mit Giftgas angerichtet hätte! Überlegen sie anschließend, was die Welt von heute selbst mit nur einem der Geheimnisse machen würde, die von denen gehütet werden, von denen sie als die Neun Unbekannten gehört haben!"

Cyprians Augen blieben nicht trocken, aber ein helles Licht fiel durch das Fenster und er tat so, als wäre das die Ursache. Seine Lippen bewegten sich lautlos. Dann sagte er mit seiner achtzigjährigen Falsettstimme: „Ich werde all ihre Bücher verbrennen, die ich finden kann."

„Alle, die sie finden können", antwortete Ghandava lächelnd.

„Ich werde nicht mit nach Benares gehen", verkündete Cyprian. Er zitterte heftig. Er schien fast unfähig nach Hause zu gehen.

„Bleiben sie in meinem Haus. Durchsuchen sie meine Bibliothek nach verbotenen Büchern!" drängte ihn Ghandava.

Cyprian stand auf, stützte sich auf Jeremys Arm ab und schob Jeremy dann beiseite.

„Sie sollen gehen!" sagte er. „Nach Benares! Sie sollen gehen - und sie sollen sehen. Und wenn sie Bücher finden, sollen sie sie zu mir bringen. Ich werde verbrennen, was immer sie mitbringen! Ghandava sagt, er stellt keine Forderungen. Sie haben mir ein Versprechen gegeben. Alle Bücher, die sie finden, gehören mir und ich kann damit machen, was ich will!"

Er blickte um sich, als erwarte er, dass man ihm widersprechen würde. Aber es stimmte, sie hatten dieses Versprechen gegeben. Niemand antwortete.

„Jetzt könnt ihr Pläne schmieden, wie ihr wollt", sagte Cyprian und setzte sich.

Jeff grübelte noch immer über dieselbe Ratlosigkeit nach, drehte und wendete alle Möglichkeiten, um herauszufinden, was darunterlag, so wie er auch ein Mineralienvorkommen erkundet hätte.

„Ich verstehe es noch nicht", wandte er ein und schob seinen Unterkiefer nach vorne, was bedeutete, dass er es verstehen wollte, auch wenn es den ganzen Tag dauern würde. „Sie verlangen nichts von uns? Sie bitten uns, nach Benares zu gehen, oder?"

„Nein", antwortete Ghandava. „Sie wollten nach Benares gehen."

„Was sollen wir tun, wenn wir dort ankommen?" fragte Jeff.

„Nichts", sagte Ghandava. „Aber ihr Ziel war, glaube ich, dorthin zu gehen, um mit einer Organisation in Kontakt zu treten und sie auszulöschen – wenn das Wort zutreffen ist - die sich die Neun Unbekannten nennt. Ich habe meine Hilfe angeboten."

„Sie sagen, dass es nicht um die Neun Unbekannten handelt", wandte Jeff ein.

„Sind Sie deshalb weniger entschlossen?" fragte Ghandava. „Als Sie heute Morgen hierherkamen, wollten sie unbedingt mit ihrem Feind fertig werden. Sie haben die Zähne und Klauen seiner Untergebenen gespürt. Sie haben mich um Hilfe bei der Suche nach ihren Kapitänen gebeten. Ich werde helfen."

„Sie wollen uns ausnutzen?" meinte Jeff. Aber sein Lächeln ließ den Stachel verschwinden.

„Nicht mehr als sie mich", antwortete Ghandava. „Wir gehen den gleichen Weg. Lassen sie uns gemeinsam marschieren. Es wird keine Phase während des Verfahrens geben, in der es ihnen nicht freisteht, sich zurückzuziehen."

„Akzeptiert das", befahl Cyprian, schürzte die Lippen, erhob sich beinahe und setzt sich wieder hin.

Einer nach dem anderen stimmte zu, jeder begegnete Ghandavas Blick und nickte. Das war der Zeitpunkt, an dem sie einem Versprechen am Nächsten kamen.

„Und jetzt", sagte Ghandava, „können wir auch den Gefangenen wieder hereinbringen."

Kaum hatte das letzte Wort Ghandavas Lippen verlassen, quietschte Chullunder Ghose entzückt auf. Ghandava läutete keine Glocke. Kein Gong verkündete seine Freude. Und doch öffnete sich genau in dem Moment, als er seinen Wunsch aussprach, die Tür am Ende des Raumes weit, der grün gekleidete Chela trat ein und führte den Gefangenen so leicht, wie ein Stallknecht einen Stier führt.

„Habt ihr das gesehen? Sahibs, habt ihr bemerkt..."

King zwang den Babu zu atemlosem Schweigen. Der Gefangene drehte sich mit dem Rücken zum Fenster und wandte sich Ghandava zu, der ihn beobachtete, wie ein Professor der Entomologie eine Wespe, nicht unfreundlich, fast vertraut, völlig neugierig.

Der Bronzemann schien nicht länger hypnotisiert zu sein.

„Was soll mit dir geschehen?" fragte Ghandava.

Der Gefangene lächelte grausam - eine Bestie, die keine klaren Beweggründe erkennen konnte.

„Sie können mir nichts anhaben! Ihr Gesetz besagt, dass sie kein Blut vergießen dürfen", antwortete er.

„Wenn ich dich gehen lasse, wirst du dann meine Freunde in Frieden nach Benares gehen lassen?"

Der bronzene Mann zögerte. Dann gesellte sich ein Lächeln boshafter Verschlagenheit auf seine groben Lippen und er richtete sich auf, um fürstlich zu wirken.

„Ja", sagte er auf Hindi - arrogant, als ob er einen Gefallen erweisen würde. „Das wird gewährt."

„Dann geh!", sagte Ghandava und der grün gekleidete Chela führte den Riesen hinaus.

„Schlafen sie jetzt. sie alle benötigen Schlaf", sagte Ghandava, und keiner von ihnen, nicht einmal Cyprian, hatte Einwände als er ihnen kühle Räume innerhalb dicker Mauern zeigte, wo Stille und weiche Matratzen Wonnen versprachen. Alle schliefen, außer Grim, der wach lag und an Ali aus Sikunderam dachte, der mit einem Gefangenen allein im Büro war.

KAPITEL SIEBZEHN

„Es gab keine Zeugen – sage das und bleib dabei!"

EINHEIT ist das profundeste Gesetz. Der Mensch, der kleine Neuerungen nachahmt, imitiert unbewusst das Unendliche. So ist es üblich, egal ob in Neapel, Palermo, Chicago, Peking, Delhi, Teheran oder Jerusalem- wer einen Rachefeldzug führt, tut dies auf eigene Rechnung, auf eigenes Risiko, und er erkennt kein höheres Gesetz an als sein eigenes.

Die Polizei - alle Regierungen - stehen im Abseits, gemeinsame Feinde, die Feinde gemeinsam besiegen sollten. Wer die Polizei ruft, ist in den Augen von Freund und Feind gleichermaßen verachtenswert.

Und es gibt noch eine weitere Regel, die fast überall in der Natur gilt. Das Ungewöhnliche, das Unerwartete und das Unkonventionelle sind Kampfsignale. Ein Sperling mit weißen Federn, ein Mann mit neuen Ideen, ein Mann, dessen Waffen nicht den Regeln entsprechen, sie alle müssen gleichermaßen auf heftige Ablehnung stoßen. Fäuste sind in einem Land, in dem Dolche die Regel sind, ketzerischer als Ragtime in einer Synode. Ketzerei ist Provokation.

So kam es, dass Ali aus Sikunderam in dem Büro oben in der Gasse in der Chandni Chowk, auf eine verschleierte Frau traf. Menschen mögen sagen, dass an dieser Erfahrung nichts Außergewöhnliches gewesen sei. Sieben Söhne von sieben Müttern sind eine Entschuldigung für den Witz, an dem sich die Verleumdung nährt und der Skandal sich selbst vervielfältigt - er ist der Atem in der Nase der Sich-Empörenden.

Dennoch war es nicht ungewöhnlich, dass eine verschleierte Frau in dieser Gegend gesehen wurde. Hunderte von ihnen durchquerten täglich die Gasse. Niemand schenkte ihr Beachtung, als sie die überfüllten Treppen hinaufstieg, obwohl das vielleicht auch daran lag, dass aufmerksame Augen - und in Indien sind alle Augen aufmerksam- möglicherweise bemerkt haben könnten, dass sie mehrere Männer in eher schmuddeligen gelben Gewändern besitzergreifend beobachteten. Kein kluger Mann besteht unter solchen Umständen auf Ärger.

Sie war verschleiert, als sie an die Bürotür klopfte. Aber in dem Moment, als Ali öffnete, schlug sie den Schleier zurück, als ob sie wüsste, wen sie dort finden würde und welches Mittel am besten geeignet sei, um seine Aufmerksamkeit zu fesseln. Natürlich ergriff sie diese Möglichkeit augenblicklich.

„Königin aller Perlen! Perle unter den Königinnen", sagte er und starrte sie an.

Da sie allein war und er gut bewaffnet, gab es nichts, was er an ihr zu fürchten brauchte. Und es gab vieles, was er ohne Schwierigkeiten bewundern konnte.

Sie hatte volle Lippen, große Brüste und ihr langes, schwarzes, öliges Haar war zu dicken Zöpfen geflochten, die an Schlangen erinnerten. Sie hatte volle, kühne Augen wie Gauri, die Ali mit seinen feudalen Aufmerksamkeiten zu ehren gedachte, bis ihr Haus niederbrannte, was sie nicht mehr wertvoll machte. Und sie hatte dieselbe Aura weltlicher Weisheit und Toleranz gegenüber der zu geringen Tugendhaftigkeit der Welt, die Gauri zu so einer umgänglichen Dame gemacht hatte. Sie war so groß wie Gauri - so dass die Erinnerung an Gauri die Böden von Alis Vorsicht unter seinen Füßen hinwegfegten. Aber ihr goldener Schmuck war schwerer als der von Gauri. Die Smaragde in ihren Ohren waren so viel wert wie Gauris gesamtes Vermögen, bevor da Gama sie ausplünderte. Und in einer weiteren Hinsicht unterschied sie sich spürbar.

Unter ihrem linken Kiefer befand sich eine Schwellung, die fast wie Mumps aussah, nur war sie stärker entzündet und verfärbt. Jemand oder etwas hatte sie geschlagen, nicht nur vor kurzem, sondern auch furchtbar hart.

„Königin der Königinnen des Paradieses, wer hat dich geschlagen?", fragte er.

Er sprach für seine Verhältnisse zärtlich, aber hinter seinen Augen loderte die asiatische Leidenschaft und keine Frau, die nicht auf Abenteuer aus war, hätte ihm gegenübergestanden, ohne zurückzuschrecken. Ali dachte jedoch nicht darüber nach. Männer denken weniger sorgfältig nach, wenn sie lange ohne Schlaf auskommen mussten.

„Bin ich im Paradies?", fragte er. „Bist du eine Huri[40]?"

Sie lächelte ihn an. Es mag sein, dass ihr das Lächeln wegen des geschwollenen Kiefers Qualen verursachte, aber sie antwortete mit einer sanften, tiefen Stimme, die vor Geheimnis zitterte und sprach - welch Wunder! - in seiner eigenen Sprache, dem gutturalen, heiseren Puschtu von Sikunderam.

„Prinz der Prinzen! Hauptmann von Tausenden!"

Perfekt! Das ist genau die Art und Weise, wie man mit einem Gentleman aus dem Norden spricht. Ali strich sich über seinen Bart und rückte den Tragewinkel seines Khyber-Messers zurecht.

„Djereemee-Rass Sahib , King Sahib , Jimgrim Sahib , Ramsden Sahib , alle senden Grüße. Bei den Söhnen der Königinnen, die dich Vater nennen, soll mir Euer Ehren an einen bestimmten Ort folgen."

Sie lächelte wieder, und Ali strich über seinen Bart, bis er unter seiner Hand glänzte, als ob er ihn gebürstet hätte.

„Wer hat dich geschlagen?", fragte er zum zweiten Mal.

---

[40] nach islamischem Glauben Jungfrauen (al-ḥūr, „die Blendendweißen") im Paradies, die den Seligen beigegeben werden.

„Ein Mann auf der Straße - ein Badmash[41] - ein Mann in Gelb - einer von denen, die Kali verehren", antwortete sie.

Ali zögerte. Natürlicher Argwohn weckte seinen von Natur aus scharfsinnigen Verstand und die kurz vor dem Einschlafen befindliche Erinnerung erwachte mit einem jener Schrecken, die einem das Panorama der jüngsten Ereignisse blitzartig vor Augen führt. Das brachte ihn zum Nachdenken. Sie hatte ihn gebeten seine Söhne mitzubringen; sie waren also noch nicht überfallen worden. Sie hatte einen winzigen purpurroten Fleck auf der Stirn, wo vor kurzem das Kastenzeichen der Kali-Sekte entfernt worden war. Wenn sie zum Feind gehörte, konnte sie wegen der von Jeremy unterschriebenen Fünf-Pfund-Note in da Gamas Hutband und dem Blatt Papier in der Tasche von da Gama, auf dem der Portugiese Details - und zweifellos Namen - notiert hatte, den Namen aller weißen Männer der Gruppe kennen. Ali addierte diese Umstände hinzu und vervielfachte die Summe bis zur Gewissheit: Sie versuchte, ihn zu täuschen, um ihm Informationen über die Pläne und den derzeitigen Aufenthaltsort seiner Freunde zu entlocken.

„Königin der Basilisken", spuckte er plötzlich aus und schlug ihr mit der flachen Hand genau auf die Stelle des Kiefers, an der sich die Schwellung befand. Er schlug zu, während er intensiv nachdachte. Der Schmerz kam so plötzlich und intensiv, dass sie für eine Minute nicht schreien konnte, sondern auf dem Boden des Büros lag, sich mit beiden Händen das Gesicht hielt und vor- und zurückwiegte. Er beugte sich über sie, um sie nach eigenen Angaben auf Waffen zu untersuchen, zupfte aber zunächst an einem smaragdenen Ohrstecker und die Geschwindigkeit, mit der sie daraufhin den Dolch zog, war schneller als die einer zuschlagenden Schlange. Er sprang zur Seite und wich ihrem Aufwärtsstich um die Breite der Gänsehaut auf seinem Bauch aus.

„Mutter der Verderbnis!"

---

[41] niederträchtiger Schurke

Sie hatte ihre Chance gehabt und verloren. Er zückte sein langes Messer, schlug ihren Dolch in die Luft, zeigte seine Zähne, die zwischen dem grauschwarzen Bart und der Oberlippe so sauber wie die eines Kampfhundes waren und lachte ein Kampfeslachen, während er einen Fuß auf sie setzte und sie zu Boden drückte.

„Mutter der bösen Botschaft! Welches Unheil hat dich hierhergebracht? Sprich!"

Aber sie wollte nicht sprechen, obwohl er seine Schwertkunst unter Beweis stellte und seine Klinge herumwirbelte, bis sie wenige Zentimeter vor ihren trotzigen Augen herumpfiff. Und daraus zog er seine eigenen Schlussfolgerungen.

„So! Nicht allein? Eine Eskorte wartet - zu weit weg, um Schreie zu hören - aber sie wird kommen, wenn der Lockvogel nicht rechtzeitig zurückkehrt. Ha!"

Er entfernte seinen Fuß von ihrer Brust und sie richtete sich mit einer Hand auf dem Boden auf, aber er trat ihr erneut unter den verletzten Kiefer und schickte sie mit derselben Zehe zappelnd hinter den Schreibtisch, wo der Gefangene in Gelb lag.

Plötzlich kam ihm der Gedanke, dass sie und der Gefangene nicht in Berührung kommen sollten. Es dauert nur eine Sekunde, bis der Osten dem Osten die Nachricht übermittelt hatte. Er stürzte sich erneut auf sie, zerrte sie weg und schleuderte sie quer durch den Raum. Dann beugte er sich über den Mann in Gelb, um sich zu vergewissern, dass seine Fesseln fest waren, und verfluchte ihn dafür, dass er gewagt hatte zu sehen, was er zwangsläufig sehen musste.

„Allah! Wenn ich ein harter Mann wäre, würde ich dir die Zunge herausreißen, um dich am Reden zu hindern! Zu Deinem Glück ist mein Herz aus Wachs. Ich bin ein Mann der Barmherzigkeit."

Dann widmete er seine Aufmerksamkeit wieder der Frau und gerade noch rechtzeitig; sie kroch nämlich an der Wand entlang in Richtung Tür. Er packte sie an einem Fuß und während sie wie ein gefangener Fisch zappelte, zog er sie in die hinterste Ecke, wo er sie mit einer dünnen Schnur an Händen und Füßen fesselte, die zum Einwickeln von Paketen bestimmt war. Dabei verwendete er den größten Teil des Knäuels, denn Ali war nun mal kein Seemann.

Der Rest seiner Aufgabe war recht einfach - und befriedigend. Er entfernte die Smaragde von ihren Ohren, das Gold von ihrem Hals, ihren Handgelenken und Knöcheln, und jede einzelne der mit Juwelen besetzten Broschen, mit denen ihre Oberbekleidung befestigt war.

Sie nannte ihn dafür ein afghanisches Schwein und er war gerade dabei, sie aus Rache dafür zu knebeln, als es erneut an der Bürotür klopfte.

Er wusste, dass es keiner seiner Söhne war. Sie hatten ihren eigenen privaten Signalcode.

Er hob den einzigen Teppich auf und warf ihn über die Frau, um sie zu verbergen.

„Mutter einer Seuche!", knurrte er in Paschtu. „Wünschst du dir den Tod? Wenn ja, gib einen Laut von dir und stirb!"

In einer Pantomime zeigte er, wie ein Khyber-Messer unterhalb des Bauchs eindringt und nach oben schnitt. Dann breitete er den Teppich über ihr aus und wandte sich zur Tür.

„Aufmachen!", befahl jemand - ein Fremder mit einer seltsamen Stimme, der Hindu sprach.

Es war nur eine Stimme. Er konnte nur einen Mann hören, der unruhig hin- und herging. Er konnte weder durch die Milchglasscheibe der Tür noch durch das Schlüsselloch sehen, da der Schlüssel darin steckte.

„Wer bist du?", fragte er.

„Ein Bote. Die Söhne des Sahibs haben mich geschickt."

Das war offensichtlich eine Lüge. Die Söhne Alis aus Sikunderam wussten, dass sie ihrem wütenden Vater besser keinen Stellvertreter schicken sollten.

„Wie viele seid ihr?", fragte er.

„Einer."

Aber er hatte einen Verdacht, und ein Verdacht war ohne konkrete Folgen undenkbar, wenn sich Ali in diesem Zustand befand. Er schlug mit der Messerspitze gegen die Glasscheibe und als das Glas zerbrach, riskierte er einen Blick.

Er konnte nur einen Mann sehen - einen Mann in einem gelben Gewand, offenbar unbewaffnet.

Auch dieser nutzte die zerbrochene Scheibe, um einen Blick auf Ali zu erhaschen. Und er nutzte die Situation zu seinem Vorteil. Er zog er sich plötzlich zurück und stieß einen langen Stock mit solcher Kraft hindurch, dass Ali auf seine Fersen zurückkippte und gegen den Schreibtisch taumelte Und bevor er sich wieder erholen konnte, schob sich eine magere Hand unter einem gelben Ärmel durch die zerbrochene Scheibe und drehte den Schlüssel um. Ein Mann kam herein, gefolgt von fünf anderen, von denen der letzte die Tür hinter sich schloss und sich mit dem Rücken gegen das zerbrochene Glas stellte.

„Beeil Dich!", sagte der erste Mann. „Zwei von uns sind hier. Eine Frau und ein Mann. Wo sind sie?"

Aber sechs gegen einen waren, auch wenn die Quoten hoch genug waren, kein schlüssiges Argument für Ali aus Sikunderam. Und es gibt nur wenige, die die Schnelligkeit und die federstahlharte Wildheit des Nordens nicht in der Schlacht gesehen haben und dennoch in der Lage sind, sie sich vorzustellen. Alle sechs zogen Messer unter ihren Gewändern hervor, aber es war zu spät: Ali hatte zwei von ihnen ausgeweidet und ließ sie in ihren eigenen heißen Eingeweiden zappeln, bevor er sich auch nur verteidigen musste. Und als der dritte Mann mit einem Sprung zum Angriff überging, schrie der sechste auf; jemand hatte vom Gang ein langes Messer durch das zerbrochene Glas gestoßen und ihm von hinten die Nieren durchbohrt.

Die Reserve war gekommen! Nun mussten es drei Männer mit Ali und sechs von Alis Söhnen aufnehmen!

Aber die drei waren harte Kämpfer, und auch sie hatten Verstärkung. Die am Boden liegende Frau, die Ali geschlagen, getreten und zugedeckt hatte, kämpfte sich - nur ifrits oder ein Seemann könnten erklären, wie - von der fest umwickelten Schnur frei und ergriff ein Messer, dessen Griff glitschig vom Blut seines früheren Besitzers war. Damit durchtrennte sie die Fesseln an ihren Knöcheln und ein Schrei von einem von Alis Söhnen warnte diesen gerade noch rechtzeitig, dass sie auf den Beinen war und auf ihn zu kam.

Rahmans Pantomime rettete ihn. Rahman, sprachlos vor Aufregung, duckte sich - denn auch er hätte sich geduckt, wenn das Messer in Richtung seiner Schädelbasis geschwungen worden wäre.

Und Ali ahmte, fast unbewusst, was er tat - eher durch eine telepathische Eingebung als durch seinen Verstand geleitet - die Bewegung nach. Zum zweiten Mal verfehlte ihn das Messer der Frau nur um Haaresbreite. Sein Nacken fühlte sich versengt an, als hätte ihn ein heißes Eisen fast berührt, so nah und heftig war der überraschende Angriff der Frau gewesen.

Aber es war ihre letzte Tat, nicht seine. Die Erwiderung des Mannes aus dem Norden erfolgte schneller als das Ausweichen und Reißen eines wilden Ebers. Der Impuls ließ sie gegen seinen Rücken stolpern und er warf sie mit dem „Chuck", dessen man sich in Cornwall rühmt, über seine Schultern nach vorne – fing sie auf, während sie fiel, stieß sie mit der linken Hand wie ein Schild

in einen Gegner, der ihr mit der Rechten das lange Messer dreimal in den Körper rammte - und tötete dann den Mann hinter
ihr mit einem Abwärtshieb, der seinen Schädel bis zur Mitte des
Mundes spaltete. Das Messer blieb in dem harten Knochen stecken. Die Männer in Gelb stürmten auf ihn zu und wurden von
Rahman und seinen anderen Söhnen in die Zange genommen.
Ali ließ das Khyber-Messer los, zog seinen Dolch, und von diesem Augenblick an gab es keine Hoffnung und keine Gnade
mehr für die schwächere Seite - es sei denn es käme zu einer
Unterbrechung. Und die Chancen standen fünf gegen zwei, denn
zwei von Alis Söhnen waren am Boden. Und wer sollte sich in
diesen Tagen von mangelnder Kooperation und Misstrauen in
Delhi in die Streitigkeiten anderer Menschen einmischen? Ein
Mann könnte den ganzen Tag lang um Hilfe schreien, aber
würde nur seine Lunge ermüden. Man bekam auch Ärger, ohne
ihn heraufzubeschwören und wer einen Kampf begann, musste
ihn selbst beenden, ohne auf die Einmischung durch Fremde
hoffen zu können.

Das Büro war ein einziges Chaos - Blut und Eingeweide auf dem
Boden – tote Männer mit schlaffen Gliedmaßen, die den Tritten
rasender Lebender nachgaben. Grunzen - leise, explosive Flüche
- plötzliche, dumpfe, blitzschnelle Stöße und Parieren, wenn
Dolche trafen oder verfehlten - kein Geschrei mehr – dafür gab
es keinen Atem mehr - der Gestank von rohem Blut und das
elektrische Prickeln der Flügel des Todes - das Scharren der
Füße wurde immer weniger. Keine Bestie kämpft so bösartig wie
Menschen.

Drei von Alis Söhnen, darunter Rahman, verbluteten auf dem
Boden des Büros, während ihr Vater wie ein Taifun über sie hinweg wütete und mit einem Dolch um Raum und Zeit kämpfte.
um das lange Messer aus dem Schädel seines Opfers zu ziehen.
Und dann mit einem Fuß auf dem Schädel und einer hebelnden
Bewegung hatte er es geschafft. Also hackte er die beiden verbliebenen Kali-Männer - nicht so ordentlich, wie es Narayan
Singh getan hätte, sondern grob wie Schlachter, die das Fleisch
in aller Eile zerlegen, während es vor ihnen hängt - zu Tode und

rettete drei Söhne – einer von ihnen so schwer verwundet, dass seine einzige Chance ein Krankenhausaufenthalt war.

„Und was nun?", dachte er und befragte Allah, während er seine stinkende Klinge am Gewand eines Opfers abwischte.

Die beiden mehr oder weniger unverletzten Söhne fragten nichts, sondern machten sich ans Plündern, wobei der eine erst seinen toten Brüdern alles Wertvolle abnahm und der andere sich natürlich der Frau zuwandte. Ali lachte ihn aus.

„Narr! Bin ich hirnlos? Soll ich sie fesseln und nicht antasten?"

Ihm fehlte der Atem für Worte. Die Abscheu drei, vielleicht sogar vier Söhne in einem so gemeinen Kampf zu verlieren, hatten ihn halb entmutigt. Mit einer Geste befahl er die Frau wieder unter dem Teppich zu verbergen, wo er sie selbst versteckt hatte, und sein Sohn gehorchte.

Er wusste selbst nicht wirklich, warum er das anordnete. Er dachte kaum darüber nach. Vielmehr suchte er nach einem Verband für die Wunden seines Sohnes. Plötzlich dachte er, dass, wenn er seinen verwundeten Sohn dort zurückließe, wie er es musste, die Anwesenheit der Leiche der Frau das Lügen erheblich erschweren würde; und Ahmed müsste sich eine Geschichte zusammenreimen oder einfach nichts sagen, wenn Hilfe käme. Für einen Mann, der nördlich der Biegung des Yamuna in Dera Ghazi Khan geboren worden war, ist das Lügen die einfachere Alternative.

„Bringt sie heraus! Deckt sie sie damit zu!", befahl er, und der Gefangene hinter dem Schreibtisch, der das hörte, aber nichts sah, machte sich eine gedankliche Notiz.

Er hörte auch das Grunzen und die schweren Schritte, als die beiden unverletzten Söhne den Teppich mit der Frauenleiche aufhoben und hinaustrugen, um ihn in den unbenutzten Keller zu werfen, wo ihn die Ratten fressen würden, und wer auch immer die Knochen finden sollte, könnte dann mutmaßen, was immer er wollte.

Dann verband Ali seinen verwundeten Sohn so sorgfältig, wie es die Umstände zu ließen, gab ihm Wasser und verbotenen Whisky aus dem Gallonen-Fass im Büro und bat ihn, sich mit dem Rücken an die Wand in einer Ecke zu stützen, bis jemand aus dem muslimischen Krankenhaus vorbeikäme, den er wie ein Gentleman belügen sollte.

„Diese Männer in Gelb kamen - brachen ein - fanden mich und meine Brüder vor - griffen uns mörderisch an und wurden von mir, Ahmed, Sohn des Ali ben Ali aus Sikunderam, erschlagen. Ich weiß weder, warum sie gekommen sind, noch wer sie sind."

Das war die Lüge, und sicherlich gut genug für einen Mann, der an der Schwelle des Todes stand, in einem Land in dem ein Gerichtsverfahren bis zu einem Jahr dauern kann.

„Es gab keine Zeugen - sage das und bleib dabei!" sagte Ali. „Bitte den Waqf um ein ordentliches Begräbnis für deine Brüder und vielleicht auch für dich selbst!"

Dann knebelte er seinen Gefangenen, verband ihm die Augen, befreite seine Beine und trieb ihn eilig zwischen seinen beiden unverletzten Söhnen durch die Tür am Ende des Ganges hinaus in das Lagerhaus, wo zwischen den Ballen alles düster war und sowieso niemand Fragen stellen würde.

Von dort aus schickte er einen seiner Söhne los, um einen Mann zu finden, der in gutem Einvernehmen mit dem moslemischen Krankenhaus stand und setzte sich auf einen Ballen Aloe, um zu nachzudenken.

Das Problem war nun, wie man nun mit King, Grim, Jeremy und Ramsden in Kontakt treten konnte. Er hatte keine Angst, erwischt zu werden, denn nur seine Freunde hatten Schlüssel zur Tür des Lagerhauses, und er hatte auch keine Angst vor den

Konsequenzen, wenn er erwischt werden sollte, denn in einem Land der Lügen ist der König, der am besten lügt. Tote sind keine guten Zeugen, und Ahmed war gut ausgebildet worden. Aber der Gefangene war eine Bürde und er wollte ihn nicht ohne entsprechende Anweisungen loswerden.

Er nahm dem Gefangenen die stickige Augenbinde ab, nicht aus Barmherzigkeit, sondern aus Gründen des Profits. Die Drogen in den Ballen, die um sie herumlagen, waren stechend und extrem austrocknend. Ihm kam ein Gedanke, der ihn zum Glücksritter machte.

„Bist du durstig?", die Frage kam ihm in den Sinn.

Der Gefangene hatte sein Motiv erraten, wollte es nicht zugeben und schüttelte den Kopf.

Ali zweifelte ernsthaft daran Er suchte nach einem Paprikaballen, zog eine Handvoll heraus und zerrieb das Zeug unter der Nase des Gefangenen zu Pulver. Wenn er zuvor nicht durstig gewesen war, war sein Zustand jetzt unbestreitbar.

„Du bekommst etwas zu trinken, wenn du mir sagst, wo meine Freunde sind!", sagte er unverblümt.

„Das weiß ich nicht", antwortete der Gefangene.

„Bei Allah, du weißt es! Du hast den Kerl mit dem grün gefütterten Mantel gesehen, der meine Freunde, die Sahibs und den Sikh, mitgenommen hat. Du hast ihn erkannt, ich habe es in deinen Augen gesehen. Sag mir, wo er wohnt."

Der Gefangene hustete den größten Teil des Folterstaubs aus.

„Ich werde es dir sagen, wenn du mir erzählst, was du mit IHR gemacht hast", antwortete er, während ihm das Wasser aus den Augen lief. „Wo hast du sie versteckt?"

„Ich habe sie getötet", antwortete Ali so schnell und offen, dass der Gefangene sicher war, dass er gelogen hatte.

„Lassen sie mich mit IHR sprechen, und ich werde ihnen alles erzählen, was sie wissen wollen", antwortete er.

„Beantworte meine Frage. Außerdem verfasse eine Anweisung über tausend Rupien, zahlbar an meinen Sohn, der das Geld einsammeln und Wasser mitbringen wird. Dann kannst du trinken", sagte Ali, warf dem Gefangenen noch mehr Paprikastaub auf Lippen und Nasenlöcher und ließ sich dann nieder, um den richtigen Moment abzuwarten und zu meditieren.

Der Schlaf übermannte ihn wieder. Er musste mit seinen Sinnen ringen. Gedanken gingen ineinander über und Konturen verschwammen, bis Halbtraum und Realität nicht mehr zu unterscheiden waren. Er konnte nicht abschätzen, wieviel Kapital aus der Überzeugung des Gefangenen geschlagen werden konnte, dass SIE - wer auch immer sie gewesen war - noch am Leben war. Er hatte sie getötet, das war sicher.

Der Gefangene wollte mit ihr sprechen, das war ebenfalls sicher. Ergo bedeutete sie dem Gefangenen etwas; aber was? Und was könnte das alles für seine Freunde, die Sahibs bedeuten? Ali war immer für seine Freunde da, wenn seine eigenen unmittelbaren und vielleicht zukünftigen Bedürfnisse Beachtung gefunden hatten. Wie sehr wünschte er sich, er besäße einen Verstand wie Jimgrim Sahib oder King Sahibs erfahrene Weisheit, oder Jeremy Sahibs schnelle Intuition oder sogar die Fähigkeit, eine Antwort heraus zu pressen, wie es Rammy Sahib konnte, der seinen Verstand scheinbar mit roher Gewalt zur Arbeit zwingen konnte! Er versuchte es, aber die Lösungen wollten nicht kommen.

Er hörte, wie sein Sohn zurückkehrte und vernahm stumpf, dass die Ambulanz bald kommen würde. Er hörte wie in einem Traum den Krankenwagen ankommen und das Getrampel und die aufgeregten Kommentare der Männer, die all die Leichen und einen bewusstlosen Bergbewohner im Büro fanden und entsprechend beeindruckt waren. Er hörte das Getrampel und die Stimmen verklingen und später, als die Hitze zunahm, schickte er einen seiner beiden Söhne nach Wasser, das er in Gegenwart des Gefangenen trank. Dann gab er seinen Söhnen die Anweisung, den Durst des Gefangenen mit allen Mitteln zu steigern, schlief ein und träumte – seiner eigenen Erzählung zufolge - von Smaragden, Frauen mit wilden Augen und einem großen Hohepriester, der kam und ihn segnete, während er mit einem gezückten Khyber-Messer Zeichen in die Luft machte.

Er wachte erschrocken auf und blickte in ein fremdes Gesicht!

„Ist er das?", fragte eine ruhige Stimme, und dann hörte er eine Stimme, die er in jeder Menge als Jimgrims Stimme erkannt hätte: „Sicher. Sag mal, Ali? Wozu hast du den Gefangenen trocken gehalten? Und was bedeutet das verschlossene Büro und das zerbrochene Glas? Bhima Ghandava Sahib und ich mussten den Hintereingang benutzen, weil auf der Treppe und im Gang ein Polizeiposten stand. Warum?"

Ali erklärte es ihnen und, die beiden beiseite nehmend auch, warum er dem Gefangenen nichts zu trinken gab.

„Er glaubt, dass SIE noch lebt", fügte er hinzu und fragte sich, was Grim davon halten würde.

Grim warf Ghandava einen Blick zu.

„Mach ihn los und lass ihn gehen", riet Ghandava fast augenblicklich.

„Bei Gott, Sir, beim Big Jim Hill - ich glaube, Sie haben recht!" antwortete Grim.

„Ihr seid verrückt - beide verrückt", sagte Ali und starrte ihn dumm an. „Gut. Lass den Gefangenen gehen!", befahl Grim.

KAPITEL ACHTZEHN

„Er hat, was auch immer sie hatte!"

ES war Grim, der an diesem Nachmittag vom Chandni Chowk zurückkehrte, sie einem nach dem anderen weckte und eine weitere Konferenz in Ghandavas großer, kühler Bibliothek einberief.

Ghandava selbst war verschwunden, aber von unten stieg der Geruch einer kunstvollen Küche auf und der grün gekleidete Chela ließ sich von Zeit zu Zeit blicken, zeigte sich desinteressiert und doch aufmerksam. Er schien nie zuzuhören oder sich vom Zuhören abzuhalten, sondern schwebte hinein und hinaus wie eine Hausmaus, die hinter den Kulissen mit eigenen Angelegenheiten beschäftigt ist. Einmal war er eine ganze Stunde lang weg.

„Meine Fantasie wird immer gruseliger", bemerkte Chullunder Ghose.

„Ghandava befürchtet nur, dass", sagte Grim: „der Gefangene durch Alis Misshandlung zu sehr erzürnt sein könnte. Er war von Anfang an ein Schwätzer. Du erinnerst dich, dass er als wir ihn im Minarett erwischt haben, davor zurückschreckte in Benares einen Mord zu begehen. Er wird zu seinen Vorgesetzten zurückkehren- einfach, weil es keinen anderen Ort für ihn gibt und könnte vielleicht ganz scheitern. Er wird behaupten, dass die Schlangenfrau am Leben ist und wir sie versteckt haben. Seine mörderischen Instinkte könnten von Ali so sehr geweckt worden sein, dass er sich freiwillig meldet, um uns alle zu identifizieren und zu töten, sobald sich die Gelegenheit dazu bietet."

„Warum sollte sich Ghandava Sorgen machen, dass wir getötet werden?", fragte Jeremy unbeeindruckt.

„Er gehört zu uns", sagte Grim.

„Wo ist er?"

„Weg. Nach Benares!"

Jeremy pfiff. Wieder sah er das Abenteuer auf ihn zukommen und das gefiel ihm.

„Du weißt", sagte Grim, „dass sie keine Ruhe geben werden, solange sie glauben, dass wir die Frau haben. Sie werden nicht nach ihrer Leiche suchen, solange sie glauben, dass sie noch am Leben ist und wahrscheinlich versuchen, uns einen nach dem anderen zu töten, bis wir aufgeben."

„Dann sagen wir ihnen, dass sie tot ist und wo sie die Leiche finden können", schlug Jeff vor.

„Wo ist Ali und wo hat er sie versteckt?"

„Nein!" antwortete Grim augenblicklich. „Lasst uns eine Frau holen, die ihre Stelle einnimmt! Lass sie uns weiter verfolgen - versteht Ihr? Sollen sie glauben, dass ihre Frau die Seiten gewechselt hat. Der Mann, den wir gehen ließen, wird den Boden für diese Idee bereiten. Der andere - der Große - wird ihnen erzählen, dass wir mit den Neun Unbekannten gemeinsame Sache machen..."

„Woher soll er das wissen?" wandte Jeff ein.

Grim deutete auf den grün gekleideten Chela an, der durch eine Tür hereingekommen war, offenbar um ein Buch an seinen Platz zu legen, und durch die andere auf der Rückseite hinausgegangen war.

„Er hat ihm den Weg nach draußen gezeigt. Das hat es ihm gesagt", sagte Grim.

„Oh herrlich! Oh exquisit! Was der unwissende Westen 'Telepathie' nennen würde!" rief Chullunder Ghose aus. „Mahatma wusste, was das Ergebnis der Konferenz sein würde, er wollte, dass der Chela das sagt und tut! Krishna! Das ist..."

„Billard!", sagte King und stieß ihm mit der Fensterstange in den Bauch.

„Ich sehe Glück voraus!" verkündete Narayan Singh. Aber was er mit Glück meinte, war wohl eher die Gelegenheit, seine Fähigkeiten einsetzen zu können, einschließlich der Schwertkunst.

„Du hellsehender Schlächter!", sagte der Babu.

„Chup!⁴²" befahl King.

„Seht mal, es ist so", fuhr Grim fort. „Ghandava weiß, wie wir diese Spur gefunden haben, hält uns für ehrlich und sagt, dass wir für seine Arbeitgeber nützlich sind. Wir helfen dabei diese kriminellen Neun zu schnappen, deren Stunde seiner Meinung nach gekommen ist. Er hat vor, sich zu revanchieren. Er wird uns zeigen, wonach wir gesucht haben."

„Das Gold?", fragte Ramsden.

„So habe ich ihn verstanden."

„Bücher! Tut-tut! Die Bücher!", sagte Cyprian und kam mit einem großen Buch in der Hand hinter dem freistehenden Regal hervor.

Doch Grim schüttelte den Kopf. Ghandava hatte nicht gesagt, dass er offenbaren wollte, wo die geheimen Bücher aufbewahrt wurden. Cyprian zuckte mit den Schultern, verlor das Interesse und wenn es ihn kümmerte, dass Menschen gestorben waren, zeigte er es nicht. Wahrscheinlich wollte er nicht den Eindruck erwecken, er wisse zu viel.

„Wo ist Ali?" fragte Ramsden erneut.

---

⁴² Halt die Klappe!

„Mit zwei Söhnen auf der Suche nach Gauri. Sie sieht der Schlangenfrau ziemlich ähnlich und wird bei gedämpftem Licht als sie durchgehen. Auf jeden Fall ist sie unsere einzige Chance", antwortete Grim.

„Puh!", sagte King. „Sie wird alles verderben."

„Sie ist pleite Ihr Haus abgebrannt. Die Blüte ihrer Jugend ist vorüber. Sie wird nichts verderben!" erwiderte Grim.

„Sie wird in Hoffnung auf einen Lakh Rupien in die Höhe hüpfen."

„Wer wird ihr den Lakh bezahlen? „, fragte sich Jeremy.

„Das war die Abmachung, die wir getroffen haben - ein Lakh als Gegenleistung für ihre Hilfe, wenn wir das Geld finden."

„Und wenn wir es nicht eintreiben können?"

„Grim, Ramsden und Ross müssen ihr eine Entschädigung zahlen."

„Und wenn Ali sie nicht finden kann?"

„Dann ist der Plan hinfällig."

Aber das war nicht der Fall, obwohl Ali innerhalb einer Stunde zurückkam und schwor, dass weder er noch einer seiner Söhne die Frau finden konnte.

„Sie ist zweifellos bereits im Haushalt eines Priesters", fluchte er verärgert. „Ich hätte die Närrin erschrecken können! Bei Allah! Sie hätte gehorcht, wenn ich sie gefunden hätte!"

„Oh, mein Gott! Hinc illae lacrimae",„ bemerkte der Babu und verlieh damit der kollektiven Niedergeschlagenheit Worte. „Wir erhaschen einen mentalen Blick auf das Gold und siehe da, es verschwindet physisch mit dem Schleier einer unanständigen Frau!"

Aber sie machten ihre Rechnung erneut ohne den grün gekleideten Chela. Anspruchsvoll, asketisch und gutaussehend, hätte man ihn eher für einen Kirchendiener gehalten, als für jemanden, der herausfinden könnte, wo sich Gauri aufhalten mochte. Doch er kam lächelnd herein, sagte, sie sollten sich fertigmachen und bot an, Gauri rechtzeitig zu finden.

„Denn ich habe die Mittel dazu", erklärte er, ohne dies genauer zu erläutern.

„Besorgt mir eine Kutsche. Schickt mich nach Hause!", befahl Cyprian.

Aber dagegen wurde sofort Veto eingelegt. Der Kampf im Büro würde ebenso so sicher Nachforschungen herbeiführen, wie ein Feuer Hitze erzeugt. Es war möglich, dass man Cyprian gesehen hatte, wie er dort mehrmals ein und aus ging und wenn Nachforschungen zu seinem Haus führen sollten, war dort der Ofen und die Asche von verbrannten Büchern, die den Verdacht weiter schüren würden.

„Bleib hier, Paps, bis wir aus Benares zurückkommen, sonst ist unser Handel hinfällig!", sagte Jeremy.

„Du meinst... du meinst?"

„Wenn du das Haus verlässt, bevor wir zurückkommen und wir Bücher finden, behalten wir sie!"

„Nehmt den Padre Sahib mit!", drängte Narayan Singh. „Er ist alt und klein. Wir können ihn irgendwo verstecken."

Hinter dem Rücken des alten Priesters schüttelte der grün gekleidete Chela abschätzig den Kopf. Aber das war gar nicht nötig. Cyprian, mehr als genug mit dem Gewicht des Alters beladen, hätte das ohnehin abgelehnt. Auch sein leeres Nest, aus dem sein geheimer Eichhörnchenhort an Büchern verschwunden war, lockte ihn ebenso wenig wie die Aussicht, unangenehme Fragen beantworten zu müssen. Es gab keinen Diener, keine Neuigkeiten, keine der Verbindungen mehr, die den Ort so lebenswert gemacht hatten.

„Ich bleibe hier", sagte er schlicht und zog sich mit einem schwarzen Buch in der Hand hinter das Bücherregal zurück. Dann begann das Spiel der Vorbereitungen. Kleine, kleinste Details sind die Nemesis der Dämme, Pläne und Menschen. Sie mussten an alle Einzelheiten von Sitten und Gebräuchen denken und endeten erschöpft bei Lampenschein, während der grün gekleidete Chela sie beobachtete.

Dann, nach dem Abendessen im unteren Raum, war alles vorbei, denn Gauri kam mit ihrem Dienstmädchen an und drillte sie weiter, während Ali schnarchte und von Rache an jedem Mann in Indien träumte, der ein gelbes Gewand getragen hatte, trug oder jemals tragen würde; und so geschah es, dass ihr Gebäude der Täuschung gekrönt wurde - Plusquamperfekt.

Denn Gauri war eine arme Frau. Schäbige Kleidung war alles, was ihr geblieben war und so waren sie und das Dienstmädchen, deren Unglück mit dem ihren verwoben war, so scharfsichtig und hungrig auf eine Chance wie Adjutanten[43] im Morgengrauen.

„Wie bist du hierhergekommen?" fragte Ramsden, als sie zwischen den Proben eine Pause machten.

Gauri warf einen Blick auf den schnarchenden Ali, erschauderte beim Anblick seines langen Messers und erklärte: „Sie sagten, er - der da - hätte mich gesucht. Ich hatte Angst. Sein Messer ist sein Gott. Ich vertraue lieber jemandem, der seinen Bauch anbetet. Ich vertraue lieber Chullunder Ghose! Ich lief davon und versteckte mich. Aber ein anderer in einem grün gefütterten Mantel kam und sagte, Ali wolle mich im Auftrag eines Sahibs

---

[43] Ein riesiger Vogel, der in Indien als Aasfresser geschützt ist

in der Straße von Shah Jihan sprechen. Einer, der ihn belauscht hatte, erzählte es mir, und ich ging hin, um nachzusehen.

Dort begegnete mir ein Mann mit einem Kastenzeichen, wie ich es noch nie zuvor gesehen habe und brachte mich hierher. So bin ich hierhergekommen. Ihr sagt, Ali hat die Frau getötet, der ich ähneln soll? Hat sie ohne Zeugen erschlagen?"

Sie nickten und warteten. Irgendetwas lag in der Luft, denn ihre Augen glänzten.

„Bezahlen sie mich für meine Dienste, egal welchen Schmuck sie trug!"

„Aber..." Jeff Ramsdens Gedanken waren wie immer einen Takt hinter den anderen.

Sie unterbrach ihn.

„Er hat, was immer sie hatte", sagte sie schlicht.

Sie hatte ihre Würfel geworfen, und sie war mit Leib und Seele Spielerin. Nichts - kein Argument – konnte ihre Ansicht ändern, sobald der Einsatz einmal gemacht war; und sie hatte den Einsatz genannt - ihr Kopf gegen Alis Beute, was auch immer sie sein mochte!

Also musste Ali aufwachen und sie protestierte, dass es besser gewesen wäre, ihn im Schlaf auszurauben. Grim übernahm die Erklärungen und stellte alles als gegeben hin, um Zeit zu sparen.

„Ali, es gibt einen Streit. Du kannst ihn schlichten. Einer sagt, wer dieses Gold findet, soll alles haben; die anderen, dass wir auf jeden Fall teilen sollen. Was sagst du dazu?"

Und wenn der Norden eines liebt, dann Salomo zu spielen und weise Entscheidungen zu verkünden, denn abstrakte Gerechtigkeit ist eine Sache, ihr zuzusprechen eine andere.

„Wir sind Freunde", sagte er, „was einem schadet, schadet allen und bei Allah, was einem von uns nützt, sollte uns allen nützen. Also sollten wir teilen und zwar gleichmäßig."

Grim blickte enttäuscht drein – subtilste Schmeichelei!

„Und wenn ich allein durch meine Geschicklichkeit einen Schatz finden sollte, würdest du ihn teilen?" fragte er.

„Beim Propheten Allahs, warum nicht?" antwortete Ali, erfreut, Jimgrim auf seiner Seite zu haben.

„Was immer einer von uns findet, gehört - solange unsere Vereinbarung gilt - uns allen und wird unter uns aufgeteilt."

Grim hätte es überstürzen können, aber Grim war weise.

„Könnte dann die Stimme von uns allen über die Entdeckung eines Einzelnen entscheiden?"

„Aber sicher, bei Allah, ja!" sagte Ali. „War das nicht von Anfang an so vereinbart?"

„Dann lasst uns darüber abstimmen", sagte Grim: „Gauri bietet ihre Dienste für die Juwelen an, die du der Frau abgenommen hast, welche du im Büro getötet hast! Jemand sollte einen Antrag stellen! Lass uns trotzdem die Juwelen sehen."

Gefangen – sich bewusst, dass er in der Falle saß und sein eigenes Urteil gesprochen hatte – sah er sich um; denn der Osten lässt sich auch in einem Dilemma nicht zur Eile treiben, da er sich dieses Recht durch dreißigtausend Jahre Studium der Würde verdient hat. Er hatte zwei Söhne.

Möglicherweise könnte er Chullunder Ghose in Versuchung führen oder ihm drohen und vier Stimmen aufs sich ziehen. Ohne Cyprian, der sich vielleicht an der Abstimmung beteiligen würde, vielleicht aber auch nicht, standen die Chancen fünf zu vier gegen den Antrag, denn er wusste, dass Narayan Singh auf der Seite seiner westlichen Freunde stellen würde und er zweifelte nicht daran, was sie tun würden.

Er könnte sich weigern, die Beute zu zeigen. Er könnte losgehen und erklären, dass er sich die Sache nochmal überlegen würde und natürlich nicht zurückkehren. Er, der so viele Söhne verloren hatte, hatte das Recht, an sich selbst zu denken und sich so gut wie möglich zu entschädigen. Doch er war sich des Wertes seiner Beute nicht so ganz sicher. Das Gold war schwer genug, aber die Ohrstecker könnten auch aus Glas sein. In der langen, langen Pause, die auf Grims Frage folgte, zog er natürlich auch den Gedanken an Verrat in Betracht - denn er wurde nördlich von Peshawar geboren, wo Verrat und Scherz eins sind. Aber er wusste, wenn er zur Polizei gehen würde, müsste er eigene Erklärungen für verwirrende Dinge abgeben, die man am besten ruhen ließ. Darüber hinaus könnte - nein, würde - ihn die Polizei durchsuchen.

Und die Männer, denen er gegenüberstand, waren Männer. Auf seine eigene stürmische Bergbewohner-Art liebte er sie.

„Ich habe so geantwortet, weil ich wusste, dass ich mich in erster Linie an die Entscheidung halten musste", sagte er würdevoll und schob unter seinem Hemd einen Lederbeutel nach vorne, in dem er seine eigenen Geheimnisse aufbewahrte.

„Seht, ich gehe mit gutem Beispiel voran. Seht, bei Allah, niemand soll sagen können, Ali aus Sikunderam habe sich nicht an eine Vereinbarung gehalten!"

Handvoll um Handvoll zog er die Halskette heraus - kleine goldene Menschenschädel an einer Schnur aus goldenem Menschenhaar - Armbänder - Fußkettchen - Broschen - und zuletzt die Ohrringe. Er warf die Ohrringe mitten auf den Haufen, halb in der Hoffnung, dass sie niemand bemerken würde; aber das Licht in Gauris Augen verriet ihm, dass auch sie - ob sie nun aus Glas waren oder nicht – genau so lange verloren sein würden, wie eine Frau seiner Belagerung widerstehen konnte.

„Seht, ich habe fünf Söhne gegeben und nun dies", sagte er würdevoll. „Allah ist mein Zeuge, ich gebe, weil ich weiß, dass es eine Gegenleistung geben wird."

„Jemand sollte einen Antrag stellen", wiederholte Grim.

„Was ich gebe, ist gegeben", sagte Ali und machte eine große Geste. „Ich werde nicht abstimmen."

Ramsden hob die Halskette auf und wog sie in seiner Hand.

„Das allein sollte ausreichen", sagte er. „Das ist ungefähr - mindestens - so viel wert..."

„Nein! Nein! Alles oder nichts!" kreischte Gauri, und ihre Augen sahen fast so teuflisch aus wie die der Frau im Tempel. „Seht! Schaut! Die Ohrstecker – Kali-Smaragde – mit nichts anderem vergleichbar!" Dann senkte sie ihre Stimme. „Die muss ich tragen - alle." fügte sie zuversichtlich hinzu, denn sie wusste, dass sie ihren Fall gewonnen hatte. „Die Insignien der Priesterin! Meine! Behaltet euren Lakh Rupien! Ich wähle diese!"

Sie stimmten zu, weil sie es mussten. Sogar Ali stimmte zu. Aber sein eisiger Blick traf den ihren und sie atmete unruhig, während sie ihren Kopf durch die hässliche goldene Halskette schob und das Dienstmädchen ihr die Ohrstecker durch die Löcher in ihren Ohrläppchen steckte.

„Jeder Smaragd ein Vermögen!", flüsterte das Mädchen. Aber Ali hörte es.

„Ja, ein Vermögen!", sagte er nickend. „Wer sollte der Königin der Kühe eine Mitgift missgönnen?"

Das war ein Hindu-Kompliment, absichtlich gemeint und wurde auch so verstanden und sie erschauderte. Sie kannte den Norden, oder besser gesagt, die Klingen der Freibeuter, die von dort kamen.

„Trage sie! Zieh sie an! Sie stehen dir!" forderte Ali sie auf.

Mit ihrem Schmuck und dem in dichte Locken gelegten Haar sah die Herrin der Wonne - wie Ali sie nannte - der Priesterin tatsächlich gar nicht unähnlich. Alles, was ihr fehlte, war, wie es Chullunder Ghose einschätzte: „ein oder zwei Jahre Bildung".

Das Schlimmste war, dass sie daran dachte, von Schrein zu Schrein zu schreiten und den Göttern und Göttinnen abwechselnd kleine Opfergaben darzubringen, zusammen mit Gunstbezeugungen an die Priester, die sie dazu berechtigten, alles zu wissen. Was Männer anging, konnte sie sehr gut beurteilen. Sie könnte das Risiko des Zorns abwägen und am Trog des Bösen ihren Lebensunterhalt bestreiten. Aber über Frauen - mit Ausnahme von Frauen wie sie selbst - wusste sie kaum etwas, und das verzerrte ihre Ansichten.

„Ich selbst, kenne die Frauen nur zu gut und kann versuchen, sie zu bekehren", sagte Chullunder Ghose und machte sich daran, ihr beizubringen, wie eine Priesterin, die an Öffentlichkeit und Ehrfurcht gewöhnt ist, sitzen, stehen, sich bewegen und geben sollte.

Immer wieder warf sie sich wutentbrannt auf den Boden und verfluchte den dicken Babu im Namen des gesamten hinduistischen Pantheons. Immer wieder brachte er sie dazu, wieder Geduld zu entwickeln, unterstützt durch das Dienstmädchen, das immer wieder den Wert der Smaragde aufzählte – reine Musik! Musik, die den Zauber besaß, Gauris Brust zu beruhigen.

„Man hat mir erzählt, dass sogar Chormädchen dazu ausgebildet werden, sich wie Herzoginnen zu benehmen", sagte der Babu. „Wenn alles andere scheitert, fliehe ich nach London und gründe eine Akademie für weibliche Manieren! Sieh mich an,

Gauri, schöne Gauri, Göttin unter den Frauen, sieh mich an –
du musst so gehen!"

Und trotz eines Magens, der groß genug für zwei Männer gewesen wäre und trotz seiner Schinken, die eine Zierde für jedes
Yorkshire-Schwein gewesen wären und eines Kostüms, das so
ganz und gar nicht für feierliche Anlässe gedacht war - sein Turban war rosa - schritt er mit vollkommener Anmut durch den
Raum - Falstaff spielt Ophelia, überragend gut.

Sie ahmte ihn nach. Er seufzte.

„So, Sabiha." Niemand hatte sie jemals so genannt. Der Titel ist
für Ehefrauen ehrlicher Ehemänner bestimmt und sie wurde
sanfter, sogar bis an den Rand der Tränen. „Du bist eine Königin, eine Göttin. Alle wissen es. Aber das ist nicht genug. Du,
du, die Göttin, weißt es! Du hast keine Angst vor dem, was sie
denken. Du möchtest nicht, dass sie so denken. Sie tun es dennoch. Du weißt, dass sie so denken. Du bist eine Göttin! Nun,
Braut der Berge, geh noch einmal durch den Raum."

„Ja, Braut der Berge", murmelte Ali.

Chullunder Ghose hatte ein frommes Kompliment gemeint, denn
einer der Namen der Tochter von Himavat, der Braut von Shiva,
der auf den Gipfeln sitzt, ist Gauri. Aber Ali hatte es falsch in-
terpretiert und Gauri hatte es verstanden. Der Schmuck gehörte
ihr und sie gehörte Ali - kein Entkommen! Sie brach wieder in
Tränen aus, schlug mit den Fäusten auf den Boden, wurde hysterisch und zwang den armen Babu, noch einmal von vorne an-
zufangen.

Dann die Straße! Das alte Indien bei Nacht in gelben Gewändern
unter einem bernsteinfarbenen Mond, mit einem Ochsenkarren,
der folgte und in dem die Frauen lagen - ein zweirädriger, be-
malter Karren mit Vorhängen, gelenkt von dem grün gekleideten
Chela und gezogen von denselben zwei prächtigen Tieren aus
Guzarati - in Ghandavas Stall gut genährt und ausgeruht! Das
alte Tor – der Wächter, zu schläfrig, um Ärger zu machen, zu

respektvoll, um die Vorhänge aufzuziehen und sich des Gewichts des Silbers in geschlossenen Handflächen bewusst - und dann der breite Weg, der ewig zwischen den Schatten dahinzog, die so still und farbtrunken waren, dass allein das Knarren eines Rades an eine solide Welt erinnerte.

Und Jeremy - betrunkener als die Schatten! Voll – überflutet - überfließend vor Entzücken. Die Erinnerung an das wilde Arabien erwachte in ihm und ein völlig unbekannter Horizont lockte im Mondlicht zu Abenteuern ein, wie Sindbad sie kannte! Er tanzte. Er sang wilde arabische Lieder - so passend wie alle anderen, da eine unbekannte Sprache alles war, was die Umstände erforderten. Er schnippte mit nachahmerischem Geschick mit einem langen Seidentaschentuch. Und die wenigen, ängstlichen Nachtschwärmer wichen zur Seite, um die kurze Prozession passieren zu lassen.

Jeff Ramsden, der wie ein Wikinger mit einem Prügel - angeblich für bösartige Hunde - über der Schulter dahin schritt, ein Kalb wie das von Samson unter einem gelben Gewand und mit der Aura des Besitzes. Ihm gehörte die Erde, auf der er ging. Schön anzusehen.

Dann King und Grim zusammen, in gelbe Gewänder gekleidet und ebenso lautlos dahinschreitend, moderner, eher im Einklang mit dem Bild und sozusagen in die Kulisse von Chullunder Ghose passend, der ihnen ohne Begeisterung folgte, weil er es nicht nötig hatte, etwas vorzutäuschen, außer seinen Glauben; der rosa Turban war verschwunden, auch er war Orange-Gelb gekleidet.

Dann Narayan Singh, in Gelb wie die anderen, ein wenig zu offensichtlich unbewaffnet. Der Griff von etwas, das beim Gehen hin- und herschwang, wurde durch das Gewand, der es bedeckte, noch hervorgehoben und sein Schatten glich dem eines Ungeheuers.

Dann der Wagen. Dann Ali und seine beiden Söhne, die überhaupt nicht gerne Hindus zu spielten und wie dunkle Geister der Nacht aussahen, denen man besser aus dem Weg geht. In Indien wie im Westen bitten Wanderer um eine Mitfahrgelegenheit, aber in dieser Nacht tat das niemand. Keiner erschlich sich eine Mitfahrt. Und selbst die Menge, die es zu ihrem Beruf gemacht hat, mit den alten Verfahren Almosen zu erpressen – die die Hauptstraßen beobachtet und bei Tag oder Dunkelheit wie Käfer ausschwärmt, um zu belästigen – ließ sie in Ruhe, da sie die Unschuld nicht erkannte.

Eine ganze Nacht lang stapften sie die Landstraße entlang, umgeben von den geometrischen Mustern der Bewässerungsgräben, die im Mondlicht glitzerten; und im Morgengrauen bot ihnen ein Brahmane, der den grün gekleideten Chela „Heiliger" nannte, Unterkunft und Verpflegung an. Am Ende des Gartengeländes, dessen Vorderseite sein Haus bildete, befand sich ein langer in Ställe unterteilter Unterstand, in denen er es – wie er sagte - als Vorrecht ansah, sich Verdienste zu erwerben indem er Pilger bewirtete. Er stellte keine Fragen, sondern bot nur Essen an und bat im Gegenzug um einen Segen - und so schliefen sie dort auf Feldbetten, jeweils drei in einem Stall, während das Frauenvolk im geschlossenen Wagen zurückblieb und sich wütend über die Hitze beschwerte.

Dann wurde es wieder Nacht und ein weiterer Marsch, diesmal auch die Frauen zu Fuß, denn sie ließen den Ochsenkarren bei dem Brahmanen zurück - sechs oder acht Meilen Fußmarsch im milden Mondlicht bis zu einem Bahnhof am Wegesrand, wo ihnen ein Hindu-Bahnhofsvorsteher mitteilte, sie würden sein armseliges Dach beehren und der ihnen schließlich mithilfe von Lügen am Bahnhof ein ganzes reserviertes Abteil in einem Durchgangszug nach Benares sicherte.

KAPITEL NEUNZEHN

„Einst, als die Hüter der Geheimnisse..."

BENARES! Mutter Gunga, die, wenn sie wollte, von der Geburt einer halben Welt erzählen könnte, während sie die Stufen unterhalb der Ghats umrundet. Purpurrote Feuer und lodernde Flammen, wo die Toten eingeäschert werden. Mondlicht auf hunderttausend Köpfen und Schultern, während die „Heiden" brusttief im Fluss stehen und um Segen beten. Erbaut auf Benares! Denn die Tempel, die tausend Jahre lang standen, zerfallen über Fundamenten, die alte Städte waren, bevor Hermes Hierophant der Mysterien wurde. Troja, das siebenmal auf Troja wiederaufgebaut wurde, ist für Benares nur etwas Neues.

Der Zug fuhr ein, keuchend am Ende einer schrecklichen Nacht; und er war für Benares nicht mehr, wie ein neuer Vogel, der sich zu den Horden gefiederter Aasfresser hinzugesellte. Unter dem heißen Eisendach spuckte der Zug seine Menschenmenge aus, selbst unpersönlich, sie auf der Suche nach abstrakter Glückseligkeit - ein Gerät aus der Eisenzeit, das Manu und seinen Gesetzen dient. Es war für Benares nicht mehr als die Fliegen, die im Morgengrauen um die Ghats schwirren.

Der grün gesäumte Chela führte den Schwarm an, der sich zurückhielt und sammelte, wie Schafe nach seinen Weibchen und Jungen blökten und weder nach Nahrung noch nach Schlaf verlangte, sondern dem Anblick von Mutter Gunga und dem Privileg, bei Sonnenaufgang hinein zu tauchen.

Gauri und ihr Dienstmädchen gingen neben Chullunder Ghose her, beide verschleiert.

„Man sieht uns!", sagte der Babu. „Lass den Schleier fallen."

Während der Reise hatten sie daran gearbeitet, herumgeschnitten und -genäht, bis er so perfekt fiel, dass man ihr Gesicht im

Profil sehen konnte - was am besten war - und es sofort wieder bedeckt werden konnte. Gauri erblickte einen Mann in Gelb, der sie anstarrte, und raffte den Schleier zusammen.

„Er ist groß, und ich habe Angst vor ihm!"

„Gut" sagte der Babu.

„Aber er hat gesehen, dass ich Angst habe!"

„Noch besser! Er weiß, dass du keine Göttin bist! Du solltest Angst vor ihm haben! Jetzt, da er es nicht weiß, wird er hingehen und behaupten, dass er es weiß, was in der Politik hervorragend sein mag, aber nichts taugt, wenn man es mit Jimgrim und dem grün gesäumten Chela zu tun hat, wobei letzterer sehr wahrscheinlich der Teufel ist, obwohl ich das nicht glaube. Frau, zeige dich furchtsam! Er dreht sich noch einmal um und sieht her."

Also versteckte sich Gauri hinter Chullunder Ghoses massigem Körper, als wäre sie die Frau eines Kaufmanns, die zum ersten Mal weit weg von zu Hause ist. Und der sehr große Mann, der sich umgedreht hatte und hergesehen hatte, winkte einen anderen, kleineren, fast nackten Mann heran, der näherkam und gleichzeitig weitere heranwinkte, ihm Gesellschaft zu leisten.

So, obwohl sie zwanzig Straßen überquerten, die nicht breiter als ein Ochsenkarren waren, sich auf fast unbegreifliche Weise wie Ameisen in die eine und andere Richtung wandten, gelangten sie schließlich an eine hohe Tür in einer Mauer, die hinter ihnen zuschlug und von jemandem mit einem Riegel verschlossen wurde, der in einer in einer Hütte wie einem Wachhäuschen seine Aufgabe ungesehen verrichtete, wussten sie, dass sie nicht in Vergessenheit geraten waren. Sie konnten die Schritte der Spione hören, die losrannten, um ihren Aufenthaltsort jedem mitzuteilen, den er interessieren könnte.

Und hier - in einer ruhigen, sauberen Oase - schien der grün gekleidete Chela nicht mehr die zuständige Autorität zu sein. Er nahm Befehle von einem Mann in Weiß entgegen, dessen kahler, unbedeckter Kopf fleischlos zu sein schien - Haut auf Knochen, als wäre er gestorben, würde aber noch vom Körper benötigt. Nur seine Augen lebten, brannten tief in den Höhlen. Es schien, als sei er der Gastgeber.

„Stellen sie uns vor. Wie ist sein Name?" fragte Grim.

„Kein Name", antwortete der Chela.

Erst dann fiel ihnen allen auf, dass auch der grün gekleidete Chela keinen Namen genannt hatte, weder in der Vergangenheit noch zu irgendeinem beliebigen anderen Zeitpunkt.

„Wie ist deiner?" fragte ihn Grim, aber er lachte und schüttelte den Kopf.

Da die Vorstellung fehlschlug, stellte Grim die Gruppe vor, nannte ihre Namen und begann über Ghandava sprechen. Auch dieser Name schien hier offenbar keinerlei Bedeutung zu haben. Das lebende Skelett in Weiß schenkte all dem keine Beachtung. Es machte auf dem Absatz kehrt und führte sie in einen alten Palast, der jetzt so schlicht eingerichtet war wie ein Kloster und die Treppe hinauf in den ersten Stock. Dort machte er schweigend eine Geste, die ihnen wohl bedeuteten sollte, dass sie es sich bequem machen sollten, wandte sich dem Chela zu, der ihm gefolgt war und entließ ihn mit einer einsilbigen Bemerkung. Der Chela sagte nichts und zeigte nicht die geringste Regung, sondern drehte sich um und ging.

Trotzdem herrschte eine angenehme und beinahe schon freundliche Atmosphäre. Der Mann in Weiß stand wartend an der Tür, bis schweigsame Diener Wasser und einen Stapel sauberer Laken brachten. Andere brachten Essen - Brot, Gemüse, Milch - und erst dann verließ sie der Mann in Weiß, ohne ein Wort zu sagen, außer zu dem Chela, der ihn entließ, wobei es ihm dennoch gelang, ihnen den Eindruck zu vermitteln, dass sie willkommen waren.

„Was für ein Willkommen", meinte Jeremy. „Benares scheint etwas mehr Pepp gebrauchen zu können."

„Mein Gott!" explodierte Chullunder Ghose.

Die ganze lange Vorderseite dieses Stockwerks war eine Veranda, kühl und tief, die der Mutter der Flüsse über alten Dächern zugewandt war. Sie hatten fünf verschiedene Ausblicke zwischen Tempelkuppeln und entlang einer uralten Gasse konnte man Granitstufen sehen, und Tausende von nackten Männern und Frauen, in leichtesten Musselin gehüllte, die hinabstiegen, um zu baden und zu beten; denn der Sonnenaufgang ist die heiligste Stunde von allen.

Auf den Flößen im Schosse des Flusses wimmelte es von Brahmanen, die starr dasaßen und meditierten. Zwischen den Flößen floss der Strom, übersät mit Blumen, denn keiner der Tausenden war mit leeren Händen gekommen, sondern mit Girlanden, losen Blüten und geflochtenen Knospensträngen als Opfergaben: überall war das Gurren der Tauben und die Musik der Tempelglocken zu hören. Der Atem von Mutter Gunga, die Leben gibt und nimmt, durchdrang alles – miasmatisch, sagen die Wissenschaftler - und ignorierten dabei die Wahrheit eines Jahrtausends. (Sie trinken das Wasser, in dem die Asche der Toten verstreut ist, und nehmen keinen Schaden.) Überall Vögel, vor allem Krähen, welche die Firste der Tempeldächer mit pechschwarzem Glanz säumen; und die Granitstufen zum Fluss hinunter, zwischen den nackten Beinen der Männer und über die bunten, abgelegten Gewänder, huschten Affen - furchtlos und unbemerkt - zum Trinken umher.

„Gut!", sagte Jeremy schnüffelte und füllte seine Lungen.

Entlang einer Straße unter ihnen trugen kastenlose Träger die Toten auf Tragen, damit sie ein letztes Mal am Ufer des Flusses gebadet und auf ihre Scheiterhaufen gelegt würden. Niemand nahm Notiz davon. In Benares zählt das Leben, nicht der Tod, und das Leben ist eine Angelegenheit des Geistes, nicht der Sinne.

Wenn ein Pilger seine sterbliche Hülle abstreift, wird diese schnell entfernt und verbrannt, damit sie ihn nicht daran hindert, höher zu steigen.

Weiter unten lagen die Ruinen eines Tempels wie eine Insel im Strom; denn vor Jahrhunderten, als Gungas Fluten aufstiegen, unterspülte sie seine Mauern bis das ganze riesige Gebäude in die Fluten stürzte. Jetzt stand ein nackter Fakir auf dem höchsten Stein der Ruine - jung, mit langem Haar auf den Schultern – und zeichnete sich gegen den blauen Himmel ab.

„Frei und ungebunden!", schlug Jeremy vor. „Der Junge sieht glücklich aus. Nichts zum Anziehen, nichts zu tun, außer still dazustehen! Ich frage mich, wie viele Mahlzeiten er am Tag zu sich nehmen mag?"

„Eine", sagte eine Stimme, und plötzlich stand Ghandava unangemeldet mitten unter ihnen!

„Ich habe eine Gänsehaut", bemerkte Chullunder Ghose.

Er warf einen Blick auf die Tür. Sie war von innen verschlossen, aber auch Ghandava hätte das tun können – nur quietschte das Schloss fürchterlich, und niemand hatte etwas gehört.

„Es gibt drei von ihnen. Die drei sind eins", fuhr Ghandava fort ohne die Nervosität des Babus zu beachten. „Sie stehen Tag und die ganze Nacht auf diesem Stein und lösen sich gegenseitig ab."

„Warum?", fragte Jeremy.

„Das war schon immer so", antwortete er. „Aber ihre Nachtwache ist fast vorüber."

Ghandavas Augen leuchteten; nicht vom Opium, das ist eher ein fiebriges Glühen, sondern vom Licht der Ekstase, die Menschen erlangen, die durch Selbstverleugnung zu Selbsterkenntnis gelangen. Eine härtere Arbeit als Ziegel zu verlegen!

„Warum?", fragte Jeremy ein zweites Mal.

„Suchen sie und sie werden auf jede Frage Antwort erhalten, wenn sie gut genug suchen, mein Freund", antwortete Ghandava. „Es gibt andere, die Antworten suchen", fügte er kryptisch hinzu.

Daraufhin erzählte Chullunder Ghose, dass ein Mann in Gelb Spione eingesetzt hatte, um sie durch die Straßen zu verfolgen. Ghandava lächelte.

„Ihr seid beschützt", sagte er leise. „Sie werden sie an einen anderen Ort locken."

„Damit sie uns an diesem anderen Ort angreifen können?" fragte Chullunder Ghose bestürzt.

„Weil ihre Zeit gekommen ist."

Aber Ali aus Sikunderam wurde wütend über Antworten in Rätselform. Das Hindu-Gewand und seine Verluste machten ihm zu schaffen. Er schritt auf und ab wie ein Bergbewohner, eine ganz andere Schrittlänge als die eines Hindus und drehte sich am Ende einer Umrundung Ghandava zu - Kopf und Schultern über ihm - seine Finger am Griff von etwas unter seinem Gewand.

„Bei Allah, ich habe schon mehr als alle anderen bezahlt! Fünf Söhne habe ich gegeben", rief er aus. „Soll mein Leben ohne Grund dem ihren folgen? Nenne deine Absichten Schritt für Schritt, Mahatma-ji!"

Er benutzte das Wort Mahatma wie die Glücksritter des Mittelalters das Wort „Mönch" benutzten - beleidigend und Ghandava, so schien es, wusste Besseres, als ihn anzulächeln. Ein Hauch von Gönnerhaftigkeit wäre der Funke gewesen, der den Zunder des Bergbewohners vollends entfacht hätte.

„Nehmt Platz. Ich werde es euch erzählen", sagte Ghandava, suchte sich einen Hocker und wartete, bis alle auf Stühlen und Matten Platz genommen hatten.

Er ließ es so aussehen, als wäre es Alis Protest gewesen, der ihn bewegte, und Ali grinste verschlagen in Richtung seiner Söhne, um ihnen zu signalisieren, dass sie von ihm eine Lektion in Sachen Haltung bekommen hätten.

„Siehe, wir hören zu. Bei Allah, wir haben Ohren", sagte Ali schließlich wichtigtuerisch.

„Man hat sie in Benares ankommen sehen", begann Ghandava, „weil der Gefangene, den sie in meinem Haus in Delhi laufen ließen, jene vorgewarnt hat, die an ihnen interessiert sind. Man hat gesehen, dass sie diese Frau bei sich haben und sagt jetzt, dass sich ihre Priesterin ihr Vertrauen erschlichen habe, da sie sonst sicher entkommen und zu ihnen zurückgekehrt wäre. Wenn nun einer von Ihnen mit einem von den anderen zusammentreffen würde und keine Angst hätte, diese Theorie zu bestätigen, indem er vielleicht eine Botschaft von Gauri überbringen würde und dabei die Formel „Sie sagt..." verwendet..."

„Ich habe keine Angst!" unterbrach ihn Narayan Singh. Er stand auf, und alle, die ihn ansahen, wussten, dass er die Wahrheit sagte. Er fürchtete weder Tod noch Teufel.

Ghandava nickte.

„Ich habe Ihnen allen vom Rad erzählt", sagte er leise. „Das Rad dreht sich und wenn wir nicht aufpassen, wird eine Gelegenheit für uns oder gegen uns ergriffen oder genutzt, An einem Ort, den sie sehen werden, haben die Neun Jahrhunderte lang eine Wahrheit bewahrt – genauer gesagt das Wissen um eine Wahrheit, denn Wahrheit ist wie eine Fähigkeit, die - wenn sie nicht ständig genutzt wird - verschwindet. Die Zeit wird kommen, ist aber noch nicht gekommen, in der diese Wahrheit der Welt sicher mitgeteilt werden kann. Die, in deren Händen sich die alten

Geheimnisse befinden, sind Menschen und haben Fehler gemacht. Wissen in den Händen von Kriminellen und Dummköpfen ist schlimmer als Unwissenheit. Lassen sie mich das veranschaulichen: Sie haben von dem Wissenschaftler gehört, der ohne Weisheit nach einem Wissen suchte, das er weder wiegen noch messen konnte und eine Motte nach Amerika einführte, die die Bäume tötete? So. Als sie, die Hüter der Geheimnisse glaubten, die Zeit sei gekommen, vertrauten sie einigen Auserwählten das Wissen über die Fähigkeiten des menschlichen Geistes an. Aber die Zeit war noch nicht reif. Diejenigen, die es erlernten, waren treulos und selbstsüchtig, so dass aus diesem einen Geheimnis, das offenbart worden war, das ganze Übel der Hexerei, Zauberei, Nekromantie, schwarzen Magie, Hypnose entsprang, das, was man heute „Massenpsychologie" nennt und der die schwarze Kunst der Propaganda und Erfindungen, die noch viel schlimmer sind, entsprang.

Noch einmal: Chirurgen und Ärzte wissen nicht mehr über Anatomie, wie ein Mechaniker über Alchemie. Die Wächter der Geheimnisse lehrten einst gewissen Menschen die Grundlagen dessen, was schon lange vor Aesculapius allgemein bekannt war. Jene jedoch verdrehten das Wissen zu ihren eigenen Zwecken, so dass es wieder an Selbstsucht starb – sie, die immer alles zunichtemacht; und alles, was von der Kunst übrigblieb, mit der sie die Welt heilen wollten, ist der Trick, mit dem Thuggee-Anhänger ihre Opfer mit einem seidenen Taschentuch töten.

Chemische Farbstoffe bedeuten Giftgas. Die Kunst des Fliegens, die man in Indien vor zehntausend Jahren beherrschte, bedeutet das Bombardement wehrloser Städte. Alkohol bedeutet Trunkenheit. Morphin, ein schmerzstillendes Mittel, bedeutet Laster. Nur sehr selten treten Männer in Erscheinung, denen man Wissen anvertrauen kann. Dann, und erst dann, entwickelt sich die Welt weiter.

Aber diejenigen, die aus egoistischen Gründen nach Wissen streben, bleiben hartnäckig. In dieser Hinsicht sind sie sich treu! Sie suchen danach wie Goldsucher - manchmal allein, manchmal in Scharen. Und aufgrund des Rades und des Gesetzes, wie

Menschen Gold ausgraben, kommen diese gesetzlosen Forscher dem Wissen manchmal der Entdeckung sehr nahe. Sie würden entdecken. Sie würden sich der Geheimnisse bemächtigen und die Welt zerstören, wenn die, die die Geheimnisse bewahren nicht wachsam wären.

Durch Wachsamkeit ist es möglich zu erkennen, dass sie sich selbst zerstören, wie die Heerscharen von Korah, Dathan und Abiram in ihren biblischen Tagen - wie Babylon sich durch zu viel Reichtum selbst zerstörte- wie der Entdecker des Schießpulvers sich selbst zerstörte; nur schnell und heimlich, damit die Welt nicht zu viel erfährt und nach mehr fragt.

Die gesetzlosen Neun, die sich unter der Maske der Kali-Verehrung verstecken, sind durch Eliminierung und Beharrlichkeit der Entdeckung des Ortes nahegekommen, an dem das Geheimnis des Goldes aufbewahrt wird. Der Ort muss verändert werden - nein, er wurde geändert; aber damit sie das nicht erfahren, sollen ihnen gestattet werden, den früheren Ort zu finden und die Konsequenzen zu tragen. Dort dreht sich das Rad und ihr tretet ein."

„Wie das?", fragte Ali unruhig, aber niemand beachtete ihn, was ihn selbst zum Nachdenken zu bringen schien. Er hörte aufmerksam zu, aber mit einem veränderten Gesichtsausdruck, während Ghandava mit seiner Geschichte fortfuhr.

Plötzlich hob Chullunder Ghose bestürzt die Hände.

„Heiliger!", rief er aus. „Der Lohn ist mehr als erfreulich, dergleichen ist auf der Ebene notwendig, auf der wir uns bewegen! Ist ein Profit ausgeschlossen? Ist alles außer dem Risiko ausgeschlossen? Ich selbst bin ein Musterbeispiel wissenschaftlicher Unwissenheit und nicht stolz darauf, aber - Familie und Angehörige - verarmter Babu - verb. sap., Heiligster!"

Ghandava kicherte.

„Sie werden sehen und sie können sich selbst bedienen", antwortete er.

„Wann soll ich diese Botschaft meinen Leuten überbringen?" fragte Narayan Singh und stand wieder auf.

Ramsden erhob sich ebenfalls und streckte sich, fast so groß wie der Sikh und anderthalbmal so schwer - ein Mann, auf den man sich verlassen konnte, wenn es eng wurde.

„Ich werde mit dir gehen", sagte er ruhig und begegnete dem Blick des Sikh.

Narayan Singh verneigte sich und lächelte ein wenig. Es war nur eine winzige Neigung des Kopfes, aber ein ganzes vertontes Lied hätte nicht halb so viel besagen können. Er sagte kein Wort. Sie verstanden einander.

„Wann wollen wir gehen?", fragte Ramsden.

„Wenn sie es selbst gesehen haben", antwortete Ghandava. „Sie müssen es erst selbst sehen, und jedes Wort, das sie ihnen anschließend sagen, muss die Frau zuerst gesagt haben. Es ist unerlässlich, dass diese Verbrecher sich selbst zerstören. Alles, worum sie gebeten werden, ist, es ihnen einfach zu machen!"

Sie frühstückten alle gemeinsam auf der tiefen Veranda, Gauri und ihr Dienstmädchen waren ebenso besorgt wie Chullunder Ghose über die Kastenregeln, die sie gebrochen hatten, doch keiner der drei war bereit, sich heiliger darzustellen als Ghandava, der mit ihnen aß und ein „Himmelsgeborener" gewesen war, bevor er die Kastenzugehörigkeit ganz aufgab. Gauri tröstete sich mit dem Anblick der geplünderten Smaragde.

„Ich werde genug haben, um die Priester zu bezahlen", sagte sie laut, als würde sie der Stimme des Gewissens antworten.

Sie sah weder Alis funkelnde Augen noch die verschlagene, geheimnisvolle Zustimmung seiner Söhne; noch wusste sie, warum die Söhne nach dem Essen auf dem Boden der Veranda würfelten. Es wurde kein Geld zwischen ihnen getauscht, aber sie warfen dreimal, beobachteten jeden Wurf atemlos und wer verlor, fluchte bitter im Namen Allahs.

Ghandava beobachtete das alles, gab aber keinen Kommentar ab, außer etwa fünf Minuten später, als er dem Ganges gegenüberstand und eine Anpassung von zwei der heilsamsten Axiome des Apostels Paulus fallen ließ, die Alis Haltung beeinflussten:

„Da nun alle Dinge zu unserem Besten zusammenwirken, und nun die verabredete Zeit gekommen ist, warum nicht? Wollen wir gehen?"

Er sagte nicht, wohin sie gehen würden. Sie folgten neugierig, beide Frauen blieben dicht hinter ihm und Ali bildete mit seinen beiden Söhnen die Nachhut. Es war nicht zu übersehen, dass der Norden in der Stimmung jener alten Highlander war, die Prince Charlie einst bis nach Preston Pans gefolgt waren. Die Nachhut, wo sie am wenigsten demoralisierend wirken konnten, war der richtige Ort für diese Kameraden.

Ghandava führte sie die Treppe hinauf - der letzte Weg, den irgendjemand erwartet hatte - und über ein Dach eine gewundene Treppe hinauf, die um einen Turm herumführte, welcher sie von überall her unsichtbar machte, es sei denn auf eine Distanz, von der aus ihre Köpfe ohnehin nicht wiederzuerkennen waren. Und dann wieder hinunter - durch eine Tür an der Spitze des Turms - immer eine Wendeltreppe im Inneren des Turms entlang, mit reichlich Luft zu atmen, aber in so tiefer Dunkelheit, dass Ghandavas beruhigende Stimme aus einer anderen Welt zu kommen schien:

„Hier lang! Immer hier entlang!"

Und die Echos dröhnten in die Unendlichkeit hinab, wie die Stimme eines unterirdischen Stroms. Ghandavas Lebensgeister schienen zu erwachen, je weiter sie hinabstiegen.

Beide Frauen schrien immer wieder auf, aber es war immer jemand da, an dem sie sich klammern konnten und die Stimme von Ali hinter ihnen bewies seine eigene Furchtlosigkeit - zumindest sich selbst - indem er seinen Söhnen Vorträge hielt.

„Ein Mann ist ein Mann in der Dunkelheit! Ein Mann ist ein Mann im Angesicht des Teufels! Ein Mann stirbt im Kampf, und Allah nimmt ihn ins Paradies auf! Furcht ist die Religion der Narren, Söhne Alis!"

„Ja, und die Welt ist voller Narren!" gestand Chullunder Ghose. „Bin selbst Einer! Gibt es hier Schlangen?"

„Keine Schlangen!" antwortete Ghandava.

„Insekten?"

„Keine!"

„Verlorene Seelen?"

„Nein. Sie würden hier keine Ruhe finden!"

„Wir gehen runter - unter!" Die Stimme des Babu dröhnte hohl. „Wir sind sicherlich schon in Gungas Schoß!"

„Noch nicht!"

„Oh, wo sind wir denn? Ich höre das Rauschen von Wasser!"

„Nur Luft - gute Luft", rief Ghandava zurück.

„Ich höre Wasser kochen!"

„Nein, denn da ist keines."

Die Beklommenheit des Babu bewahrte die Frauen vor hysterischen Anfällen, da er eine andere Angst als die ihre äußerte und die beiden um die Vorherrschaft stritten, anstatt sich in Panik und Hysterie zu vereinen. Geleitet von Ghandavas Stimme und dem Gefühl des kühlen, glatten Mauerwerks mal auf der einen, mal auf der anderen Seite, eilten sie im Gänsemarsch durch einen Tunnel dessen Boden sich unter ihren Füßen poliert anfühlte, als seien hundert Generationen darüber hinweggegangen.

„Keine Fledermäuse!" beschwerte sich Chullunder Ghose. „Also muss es Teufel geben!"

„Nein, keine Teufel", sagte Ghandava.

„Krishna! Was dann? Seht! Seht! Ich bin blind! Ich habe eine andere Welt gesehen! Ich kann nicht sehen! Ich bin geblendet! Ich schwimme im Feuer! Warum verbrenne ich nicht?"

Sie blieben stehen. Sie alle hatten einen Blitz gesehen und dann nichts mehr als sein schmerzendes Abbild auf ihrer Netzhaut, - ein Licht, gegen das eine Knallgasflamme düster gewesen wäre!

„Passt auf! Wartet!", rief Ghandava.

„Nicht schon wieder! Nicht schon wieder!" schrie der Babu, und sein Schrei hallte in dem engen Raum wider - „Schon wieder, noch einmal, noch einmal, nochmal, nochmal!" Dann das Licht - drei Blitze.

„Gott!"

Das war King, der beide Hände vor die Augen schlug, die durch ihren aktiven Dienst überanstrengt worden waren.

„Allah! Ich habe Teufel gesehen!" (Das war Ali.)

„Heiliger, wo sind wir?" (Das war der Babu.)

„Unter dem Bett des Ganges!"

„Das Feuer? Ist das Agni?[44]"

„Elektrizität", sagte Ramsden und sprach aus der Erinnerung an durchgebrannte Sicherungen in der Wildnis.

„Nein." Ghandava wollte es gerade erklären, wurde aber durch drei weitere Blitze unterbrochen.

„Was dann?", fragte Ramsden aus der bestimmten Erinnerung heraus.

„Gold!", kam die Antwort in atemlose Stille, in der sie alle hören konnten, wie Ali und seine beiden Söhne ihre Khyber-Messer lösten.

---

[44] Der Geist des Feuers

KAPITEL ZWANZIG

„Trotzdem werde ich mein Schwert mitnehmen!"

EIN BLASSGRÜNES, astral anmutendes Licht entwickelte sich allmählich und verwandelte das Herz der Dunkelheit in Zwielicht. Sie erkannten die schemenhaften Umrisse einer Höhle, die von titanischem Mauerwerk gestützt war. Es gab keine Bilder, keine Schnitzereien an den Wänden, nichts, was die Einfachheit hätte stören können. Die Proportionen drücken einen erholsamen, reinen und endgültigen Frieden aus.

Es roch nicht nach Feuchtigkeit, obwohl Ghandava sagte, sie stünden unter dem Bett des Ganges. Es gab keine Fledermäuse, keinen Schmutz, keine Bewohner. Es gab dort nichts - auf einem halben Hektar von Erdfundamenten - außer einem quadratischen Altar, der an einer Wand stand; und von dort kam anscheinend das Licht.

Ghandava führte zu dem Altar, ohne mehr äußerliche Ehrerbietung zu zeigen wie ein Küster, der Menschenmengen in Kathedralen herumführt. Es war aus einer grünen Substanz, die Jade sehr ähnlich sah, so dass Ramsden unvorsichtig einen Finger ausstreckte und ihn berührte. Er zog ihn mit einem Fluch zurück.

„Pardon! Ich hätte sie warnen müssen. Haben sie sich verletzt?" Ghandava untersuchte Jeffs Finger. „Es brennt wie Radium."

„Oh, leeres Geschwätz!", sagte Jeremy und brach sein einstündiges Schweigen. „Ich trage seit Jahren Gold in meinen Gürtel. Mein Bauch hat keinen einzigen Fleck!"

Alle lachten, sogar Ali und die Frauen, die kein Englisch verstanden. Aber Ghandava fuhr so gelassen fort, als stünde er vor einer Schultafel.

„Sehen sie?", sagte er und zeigte auf eine Stelle, wo sich die Mauer in Form einer Schaufel über den Altar wölbte, mit der Basis zum Boden, während die Spitze über die Mitte des grünen Steins hinausragte. Genau in der Mitte des Bogens ragte etwas hervor, was möglicherweise ein Rohr aus einem nicht erkennbaren Material war und in einem Abstand von 60 bis 90 cm um es herum schien die Steinmauer die Konsistenz von Bimsstein zu haben, so als hätte man das Leben aus ihr herausgebrannt.

„Heißes Gold tropft aus dieser Öffnung, fällt auf den Stein darunter und löst sich in Elektronen auf!"

„Verdammt!", sagte Jeremy.

„Man könnte damit die Hölle losbrechen lassen, nicht wahr?!" antwortete Ghandava. „In einem Tropfen steckt mehr Energie als in einer Kiste Dynamit - in einer Tonne davon mehr als im Vesuv!"

„Wer kümmert sich darum?", fragte Jeremy.

„Die, die an der Reihe sind", antwortete Ghandava. „Sie sind jenseits dieser Mauer."

„Wo ist der Goldvorrat?", fragte Ali heiser.

„Weg! Weggeräumt!"

„Das kann nicht viel Gold gewesen sein, wer hätte es sonst in der Kürze der Zeit wegschaffen können?" spöttelte der Bergbewohner und stupste seine beiden Söhne an.

„Niemals mehr als genug auf einmal an diesem Ort, um die Tropfen weiter fallen zu lassen", antwortete Ghandava. „Es hat schon lange vor dem Untergang von Atlantis getropft. Rechnen sie es aus! Es ist genug vorhanden, um den Prozess noch einmal genau so lange fortzusetzen. Aber es muss anderswo weitergehen. Wir müssen einen anderen Weg finden, Gunga zu reinigen."

„Rätsel! Immer nur Rätsel!" murrte Ali. „Wer glaubt schon ein Wort von all dem? Allah..."

Ghandava unterbrach ihn:

„Haben sie schon einmal darüber nachgedacht, wie viele Tausende täglich im Gunga baden? Wie viele Tote, die an einer Krankheit gestorben sind, an die Ufer gelegt werden, damit der Strom sie waschen kann? Wie viele trinken, während sie hüfthoch im Gunga stehen? Und wie wenige sterben?"

„Man sagt, es liegt am Sonnenlicht", wandte King ein. „Ich habe gelesen, dass Krankheitskeime wegen der starken Sonne nicht im Gangeswasser überleben können."

„Und das glauben sie?", fragte Ghandava. „Wenn das so ist, warum tötet die Sonne dann keine Keime im Amazonas, im Kongo, im Yamuna oder im Irrawaddy?"

„Verdammt, wenn ich das wüsste!", sagte Grim. „Machen sie weiter, Ghandava. Erzählen Sie."

„Milliarden von Menschen haben das Wasser des Ganges getrunken, seit die Pilgerfahrten begonnen haben. Das ist schon so lange her, dass es keine Aufzeichnungen darüber gibt. Keiner ist jemals daran gestorben, dass er es getrunken hat. Sie kommen mit Cholera, Pest und Pocken. Aus Mangel an Brennstoff für die Scheiterhaufen haben sie ihre Toten unverbrannt in den Strom geworfen. Und direkt neben den Toten haben sie das Wasser des Ganges getrunken und dabei keinen Schaden genommen. Das hier ist der Grund dafür."

Er deutete auf den Stein des Altars und hielt inne:

„Gold ist das größte Reinigungsmittel im Universum. Mit den Worten des Hermetischen Mysteriums: „WIE OBEN, SO UNTEN" Gold ist also auch die Wurzel allen Übels. In Elektronen aufgelöstes Gold ist die stärkste Kraft, die dem Menschen zur Verfügung steht. Aufgrund des gleichen Gesetzes ist es auch die größte Schwäche des Menschen. Freigesetzt könnte es Arbeit, Mangel und die Notwendigkeit Kohle schürfen zu müssen beseitigen - oder es könnte alles auslöschen! Es gibt genug Gold auf der Welt, um ein goldenes Zeitalter einzuläuten oder die Zivilisation auszulöschen!"

Er hielt erneut dramatisch inne und fügte dann hinzu:

„Neun Männer kennen das Geheimnis!"

„Einen Teufel tun sie!", sagte Jeremy.

„Viele haben nach dem Geheimnis gesucht, bis einige von ihnen ungefähr wussten, wo sie suchen mussten. Eine Woche - ein Monat - ein Jahr und sie würden diesen Ort finden. Es ist weise, sie jetzt gewähren zu lassen. Das sagen diejenigen, die mich beauftragt haben."

„Bei Allah, ich bin der Worte überdrüssig", rief Ali, und seine ganze Geduld löste sich in Luft auf, wie es das Gold getan hatte. Seine Stimme hallte über den Köpfen wider.

„Zeig mir so viel Gold, wie ich wegtragen kann, ich und meine Söhne, oder..."

Im schwachen grünen Licht begegnete er Narayan Singhs Augen - konnte ihnen nicht ausweichen. Der große Sikh beugte sich vor, schob eine Schulter unter sein Kinn und stieß ihn so nach hinten, dass er sein rechtes Auge nur mit Mühe benutzen konnte; und seine Söhne hätten ihrem Vater nicht helfen können, ohne vorher an King und Grim vorbei zu müssen, wobei Ramsden links von King und Grim an der Wand stand.

„Freund Ali, ich bitte dich um Frieden", sagte der Sikh.

Es gab keine Alternative. Der Griff von etwas unter dem langen Gewand des Sikhs machte das deutlich.

Ghandava blickte zu dem Ausguss über dem grünen Altar hinauf und lauschte. Er sagte nichts, aber er begann weiterzugehen und sie folgten ihm in einer verängstigten Gruppe, die Frauen eilten an ihm vorbei und die Männer, vor allem Ali, versuchten, ihre Angst durch gemessene Schritte zu verbergen. Chullunder Ghose gab diese Bemühungen auf.

„Seht, ich beanspruche mein Verdienst! Mein Anteil am Gold ist ein Geschenk an Mutter Gunga!", sprudelte es aus ihm heraus, bemühte sich bis zuletzt, einen Witz daraus zu machen und rannte dann davon. Er schubste die Frauen vor sich her, verschwand in der Dunkelheit und sie konnten seine schweren stampfenden Schritte hören bis das Echo von einem Gurgeln im Tunnel verschluckt wurde, das wie ein Lachen klang.

„Das Gold ist unkontrollierbar, wenn es zu tropfen beginnt", erklärt Ghandava. „Der Prozess kann gestartet, aber nicht gestoppt werden. Das ist schon seit hundert Jahrhunderten so. Nicht einmal die, welche die Geheimnisse bewahren, könnten in der Höhle existieren, wenn die Tropfen fallen."

Als sie die Höhle verließen, explodierte hinter ihnen ein greller Blitz hervor und warf ihre Schatten wie die Splitter einer Infanteriegranate in den Tunnel. Obwohl sie sich abwandten, schmerzten ihre Augen. Der Verstand selbst schien betäubt zu sein und wurde durch einen Hauch von eingesogener Luft, die nach heißem Benares, verrottenden Blumen, Menschen und Fett stank, wiederhergestellt.

„Es belüftet den Tunnel", sagte Ghandava. „Die angesaugte Luft wird bei der nächsten Explosion verbrannt."

„Wo geht das Produkt hin?" fragte Grim ihn.

„Es wird verwendet."

„Warum sprengt die Explosion die Höhle nicht?"

„Das würde sie, aber die Menge wird kontrolliert."

Das war alles, was sie an Hinweis aus den Informationen herausholen konnten. Als sie weitere Fragen stellten, erinnerte er sie daran, dass es sich um uralte Geheimnisse handelte und er selbst nicht mehr war, als ein Mann, der mit einer Aufgabe betraut worden war

„Sie haben bereits mehr gesehen, als Uneingeweihte je gesehen und erlebt haben, um lebend davon erzählen zu können", versicherte er ihnen. „Und das ist nur eines von sehr vielen Wundern, die mit Gold vollbracht werden können. Das ist nur eine Kleinigkeit im Vergleich zu dem, was täglich vollbracht werden kann - und wird."

„Dann sind sie ein Eingeweihter?", fragte ihn Grim. Aber dieser antwortete nicht.

Ein weiterer Blitz hinter ihnen, der zerfetzte Schatten in die Dunkelheit vor ihnen schickte, zeigte eine Öffnung in der rechten Wand, die so schräg und eng war, dass sie auf dem Weg nach unten an ihr vorbeigekommen waren, ohne ihre Existenz zu bemerken.

Ghandava führte sie jetzt hindurch und ignorierte den Babu und die Frauen, die inzwischen in ihrer Panik, die nur dem Tageslicht weichen würde, die Wendeltreppe hinaufstiegen.

„Sie sollen sehen, denn sie müssen sagen können, dass sie es gesehen haben", erklärte er und nahm Ramsden und Narayan Singh jeweils am Arm, als der Gang breiter wurde und fast in dieselbe Richtung zurückführte, aus der sie gerade gekommen waren. Offensichtlich hatten sie nur einen Bogen gemacht, um durch die Stirnwand der Höhle zu gelangen.

„Erzählen sie nichts, was nicht wahr ist, nicht einmal dem Feind!", fügte er hinzu.

Und dann fühlte es sich so an, als würden sie die Werkstatt betreten, in der die Dämmerung aus grünem und goldenem Äther gewebt wurde. Sie näherten sich einer Höhle - nicht zu nahe,

denn er hielt sie zurück - in der drei Männer Webstühle zu beobachten schienen, nur, dass diese Webstühle unsichtbar waren
und die Schiffchen wie Fische aussahen, die immer auf dem gleichen Kurs hin und her schossen und sich gegenseitig verschlan-
gen, wenn sie sich begegneten. Das blassgrüne Licht ähnelte
Wasser - die Männer trugen große Klappmützen - und die Stille
machte der Illusion ein Ende, so dass die Ohren angestrengt
nach dem Rauschen der Wellen an einem imaginären Strand
lauschten.

Aber es war kein Geräusch zu hören, nicht einmal das Scharren
von Füßen und von Gold sahen sie nicht mehr als einen Barren,
den ein Mann mit Kapuze die Stufen einer Galerie hinunter-
brachte, die über ihnen ins Gestein gehauen worden war. Sogar
die Stufen ähnelten Unterwasser-Felsen und die ganze Illusion
war so perfekt, dass sie sich dabei ertappten, wie sie nicht mehr
atmeten und sich fragten, wie lange sie unter Wasser bleiben
könnten.

Als Grim zu sprechen begann, hob Ghandava eine Hand hoch
und hielt ihn zurück. Stille, so schien es, war Teil des Zwielich-
tes-Mysteriums. Es gab keine Hitze, es war kühler als in der anderen Höhle; kein Licht außer der schwachen Opaleszenz, in der
die Schiffchen aus einem anderem Licht schwammen. Es gab
nichts zu verstehen. Es entblößte das Unverständnis und ließ es
sich seiner selbst bewusstwerden.

„Kommen sie!" sagte Ghandava. „Sie haben eine Werkstatt gesehen, die älter ist als Benares! Sie haben genug gesehen!"

Ali hatte genug gesehen, um seine Habgier zu wecken und sie
beherrschte ihn jetzt. Seine Hand streifte den Griff seines Messers und er wollte in die Höhle eintauchen, wobei er mit dem
linken Arm sein Gesicht bedeckte. Die Illusion des grünen Wassers war zu real, als dass man ihr hätte entgegentreten können,
ohne unbewusste Vorsichtsmaßnahmen irgendeiner Art zu treffen. Er ging mit der seitlichen Pendelbewegung eines Menschen
vorwärts, der in die Brandung watet - riss plötzlich beide Hände

hoch, drehte sich um und kam mit herausgetretenen Augen und herausgestreckter Zunge eilig zurück.

„Keine Luft!", keuchte er.

Aber etwas Anderes hatte ihm Angst gemacht - etwas, das er nicht erklären konnte und auch nie zu erklären versuchte. Gefolgt von seinen beiden Söhnen machte er sich auf den Weg und verfolgte Chullunder Ghose und die Frauen hinauf zum Tageslicht; und war dank der Beine und der Kondition eines Bergsteigers trotz des großen Vorsprungs der anderen als Erster auf dem Gipfel des Turms mit Blick über ganz Benares.

„Schaut. Wer würde Allah anbeten?", fragte Narayan Singh, und da keine Muslime mehr anwesend waren, antwortete keiner.

Langsam kehrten sie mit Ghandava an der Spitze durch den Tunnel und über die Stufen im Turm zurück. Keiner sprach viel, weil sie außer Atem waren, und keiner kletterte besser als Ghandava, der bei weitem Älteste, der mindestens ein Dutzend Mal auf sie warten musste, bis sie ihn überholten. Oben in der Nähe der Turmspitze öffnete er eine Tür, die zu einer Galerie führte, welche von einem durchbrochenen Steingitter umgeben war. Dort, im prallen Sonnenlicht, mit schmerzenden Augen und dem Klang von Alis argumentierender Stimme über ihnen, hockten sie sich mit Blick auf den Ganges hin, um zu erfahren, was Ghandava noch für sie bereithielt. Er saß zehn Minuten lang da und meditierte, bevor er sprach. Dann:

„Nur die Wahrheit hat Bestand. Alle Dinge sind relativ und vergehen, wenn sie ihre Zeit gesehen haben. Die Wahrheit ist und alle Phänomene sind Maya[45] Es bedeutet also nichts, dass das, was sie gerade gesehen haben, verschwinden muss. Benares ist zehnmal verschwunden. Der Fluss unter Ihnen hat eine Stadt nach der anderen verschlungen und die Höhle, in der wir uns befanden, liegt unter den Fundamenten eines Tempels, dessen Stufen der Ganges umspülte, lange bevor Ägypten am Nil wuchs.

---

[45] Wahnvorstellung

Dies war der Tempel der Mysterien, bevor die Pyramiden gebaut wurden. Und jetzt geht er unter. Aber die Wahrheit bleibt."

„Waren die Männer, die wir dort unten gesehen haben, einige der Neun Unbekannten?", fragte Ramsden.

„Keiner von ihnen", antwortete Ghandava und sah ihm direkt ins Gesicht. „Die Männer, die sie gesehen haben, sind Chelas. Sie werden die Neun Unbekannten nie zu Gesicht bekommen."

Er wurde unruhig, zumindest für Ghandavas Verhältnisse. Es lag immer noch ein Hauch des Kontakts mit der Ewigkeit in der Luft, die ihn so zuvorkommend machte und ihm Respekt einbrachte, ohne dass er Anspruch darauf erhoben hätte. Aber es gab dennoch eine subtile Veränderung, obwohl er wartete, bis er ihre volle Aufmerksamkeit hatte, bevor er weitersprach. Dann:

„Der Zeitpunkt ist jetzt gekommen. Ich werde Mr. Jeremy und diejenigen, die ihn begleiten sollen, unterweisen. Sind sie beide bereit?"

Ramsden und Narayan Singh sahen sich in die Augen und nickten ernst.

„Unten ist ein Chela, der sie zu dem Ort führen wird, an dem sich die Kali-Anbeter bereitmachen. Dort wird er sie zurücklassen. In einer Minute wird ihnen Gauri eine Botschaft geben, die ihr überbringen sollt. Sie werden die Botschaft glauben, sie aber bei sich behalten, es sei denn, sie sind verrückter, als es Grund zur Annahme gibt.

Es gibt verschiedene Grade des Wahnsinns. Ihr Grad ist bekannt und wird verstanden. Sie müssen sie also nur noch davon überzeugen, auf Mr. Jeremy aufzupassen und ihm zu der Frau zu folgen. Für sie wird gesorgt. Spielen sie ihre Rolle, sagen sie nur die Wahrheit, sagen sie nicht mehr als nötig und denken sie daran, dass sie der Menschheit einen Dienst erweisen."

„Trotzdem werde ich mein Schwert mitnehmen", verkündete Narayan Singh.

KAPITEL EINUNDZWANZIG

„Mein Haus ist wieder sauber!"

ES war Mittag, als Narayan Singh und Ramsden einem fünfzig-jährigen Chela folgten und den Schatten wählten, der sich in den Straßen bot, welche zwischen den stickigen Mauern wie Öfen brannten. Der Chela führte sie an einer Öffnung in einer ge-schnitzten Wand vorbei, gab das vereinbarte Signal und ging weiter, als ob er sich ihrer gar nicht bewusst wäre. Sie drehten sich um und gingen kühn in einen verfallenen Tempel hinein, dessen Boden mit dem Dung heiliger Stiere bedeckt war und dessen einzige Beleuchtung von kleinen Ölschalen herrührte, die an Drähten von einem in der Dunkelheit unsichtbaren Dach hingen.

Als sich ihre Augen an die Dunkelheit gewöhnt hatten, erkann-ten sie den großen bronzenen Mann in Gelb, der ihr Gefangener gewesen war. Er stand mit dem Rücken zu einer Tür im Inneren und hatte die Arme über seiner Brust verschränkt. Sie konnten die weißen Zähne zwischen den dicken Lippen glitzern und das glänzende Weiß seiner Augen sehen. Er ähnelte in keiner Weise einer Spinne und doch betrachtete ihn Jeff als eine solche. Seine Vorstellungskraft malte das passende Netz dazu. Er sah aus, als hätte er sie erwartet und winkte ihnen schweigend zu, während er die andere Hand hinter sich auf der Klinke der Holztür ruhen ließ. Als sie nahe genug waren, riss er die Tür auf und trat zur Seite, um sie einzulassen.

Jeff ging voran, die Nerven in seinem Nacken kribbelten in Er-wartung eines seidenen Taschentuchs aus dem Hinterhalt. Der einzige Gedanke, der ihm in diesem Moment durch den Kopf ging, war, ob seine Nackenmuskulatur nicht stark genug sein könnte, um dem Taschentuch den entscheidenden Bruchteil ei-ner Sekunde lang zu widerstehen, bis seine Fäuste zum Einsatz kommen konnten.

Pure Einbildung! Denn nur einen Schritt hinter ihm folgte der Sikh, der, wenn nichts anderes, rechtzeitig Alarm geschlagen hätte.

Sie befanden sich in einem runden Raum, der von Petroleumlampen erleuchtet wurde und deren spärliche Strahlen durch altes Sackleinen gefiltert wurden, das über die Öffnungen in der Dunkel über ihnen gespannt war. Die Wände bildeten die Basis einer Kuppel, deren Bogen schwach zu erkennen war, und um die Wände herum saßen nicht weniger als siebzig Männer in Gelb, mit Blick auf die Mitte, wo eine einfache einen Meter hohe Steinplattform inmitten von Säulen stand, die in Form eines Fünfecks in die Dunkelheit ragten - eine Säule am Scheitelpunkt jedes Winkels.

Sie trugen keine Masken, aber die Gesichter aller waren gleichermaßen vom Bösen geprägt und es wäre fast unmöglich gewesen, sich all die unterschiedlichen Züge einzuprägen. Stolzes, selbstbewusstes, vorsätzliches Verbrechen war der Grundton der Einheit und es hätten achtzig Spiegelbilder eines Gesichts sein können - mehr als sich ein Mensch sonst hätte merken können.

Der riesige bronzene Mann starrte Jeff anzüglich an und schob sein Gesicht so nah an ihn heran, dass sich Jeff nur mit Mühe davon abhalten konnte, ihn noch einmal zu schlagen; aber alles, was er tat, war Jeff und Narayan Singh zu der Plattform zu führen, wo er ihnen die Möglichkeit überließ, in jede Richtung zu blicken, in die sie wollten.

„Sie können sich setzen", sagte eine Stimme in englischer Sprache.

Aber sie blieben stehen. Sich zu setzen oder in die Hocke zu gehen, hätte das Langschwert unter dem Gewand des Sikhs verraten - ihre einzige Waffe. Jeff hatte seine Automatik auf Ghandavas Rat hin zurückgelassen, denn - wie Ghandava es formulierte - „es ist einfacher, nicht zu töten, wenn einem die Mittel dazu fehlen. Wer sich nicht in das Karma eines Menschen einmischt, ist am weisesten."

Sie drehten sich um und spähten durch die Säulen, um herauszufinden, aus welchem Gesicht die Stimme gekommen war. Der, der gesprochen hatte, wartete, bis sie ihm beide gegenüberstanden und sagte dann:

„Wo ist SIE?"

Er war ein kleiner Mann, der Kleinste im Raum, und seine Stimme war so winzig und gemein, wie sein englischer Akzent lächerlich war, er betonte jede Silbe, quengelig, aufgeregt, voll von einer Art schulmeisterlicher Autorität.

„Sie hat uns geschickt", antwortete Jeff, und es herrschte eine halbe Minute lang Stille, während alle über die Antwort nachdachten. Dann:

„Das mag sein", sagte eine Stimme vom anderen Ende des Raumes. „Woher sonst sollten sie diesen Ort kennen?"

„Warum hat sie Euch geschickt?", fragte der kleine Mann.

Er schien es eilig zu haben, Information zu erhalten. Jeff kam ihm entgegen.

„Sie sagte zu mir und zu diesem anderen Mann: 'Gehorche mir und du wirst belohnt. Sage denen, die du an dem von mir genannten Ort findest, dass sie dir dorthin folgen sollen, wo ein Fakir im Gewand von Kali Kunststücke vollbringt. Folgt dem Fakir, wohin er auch geht. Er wird euch zu dem Ort der Geheimnisse führen, die ihr Beiden gesehen habt'.

„Ihr habt etwas gesehen? Was habt ihr gesehen? Sie sagen, sie haben etwas gesehen!"

Er übersetzte die Informationen in eine andere Sprache und ein Chor von Ausrufen folgte. Dann sprach der kleine Mann weiter.

„Was habt ihr gesehen?"

Jeff erzählte es ihm: „Wir haben gesehen, wie das Gold flüssig wurde und auf den grünen Amboss tropfte. Wir sahen, wie es sich in einer großen Explosion in blendendes Licht verwandelte. Wir sahen den Ort hinter der Mauer, wo das Geheimnis liegt und die Männer es vorbereiten. Aber wir haben nur einen Goldbarren gesehen."

„Bah! Bah! Wen kümmern die Goldbarren, wenn wir das Geheimnis kennen! Wo ist dieser Ort?"

„Das goldene Licht hat uns geblendet", antwortete Jeff. „Wir wurden geführt. Aber der Fakir kennt den Weg."

„Woher sollte er ihn wissen?"

„Er kann Tote zum Reden bringen", antwortete Jeff mit vollkommener Belanglosigkeit und es gab eine weitere Pause, während sie darüber nachdachten.

Narayan Singh stieß Jeff an. Ein Mann, der sich von der Mauer erhoben hatte, kam auf sie zu. Er trat nah an sie heran und blickte in ihre Gesichter, ohne etwas von dem Schwert zu bemerken, das am Oberschenkel des Sikhs zitterte. Sie erkannten ihren ersten Gefangenen, den Grim freigelassen hatte. Ohne ein Wort kehrte er an seinen Platz an der Mauer zurück und sagte dann stehend:

„Das ist so", sagte er. „Das sind dieselben Männer. Ihr Fakir bringt die Toten zum Sprechen, nachdem er dieses Geheimnis von den Neun gestohlen oder aus Cyprians Büchern gelernt hat. Einer von ihnen erschlug Kansa, unseren Anführer in Delhi, und sie fuhren den Leichnam ein Stück zusammen mit mir im Karren. Im Beisein aller, die sich im Karren befanden, sprach Kansa zu mir, als er schon tot war, und befahl mir, diesen Leuten zu gehorchen."

Er setzte sich. Auch seine Rede wurde mit Schweigen aufgenommen.

„Warum kommt sie nicht zu uns?", fragte der Mann mit der piepsigen Stimme schließlich.

Und Jeff, der eine Stunde zuvor von Gauri mit Worten aus Ghandavas Mund vorbereitet worden war, hatte die Antwort parat:

„Sie sagte, wenn wir ihr helfen würden, könnten wir wie ihr Mitglieder eures Ordens werden und an allen teilhaben. Also helfen wir. Sie war es, die vor uns an den Ort ging, an dem Gold zu Licht wird. Sie sagte, sie würde dort warten, wir müssten nur bald kommen."

„Welches Zeichen hat sie gegeben?", fragte der große, bronzene Mann mit einem höhnischen Grinsen.

Und als Antwort darauf warf Jeff dem kleinen Mann mit der quietschenden Stimme einen goldenen Totenkopf in den Schoß, der am Morgen trotz Gauris Protest vom Ende einer Halskette entfernt worden war.

Der kleine Mann überlegte einen Moment. Dann:

„Das ist abgedroschen", sagte er schließlich. „Sie hätte die geheimen Zeichen niemals verraten. Seht, ihr alle!"

Und er ließ den goldenen Schädel im Kreis von Hand zu Hand gehen, bis er wieder zu ihm zurückkehrte.

Selbst Jeffs schwerfälligem Verstand war klar, dass diese Männer nicht überrumpelt werden konnten. Jemand war bereits dort gewesen - wahrscheinlich auf Ghandavas Veranlassung, hin – und hatte sie gewarnt, was sie zu erwarten hatten. Sie waren wie Männer, die sich auf den Start eines Rennens vorbereiteten, so erwartungsvoll, dass Vorsicht lästig und bestenfalls oberflächlich war.

Es folgte jedoch eine Debatte, weil einige der Ansicht waren, dass einer der Boten gefangen gehalten werden sollte, während einzelne zusammen mit dem anderen ausgesandt werden sollten, um den Fakir auszuspähen und Bericht zu erstatten. Die Mehrheit war dafür, der Aufforderung sofort Folge zu leisten.

Sie sagten, SIE sei eine Seherin, und andere Dinge über sie, die sich zwischen Buchdeckeln nicht gut machen würden, aber einen Großteil ihres Rituals und Aberglaubens erklärten. Und schließlich wurde der Gefangene, den Ali ohne Wasser gefangen gehalten hatte, auf die Beine gestellt.

Jeff brach in Schweiß aus, und Narayan Singh zog die Luft scharf zwischen den Zähnen ein, denn von der Laune dieses Mannes - so Ghandava - hing mehr ab, als man sich vorstellen konnte.

Aber anscheinend war er Ali gegenüber nicht so rachsüchtig, als dass er es gegen einen Erfolg aufwiegen könnte: Er sprach fließend in einer Sprache, die nicht einmal Narayan Singh verstand, und drängte sie offenbar, der Aufforderung Folge zu leisten und sich zu beeilen - wobei er seine eigene Brust berührte, wie es ein Mann tun würde, der damit argumentieren konnte, dass seine Einschätzung einer Situation vertrauenswürdiger wäre als die anderer. Sie schienen sich zu fügen. Dann sprach der große bronzene Mann, der als Hausmeister fungiert hatte, einen weiteren Punkt an.

Auch er benutzte die Geheimsprache, aber seine Argumentation war eindeutig. Er forderte, dass Jeff und Narayan Singh gefesselt und in seine Obhut übergegeben werden sollten. Dem wurde zugestimmt. Er hatte Kupferdraht in der Hand, um ihre Handgelenke zusammenzubinden, aber der andere Mann, der vor ihm gefangen gewesen war, kam ihm mit einer dicken Schnur zuvor. Er weigerte sich ihre Handgelenke auf den Rücken zusammenzubinden, wie es der andere wollte, mit der Begründung, dass dies auf der Straße nur Aufmerksamkeit erregen würde, und band stattdessen Jeffs rechtes Handgelenk an Narayan Singhs linkes Handgelenk. Dann gab ihnen jemand einen Korb, den sie zwischen sich tragen sollten und über den sie ein Tuch geworfen hatte, damit ihre Handgelenke verborgen blieben.

Mehr wurde nicht gesagt. Der Mann, der sie gefesselt hatte, verlor offensichtlich das Interesse und mischte sich unter die anderen. Der große bronzene Mann blickte Jeff drohend ins Gesicht, wies zur Tür und folgte etwa einen Schritt hinter ihm, mit der offensichtlichen Absicht, sie beim ersten Verdacht auf Betrug zu töten und die anderen marschierten einer nach dem anderen in feierlicher Prozession hinaus, angeführt von dem kleinsten Mann von allen, dem der zuerst gesprochen hatte.

Siebzig Männer in einer Reihe, angeführt von zwei getreuen Anhängern, die einen Korb zwischen sich trugen, würden überall für Aufsehen sorgen, nur nicht in Benares. Dort gibt es an jedem Tag des Jahres fünfzig vergleichbare erstaunliche Prozessionen und alle sind so in ihre eigene Flucht vor Maya vertieft, dass sich keiner um die Angelegenheiten eines anderen Mannes kümmerte. Man nahm nicht einmal Notiz von ihnen. Wenn es etwas Bemerkenswertes an Ihnen gab, dann, dass sie trotz der gelben Gewänder und des Kastenzeichens ihrer furchtbaren Göttin keinerlei Aufmerksamkeit erregten; und als sie durch ein Tor in einen Tempelhof marschierten, verschwanden sie auch aus der Wahrnehmung der Menge.

Es war ein Hof wie jeder andere von Hunderten in dieser Stadt voller Schreine. Vier Wände, in die vergessene Geschichten von tausend Göttern tief eingemeißelt worden waren, umschlossen einen rechteckigen, mit schweren Blöcken gepflasterten Platz vor einem Tempel, in den in jeden Zentimeter Hochreliefs geschnitzt worden waren - alle so schwarz von Alter und Schmutz, dass niemand mehr die Legende entziffern konnte, die sie verkörperten.

Es handelt sich um verborgenes Wissen, das vor der Öffentlichkeit ebenso sicher war, wie die Bücher, deren Asche in Cyprians Brennofen lag, oder die Mysterien der Neun selbst.

Aber auf den Tempelstufen vor dem Portikus spielte sich ein Stück ab, das jeder so interpretieren konnte, wie er wollte. Ein mit Asche beschmierter Fakir, so nackt, wie es das Gesetz erlaubte, mit mehr Fleisch auf seinem wohlgerippten Körper, als sich die meisten Fakire rühmen können, führte vor einem gebannten Publikum aus unbedeutenden Menschen Tricks mit drei Totenschädeln auf. Es war amüsantes Zeug und die Wirkung auf das Publikum war wie Champagner, denn Lachen war an einem Ort, an dem alles andere so ernst ist wie in Benares zehnmal willkommen.

Eine Zeit lang ließ er die drei Schädel in der Luft kreisen, wie es jeder andere Gaukler tat; aber dann, beide Arme plötzlich bis zum Äußersten nach oben gestreckt, beendete er das Spiel und die Schädel kämen mit dem Gesicht zum Publikum zum Stillstand, einer auf jeder Handfläche jeder ausgestreckten Hand und der dritte auf seinem schlichten schwarzer Turban.

Dann unterhielt sich jeder Schädel mit jedem anderen oder warf dem Publikum amüsante Weisheitsfetzen zu. Es war eine perfekte Täuschung, so meisterhaft ausgeführt, dass Narretei überhaupt nichts damit zu tun haben schien. Für ein Publikum, das nur glauben wollte und sich mehr als alles andere davor fürchtete Kritik, zu üben, war inspiriert - wundersam - dem Ort angemessen - zweifellos von unsichtbaren Mächten ersonnen.

Das Auftauchen der Siebzig in Gelb, mit zwei Anhängern, die einen Korb an der Spitze mit sich trugen, war so eindeutig ein religiöses Omen, dass das Publikum, das bereits hingerissen war, nun doppelt Glauben schenkte - ein Zustand, der auf die Siebzig übergriff und sie dazu veranlasste, wenn sie nicht ohnehin schon an die okkulten Kräfte des Fakirs glaubten, zumindest seine Autorität anzuerkennen.

Der Fakir setzte die kieferlosen Schädel wieder in Bewegung, und die Siebzig setzten sich, um zuzusehen. Dann kam ein dicker Mann mit nacktem Bauch, dessen Heiligkeit durch Asche ausgedrückt wurde und den ein rosa Seidenturban krönte und setzte sich vor den Fakir, unter ihn auf die Pflastersteine und dem Publikum zugewandt.

Und während die drei Totenköpfe in der Luft kreisten, sprach der dicke Mann auf Hindi, vermutlich der einzigen Sprache, die von mehr als einer Handvoll Zuschauer in Benares verstanden wurde.

„Hört, was sie sagt", wimmerte er in einem nasalen Singsang. „Wer ist sie? Jeder, der es wagt, soll fragen! Wo ist sie? Wer sie finden kann, soll es sagen! Was sagt sie? Die Totenschädel werden es uns verraten! Jetzt hört zu!"

Sie hörten auf, in der Luft zu kreisen und ruhten wie zuvor auf dem Kopf des Fakirs und seinen ausgestreckten Händen. Das aschfahle Gesicht des Fakirs war regungslos, kein Atemzug schien ihn jetzt zu durchströmen und seine leicht geöffneten Lippen zu passieren. Nur sein Kopf zuckte plötzlich von einer Seite zur anderen, von einem Schädel zum anderen, so dass alle Augen seinen folgten. Er schien sich ebenso sehr über die hohlen Stimmen der toten Dinge zu wundern wie sie.

Sie waren hohl - vielleicht, um eine falsche Aussprache und das Gekrächze zu verbergen, das man toten Dingen verzeihen kann. Und während ein jeder sprach, bewegte er sich, nicht viel, aber genug, um einen unsichtbaren Unterkiefer zu suggerieren – obwohl niemand es zu bemerken schien, wenn sich die Hände des Fakirs bewegten. Nicht einmal sein Kopf schien zu nicken, um die Bewegung des Schädels zu erklären, der auf ihm ruhte. Der Fakir sagte kein einziges Wort.

„Ich bin der Schädel von Akbar", sagte der linke Schädel.

„Ich bin der Schädel von Iskander", antwortete der auf der rechten Seite.

„Und ihr wart zwei Narren!" krächzte der Obere und alle Augen sahen ihn an, als der Fakir sein Gesicht nach oben wandte.

„Ich hatte zu meiner Zeit Gold!", verkündete der Akbar-Schädel.

„Ich hatte mehr! Ich hatte mehr!", antwortete das Ding, das sich Iskander nannte. Und das Publikum war begeistert. Sie waren Hindus. Keiner dieser berühmten Könige hatte ihrem Glauben angehört.

„Wo ist das Gold jetzt?", krächzte der obere Schädel.

„Ich habe meins vergraben", sagte Akbar.

„Ich habe meins vergraben!" antwortete Iskander.

„Wo?", fragte der obere Schädel.

„Hab ich vergessen", sagte der rechte Schädel.

„Ich habe das Geheimnis verloren", sagte der linke.

„Ich bewahre das Geheimnis!", krächzte der Obere.

„Wer bist du?", fragte der Akbar-Schädel.

„Ich bin eine Frau in einem Leopardenfell! Ich bin die, die das Geheimnis kennt! Wer das Recht dazu hat, sollte mir folgen!"

„Ja! Wer keine Angst vor den Geistern hat, die das Geheimnis hüten, der folge!", quietschte der dicke Mann; und der größte Teil des Publikums zitterte, blickte einander von der Seite an und blieb sitzen. Sie waren nicht so dumm, in die Geheimnisse der alten Welt einzudringen. Einige begannen aus Angst vor Zauberei davonzulaufen

Der Fakir warf die Schädel von Hand zu Hand und verschwand im Tempel. Der Innenhof leerte sich. Die Männer in Gelb, angeführt von Jeff und Narayan Singh, die den Korb trugen, folgten dem Fakir einer nach dem anderen. Ein weiteres alltägliches

Wunder Indiens war etwas Vergangenes, das diskutiert, aufgebauscht und schließlich vergessen oder in das Gewebe religiöser verwoben werden musste.

Jeff und Narayan Singh gingen zügig weiter. Sie wollten sprechen, trauten sich aber nicht, da sie dem bronzenen Man dicht hinter ihnen nicht davonlaufen konnten; und die anderen folgten ebenso schnell und begannen zu rennen, als der Fakir durch eine Öffnung im hohlen Boden einer dunklen Kammer verschwand.

Der Fakir war ganz allein und schien in Eile zu sein. (Keine Spur von dem dicken Impresario.) In der Dunkelheit hörten sie die nackten Füße des Fakirs durch einen hallenden Tunnel schlurfen und der bronzene Gigant drängte Jeff und Narayan Singh zum Laufen. Jeff trat gegen etwas und ein hohles Rasseln kündete von einem Schädel, der in der Dunkelheit vor ihm davonhüpfte

Die Zehen des bronzenen Riesen trafen einen anderen, und ein Mann irgendwo hinter ihnen trat gegen den dritten. Der Fakir hatte seine toten Orakel im Stich gelassen! Er schien in voller Flucht sein.

Das war zu viel für den Riesen. Er stieß Narayan Singh beiseite, eilte an ihm vorbei und brüllte der Menge zu, ihm zu folgen. Und als sich das erste halbe Dutzend zwischen Narayan Singh und die rechte Wand drängte, schob sich die Klinge eines Messers zwischen seinem Handgelenk und dem von Ramsden hindurch. Die Riemen, die sie zusammenhielten, wurden zertrennt und eine Stimme sagte:

„Klug, Sahibs! Haltet den Korb wie zuvor!"

Sie drehten sich um, konnten aber nichts erkennen. Der Tunnel war voller Männer, die an ihnen vorbeieilten, bis alle Siebzig, bis auf einen, vorbei waren. Er zerrte sie zu sich.

„Jetzt kehrt um!", forderte er aufgeregt.

„Wer bist du?", fragte Jeff, aber er konnte nicht antworten. Der Sikh hatte ihn an der Kehle und versuchte mit seinen Augen die Dunkelheit zu durchdringen, um ihn zu erkennen.

„Schnell! Wer bist Du?" wiederholte Jeff.

Während er sprach, durchbrach der schwache Widerschein eines weit entfernen Lichtblitzes die Dunkelheit wie ein Sommerblitz. Gleichzeitig erkannten Jeff und der Sikh den Gefangenen, den Ali trocken gehalten hatte. Er hatte Angst und Schmerzen, weil Finger seine Kehle umklammerten, aber er war es - unverkennbar. Der Sikh ließ los.

„Schnell! Kommt weg!", keuchte er und zerrte an ihnen.

Beide Männer antworteten mit einem kurzen Lachen, das Entschlossenheit, aber keinerlei Humor ausdrückte. Sie hatten nicht vor, ihren Freund Fakir-Jeremy mitten in dieser Massenpanik allein zu lassen. „Wo ist Chullunder Ghose?" platzte Jeff heraus. Der Babu hätte vor Ort sein sollen, um sie auf dem Laufenden zu halten. „Ali? Wo ist Ali?" Narayan Singh fragte vermutlich die Götter, die die Angelegenheiten der Menschen regeln. „Ich weiß es nicht! Irgendetwas ist schief gelaufen - Sahib hat etwas gesagt – ich habe ihm versprochen..." Sie blieben nicht, um weiter zuzuhören.

„Vorwärts, Sahibs!" drängte Narayan Singh und ein Geräusch deutete an, dass er eine Klinge aus seinem Gewand gezogen hatte.

„Narren", sagte die Stimme eines Mannes in Gelb, aber sie ließen ihn einfach stehen – so blind wie Jeremy gewesen sein musste, stürmten sie, sich aneinander festhaltend, mit Höchstgeschwindigkeit in die Nacht hinein, in der sie nichts sehen konnten, außer dem Blut hinter ihren eigenen Augen. Einmal erhellte ein weiterer Blitz vor ihnen die Dunkelheit für eine Sekunde; aber es war nur wie das Echo eines starken Lichts, das die Sache noch schlimmer machte, weil es die Dunkelheit mithilfe der Vorstellungskraft mit einer Million Schrecken erfüllte. Dann flog etwas – ein einzelnes Tier oder ein Mensch – kopfüber auf sie zu, das Geräusch seiner eiligen Füße vermischte sich mit dem Echo der Stampede vor uns! Unmöglich zu erraten, um wen es sich handelte. Es könnte sich genauso gut um das Ende der zurückkehrenden Bande handeln.

Das Echo eines weiteren Blitzes – dann ein unglaublicher Lärm, der ihnen das Trommelfell nach innen trieb – dann tauchte er – wer auch immer – kopfüber unter dem Schwerthieb des Sikhs hindurch und klammerte sich an ihre Beine, um sich zu retten!

„Um Gottes Willen!"

„Jeremy!"

„Rammy, alter Freund! Schnell! Hilf mir hoch! Wir können nicht hierbleiben! Haltet sie auf! Einige werden zurückkommen! Irgendwas stimmt nicht!"

„Was ist?"

„Das weiß nur Gott! Die Flüssigkeit hat nicht funktioniert oder irgendetwas in der Art! Die Hälfte von ihnen ist tot und die andere Hälfte irrt in der Höhle herum, um irgendetwas zu finden! Pechschwarzes, gleißendes Licht – wieder pechschwarz – und alle sind verrückt geworden! Hast du ein Messer, Narayan Singh?"

„Einen Säbel, Sahib!"

„Gut. Schlag auf sie ein!"

Keine Sekunde zu früh! Ein weiterer Blitz, heftiger als alle anderen zuvor und ein heißer Windstoß, gefolgt von einem Huschen von Füßen. Der Sikh sprang vor und sie hörten das Zischen und

Aufschlagen seiner Waffe, als er nacheinander drei Männer niederschlug. Dann ein Handgemenge und der Warnschrei des
Sikh, als ein Mann an ihm vorbeistürmte.

Jeff stürmte – blind und stierköpfig – auf einen Feind zu, den er
nur hören konnte – und im nächsten Moment befand er sich im
tödlichen Griff des Riesen, der als Hausmeister fungiert hatte!
Er erkannte den Griff des Kerls wieder – die tödliche enorme
Kraft der Umarmung einer Pythonschlange, zerdrückend und
loslassend, zermalmend und loslassend. Dann konnte er in einem weiteren dieser Echoblitze sehen, wie sein Gesicht mit seinen dicken Lippen anzüglich grinste:

„Schnell! Oh Gott! Das ist das Ende!" schrie Jeremy „Kommt
Freunde! Wasser! Um Gottes willen...".

Hinterher wusste er nicht mehr, ob er das Ende kommen sah
oder fühlte. Es gab einen grellen Blitz und Getöse jenseits aller
Vorstellung – dann Wind – eine heiße Druckwelle – die sie durch
den Tunnel vor sich hertrieb, wie Watte durch einen Gewehrlauf,
bis sie schließlich in einem scheinbaren Vakuum endete. Ihre
Lungen schmerzten und sie würgten; doch ein Schwall eiskalter
Luft kam pfeifend zurück und verschaffte ihnen die Möglichkeit
zu atmen, bedeutete aber keine andere Erleichterung, denn sie
hörten das brodelnde Tosen des Wassers wie eine Flut im Krieg
mit dem Feuer und die Grundfesten der Erde schienen unter
ihnen zu beben

„Seid ihr da?", schrie Jeremy und tastete wild nach seinen
Freunden.

Narayan Singh packte ihn an der Schulter und die beiden kehrten um, um Jeff zu holen.

Sie stolperten über ihn, während er sich noch im Todesgriff seines Widersachers wand. Der Fuß des Sikhs traf den Magen des
bronzenen Riesen. Jeffs Faust löste sich aus dem Griff der Python, traf den Hals des Riesen wie eine Streitaxt und eine Sekunde später rasten die drei auf das Ende des Tunnels zu, mit

dem Druck eines Sturms und dem Tosen einer kochenden Flut so dicht hinter ihnen, dass sie das Gefühl des Todes bis ins Mark spüren konnten.

Die beiden zogen Jeff an den Armen aus dem hüfthoch tosenden Wasser, das den hohlen Tempelboden überschwemmte, dann fielen die drei alle zusammen keuchend in den Sonnenschein auf dem Säulengang.

Dort kam Chullunder Ghose, noch immer mit Asche beschmiert und halbnackt, mit dem ehemaligen Gefangenen in Gelb zu ihnen und versuchte nicht den Eindruck zu erwecken, als wäre er mit ihm zusammen unterwegs. Der Babu triumphierte, der Mann in Gelb war verlegen und versteckte seine Angst unter einer Fassade aus Stolz.

„Wo ist Ali?", keuchte Narayan Singh.

„Weg!", sagte Chullunder Ghose. „Sahibs, alles außer der Ehre ist verloren!" Lässig spielte er mit einem großen smaragdenen Ohrstecker. „Ich bin ein unglücklicher Babu, aber es gibt Kompensationen. Der Teufel, der vermutlich langsam zu Fuß ist, hilft manchmal dem, der aufgrund seiner Körperfülle zu dick ist, um wegzulaufen - manchmal! Es gibt Ausnahmen. Wie mich. Diesmal eine Ausnahme - sehr!"

„Wo ist Ali hin?"

„Wohin geht die Flamme, wenn jemand eine Kerze ausbläst? Dorthin, wo sie herkam, vermute ich. Verb. sap. Ali stammte aus Sikunderam, und das ist die geeignete Umgebung für seine Niere. Ali sagte zu mir: „Möge Allah es diesem Sohn meiner Mutter gleichtun und mehr noch, wenn diese Sahibs nicht um Zerstörung bitten. Ich habe zu viele Söhne verloren. Was kann ich dagegen tun? Es wird polizeiliche Ermittlungen geben und zu viele Leichen müssen erklärt werden.' - Und dieser Babu, ein erbärmlicher Mensch, bekam Zugang zur Erleuchtung und konnte sich an viele Erfahrungen mit Rechtsexperten erinnern. Bin bekannt bei der Polizei. Das Gleiche gilt reziprok. Die Polizei ist mir auch bekannt. Schön, nicht wahr?", fragte er und drehte den Smaragd ins Sonnenlicht.

Man befahl ihm unverblümt, sich zu erklären und die Erklärung abzukürzen.

„Ich bin nicht erklärbar", antwortete er. „Ich bin Teil des Rätsels des Universums, aber gelegentlich zu Genialität befähigt. Es kam diesem Babu in den Sinn, dass ihr sehr ballistische Sahibs seid, wahrscheinlich - oh ja, sehr wahrscheinlich – wie Kugeln aus der Kehle jedes Kataklysmus ausgespuckt werden Ja, ich bin ein Optimist. Nachdem ich Jeremy Sahib geholfen hatte in der Tempelanlage mit Totenköpfen zu jonglieren, bin ich von ab sofort in der Lage, alles zu glauben - sogar, dass Jeremy Sahib Explosionen in der Unterwelt überleben wird. Ergo - Sahibs, besteht kein Grund zur Eile; ich sage euch Ali ist verschwunden, wie alle anderen auch! Also kam es diesem Babu recht gelegen, dass ein Sündenbock benötigt wird, um den Intellekt ernsthaft geschulter Polizisten zu beschäftigen, welche von Vorgesetzten in Clubsesseln zu indiskreten Nachforschungen angespornt werden. Wer wäre besser dafür geeignet als Ali? Welche Lösung wäre besser geeignet als eine Flucht nach Sikunderam? Kaum gedacht, schon gesagt - für einen Preis! Ein guter Rat in der Not ist sicher zwei Smaragde wert, aber ein Afghane ist sparsamer als ein Schotte, ein Jude, ein Armenier und ein Grieche zusammen, plus einem Yankee-Händler. Er würde sich nur von einem trennen! Hübsch, nicht wahr? Was würden sie sagen, was er wert ist? Wie viel?"

„Komm schon, komm schon - was ist passiert?" wollte Ramsden wissen.

„Die Lösung ist passiert, Sahib, dieser Babu riet Ali und Ali beeilte sich, mit der Dame durchzubrennen. So. Die Gauri wusste zu viel. Zu viel Wissen, im Gehirn einer Dame ihrer Lebensweise, hätte eher früher als später zu Erpressung geführt, was wiederum dazu führt, dass man in die Netze der Polizei gerät. Entfernung sollte daher einen gewissen Zauber auf die ansonsten etwas verblassten Reize besagter Zauberin ausüben. Nicht wahr?

Sie hat eine Mitgift – abgesehen von einen Smaragd – den sie als äußerst geringe Gebühr diesem Babu überlassen hat, der ihr erklärte, dass die Polizei sie zwangsläufig - wenn sie ihre Reize nicht in Sikunderam bei Ali verstecken sollte, welcher sie vielleicht, vielleicht auch nicht, zur Königin vieler Halsabschneider machen wird - fangen und ihr den Schmuck abnehmen würde. Und gegenüber Ali bemerkte dieser Babu, dass sie - wenn er die Gauri nicht mitnehmen sollte - der Polizei mit Sicherheit seine Schwäche für das Abschlachten harmloser Mitglieder einer Hindu-Sekte verraten würde. Und was das Dienstmädchen angeht, solle Alis Sohn sie mitnehmen, da sie auch zu viel wusste. Der Rat wurde sofort – auf der Stelle - angenommen. Dreifache Lösung - sehr gut. Ali hat eine Frau plus Mitgift. Ein Sohn hat eine Frau, die jung und gutaussehend ist. Der andere überlebende Sohn hat ein Beispiel. Sie sind verschwunden – Richtung Norden. Könnt ihr das schlagen? wie es Jimgrim ausdrücken würde."

„Wo sind King und Grim?", fragte Jeff.

„Auf der Jagd nach mir, Sahib. Sie sind sehr wütend. Ich habe keine Ahnung, warum. Sie verdächtigen mich der Komplizenschaft bei Alis Flucht. Das ist höchst unvernünftig. Ich bin hier, um das Vertrauen von euer Ehren und eine zusätzliche Vergütung zu erbitten, nicht als Anreiz - nein, sondern als Belohnung im Voraus dafür, dass ich den Mund halten werde! Ich bin kein Altruist.", fügte er bedeutsam hinzu.

„Was willst du hier?", fragte Jeremy und blickte dem ehemaligen Gefangenen direkt ins Gesicht.

„Schutz!", antwortete er ziemlich demütig. „Bhima Ghandava ist verschwunden."

„Wie das?", fragte Jeremy.

„Er ist das Mitglied der Neun Unbekannten, das ich töten sollte! Ich habe meine Leute an ihn verraten, weil ich es für besser hielt, wenn alle umkämen. Aber jetzt ist Ghandava Sahib verschwunden und ich habe keine Freunde mehr!"

Chullunder Ghose klopfte ihm auf die Schulter.

„Hast du Geld?", fragte er. „Nein? Juwelen? Nein? Nun ja - ich bin wohltätig. Dieser Babu wird Ratschläge in forma pauperis erteilen. Geh und werde ein Einsiedler, das ist der richtige Kurs für Menschen mit schlechtem Gewissen und ohne Freunde! Los! Verschwinde! Mit den Worten von Hamlet, bleib nicht..."

Aber der Mann in Gelb war schon verschwunden; vielleicht hatte er Angst vor King und Grim, die wütend, schwitzend und verwirrt über den Tempelhof geeilt kamen.

„Bhima Ghandava ist verschwunden!" verkündete King atemlos und hörte dann zu, während Ramsden erzählte, was geschehen war.

Sie gingen und hämmerten an die Tür des Hauses, in dem sie untergebracht gewesen waren, aber niemand antwortete, und schließlich ließe sie aus Angst vor der Polizei davon ab. Die Polizei war jedoch am Ufer beschäftigt, wo eine alte Ruine, auf der abwechselnd Fakire gestanden hatten, im Fluss verschwunden war - durch ein Erdbeben, wie die Zeitungen später behaupteten - obwohl kein Seismograph ein Erdbeben in Benares registriert hatte.

Es blieb ihnen nichts Anderes übrig, als nach Delhi zurückzukehren und sie wagten nicht, zu jemandem außer Cyprian zu gehen. Jemand anderen zu bitten, ihnen europäische Kleidung zu besorgen, hätte ganz sicher zu Nachforschungen geführt. Sie suchten ihn zuerst in Ghandavas Haus, fanden es aber leer und verlassen vor. Cyprian war wieder zurück in seinem eigenen Haus und wurde von Manoel gepflegt, der beschämt und reumütig wirkte.

„Dieser Schurke!", sagte Cyprian. „Dieser Schurke! Dieser unverschämte, unverbesserliche Sünder! Ihr erinnert Euch, dass in einem meiner okkulten Bücher, welches er unter einer Decke in der Speisekammer versteckt hatte, eine Titelseite fehlte? Nun, er, Manoel, hatte sie herausgerissen. Ich fand ihn - wo denkt ihr wohl? Ich habe ihn in einem Hinterzimmer einer Seitenstraße gefunden, wo er mit Hilfe dieser Seite voller Symbole eine neue Religion gründen wollte!! Schurke! Aber er ist nicht ganz schlecht. Er war mir ein Trost. Seht, meine Söhne - mein Haus ist wieder sauber!"

„Aber warum hast du Ghandavas Haus verlassen?", fragte Jeremy.

„Sie kamen und nahmen alle Möbel mit!"

„Wer?"

„Ich weiß es nicht. Leute, die ich noch nie zuvor gesehen hatte. Sie stellten mir eine Kutsche für die Heimfahrt zur Verfügung, gaben aber keine Erklärungen ab. Ich hoffe, Ghandava steckt nicht in Schwierigkeiten. Er war immer ein höflicher Gastgeber und ein rücksichtsvoller Freund, aber es gibt nur ein mögliches Ergebnis, wenn man sich mit Okkultismus und den schwarzen Künsten beschäftigt."

„Wir haben gehört", sagte Jeremy, „dass er einer der NEUN ist - einer der wirklichen NEUN UNBEKANNTEN".

„Oh, nein", sagte Cyprian. „Oh, nein! Das kann ich nicht glauben. Wer auch immer die Neun Unbekannten sind, sie sind Teufel - Menschen ohne Seelen! Bhima Ghandava ist ein Gentleman. Nein, nein, er kann keiner von ihnen sein."

„Trotzdem, Paps, glaube ich, er ist einer von ihnen", sagte Jeremy.

„Ich auch", sagten King und Grim gemeinsam.

„Ich bin mir da fast sicher", sagte Ramsden vorsichtig. „Erinnere dich: Er sagte, dass das, was wir gesehen haben, nur eine Kleinigkeit war - nichts im Vergleich zu all dem anderen Wissen der Neun Unbekannten".

„Mein Sohn, es ist leicht, Dinge zu behaupten", sagte Cyprian.

„Ja", rief Narayan Singh, „und es ist schwer, Dinge zu wissen. Aber ich weiß es. Und niemand kann mich davon überzeugen, dass ich es nicht weiß. Bhima Ghandava ist einer von ihnen."

„Wissen", sagte Chullunder Ghose und rieb sich seinen dicken Bauch, „wozu ist Wissen gut, wenn nicht zum Nutzen? Ich selbst bin Pragmatiker. Ich selbst bin davon überzeugt, dass Sahibs, die klugerweise darauf vertrauen, dass dieser Babu seinen Mund halten wird, demselben armseligen Individuum eine unbefristete Anstellung mit großzügigen Gehalt verschaffen werden. Nein, Sahibs, nein! Ich bin ein guter Sportsmann! Nein – das war keine Drohung! Erpressung gehört nicht zu meinem Kompendium von Mitteln und Wegen! Ich bin ein Gentleman, akzeptiere den sportlichen Standard des Westens und freue mich auf die Belohnung..."

„In der Hölle, fürchte ich, wenn du dich nicht änderst, mein Freund!", sagte Cyprian.

ENDE